Prolog

Noch zeigte sich kaum Grün an den Trieben der Kastanie, und der Spitzahorn hatte Mühe, zum Leben zu erwachen. Der April war, anders als die Jahre zuvor, kalt und nass gewesen. An diesem Vormittag brannte die Sonne das erste Mal mit sommerlicher Wucht auf die Münchner Vorstadt nieder. Nick saß im Schatten des Sonnenschirms und telefonierte. Auf dem Gartentisch lag der Teil der Süddeutschen Zeitung mit den Gebrauchtwagenanzeigen. Nick wusste, welcher Wagen in welchem Zustand wie viel kosten durfte, welche Modelle gefragt waren und von welchen man besser die Finger ließ. Er war Gebrauchtwagenhändler. Allerdings nicht offiziell mit Autoplatz und Gewerbeanmeldung. Nick kaufte gebrauchte Fahrzeuge und verkaufte sie wieder – mit Gewinn, wenn es gut ging. Im Augenblick telefonierte er mit einer Frau, die den 911er ihres verstorbenen Mannes in die Zeitung gesetzt hatte. Sie wohnte in Landshut. Nick versprach, in zwei Stunden bei ihr zu sein. Die Sache war eilig, denn der Preis war günstig. Bald würden auch andere Händler Interesse zeigen. Nick hoffte, der Erste zu sein. Für solche Fälle hatte er Kaufvertragsformulare und 25.000 Mark in bar im Haus.

Langsam fuhr ein roter Wagen die stille Nebenstraße in Untermenzing entlang. Ein Transporter mit dem Logo einer Klempnerfirma. Nichts Ungewöhnliches. Dennoch verursachte der Anblick Nick ein flaues Gefühl im Magen. Der Wagen rollte jetzt fast lautlos am Haus vorbei. Ein Windstoß fuhr durch die trockenen Blätter der Buchenhecke und erzeugte ein hinterlistiges Rascheln. Geruch von Staub lag in der Luft.

»Über was denkst du nach?« Eine Hand mit türkis lackierten Fingernägeln und vielen Ringen hatte sich auf Nicks Schulter gelegt. Alina war hübsch, blond und dünn. Sie trug Jeans, die so eng waren, dass man sie nur als dünne Vierzehnjährige tragen konnte, dazu ein T-Shirt, verwaschen und grau mit verblichenem Aufdruck. Der Transporter war am Haus vorbeigefahren. Nick nahm die Hand seiner Tochter, entspannte sich wieder und überlegte, woher seine Unruhe kam. Weil er verschuldet war? Das konnte es nicht sein. Er hatte immer Schulden gehabt und lebte gut damit. Die Rollgeräusche des Wagens verstummten. Er hatte angehalten. Nick stand auf und ging zum Ende der Terrasse. Von dort aus konnte er die Straße ein paar Häuser weit einsehen. Der rote Transporter stand mit laufendem Motor vor dem übernächsten Grundstück. Ein weißes Licht leuchtete auf. Der Fahrer hatte in den Rückwärtsgang geschaltet.

»Was ist so interessant?«, fragte Alina.

»Nichts.« Nick kehrte zu seiner Tochter zurück. »Wolltest du nicht Tennis spielen?«

»Erst heute Mittag. Stör ich?«

»Nein. Überhaupt nicht.« Er nahm Alina in den Arm und hatte Angst um sie. Seit Claudias Tod vor vier Jahren kam die Angst immer öfter. Wenn er es recht bedachte, war sie seit einiger Zeit gar nicht mehr fortgegangen. Das war wohl der Grund seiner Unruhe.

»Ich hab da mal 'ne Frage«, sagte Alina, ging ins Haus und kam mit einem Paar Schuhen in der Hand wieder heraus. High Heels. Edel.

»Sind die etwa für mich?« Sie hielt ihm die Schuhe entgegen.

»Für wen sonst?«

»Du spinnst! Manolo Blahniks – die sind irrsinnig teuer.«

Nick zuckte mit den Schultern und lächelte. Alina legte ihre Arme – in jeder Hand einen Schuh – um seinen Hals.

»Danke. Die sind wirklich toll. Aber du musst das nicht machen.«

»Ich weiß.« Nick sah kurz in Richtung Straße. Es war seltsam ruhig geworden.

»Ich geh nach oben.« Alina gab ihrem Vater einen Kuss und verschwand. Nick sah ihr kurz nach, dann blickte er erneut um die Terrassenecke. Der rote Transporter hatte vor dem Haus geparkt. Nick ging nach drinnen.

Aus dem Fenster der Gästetoilette sah Nick die beiden Männer auf die Eingangstür zukommen. Sie checkten mit geübten, schnellen Blicken die Umgebung ab. Nach was? Nach versteckten Nachbarn hinter der Hecke, nach zufälligen Passanten, nach – Zeugen? In Nicks Magen verfestigte sich die Ahnung, dass etwas nicht stimmte. Normalerweise traten solche Leute auffällig in Erscheinung. Nicht mit Lieferwagen, sondern mit der schwarzen Limousine. Kein besorgter Blick nach Zeugen. Im Gegenteil – Zeugen waren erwünscht. Die Anwohner sollten sehen, wen ihr Nachbar zu Besuch hatte. Das erhöhte den Druck. Die Männer vor der Haustür trugen auch nicht die üblichen dunklen Anzüge, sondern Arbeitsoveralls, einer hatte eine Werkzeugtasche in der Hand. Ein Albino mit weißen Haaren, weißen Augenbrauen, durchsichtiger Haut und roten Augen. Alter schwer zu schätzen, um die dreißig. Nick hatte ihn noch nicht getroffen, aber von ihm gehört. Er hieß Jochen, war aber in humoriger Anspielung auf sein Äußeres als Blacky bekannt. Der andere war mittelgroß, drahtig, Mitte zwanzig, halblange braune Haare. Keine monströse Erscheinung, aber von einer aggressiven Ausstrahlung, die Mauern durchdrang.

Das Klingeln fuhr Nick wie ein Stromschlag durch die Eingeweide.

»Ja bitte?« Er betrachtete die beiden Männer vor der Haustür.

»Nick?«, sagte der mit den braunen Haaren.

»Ja ...?«

»Wir kennen uns noch nicht. Aber das wird sich gleich ändern. Ich bin der Huser. So nennt man mich. Frag nicht, warum. Ist'n Spitzname. Das ist mein Partner, der Jochen. Den kennst du vielleicht schon.«

»Nicht persönlich. Aber hab von ihm gehört. Hallo, Jochen!«

Jochen nickte kurz, und der Huser sah interessiert ins Haus. »Willst du uns nicht reinbitten?«

»Äh ... worum geht's?«

»Ein gemeinsamer Freund schickt uns in einer ... Angelegenheit. Aber sollen wir das wirklich an der Haustür besprechen?«

Nick zögerte, trat dann zur Seite und ließ die Besucher ein. »Geradeaus durch.« Im Wohnzimmer blieben der Huser und Jochen stehen. »Wir können auf die Terrasse gehen.«

»Ist wunderbar hier«, entschied der Huser und ließ sich auf die weiße Couch fallen. »Nicht schlecht!« Er musterte den Raum mit der neuen, sichtbar teuren Einrichtung.

»Alles nur gemietet. War möbliert.«

»Ah geh! Was zahlst du da so?«

»Im Augenblick gar nichts. Bin ein bisschen im Rückstand.«

»Hast du Geldprobleme?«

Nick zögerte. Der Huser kam ja schnell zur Sache.

»Komm, setz dich her. Ist immer so ungemütlich, wenn einer steht.« Nick setzte sich in einen Sessel. Jochen hingegen blieb an der Tür. Offenbar konnte er stehen, ohne dass es dem Huser ungemütlich wurde. Die Werkzeugtasche stand neben Jochen auf dem Boden, er selbst hatte die Arme vor der Brust verschränkt und starrte Nick an. Jochens Hände waren groß, und mehrere Ringe steckten an den Fingern. Es musste schmerzhaft sein, wenn er zuschlug. Unter dem Ärmel des Overalls war eine Tätowierung zu sehen, die vermutlich den gesamten Arm bedeckte.

»Was zu trinken?«

»Danke. Wir bleiben nicht lange.«

»Okay …« Einige Augenblicke, in denen der Huser die Örtlichkeit mit maschinenhafter Routine abscannte, wurde nichts gesprochen.

»Pass auf«, beendete der Huser das Schweigen und tat so, als suche er die rechten Worte für das, was er jetzt sagen musste, weil das nämlich nicht sehr angenehm war. »Du weißt, warum wir hier sind?«

»Du wirst es mir gleich sagen, vermute ich.«

»He komm, mach keinen Scheiß. Du weißt, warum wir … hier sind, oder? Warum sind wir hier?«

»Ich schulde jemandem Geld. Und der hat euch gebeten, dass ihr … euch drum kümmert.«

»Richtig. Und wer ist das wohl?«

»Sorry. Da kommen mehrere Leute infrage.« Nick war ziemlich sicher, dass Gerry die beiden geschickt hatte. Gerry war professioneller Geldverleiher, spezialisiert auf Wucherdarlehen für halbseidene Autodealer.

»O Scheiße!« Der Huser legte die Füße, die in schneeweißen Sneakers steckten, auf die Glasplatte des Couchtisches. »Er hat überall Schulden. Hast du das gehört?« Jochen, der angesprochen war, grunzte und schüttelte besorgt den Kopf. Der Huser wandte sich wieder Nick zu. »Ich erzähl dir mal was über unseren Auftraggeber: ein Mann, der zu ein bisschen Geld gekommen ist und es anlegen möchte, damit's Zinsen bringt und er was fürs Alter zur Seite legen kann. Also sagt er sich: Warum geb ich's nicht einem armen Kerl, der grad a bisschen in der Klemme steckt. Und der nur ein paar Riesen braucht, um wieder auf die Beine zu kommen. Und damit ist die Kohle bei dir. Und wie er dann fällig ist, der Kredit, da kriegt unser Mann zu hören:

9

Geht grad nicht, aber in zwei Wochen, da hab ich den Schotter. Muss nur noch den Mercedes verkaufen. Und in zwei Wochen hat das mit dem Mercedes irgendwie nicht hingehauen. Aber am Monatsende, da gibt's dann Geld. Und so weiter und so weiter. Das geht jetzt schon fast ein Jahr. Und unser Auftraggeber, was glaubst', was der für einen Eindruck hat?«

»Ich weiß, da ist einiges schiefgelaufen, aber …«

Der Huser brachte Nick mit einer Handbewegung zum Schweigen. »Ich sag's dir: Der Mann hat den Eindruck, dass du ihn über den Leisten ziehen willst.«

»Das stimmt nicht. Ich war einfach ein bisschen klamm.«

»Kann man sich gar nicht vorstellen, wenn man die Bude hier sieht.« Der Huser zog eine kleine Kamera aus dem Jackett und hielt sie in die Luft. »Ich mach mal Fotos. Damit er sieht, wo sein Geld geblieben ist.«

»Das gehört mir alles nicht. Außerdem … scheißegal. Pass auf: Ihr kriegt die Kohle.«

»Richtig«, sagte der Huser. »Und zwar jetzt.«

»Natürlich jetzt.« Nick stand auf, was zu erhöhter Körperspannung bei Jochen führte. Um keine unkontrollierten Attacken auszulösen, ging Nick betont langsam zu einem antiken Sekretär und öffnete ein Geheimfach, dem er einen braunen Briefumschlag entnahm. Den Umschlag brachte er dem Huser. Der öffnete ihn und ließ den Inhalt in seine Hand gleiten. Es war ein Packen Geldscheine, den er überschlägig durchzählte und dann auf den gläsernen Couchtisch warf. »Du willst mich verarschen, oder?«

Jochen kam jetzt näher und machte einen einsatzbereiten Eindruck.

»Ich weiß, das ist nicht die ganze Kohle. Aber ich hab doch nicht fünfzig Riesen in bar im Haus. Ich besorg sie euch.«

»Das ist sehr schade. Ich hab ein bisschen mehr erwartet.

Aber ich sag dir was: Das war definitv das letzte Mal, dass du nichts im Haus hast, wenn wir kommen.«

»Ihr hättet anrufen sollen. Dann hätt ich …« Der Satz erstarb im Würgegriff von Jochens Arm, der sich mit einem Mal um Nicks Hals gelegt hatte. Nick spannte seine Muskeln an, so fest er konnte, denn Jochen drückte mit einer Kraft zu, dass Nick fürchtete, er würde ihm das Genick brechen. Schweiß perlte auf seiner Stirn, und er versuchte, Jochens Arm mit den Händen vom Hals wegzudrücken. In Anbetracht der Dicke dieses Arms ein nachgerade albernes Unterfangen. Der Huser stellte sich vor Nick und sah ihm in das schmerzverzerrte, angestrengte Gesicht.

»Du bist leider der vergessliche Typ. Einer von denen, die sich fünf Minuten später schon nicht mehr erinnern, was ausgemacht war.«

»Ich vergess es nicht, ich schwör's!«, ächzte Nick, er schwitzte am ganzen Körper vor Anstrengung und Angst.

»Nein. Natürlich vergisst du es nicht. Wir lassen dir nämlich eine – wie sagt man – Erinnerungshilfe da. Quasi einen Knoten im Taschentuch. Hast du ein Taschentuch? Ich meine, ein richtiges, aus Stoff?«

Nick schüttelte den Kopf, es war mehr ein Zittern.

»Keiner hat mehr Taschentücher heutzutage. Und weißt du, warum? Weil keiner mehr Stil hat. Es gibt keinen Stil mehr! Schade. Früher hat man noch Taschentücher gehabt. Wie unsere Mütter. Andererseits – meine Mutter hat immer draufgespuckt und mir dann irgendwas aus dem Gesicht gewischt. Boah! Das war ekelhaft. Hat das deine Mama auch gemacht?«

Nicken war nicht möglich, da Nicks Kopf fest in der Armbeuge von Jochen fixiert war.

»Also kein Taschentuch.«

Nick stöhnte und atmete schwer. Das Überleben in Jochens Arm war anstrengend.

11

»Du, macht nichts. Wir brauchen kein Taschentuch für deine Erinnerung. Das geht auch anders. Gib mir deine Hand.«

Der Huser hatte mit einem Mal eine Kneifzange in der Hand. Das setzte ungeahnte Kräfte in Nick frei. Er wand sich wie ein Aal, und fast wäre er Jochens Griff entkommen. Der ließ Nick tatsächlich los, jedoch nur, um ihn am Kragen zu packen und mit einer kraftvollen Bewegung auf den Boden zu schleudern, wo Nick versuchte wegzukriechen. Aber Jochen warf sich mit der gesamten Wucht seiner imposanten Erscheinung auf den Fliehenden, drückte ihn zu Boden und umfasste mit erbarmungsloser Kraft seinen linken Arm. Der Huser kniete sich neben Nick.

»Hör auf mit dem Scheiß. Ihr kriegt euer Geld. Ich schwör's!«

»Du schwörst?«, sagte der Huser mit hörbarer Erheiterung. »Die haben dich doch mal wegen Meineid verknackt, oder hat mich da jemand veralbert?«

Der Huser ergriff jetzt Nicks linke Hand, die er zu einer Faust geballt hatte, und versuchte, einen Finger daraus zu lösen. »Jetzt stell dich nicht so an. Sonst nehmen wir die ganze Hand. Ist dir das lieber?«

»Hör auf! Du musst das nicht machen. Du kriegst die scheiß Kohle. Ich schwör's beim Leben …«

»Welches Leben?«

Mit einem Mal ließ der Huser Nicks Hand los. Etwas war passiert, und Nick hatte das sichere Gefühl, dass der Albtraum jetzt erst begann.

»Das Leben deiner … Tochter?« Der Huser beendete die Frage mit einem spöttisch-hicksenden Lacher und stand auf.

»Wen haben wir denn da?«

In der Tür zum Wohnzimmer stand Alina. Die Augen weit aufgerissen, starrte sie auf die zwei Männer, die ihrem Vater gerade einen Finger abschneiden wollten. Der Huser gab Jo-

12

chen ein Zeichen, Nick loszulassen, und half ihm beim Aufstehen.

»Du bist Alina, gell?« Der Huser klopfte Nick auf die Schulter. »Die hast du gut hingekriegt. Kompliment. Hätt ich dir gar nicht zugetraut.«

Der Huser ging zu Alina. Nick hauchte ein kaum hörbares »Lass sie.«

»Na, Alina hast du Lust auf einen Ausflug?«

Kurz bevor der Huser bei ihr angelangt war, drehte sich Alina weg und wollte zur Haustür laufen. Aber ehe sie sichs versah, hatte der Huser ihren Arm gegriffen. »Du bleibst gefälligst da, wenn ich mit dir rede, hast du verstanden?«

Nick wollte seiner Tochter zu Hilfe kommen, aber Jochen nahm ihn wieder in den Schwitzkasten. Das wiederum lenkte den Huser für einen Moment ab, den Alina nutzte, um ihn anzuspucken und ihren Arm loszureißen. Diesmal bekam der Huser ihre langen Haare zu fassen, riss sie nach hinten, gab ihr eine Ohrfeige, die Alinas Kopf mit Wucht zur Seite schleuderte. Sie stolperte, fiel und prallte im Fallen mit dem Kopf gegen das Telefontischchen. Dort blieb sie leblos liegen.

Es wurde für einen Augenblick sehr still. Nick starrte auf seine Tochter am Boden und flüsterte: »Du hast sie umgebracht …«

1

Ein Albtraum war Wirklichkeit geworden. Ein verwirrter, alter Mann hatte sich an einem kalten Herbsttag nur mit Unterhose bekleidet in das eiskalte Wasser des Schliersees gestürzt. Das war schlimm, aber noch nicht der Albtraum. Der zufällig anwesende Polizeihauptmeister Tobias Greiner hatte sich, als er der Situation gewahr wurde, ohne Zögern in den See geworfen, den panisch um sich schlagenden Greis an Land gezogen und ihm das Leben gerettet. *Das* war der Albtraum. Jedenfalls für Greiners Kollegen Leonhardt Kreuthner, gut fünfzehn Jahre älter, aber immer noch im niedrigeren Rang eines Polizeiobermeisters. Laut Presseberichten war der Gerettete an Land wegen Unterkühlung in die Bewusstlosigkeit gefallen, konnte im Krankenhaus aber wieder so weit hergestellt werden, dass man ihn noch am selben Tag nach Hause brachte. Greiner hingegen wurde in der Lokalzeitung und im Internet als Held vom Schliersee abgefeiert. Allein das hätte Kreuthner genügt, um ein Magengeschwür zu entwickeln. Doch es kam noch schlimmer …

»Warum halten wir?«

Kreuthner deutete mit dem Kinn durchs Wagenfenster in die Nacht hinaus. Hundert Meter entfernt stand ein Bauernhaus, beschienen vom Streulicht einer Straßenlaterne. Kein stolzes Anwesen mit geschnitzten Balkonen rundherum und Bundwerk an den Stallwänden, wie viele andere Höfe in Festenbach. Die Balkone waren größtenteils abgefallen, und der Rest sah genauso heruntergekommen aus.

»Was ist mit dem Haus?« Lisa war Polizeianwärterin und

hatte seit ihrem Erscheinen in Miesbach einiges durcheinandergebracht. Vor allem die männlichen Kollegen. Ihr Mund war riesig, die halblangen Haare blond, und in ihrem Lachen lag ein über zwei Jahrzehnte gereiftes Vertrauen, dass Männer alle möglichen Torheiten begehen würden, um ihr zu gefallen.

»Der Bewohner is im Krankenhaus«, sagte Kreuthner. »Ein Herr Pirkel. Das weiß jeder hier im Ort. Mir schauen einfach, dass keiner Dummheiten macht, solange der Schuppen leer steht.«

»Woher kennst du Herrn Pirkel?«

»Ich mach den Job schon a paar Wochen. Da lernst a Menge Leut kennen.«

»Also du kennst ihn beruflich?«

Kreuthner dachte kurz nach. »Nein«, sagte er schließlich und blickte konzentriert zu dem Haus. Aber da rührte sich nichts.

»Woher kennst du ihn dann?« Lisa zog die Augenbrauen hoch. »Also, wenn's nicht zu privat ist.«

»Kann man so oder so sehen. Es heißt, er wär mein Vater.«

Lisas großer Mund blieb kurz offen. Kreuthner sah die kleine Lücke zwischen ihren oberen Schneidezähnen und fragte sich, wieso das bei Männern bescheuert aussah und bei Lisa so unfassbar sexy.

»Es *heißt*? Ich meine … wer sagt das? Und was sagt Herr Pirkel dazu?«

»Meine Mutter hat des g'sagt. Und Herr Pirkel sagt, des könnt sie gar net wissen, weil meine Mutter hätt's damals so krachen lassen, die hätt da gar keinen Überblick mehr. Is a ganz a Netter, der Herr Pirkel.«

»Hört sich so an.« Lisa sah zum Haus. »Und wieso bewachst du dann sein Haus?«

»Is mein Job.« Kreuthner zuckte, um größtmögliche Lässigkeit bemüht, mit einer Schulter.

15

»Aber wir müssen nicht die ganze Nacht hier stehen?«
»Nein.«

Natürlich nicht. Aber fahren konnten sie jetzt auch nicht. Kreuthner schaute unauffällig auf die Uhr. Es wurde langsam Zeit, dass sich was tat im Haus. Hatte Sennleitner die Sache verschwitzt? Konnte eigentlich nicht sein. Als sie vorgestern den Plan schmiedeten, war Sennleitner maximal bei der siebten Halben, also noch nüchtern. Hatte Kreuthner sich selber vertan? Ausgeschlossen. Es war heute ausgemacht, und Sennleitner kannte das Haus.

Kreuthner hatte ein Auge auf Lisa geworfen, auch wenn klar war, dass da wenig gehen würde. Sie war mehr als zwanzig Jahre jünger und spielte in einer anderen Liga als alle ihre Polizeikollegen. Nur hielt das niemanden davon ab, um sie herumzugockeln und sich zum Deppen zu machen. Die weiblichen Mitarbeiter sahen es mit Kopfschütteln und machten die eine oder andere spitze Bemerkung dazu. Aber das half nichts. Bei dem Wettrennen, das ausgebrochen war, hatte jetzt Greiner nach seiner Rettungstat die Poleposition ergattert. »He, du bist ja ein richtiger Held« – mit diesen Worten hatte ihn Lisa bei seiner Rückkehr in die Polizeistation begrüßt, und es lag echte Bewunderung darin. Und wie sie ihm mit der Hand halb scherzhaft, halb mit echter Fürsorge über die immer noch feuchten Haare gestrichen hatte – dieses Bild war ein glühender Dolch in Kreuthners Herz. Es musste also was passieren. Denn Greiner war nicht nur Mitbewerber um Lisas Gunst, sondern seit Jahren Kreuthners Erzfeind – und umgekehrt.

Zunächst hatte Kreuthner nachgeforscht, was bei der Rettungsaktion wirklich abgelaufen war, und was er herausfand, ließ die Angelegenheit in einem etwas anderen Licht erscheinen. So war der alte Mann bei seiner Rettung keineswegs mit einer Unter-, sondern mit einer Badehose bekleidet gewesen. Denn er hatte, wie seine Enkelin Kreuthner erzählte, seit siebenundfünfzig Jahren die Gewohnheit, jeden Tag, an dem der Schliersee nicht zugefroren war, ein Bad darin zu nehmen. Die Bewusstlosigkeit des alten Herrn kam auch nicht von einer Unterkühlung, sondern von einem großen Stein am Ufer, auf dem der Kopf aufgeschlagen war, als Greiner den sich empört Wehrenden an Land schleifte. Die Familie konnte den Geretteten gerade noch davon abbringen, Anzeige zu erstatten. Eine hübsche Geschichte, um Greiner der Lächerlichkeit preiszugeben. Leider wäre da ein arges G'schmäckle von Kollegenneid gewesen, hätte Kreuthner die Sache aufgedeckt.

Es blieb ihm nur, Greiners Heldentat mit einem eigenen Husarenstück zu übertreffen. Und das hatte Kreuthner heute Abend vor. Sein Freund und Polizeikollege Sennleitner war für fünfzig Flaschen von Kreuthners schwarz gebranntem Obstler bereit gewesen, den Schurken zu spielen. Jetzt musste er nur langsam in Erscheinung treten. Doch nichts rührte sich in dem alten Bauernhaus. Kreuthner beschloss, unter einem Vorwand den Wagen zu verlassen und Sennleitner anzurufen. Der bräuchte höchstens eine Viertelstunde, um herzukommen. In der Zwischenzeit würden sie noch eine Runde mit dem Streifenwagen drehen und wieder vorbeischauen, wenn Sennleitner Position bezogen hatte.

»Ich muss mal kurz raus.« Kreuthner deutete nach draußen in Richtung einer großen, alten Linde.

Lisa starrte zum Haus und hatte anscheinend nicht zugehört. »Da ist was«, flüsterte sie.

Tatsächlich. Ein Licht wischte an einem der Fenster vorbei. Der Strahl einer Taschenlampe. Dann wurde es wieder dunkel, und das Licht zuckte hinter einem anderen Fenster auf.

»Okay«, sagte Kreuthner.

»Okay?« Lisa sah Kreuthner erstaunt an. »Was genau heißt ... okay?«

17

»Wir schauen uns das mal an.« Er stieg aus dem Wagen. Lisa ebenfalls. »Waffe griffbereit?« Kreuthner entsicherte seine eigene Pistole.

»Meinst du, wir brauchen die?«

»Das sehen wir dann.«

Lisa nickte besorgt, zog die Pistole aus dem Halfter und zielte mit beiden Händen in die Nacht. Kreuthner legte die Hand auf ihren Arm und drückte ihn nach unten.

»Bleib dicht hinter mir!«

Bis zum Haus waren es gut fünfzig Meter. Sie liefen auf die Südwand zu. Es war die breite Seite. Rechts befand sich der Wohntrakt, links der Stall, der zwei Drittel der Länge einnahm. Das Gebäude war alt und vernachlässigt. Der letzte Anstrich musste Jahrzehnte zurückliegen. Kreuthner bewegte sich in Richtung einer Eingangstür. Dahinter lag, wie er wusste, der Flur, der das Gebäude in seiner Breite durchschnitt. Erneut flackerte im Haus ein Licht auf.

»Sollen wir Verstärkung holen?« Lisas Stimme hörte sich wackelig an, die Aufregung war ihr in den Hals gekrochen.

»Am End is es nur der Nachbar, der nach dem Rechten schaut. Übertreiben ma's net.« Kreuthner suchte hinter einem alten Kirschbaum Deckung und gab Lisa ein Handzeichen, sich hinter ihn zu stellen. Sie waren noch zehn Meter vom Haus entfernt. »Ich geh da jetzt rein und schau, was los ist.«

»Und ich?«

»Du bleibst draußen. Wenn ich erschossen werde, musst du den Burschen verhaften.«

Lisa sah Kreuthner mit weit aufgerissenen Augen an und brachte kein »Ja«, kein »Okay«, nicht mal ein Nicken zustande. Die Angst schien sie zu lähmen.

Kreuthner klopfte ihr, begleitet von einem warmen Blick, auf den Oberarm. »Keine Angst. So weit lass ma's net kommen.« Dann drückte er die Pistole in ihrer zitternden Hand erneut sanft nach unten, denn diesmal zeigte sie auf seine Körpermitte. »Wär super, wennst mich net vorher erschießt.«

»Entschuldige!« Sie lachte dünn.

Auch Kreuthner lachte. Dann ließ er seine Waffe einmal um den Zeigefinger rotieren und schob sie in der Manier eines Terence Hill ins Holster zurück. Ein letztes Mal drehte er sich zu Lisa, deutete mit Zeige- und Mittelfinger auf seine Augen, anschließend nur mit dem Zeigefinger auf das Haus, was wohl bedeuten sollte, behalt alles im Auge für den Fall … Nun ja, was immer es bedeutete, es sah jedenfalls sehr cool aus. Dann machte sich Kreuthner zielstrebig, aber nicht hastig auf den Weg zur Haustür, dabei immer ein wachsames Auge auf die Umgebung werfend.

Das Einzige, was Kreuthner in diesem Moment Sorge machte, war Sennleitner. Sie hatten nicht genau durchchoreografiert, was sie da inszenieren wollten. Sennleitner hatte gemeint, das werde er schon hinbekommen. Ein paar Schüsse aus der Schreckschusspistole, Kreuthner würde zurückfeuern, und am Ende der Veranstaltung würde er sich schützend vor Lisa werfen, während Sennleitner das Weite suchte. Was aber, wenn Sennleitner es so dumm anstellte, dass sich Lisa angegriffen fühlte und auf ihn schoss? Nervös, wie sie war, würde sie sowieso nichts treffen. Aber wer weiß – ein Querschläger in Sennleitners Bein, und schon hätte man massive Probleme.

Kreuthner blickte sich zu Lisa um, als er die Klinke der Flurtür nach unten drückte. Sie war, wie er wusste, nicht abgeschlossen. Lisa schien vor Spannung den Atem anzuhalten. Er nickte ihr zu und hielt einen Daumen nach oben. Dann verschwand er im Haus.

Durch die Milchglasscheibe der Haustür drang nur das wenige Licht herein, das die Straßenlaterne spendete. Kreuthner brauchte eine Weile, bis er zumindest Umrisse erkennen konnte. Wo war jetzt Sennleitner? Er könnte sich ja mal bemerkbar machen.

»Wo steckst du denn?«, flüsterte Kreuthner ins Dunkel hinein.

Als Antwort kam ein Rumpeln hinter einer der Türen, die von den Zimmern auf den Flur gingen.

»Auf geht's!«, rief Kreuthner tonlos zu der Tür. »Mach ma a bissl Action!« Nichts rührte sich. »Du kommst jetzt raus und haust nach hinten ab. Durch die Tür zum Hof raus. Alles klar?«

Kreuthner wartete auf Antwort. Die kam aber nicht. Zumindest nicht verbal. Stattdessen zerriss ein scharfer Knall die Stille. Sennleitner hatte aus einem der Zimmer links vom Gang geschossen, wie Kreuthner am Mündungsfeuer sehen konnte. Na endlich! Kreuthner schoss zweimal in die Decke, worauf von Sennleitner wieder ein Schuss abgegeben wurde. Sie sollten es nicht übertreiben, überlegte Kreuthner. Er musste über jede Patrone Buch führen. Falls man den Tatort hier näher durchsuchte, würde man feststellen, dass es nur Einschüsse von seiner Waffe gab. Aber dann blieb immer noch die Erklärung, der Einbrecher habe nicht mit scharfer Munition geschossen. Das ließ sich ja in dieser hektischen Situation und nachts kaum auseinanderhalten. Kreuthner hätte dann zumindest in Putativnotwehr gehandelt. Noch während ihm dieser Gedanke durch den Kopf ging, schoss Sennleitner erneut. Diesmal ging die Scheibe in der Eingangstür hinter Kreuthner zu Bruch. Kreuthner war verwirrt, vor allem aber alarmiert.

»Ja ham s' dir ins Hirn g'schissen!«, zischelte er in Richtung des Kollegen und hoffte, dass Lisa es nicht durch die jetzt scheibenlose Tür mitbekam. »Du kannst doch net mit scharfer Munition …«

Weiter kam er nicht, der nächste Schuss zerfetzte den Stromzähler an der Wand über ihm. Kreuthner, langsam verärgert, schoss zurück, allerdings in sicherer Höhe. Kreuthner sah schemenhafte Bewegungen in der Dunkelheit und hörte dumpfe Schritte. Sennleitner rannte den Gang entlang zur Tür auf der Nordseite, die kurz darauf tatsächlich aufgerissen wurde. Kreuthner lief hinterher.

Draußen auf dem Hof sah er eine Gestalt in die Nacht laufen.

»Halt! Stehen bleiben! Polizei!« Kreuthner gab noch einen Warnschuss ab, worauf sich der Flüchtende hinter einen alten Traktor warf, der neben dem Wirtschaftsgebäude stand. Kreuthner lief ebenfalls in Richtung des Traktors. An der Ecke des Haupthauses stieß er fast mit Lisa zusammen, die ihm zu Hilfe kommen wollte.

»Obacht!« Kreuthner stellte sich vor Lisa, um sie am Weiterlaufen zu hindern. »Der Bursch is g'fährlich.«

Wie zur Bestätigung dieser Warnung wurde hinter dem Traktor ein Schuss abgegeben. Kreuthner riss Lisa zu Boden und legte sich über sie. Der nächste Schuss traf einen Fensterladen im ersten Stock, der schon vorher nur schepps an einem Scharnier gehangen hatte und nach dem Treffer endgültig der Schwerkraft nachgab. Auf dem Weg nach unten kollidierte er mit einem Balkonbalken, der – seiner Funktion beraubt, denn Brüstung und Boden waren vor Jahren abgefallen –, einsam aus der Hausmauer stak, was den Fensterladen auf eine Flugbahn umlenkte, die genau durch Kreuthners Dienstmütze führte. Es rummste dumpf und hölzern, Kreuthners Glieder wurden schlaff, und seine Wahrnehmung setzte aus.

2

Als Kreuthner die Augen wieder aufschlug, war Lisas
großer Mund mit der kleinen Zahnlücke zwischen den
oberen Schneidezähnen das Erste, was er sah. Dieser Augenblick hätte, wäre es nach Kreuthner gegangen, bis in alle
Ewigkeit dauern können. Auch der zweite Augenblick, als
Lisa »Gott sei Dank! Du lebst!« hauchte, war durchaus in
Ordnung. Ab da ging es jedoch bergab mit Kreuthners Be-
findlichkeit. Zuerst stellten sich heftige Kopfschmerzen ein,
dann der Verdacht, dass bei der ganzen Sache etwas ab-
scheulich schiefgelaufen war.

»Ich hab Verstärkung angefordert«, sagte Lisa. »Bleib liegen, du hast wahrscheinlich eine Gehirnerschütterung«,
schickte sie nach, als er aufstehen wollte.

»Wo ist der Kerl?«, fragte Kreuthner.

»Na ja, ich hab ihn …« Lisa zögerte.

»Was? Erschossen?« Kreuthner schwanden fast erneut die
Sinne vor Entsetzen. Gedanken jagten ihm wie Flipperku-
geln durchs Gehirn: Das Mädchen hatte Sennleitner umgebracht, und er, Kreuthner, war schuld! Andererseits – Sennleitner hatte scharf geschossen. Das war so nicht verabredet
gewesen. Also war eigentlich Sennleitner selber schuld. Das
änderte freilich nichts daran, dass Kreuthner jetzt bis über
beide Ohren in Schwierigkeiten … Mitten in dieses Synap-
senfeuerwerk hörte er Lisas Stimme: »Ich hab ihn entkommen lassen. Tut mir leid.«

Kreuthner ließ sich, plötzlich unendlich erleichtert, nach
hinten sinken, zuckte aber sofort wieder hoch, als sein Hinterkopf den Boden berührte.

»Der Fensterladen hat dich erwischt.«

»Fensterladen?« Kreuthner ertastete ein riesige Beule.

Lisa deutete auf ein flaches, verwittertes Stück Holz mit grünen Farbresten und einem herzförmigen Loch in der Mitte, das ein paar Meter entfernt auf dem Boden lag.

»Der ist da irgendwo runtergefallen.« Sie zeigte mit dem Daumen zur Hauswand hinter sich.

Kreuthner stand ächzend auf und wehrte Lisas Versuche ab, ihn zum Liegenbleiben zu bewegen. »Geht schon.« Er säuberte mit ein paar Handschlägen seine Uniform. »Wo ist er hin?«

Lisa deutete Richtung Wirtschaftsgebäude. Dann hielt sie Kreuthner eine durchsichtige Plastiktüte der Spurensicherung vors Gesicht. Darin befand sich etwas Zerknülltes, Schmutzig-Weißes.

»Ein Papiertaschentuch. Hat der Einbrecher wahrscheinlich auf der Flucht verloren. Ich hab's hier im Hof liegen sehen.«

»Gut gemacht! Super!« Kreuthner rutschte das Herz in die Hose. Wenn Sennleitner da reingerotzt hatte – und was sollte er sonst mit einem Papiertaschentuch getan haben –, konnte man literweise DNA sicherstellen. Und da Sennleitners DNA wie die aller Polizisten gespeichert war, würde man ihn sofort identifizieren.

»Vielleicht ist der Kerl in einer Datenbank gespeichert.« Lisa machte große Augen. »Dann haben wir ihn.«

»Wenn das Taschentuch tatsächlich von ihm ist.« In Kreuthners schmerzendem Kopf nahm bereits ein Notfallplan Gestalt an.

»Ich glaube, hier waren in letzter Zeit nicht so viele Leute«, hielt Lisa dagegen.

»Wahrscheinlich nur wir.« Kreuthner nahm ihr die Tüte aus der Hand. »Ich hol mir was gegen die Kopfschmerzen. Du hältst die Stellung. Die Verstärkung muss ja gleich da sein.«

Im Dienstwagen schnäuzte Kreuthner zunächst einmal in ein eigenes Papiertaschentuch und steckte es in eine andere, aber identisch aussehende Spurensicherungstüte. Die von Lisa sichergestellte Originalprobe verbarg er in der Innentasche seiner Jacke, um sie später zu vernichten. Im Handschuhfach fand er eine Packung Aspirin, nahm drei Stück und kehrte zu Lisa zurück.

»Die brauchen noch. Hat einen Unfall auf der B 472 gegeben. Ich hab auch gesagt, sie sollen die Spurensicherung schicken.« Lisa steckt ihr Handy ein. »Was machen wir inzwischen?«

Kreuthner hätte die Sache am liebsten unter dem Deckel gehalten. Aber das war bei einer Schießerei schwer möglich.

»Wir schauen uns mal am Tatort um.«

»Sicher?« Lisa sah ihn skeptisch an. »Ich dachte, das müssen wir der Spurensicherung überlassen.«

»Wir müssen schon vorsichtig sein. Aber vielleicht liegt da jemand verletzt im Haus.«

Lisa hatte recht. Tatorte sollten zuerst von der Spurensicherung untersucht werden. Wer immer sonst an einem Tatort herumspazierte, lief Gefahr, Spuren zu vernichten oder zu kontaminieren. Aber Kreuthner musste sich unbedingt in dem Haus umsehen. Am Ende hatte Sennleitner noch andere Hinweise auf sich hinterlassen. So dumm, wie er sich angestellt hatte, war das sogar sehr wahrscheinlich.

Der Geruch von Schießpulver hing in der Luft, als Kreuthner und Lisa den Hausflur betraten. Kreuthner wollte das Licht einschalten. Es blieb aber dunkel. Vermutlich hatte Pirkel seine Stromrechnung nicht mehr bezahlt, nachdem er ins Krankenhaus eingeliefert worden war.

»Schau mal in der Küche nach.« Kreuthner deutete auf eine Tür am Ende des Ganges. Während Lisa sich mit ihrer Taschenlampe auf den Weg machte, trat Kreuthner in das Zimmer, aus dem Sennleitner vorhin die Schießerei eröffnet hatte. Scherben knirschten unter seinen Stiefeln. Es war das Wohnzimmer. Die Einrichtung bestand aus denjenigen von Pirkels Möbeln, die nicht zum Pfänden taugten. Eine zerschlissene Stoffcouch aus den Siebziger-, wenn nicht Sechzigerjahren. Die Farbe war im Kunstlicht der Taschenlampe schwer zu erkennen. Nach Kreuthners Erinnerung war sie senfgrün. Ein kleiner Flachbildschirm mit Riss in der Scheibe stand auf einem Hocker, an dem helle Farbreste klebten. Er hatte vermutlich mal als Leiter bei Malerarbeiten gedient. Die Bodendielen waren staubig und in der Mitte des Raums mit einem Perserteppich bedeckt, der mehr kahle Stellen als Muster besaß. Auch der Rest der Einrichtung war alt und abgestoßen, und überall standen leere Bierflaschen.

»In der Küche ist nichts. Stinkt nur ziemlich.« Lisa war hinter Kreuthner getreten. »Hier ist auch niemand, oder?«

Kreuthner schwenkte die Taschenlampe und überlegte, unter welchem Vorwand er Lisa rausschicken konnte.

»Was ist das?«

Kreuthner ließ den Lichtstrahl zurückwandern. Er war über etwas Großes, Weißes geglitten – eine Tiefkühltruhe, wie sich herausstellte. Der Deckel war geschlossen, und auch sonst sah das Gerät unauffällig aus – abgesehen von dem Umstand, dass es sich in einem Wohnzimmer befand. Aber Pirkel war seit jeher als kauzig bekannt.

»Vielleicht wollte der Einbrecher eine Leiche einfrieren«, hauchte Lisa.

»Dann hätt er Pech g'habt. Der Strom is aus.«

Während Kreuthner die Kühltruhe im Licht seiner Taschenlampe betrachtete, spürte er ein Kribbeln im Bauch. Irgendetwas war mit diesem Gerät. Nein, da waren weder eine gefrorene Leiche noch Körperteile drin. Und Pirkel hatte anscheinend daran gedacht, das Teil auszuräumen, bevor er ins Krankenhaus gegangen war. Sonst hätte man das nämlich gerochen. Kreuthner ging näher an die Truhe heran und etwas nach rechts, sodass er auch die Seite sehen konnte. Und jetzt entdeckte er etwas, das sein seltsames Gefühl bestätigte. Zwischen Deckel und Korpus war ein Stück roter Stoff eingeklemmt. Der Rest des Stoffs – was immer es war – befand sich in der Tiefkühltruhe.

»Oh«, sagte Lisa.

Kreuthner zückte sein Handy und machte ein Foto, damit man hinterher genau rekonstruieren konnte, wie sie die Truhe aufgefunden hatten. Dann streifte er sich Latexhandschuhe über. Von draußen hörte man Martinshörner näher kommen.

»Sollen wir das nicht der Spurensicherung überlassen?«, gab Lisa zu bedenken.

»Wenn da wer drin is«, Kreuthner streckte beide Hände in Richtung Kühltruhe, »dann is der bis dahin erstickt.«

Lisa nickte, starrte das Stückchen Stoff an und fühlte sich anscheinend nicht wohl bei dem Gedanken, das Geheimnis der Truhe zu lüften. Kreuthner hatte auch nicht vor, sie dabei sein zu lassen.

»Geh schon mal raus und sag den andern, wo mir sind.«

Er wartete, bis sie aus der Tür war, lauschte noch kurz ihren Schritten. Dann stellte sich Kreuthner vor die Kühltruhe und nahm vorsichtig eine Ecke des Deckels zwischen zwei Finger. Inzwischen kam ihm die ganze Angelegenheit äußerst seltsam vor. War das vorhin wirklich Sennleitner gewesen? Aber wer sonst? Was hätte ein Einbrecher hier verloren gehabt? Vielleicht ein Obdachloser auf der Suche nach einer Übernachtungsmöglichkeit. Aber Obdachlose schossen höchst selten um sich. Er lüftete den Deckel ein wenig. Der Stoff zuckte kurz, dann schlüpfte er wie ein flinkes Tier in den Innenraum der Truhe. Kreuthner stemmte den Deckel ganz auf und ließ die Taschenlampe nach unten strahlen. Wie er jetzt sehen konnte, gehörte der Stoff zu einem Schal, der unordentlich auf einem roten Pullover lag, daneben, an der weißen Plastikwand der Truhe, ruhte eine Hand mit lackierten Fingernägeln, in der Ecke blickte der dazugehörige Kopf mit offenem Mund nach oben, eine schwarze Hornbrille hing quer über dem Gesicht. Es war das Gesicht einer Frau um die vierzig, gepflegt und dezent geschminkt. Selbst mit schiefer Brille hatte sie noch Stil, und es hätte ausgesehen wie die Szenerie für eine extravagante Brillenwerbung, wäre da nicht dieses Einschussloch in der Stirn gewesen.

»Oh …«, sagte jemand, der jetzt neben Kreuthner getreten war und ebenfalls in die Truhe schaute. Es war Benedikt Schartauer, ein jüngerer Kollege von Kreuthner.

3

Wallners Großvater Manfred hatte, einer nostalgischen Lust nachgebend, Schaschlik gekocht. Etwas überwürzt, aber sonst nicht übel. Wallner erinnerte es an Kindheitstage und den Geruch, der damals in der Küche hing. In seiner Kindheit hatten sie oft Schaschlik gegessen. Heute gab es das so gut wie gar nicht mehr. Wallner tunkte gerade ein schon etwas zähes Semmelstück vom Vortag in die Soße, als ihn der Anruf erreichte.

»Jetzt noch?« Manfred ließ, offensichtlich verärgert über die Störung des besinnlich-nostalgischen Schaschlik-Events, den Löffel sinken. Wallner steckte das Telefon wieder in die Ladestation und kam aus dem Flur zurück.

»Ich find's auch unpassend um die Uhrzeit. Aber die Verbrecher werden ja immer rücksichtsloser.« Wallner setzte sich wieder an den Tisch und aß, was auf seinem Teller war, hastig auf. »Wird spät werden.«

»Den Abend hab ich mir offen g'sagt anders vorgestellt«, maulte Manfred.

»Ob ich beim Fernsehen danebensitze oder nicht, ist doch einerlei. Du redest ja eh nichts.«

»Aber wenn ich was net richtig g'hört hab, kann ich dich fragen.«

»Dann mach den Fernseher halt lauter.«

»Kommt eh nur Schmarrn. Da muss ich mich net auch noch anschreien lassen.«

Wallner brachte seinen Teller zur Geschirrspülmaschine. »Du bist heute irgendwie nörgelig drauf, kann das sein?«

»Gar net. Ich hab mich nur drauf eingerichtet, dass mir den Abend zu zweit verbringen.«

»Es geht halt nicht. Dienst ist Dienst.«

»Du musst da gar net hin. Ihr habt's doch an Nachtdienst.«

»Es ist immer besser, wenn man den Tatort selbst gesehen hat. Vor allem bei Mord. Und in den ersten Stunden gewinnt man auch die meisten Erkenntnisse.«

»Mach, wie du meinst. Wo is denn die Leich?«

»In Festenbach.«

»Dann kannst mich ja auf dem Weg in der Mangfallmühle vorbeibringen.«

Wallner dachte eine Sekunde lang, sich verhört zu haben.

»Mangfallmühle? *Die* Mangfallmühle?«

»Hast irgenda Problem damit?«

Wallner war nahezu sprachlos, dass sein Großvater dieses im ganzen Landkreis berüchtigte Lokal aufsuchen wollte. »Es … es ist halt nicht das beste Publikum da.«

»Der Kreuthner Leo is da, der Sennleitner. Alles Kollegen von dir.«

»Das widerlegt nicht unbedingt meine Bedenken. Abgesehen davon ist der Leo im Augenblick am Tatort.«

»Der kommt sicher noch vorbei. Bringst mich jetzt zur Mangfallmühle?«

Wallners Gesichtszüge verfielen in Resignation. »Nimmst du den Rollator mit?«

Es dauerte nur zehn Minuten von Miesbach bis Festenbach. Durch die zwei Kilometer Umweg über die Mangfallmühle brauchte Wallner aber zehn Minuten länger. Nachdem er Manfred dort abgeliefert hatte, musste er die B 472 Richtung Bad Tölz weiterfahren und bei einer einsam gelegenen Autowerkstatt links abbiegen. Nach einem weiteren Kilometer war Wallner in Festenbach. Er konnte die Blaulichter schon von der Werkstatt aus sehen. Es war Viertel vor acht Uhr abends, für die Jahreszeit zu warm, und zaghafter Regen fiel. Knapp hundert Meter vor dem heruntergekommenen Bauernhof, um den herum jetzt Leben tobte wie vermutlich schon lange nicht mehr, parkte Wallner. Beamte huschten im Blaulicht hin und her, uniformierte Polizisten spannten rot-weiße Flatterbänder, diskutierten mit Gaffern, die sich schon zahlreich eingefunden hatten, und aus einem Fenster des Hauses flutete ein gleißender Schein in die Oktobernacht, als hätte Maria dort soeben den Heiland geboren. Wallner vermutete einen Baustrahler der Spurensicherung hinter dem Lichtwunder.

Er parkte immer ein gutes Stück entfernt. Er musste wissen, wie es war, wenn man sich dem Tatort zu Fuß näherte, was man dabei sehen konnte, wer einen selbst dabei sehen konnte und was für einen Eindruck der Ort, an dem jemand sein Leben ausgehaucht hatte, beim Näherkommen machte.

Er kannte den Hof, der vor ihm lag. Er war im neunzehnten Jahrhundert von wohlhabenden Bauern errichtet worden und besaß eine etwas abseits gelegene eigene Kapelle. In deren Keller hatte Wallner 1992 eine Leiche entdeckt – zusammen mit Leonhardt Kreuthner. Beide waren damals Anfang zwanzig und am Beginn ihrer Polizeilaufbahn. Es war Wallners erster Mordfall gewesen.

»Mein lieber Schwan! Ganz schöne Beule!« Die Sanitäterin tupfte an Kreuthners Kopf herum. »Fensterladen oder wie?«

»Hm«, grunzte Kreuthner und versuchte, seine Gedanken zu sortieren.

»Da musst morgen zum Arzt. Der schreibt dich eine Woche krank, Minimum.«

»Hm.« Kreuthners Telefon klingelte. Es war Sennleitner.

»Du hast mich angerufen?« Sennleitners Stimme hatte etwas Dampfig-Alkoholisches. Betrunken war er nicht, aber auf dem Weg dahin. Offenbar hatte Sennleitner zwar gesehen, dass Kreuthner ihn angerufen hatte, die Box aber nicht abgehört. Sonst hätte seine Stimme schuldbewusster geklungen.

»Kann des sein, dass mir heut verabredet waren?«, flüsterte Kreuthner und sah zur Sanitäterin, die zu ihrem Wagen zurückgegangen war.

»War des heut?« Jetzt schwang so etwas wie schlechtes Gewissen in Sennleitners Obertönen.

»Ja, des war allerdings heut.«

»Verdammte Hacke! Mei … sorry, dann … dann mach ma die Show halt morgen. Wo steckst denn?«

»Da, wo mir uns verabredet ham. Ich wollt auch nur wissen, ob du tatsächlich net da warst.« Die Sanitätsfrau kam zurück.

»Des hast doch g'sehen, dass ich net da war …« Jetzt klang Sennleitner irritiert.

»Des war eben net so klar. Bei der Dunkelheit. Und so saublöd, wie der sich ang'stellt hat, des hättst fast du sein können.«

»Wer hat sich ang'stellt?«

»Obacht! Ich sprüh jetzt was auf die Wunde«, kam die Stimme der Sanitäterin von hinten. Dann ein scharfes *Pfffft*.

»Au!«

»Ich hab doch Obacht g'sagt.«

»Ja, ich hab's g'hört. Es war nur – so plötzlich.«

»Was is denn da los?«, quäkte Sennleitner verzerrt aus dem Handylautsprecher.

»Also, du warst jedenfalls net da, wo … wo mir uns verabredet ham?« Kreuthner schielte zur Sanitäterin, ob die etwas argwöhnte. Die Frau war aber mit dem Auspacken eines Verbands beschäftigt, den sie wohl gleich um Kreuthners Kopf wickeln würde.

»Ja hast mich vielleicht g'sehen?«

Am Hauseingang sah Kreuthner Lisa, sie redete mit Tina von der Spurensicherung. »Muss jetzt Schluss machen. Wo bist'n?«

»In der Mangfallmühle.«

»Ich komm vielleicht nachher noch vorbei.«

Kreuthner drückte das Gespräch weg und stand auf.

»He! Da muss noch der Verband dran!«

Kreuthner ignorierte die Sanitäterin und stapfte auf Lisa zu. Dabei griff er in die Innentasche seiner Jacke. Das mit der Täter-DNA eingerotzte Papiertaschentuch war noch da und musste jetzt schleunigst wieder umgetauscht werden. An sich konnte er es gleich Tina geben. Aber dann hätte er erklären müssen, warum er es hinter Lisas Rücken gegen ein anderes ausgetauscht hatte.

»Servus Tina!« Kreuthner verzerrte sein Gesicht eine Millisekunde lang zu einem breiten Lächeln, dann wandte er sich an Lisa und nahm sie zur Seite. »Du, sag amal …« Er ging ein paar Schritte, bis sie aus Tinas Hörweite waren. »Dieses Papiertaschentuch, is des noch im Wagen?«

»Nein, das hab ich schon der Tina gegeben. Die war schwer begeistert.« Lisas Augenbrauen zuckten lustig nach oben.

»Ja, super. Wo … wo hat die Tina das Teil hingetan?«

Lisa zog die Schultern hoch.

Kreuthner nickte und ging zu Tina zurück.

»Die Asservaten san bei euch im Wagen?« Er sah zu dem alten, noch in Grün lackierten Transporter, den die Spurensicherungsleute benutzten.

»Ja, wieso?«

»Wollt nur kurz was nachschauen.«

»Wieso? Was willst denn nachschauen?« Tina kannte Kreuthner schon lange, und in diesem Moment dünstete etwas Unseriöses von ihm in die Nachtluft aus, und das sagte ihr, dass es möglicherweise keine gute Idee war, Kreuthner an die Beweisstücke zu lassen.

»He, Leo …«, sagte jemand von hinten. Es war Wallner. »Du sollst sofort wieder zur Sanitäterin gehen. Die hat nämlich keine Lust, dir mit ihrem Verband hinterherzulaufen.« Wallner warf einen Blick auf Kreuthners Hinterkopf. »Schaut ja furchtbar aus. Wie geht's dir?«

»Is net so schlimm. Du, ich muss nur noch kurz was erledigen.« Er deutete auf den Wagen der Spurensicherung.

Wallner sah zu Tina. Von ihr kam die Andeutung eines Kopfschüttelns. Er packte Kreuthner am Arm. »Das kann warten. Du kriegst jetzt deinen Verband, und dabei können wir reden.« Er blickte zu Lisa. »Du warst auch dabei?« Lisa nickte. Wallner lud sie per Handzeichen ein mitzukommen.

Wallner, Kreuthner und Lisa saßen an einem Klapptisch im ehemaligen Heustadel des Wirtschaftsgebäudes. Heu wurde in diesem Raum nicht mehr gelagert. Dafür alle möglichen Dinge aus Metall, die Pirkel im Lauf von Jahrzehnten gesammelt hatte: Sensen, eine alte Tankstellen-Zapfsäule, mehrere Dutzend Traktorensitze, Verbrauchszähler für Wasser und Strom und tausend andere Dinge, von denen wahrscheinlich Pirkel selbst nicht mehr wusste, warum er sie behalten hatte. Einiges hatte man auf die Seite geräumt, damit die Ermittler eine Art Zentrale einrichten konnten. Im Haus selbst durfte sich im Augenblick nur die Spurensicherung bewegen.

»Hat er das Zeug damals schon gehabt?« Wallner bezog sich auf den ersten gemeinsamen Besuch, den er und Kreuthner dem Hof 1992 abgestattet hatten.

»Keine Ahnung. War seitdem nimmer da.« Kreuthner registrierte Lisas fragenden Blick. »War unsere erste Leich. In der Kapelle hinterm Haus.« Er deutete mit dem Kopf in die entsprechende Richtung.

Lisa nickte angemessen beeindruckt.

»Dein Vater ist gar nicht da?«, fuhr Wallner fort.

»Der is im Krankenhaus. Deswegen hamma ja vorbeig'schaut. Weil mir g'wusst ham, dass er länger net da is.«

»Okay. Und was ist dann passiert?«

»Na ja, die Lisa hat g'sehen, dass da a Licht is im Haus. Und ich hab g'sagt, ich schau mal nach.«

»Ohne Verstärkung?«

Kreuthner breitete die Arme aus. »Ich hab denkt, des is a Obdachloser, der was zum Übernachten sucht.«

Wallner nickte stumm.

»Na, jedenfalls bin ich dann rein, und wie ich drin bin, hör ich, wie jemand umeinandschleicht, und sag: Polizei! Was ham Sie hier zum Suchen? Und auf einmal fangt der zum Schießen an. Ich Deckung g'sucht und zurückg'schossen. Und wie er zur Tür raus is, bin ich hinterher. Draußen bei der Flucht hat er weiterg'schossen. Und dann is mir dieser Fensterladen ans Hirn g'rauscht. Mehr weiß ich nimmer.«

Kreuthner sah Lisa auffordernd an, und sie erzählte, dass Kreuthner sich schützend auf sie geworfen habe, wie es den dumpfen Schlag auf seinen Kopf getan habe, und was dann geschehen war, nämlich, dass sie noch zwei Schüsse auf den flüchtenden Mann abgegeben hatte oder zumindest in die Richtung, in die er in die Dunkelheit gelaufen war. Dann hatte sie Kreuthner in die stabile Seitenlage gebracht.

»Ach ja«, fiel es Lisa noch ein, »dann habe ich im Hof auf dem Boden was Weißes gesehen. Das ist mir verdächtig vorgekommen. Ich bin hingegangen und sehe, das ist ein benutztes Papiertaschentuch. Das hab ich dann sichergestellt.«

»Sehr gut«, lobte Wallner. »Dann haben wir wahrscheinlich die Täter-DNA.«

»Vielleicht auch nicht«, schränkte Kreuthner ein.

Wallner sah ihn fragend an.

»Na ja – es könnt sein, dass es von mir is. Des Taschentuch.«

»Du hast dich geschnäuzt?«

Kreuthner zuckte mit den Schultern.

»Mitten in einer Schießerei, die vielleicht dreißig Sekunden gedauert hat, hast du dich geschnäuzt?«

»Wenn die Nase läuft – hilft ja nix.«

»Ich meine: Du rennst dem fliehenden Täter hinterher und dabei putzt du dir die Nase?«

»Vielleicht hab ich mich schon im Haus geschnäuzt und das Tüchl dann im Hof fallen lassen.«

»Entschuldige, aber ich kann mir beim besten Willen nicht vorstellen, dass man sich mitten in einer Schießerei die Nase putzt.«

»Ich sag ja nur: Es könnt eventuell sein, dass des mein Taschentuch is. Ich kann mich nimmer so genau erinnern. Blackout, verstehst?«

Wallner schien nicht zu verstehen.

»Na, der Fensterladen, wo mir aufn Kopf g'rauscht is.«

»Ach so.« Wallner sah zu Lisa.

»Das war wirklich schlimm. Ich hab gedacht, er überlebt das nicht.« Sie warf einen zärtlich-erleichterten Blick zu Kreuthner, der die Augen senkte und bescheiden lächelte.

»Was soll's!«, sagte Wallner. »Morgen werden wir wissen, ob das Taschentuch von dir ist.«

Er blickte Richtung Haus. In diesem Augenblick wurde der Fensterladen mit einer Nummer versehen und als Beweisstück dort fotografiert, wo er nach der Kollision mit Kreuthners Hinterkopf zu liegen gekommen war.

»Du bist also Gott sei Dank wieder aufgewacht, und dann seid ihr noch mal ins Haus zurück? Wieso eigentlich? Die Spurensicherung wird nicht begeistert sein.«

»Wir wussten ja nicht«, sprang Lisa ihrem Kollegen bei, »ob nicht noch andere Personen im Haus waren, vielleicht verletzt. Am Ende verblutet noch jemand.«

»Ja gut«, konzedierte Wallner. »So gesehen. Und da habt ihr dann die Leiche entdeckt?«

»Ja, die war in der Gefriertruhe im Wohnzimmer.«

»Im Wohnzimmer?«

»Mein Vater is a schräger Vogel.«

»Scheint so. Und wie seid ihr auf die Idee gekommen, die Gefriertruhe aufzumachen? Dass da Verletzte drin sind, ist ja eher unwahrscheinlich.«

Kreuthner gab Wallner sein Handy. Auf dem Display war die Gefriertruhe vor ihrer Öffnung zu sehen. Der Schal hing noch heraus.

»Verstehe. Ihr habt beide die Leiche gesehen?«

Lisa deutete auf Kreuthner.

»Die Lisa is raus zu die Kollegen. Die sind g'rad angekommen.« Kreuthner kramte einen Moment in seinen Erinnerungen. »Des war a Frau in der Truhe, circa vierzig, gut angezogen, Brille. Einschussloch in der Stirn.«

»Kennst du die Frau? Ich meine, sie könnte zum Bekanntenkreis deines Vaters gehören.«

»Na. Solche Leut kennt der net.« Kreuthner spitzte den Mund. »Aber jetzt, wo du's sagst: Könnt sein, dass ich des G'sicht schon mal g'sehen hab. Doch! Ich bin fast sicher, die is ausm Landkreis.«

Wallner ging zu dem Fotografen, der gerade mit dem Fensterladen fertig war.

»Servus! Gibt's schon Fotos von der Leiche?«

Der Fotograf nickte und holte ein Bild auf das Display seiner Digitalkamera. Es zeigte die tote Frau in der Gefriertruhe. Auch Wallner kam das Gesicht vage bekannt vor. Sein Gedächtnis für Gesichter war recht leistungsfähig. Aber mit Toten war das so eine Sache. Wenn die Seele fort war, änderte sich auch der Ausdruck, gerade so, als ob man ein unter der Haut liegendes Stützgerüst aus dem Gesicht entfernt hätte.

»Kennst du die Frau?«, fragte er den Fotografen.

»Kommt mir irgendwie vor, wie wenn ich s' schon mal g'sehen hätt.« Er starrte auf das Display. »Fällt mir aber nimmer ein. Sorry.«

Von der Straße kam jetzt eine Gestalt mit Halbschuhen und Bügelfaltenhose unter einem modisch kurzen Mantel mit zügigen Schritten auf Wallner zu.

»Wie schaust du denn aus?« Wallner musterte Mike Hanke von oben bis unten. Mike war sein Stellvertreter.

»Ich hatte gerade ein Date, als die WhatsApp kam.«

»Tut mir leid. Aber du hättest ja nicht kommen müssen. Oder war das Date nichts?«

»Ich sag mal so: Das hier wird spannender.«

Um die Uhrzeit war eigentlich der Kriminaldauerdienst zuständig. Beamte würden aus Rosenheim kommen und die Ermittlungen am nächsten Morgen an die Kollegen der Kripo Miesbach abgeben. Wallner hatte Rosenheim dahin gehend verständigt, dass alle Miesbacher Kollegen aus dem Feierabend gekommen waren und dass es reiche, wenn erst mal zwei Kollegen zur Verstärkung kämen.

»Mord?«

»Sieht so aus.« Wallner nahm dem Fotografen, der immer noch neben ihm stand, die Kamera ab und zeigte Mike das Foto der Leiche.

Mike holte eine Lesebrille aus der Innentasche des Mantels. »Wer ist das?«

»Ich hatte die zarte Hoffnung, dass du mir das sagst. Jedem kommt die Frau bekannt vor, aber keiner weiß, wer sie ist.«

»Keine Papiere dabei?«

»Anscheinend nicht.«

»Das Opfer?« Die männliche Stimme kam von hinten. Staatsanwalt Jobst Tischler spähte Mike und Wallner über die Schulter.

»Sie sind ja schnell«, sagte Wallner. Tischler arbeitete am Landgericht München II. »Machen Sie Nachtschicht?«

»Ich habe verfügt, dass ich bei Mordfällen sofort verständigt werde – egal welche Uhrzeit.« Tischler bemächtigte sich der Kamera.

»Sagen Sie nicht, dass Ihnen die Tote auch bekannt vorkommt.«

Tischler kratzte sich am Kinn. »Doch – irgendwie schon ...«

4

Es erstaunte Wallner, dass sich Tischler an das Gesicht des Opfers erinnerte. Tischler konnte sich nämlich nicht einmal die Mitarbeiter der Kripo Miesbach merken, mit denen er öfter zu tun hatte.

»Ist immer schwierig, wenn man den Kontext nicht hat«, philosophierte Mike. »Ich hab mal in einem Restaurant in München jemanden getroffen, der hat mich gegrüßt. Ich grüß zurück und denk mir: Verflucht, woher kennst du den? Erst beim Rausgehen ist es mir eingefallen. Das war unser Metzger, wo ich seit zwanzig Jahren einkauf. Aber wenn er nicht hinter der Theke steht …«

»Ja, der Zusammenhang …« Wallner überlegte: Wenn Tischler die Frau kannte, dann nicht deswegen, weil sie aus dem Landkreis war. Tischler wohnte in München. Da sie ihm, Wallner, und einigen Kollegen aber auch bekannt vorkam, hatte es vermutlich etwas mit ihrer Ermittlungstätigkeit zu tun. Und bis Tischler sich ein Gesicht merkte, musste er es schon ziemlich oft gesehen haben. »Kennen Sie die Frau vielleicht als Tatverdächtige oder aus einer Gerichtsverhandlung?«

Tischler sah noch einmal auf das Kameradisplay. Dann schlug er sich gegen die Stirn. »Na klar. Die saß den ganzen Prozess lang neben mir.«

»Eine Kollegin?«

»Nein.« Er deutete auf das Foto. »Die Nebenklägerin!«

»Ach, *der* Prozess!« Wallner sah zu Mike, doch der schien verwirrt, weil er immer noch nicht wusste, um wen es ging. »Mann – das ist Carmen Skriba!«

Mike griff sich die Kamera. »Carmen Skriba! Stimmt! Erst

ihr Mann – jetzt sie?« Er sah zwischen Wallner und Tischler hin und her. »Ja, Hund und Sau!«

Mehrere von Propangasflaschen gespeiste Heizstrahler erwärmten mittlerweile die Luft im Wirtschaftsgebäude, doch Janette fror trotzdem. Sie saß mit Mütze und Wollpullover vor einem Laptop und sog Informationen aus dem Netz und den Polizeidateien.

»So richtig warm wird das nicht«, sagte sie und blies in ihre Fäuste. »Bei den kalten Mauern dauert das Tage.«

»Wenn man nur im Pullover aus dem Haus geht, muss man sich nicht wundern. Ich weiß schon, warum ich die die ganze Zeit anhabe.« Wallner, der vier zusammengefaltete Klappstühle hereintrug, deutete mit dem Kinn auf seine voluminöse Daunenjacke, die er im Winter – und der umfasste bei ihm auch weite Teile von Frühjahr und Herbst – selten ablegte.

»Ich hab nicht so gern tote Tiere am Leib.«

»Ist alles synthetisch. Aus recycelten Plastikflaschen, die sie aus dem Meer fischen.«

Janette sah Wallner ungläubig und etwas spöttisch an.

»Für die Plastikflaschen kann ich nicht garantieren. Aber es mussten weder Gänse noch Enten dran glauben. Ich hab gelesen, dass dieses Füllmaterial fünf Prozent weniger Dämmwirkung hat als echte Daunen. Daran kannst du sehen, welche Opfer ich für den Tierschutz zu bringen bereit bin.«

Wallner war bei der gesamten Polizei Oberbayerns als verfroren bekannt. Seitdem er Chef war und die Ansagen machte, war es ihm egal, was die anderen redeten. Er ging offen und selbstbewusst mit seiner Behinderung um.

Mike und Tischler kamen herein, Mike mit einem Campingtisch, dessen Beine er jetzt ausklappte. Wallner stellte die Stühle dazu. Tischler hatte eine Thermoskanne mit Kaffee in der einen Hand, in der anderen ineinandergestapelte Kaffeebecher. Normalerweise betrachtete sich Tischler als für solche gastronomischen Tätigkeiten überhaupt nicht zuständig, aber Tina hatte ihm die Sachen einfach in die Hand gedrückt.

»Dann schauen wir mal, was wir bisher haben«, eröffnete Wallner die Sitzung. Der Kaffee war inzwischen ausgeschenkt, und alle vier saßen am Tisch. Dazu Tina als Vertreterin der Spurensicherung, die über erste Ergebnisse berichten sollte. Ihr Kollege Oliver war beim Rechtsmediziner geblieben, der gerade aus München eingetroffen war.

»Das Opfer ist Carmen Skriba, wie es aussieht.«

Tina drehte den Bildschirm ihres Laptops zu Wallner und den anderen. Eine stattliche Auswahl an Fotos war zu sehen, die der Leiche in der Gefriertruhe mehr oder weniger ähnelten: die Bildergebnisse, die Google bei Eingabe von *Carmen Skriba* lieferte.

»Das ist sie. Außerdem gehört ihr das Haus hier«, sagte Tina. »Aber sie wurde hier nicht umgebracht.« Sie aktivierte den Bildschirm eines Tablets. Das Foto auf dem Display zeigte das Wohnzimmer mit der Gefriertruhe. Hell erleuchtet von den Hochleistungs-LED-Strahlern, die Tina und Oliver aufgestellt hatten. Sie deutete auf den Platz vor der Gefriertruhe. »Nichts. Kein Blut.« Sie wischte, das nächste Foto erschien. Darauf die Wohnzimmertür von innen. »Der Weg von der Tür zur Kühltruhe. Dort der Gang. Ziemlich versifft alles. Aber ...« Ein drittes Bild erschien: der Flur des Bauernhauses, in Richtung der zum Hof führenden Tür fotografiert. »... kein Tropfen Blut. Nur hier ...« Bild Nummer vier: die offene Kühltruhe von schräg oben. In der Ecke über dem Kopf des Opfers ein roter Schmierstreifen. »Wo der Hinterkopf Kontakt mit der Wand der Truhe hatte, gibt es etwas Blut. Wir können also ziemlich sicher sagen, dass sie nicht hier ermordet wurde. Abgesehen davon hat sie hier ja nicht gelebt, sondern wohnte immer noch in Rottach.«

»Der Vater vom Leo wohnt hier«, sagte Mike.

»Echt? Wusste ich nicht. Wie heißt der?« Tina sah zu Mike, der gab den Blick an Wallner weiter.

»Pirkel. Max Pirkel. Er hatte das Haus von Carmen Skriba gemietet. Genauer gesagt, von ihrem Mann. Sie hat das Haus nach seinem Tod geerbt.«

»Leo …?« Staatsanwalt Tischler blickte zu Wallner.

»Kreuthner«, ergänzte der.

Tischler schien irritiert. »Reden wir da von diesem … Polizisten?«

»Der die Leiche entdeckt hat. Ja.«

»Der ist ja dann hoffentlich nicht an den Ermittlungen beteiligt.«

»Kreuthners Vater hat die Vaterschaft nie anerkannt und auch nie Alimente gezahlt. Das Verhältnis der beiden ist nicht das beste – gelinde gesagt. Aber ich werde natürlich klären lassen, ob das ein Problem ist.«

»Ich bitte Sie! Wenn Herr Pirkel hier wohnt, ist er ja wohl tatverdächtig. Wo ist er überhaupt?«

»Im Krankenhaus. Seit drei Wochen. Gehirntumor im Endstadium. Wir checken natürlich, ob er heute Nacht das Krankenhaus verlassen hat. Aber ich denke, er steht nicht ganz oben auf der Liste der Verdächtigen.«

»Na gut. Aber … ich meine: Wo ist da die Logik? Jemand bringt Frau …«, Tischler sah kurz auf seinen Notizblock, »… Frau Skriba um und schafft die Leiche hierher. Warum? Der Ordnung halber, damit sie in ihrer eigenen Immobilie liegt?«

Tina zuckte mit den Schultern.

»Vielleicht war's deswegen …« Kreuthner kam jetzt mit einem beeindruckenden Kopfverband herein. »… weil der Herr Pirkel und die Frau Skriba sich ständig gestritten ha-

41

ben.« Kreuthner stellte sich neben den Besprechungstisch. »Er hat nur selten die Miete 'zahlt, und sie wollt ihn schon länger raushaben – was man so hört.« Das war Gossip aus der Mangfallmühle, aber der kam der Wahrheit oft erstaunlich nah.

»Sie sind Herr Kreuthner, stimmt's?« Tischler winkte Kreuthner herbei. »Setzen Sie sich.«

Kreuthner zog sich einen Stuhl heran, den Pirkel anscheinend aus einem der vielen Traktorensitze, die hier gelagert waren, gebastelt hatte.

»Sie meinen, der Täter hat die Leiche hier abgelegt, um den Verdacht auf Ihren Vater zu lenken?«

Kreuthner breitete die Hände auseinander, als wollte er sagen: Was sonst?

»Das hat den Schönheitsfehler, dass Ihr Vater ja im Krankenhaus liegt – wenn ich das mal aus Sicht Ihres Täters betrachte. Das heißt, er hat ein wasserdichtes Alibi.«

Kreuthner schüttelte den Kopf und schlug einen Dozenten-Ton an. »Der Täter is ja davon ausgegangen, dass die Leich net entdeckt wird. Er hat sie, wie's ausschaut, einfrieren wollen und net g'wusst, dass der Strom net geht. Das heißt, die Frau Skriba wird erst entdeckt – also des wär der Plan –, wenn mein Vater verstorben is. Und wenn die Frau Skriba g'froren is, kann man net bestimmen, wie lange die schon tot is. Und mein Vater kann auch nix mehr zu seiner Verteidigung sagen, weil der is dann ja auch tot. Also denkt die Polizei, mein Vater hat s' erschossen und eing'froren.«

Tischler nickte. Das ergab offenbar Sinn für ihn.

»Grob geschätzt«, Wallner richtete die Frage an Tina, »wie lange ist sie schon tot?«

»Sie ist noch warm und die Totenstarre ganz im Anfangsstadium. Ich würde sagen, der Tod ist vor nicht mehr als drei Stunden eingetreten.«

Wallner wandte sich an Tischler. »Wir brauchen einen Durchsuchungsbeschluss für das Haus von Frau Skriba in Rottach-Egern. Geht das noch heute Abend?«

»Ich klingel einen von der Bereitschaft raus. Aber von mir aus können Sie gleich reingehen. Ist ja Gefahr im Verzug. Könnte sein, dass der Mörder gerade sauber macht.«

»Sie haben recht, wir müssen sofort einen Streifenwagen hinschicken.« Wallners Blick schwenkte zu Mike. »Machst du das? Und geht gleich rein. Wir brauchen die Handy- und Computerdaten, dann wissen wir vielleicht, was Frau Skriba in den letzten Stunden gemacht hat und mit wem sie Kontakt hatte.«

»Bin unterwegs. Kannst du mir die Adresse besorgen?« Die Frage war an Janette gerichtet, die ihren Computer in Betrieb nahm.

Wallner spielte kurz mit dem Gedanken, selbst nach Rottach zu fahren. In Carmen Skribas Haus war vermutlich geheizt, und er käme aus diesem kalten Schuppen raus. Aber die dringenderen Aufgaben warteten hier auf ihn. Er veranlasste, dass ein halbes Dutzend Beamte in der Nachbarschaft nach Zeugen suchten. Jemand hatte möglicherweise den Wagen des Täters bemerkt. Zwar hatten weder Kreuthner noch Lisa ein Auto gesehen, und Lisa konnte sich nicht mehr erinnern, ob sie gehört hatte, wie eins wegfuhr. Die Aufregung um Kreuthner hatte ihre Sinne mit Beschlag belegt. Aber wie sonst sollte der Mann – wenn es einer war, auch das war nicht völlig klar – Carmen Skribas Leiche auf den Hof transportiert haben? Außerdem veranlasste Wallner alles Nötige, um am nächsten Tag eine Sonderkommission vor Ort zu haben. Da es so gut wie keine Hinweise auf den Täter gab, würde sehr viel Arbeit auf die Beamten warten. Mit etwas Glück war die DNA aus dem Papiertaschentuch in der zentralen DNA-Analyse-Datei gespeichert. Dann hätte man vermutlich den Täter. Aber darauf konnte sich Wallner nicht verlassen, und selbst dann gäbe es noch genug zu tun für eine SoKo.

Wallner schrieb gerade die SoKo-Anforderung für das Polizeipräsidium, als Tischler kam, um sich zu verabschieden. Er setzte sich zu Wallner an den Tisch und nahm den letzten Schluck aus seinem Kaffeebecher.

»Wollen Sie frischen Kaffee?«, fragte Wallner mehr der Form halber. Tischler hatte heute weniger genervt als sonst. Trotzdem war es für Wallner jedes Mal anstrengend, wenn er auftauchte. Es lag Wallner daher fern, den Abschied des Staatsanwalts hinauszuschieben. Ihm war aber klar, dass hier noch eine Meinungsverschiedenheit in der Luft lag, die man besser jetzt ansprechen sollte.

»Glauben Sie an einen Zufall?«, klatschte er das Thema auf den Tisch.

»Sie meinen: Vor zwei Jahren wird ihr Mann erschossen, jetzt sie?«

Wallner schwieg.

»Es liegt in der Psyche des Menschen, überall ursächliche Zusammenhänge zu sehen. Manchmal auch, wenn keine da sind.«

»Ich bin eigentlich kein Anhänger von Verschwörungstheorien.«

Tischler machte eine unbestimmte Geste, die nahelegte, dass er Wallner so etwas auch nicht unterstellen würde. »Sie meinen also, dass die vorliegende Konstellation …«, er zögerte, »… ich sag mal: Anlass zum Nachdenken gibt.«

»Nun – ich denke für gewöhnlich über jedes Verbrechen nach. Dafür werde ich bezahlt. In diesem Fall würden meine Gedanken auch die Möglichkeit streifen, dass der eine Mord in irgendeiner Weise mit dem anderen zusammenhängt.«

»Lassen Sie mich an Ihren Gedanken teilhaben«, forderte Tischler ihn auf. Beiden war klar, dass Tischler gewisse Zusammenhänge in diesem Fall nicht goutieren würde, näm-

44

lich wenn sie bedeuteten, dass man bei einer früheren Ermittlung falschgelegen hatte. Tischler tat sich schwer, Fehler einzugestehen.

»Nun – erste logische Möglichkeit: Wir haben ein und denselben Täter. Das scheidet hier aus, weil die Frau, die Gerald Skriba erschossen hat, im Gefängnis sitzt. Es sei denn natürlich …«, Wallner registrierte, wie Tischlers Kiefermuskulatur arbeitete, »… es sei denn, Jennifer Wächtersbach war damals nicht die Täterin. Wovon ich nicht ausgehe. Ich zähle nur die denkbaren Möglichkeiten auf.«

»Hören Sie …«, Tischler schüttelte den Kopf mit viel Unwillen, »… ich weiß, wir waren da unterschiedlicher Ansicht. Und genau deshalb möchte ich sicherstellen, dass Sie den heutigen Mord nicht zum Anlass nehmen, einen rechtskräftig abgeschlossenen Fall noch einmal von vorn aufzurollen.«

»Nein, Sie missverstehen mich. Die Beweislage im Fall Wächtersbach war – und da stimme ich Ihnen zu hundert Prozent zu – nicht nur ausreichend, sondern wirklich komfortabel. Wenn jemand auf dieser Grundlage nicht verurteilt werden kann – wann dann?«

»Aber?«

»Nichts aber. Was bleibt, ist die immer und überall vorhandene Möglichkeit, dass das Gericht sich trotzdem geirrt hat. Muss man eigentlich nicht extra erwähnen.«

»Die Frage ist nur, für wie wahrscheinlich Sie diese Möglichkeit halten. Für so wahrscheinlich, dass Sie die Arbeitskraft von dreißig SoKo-Mitarbeitern investieren, um es herauszufinden?«

»Herr Tischler – ich bin kein Anfänger. Und das wollten Sie sicher auch nicht damit sagen. Aber was ich investieren werde, ist eine Fahrt nach Aichach, um mit Frau Wächtersbach zu reden.« In Aichach befand sich das größte Frauengefängnis des Freistaates.

»Was erhoffen Sie sich von dem Gespräch?«

»Wächtersbach hat im Haus der Skribas gearbeitet. Vielleicht hat sie etwas mitbekommen, das uns weiterhilft. Gerald Skriba hatte früher Verbindung ins kriminelle Milieu. Der Tod seiner Frau könnte damit zu tun haben.«

»Und sein eigener auch? Oder was meinen Sie?«

Wallner sah den Staatsanwalt eine Weile an und suchte nach geschmeidigen, trotzdem eindeutigen Worten.

»Ich sag Ihnen, was ich meine: Ich werde die Ermittlungen so führen, wie ich es immer tue und wie es das Gesetz vorsieht – ergebnisoffen.«

»Die Ermittlungen, die im Übrigen *ich* leite.«

»Ich kann mir nicht vorstellen, dass Sie mir Vorgaben machen wollen, was bei der Sache herauszukommen hat. Falls ja, erbitte ich schriftliche Weisung.«

Jetzt war es an Tischler, Wallner eine Weile anzusehen. Es brodelten einige Dinge in ihm, die Wallner ins Gesicht zu sagen sich nicht empfahl, jedenfalls nicht, bevor er sich den Wortlaut genau überlegt hatte.

»Hören Sie, Herr Wallner, ich vergesse für den Augenblick mal, was Sie mir gerade unterstellen. In der Sache geht es mir ausschließlich darum, unsere knappen Ressourcen nicht an der falschen Stelle einzusetzen. Etwa, indem wir noch einmal in einem Fall ermitteln, in dem bereits alles ermittelt wurde. Und zwar von Ihnen selbst. Ist das so schwer zu verstehen?«

»Ich mache den Job, wie gesagt, nicht seit gestern. Und ja – ich habe gern recht. Aber ich würde für meine Rechthaberei nicht den gesamten Polizeiapparat missbrauchen. Sie können jetzt also beruhigt nach München zurückfahren.«

»Schön, dass wir das geklärt haben.« Tischler stand auf, nahm sein Aktenköfferchen, murmelte einen Abschiedsgruß und machte sich auf den Weg zu seinem Wagen.

Ihm war so klar wie Wallner, dass sie gar nichts geklärt

hatten – außer vielleicht dieses: Sollte Tischler versuchen, die polizeilichen Ermittlungen in eine andere Richtung zu zwingen, würde Wallner bissig werden.

Wallner traf Kreuthner im Gespräch mit Benedikt Schartauer, der gerade von einer Zeugenbefragung zurückgekehrt war.

»Und?«, fragte Wallner in Richtung Schartauer.

»Die Rassingers da hinten«, Schartauer deutete Richtung Norden, »ham a Auto wegfahren g'hört. Aber net g'schaut, wer des is. Der alte Rassinger hat g'meint, es war a Diesel. Könnt aber auch was anderes gewesen sein.«

»Mach ein Protokoll«, sagte Wallner etwas müde. »Hat sonst jemand was gesehen?«

Schartauer zog die Mundwinkel nach unten und schüttelte den Kopf.

Wallner sah zu Kreuthner, der sich an seinem weißen Verband kratzte und ein Gesicht machte, als würde er gerade etwas aushecken.

»Den Beck sollt' ma mal fragen. Da unten, weißt schon …« Kreuthner deutete in Richtung Dürnbach.

»Der Beck ist tot.«

»Net der alte Beck, der Uwe. Ich mein den jetzigen. Der heißt Dominik und ist der Großneffe vom alten.«

»Und Herr Dominik Beck wohnt in dem Haus, das du damals in die Luft gesprengt hast?«

»Ich hab nur die Tür g'sprengt.«

Die Rede war von einem Vorfall, der sich 1992 bei den Ermittlungen in Wallners erstem Fall ereignet hatte.

»Ist wohl Ansichtssache. Aber egal. Was ist mit dem jungen Beck?«

»Des is der gleiche Typ wie sein Großonkel. Der hat auch dem seine Sicherheitsfirma geerbt.«

»Du meinst, der hat überall Kameras ums Haus?«

»Ja logisch. Und irgendeine davon hat heut Nacht was aufgezeichnet. Hundertpro.«

»Der Mann wäre bereit, mit uns zusammenzuarbeiten? Sein Großonkel war's nicht.«

»Des kriegen mir schon. Wart kurz. Muss noch was holen.«

Mit diesen Worten machte sich Kreuthner auf den Weg zum Fahrzeug der Spurensicherer. Dort stand Oliver, Kreuthner redete kurz mit ihm, Oliver verschwand im Wagen, kam kurz darauf wieder heraus und gab Kreuthner etwas, das der in seine Jacke steckte. Wallner fragte sich, was das sein mochte. Aber er würde die Antwort wohl bald bekommen.

5

BECK SECURITY GmbH stand auf dem edelstählernen Schild neben dem Einfahrtstor. Kreuthner klingelte, dann dauerte es eine Weile, bevor sich etwas rührte. Wallner sah in die Kamera, die im Torpfosten oberhalb der Klingel eingelassen war. Der Blick wanderte noch weiter nach oben. Die Mauer, die das Anwesen umgab, war immer noch mit Glasscherben bestückt. So viel hatte sich gar nicht verändert in den siebenundzwanzig Jahren.

»Ja bitte«, sagte eine dünne Stimme aus der Gegensprechanlage.

»Servus, Dominik. Ich bin's. Der Leo.« Kreuthner trat vor die Kamera und nahm die Dienstmütze ab, darunter kam der Verband zum Vorschein.

»Pfeilgrad!« Der Hauseigentümer lachte verzerrt aus dem Lautsprecher. »Hätt dich fast net erkannt mit dem Turban. Was gibt's?«

»Es geht um den Arco. Ich mach mir a bissl Sorgen um den.«

»Wieso? Was is los?«

»Könn ma des drinnen besprechen?«

Beck zögerte. »Is grad schlecht«, sagte er schließlich.

»Ja gut. Wenn's dich net interessiert. Is ja dein Hund.«

Wallner drehte sich so von der Kamera weg, dass er Kreuthner in die Augen sehen konnte, und flüsterte, fast ohne den Unterkiefer zu bewegen: »Was wird das hier eigentlich?«

Kreuthner ignorierte ihn und blickte stattdessen weiter in die Kamera.

»Also? Was is jetzt?«

Nach etwa fünf Sekunden hörte man ein Summen am Eingangstor.

Der kurze Weg vom Eingangstor zur Haustür war von weiteren vier Kameras gesäumt.

»Ist ja wie in China«, staunte Wallner.

Vor der Tür mussten sie warten, bis das Eingangstor hinter ihnen ins Schloss gerastet war, dann wurden im Hausinneren mehrere Riegel betätigt, und die massive Stahltür öffnete sich in Zeitlupe wie bei einem Banktresor.

Das Haus bot wenig Wohnliches. Überall lagen technische Apparaturen und deren Verpackungsmaterial herum. Auch in der Küche, in die Beck seine Besucher führte. Er bot ihnen zwei Barhocker zum Sitzen an, nachdem er das Styropor darauf mit der Hand weggefegt hatte.

»Wer is er?« Beck deutete auf Wallner.

»Des is der Clemens, a Kollege von mir. Mir san eigentlich wegen was anderem in Festenbach. Aber ich hab mir denkt, schaust mal schnell beim Dominik vorbei.« Kreuthner sah sich um. »Net schlecht.« Er deutete auf einen Apparat, der auf einer Arbeitsplatte lag. »Sicherheitstechnik?«

Beck überging die Frage. »Was is jetzt mit dem Arco?«

In diesem Moment erschien in der Küchentür, lautlos wie ein herbeigerufener Geist, ein Deutscher Schäferhund und starrte die Besucher aus treu-dunklen Augen an, die Ohren gespitzt und die Zunge über die Lefze hängend.

»Ja, da isser ja!«, entfuhr es Kreuthner. »Ja, da geh amal her. Der Arco!« Der Hund trabte freudig zu Kreuthner und sprang ihm mit den Vorderpfoten auf die Hose. Kreuthner streichelte ihn »Ja, ja, ja, ja, ja! So ein braver Hund. Gell, Arco. Was die immer über dich erzählen.«

»Aus, Arco. Platz!«, kommandierte Beck und deutete auf den Küchenboden. Arco wirkte ratlos. »Platz!«, wiederholte Beck und drückte den Hund am Genick in die Platzposition. »Was is denn heut los mit dir?« Als das Tier anständig lag, wandte sich Beck wieder seinen Besuchern zu. »Was erzählt jetzt wer über den Arco?«

»Bevor ich's vergess«, sagte Kreuthner, »ich hab gesehen, du hast da einige Kameras am Haus. Da is sicher auch eine bei, wo die Straß drauf is, oder?«

»Is des verboten?«

»Nein, nein. Es is nur so: Im Haus vom Max hat's ... an Vorfall geben. Und wenn mir wüssten, wer da in den letzten zwei, drei Stunden die Straß entlangg'fahren is, dann könnt uns des sehr helfen.«

»Was heißt des?« Beck versteifte sich.

»Das heißt, dass wir Sie bitten würden, uns Ihre Videoaufzeichnungen zur Verfügung zu stellen«, sagte Wallner.

»Ah so?« Beck machte ein Gesicht, als hätte ihn Wallner um eine Nierenspende gebeten. »Also, dass Sie mich net falsch verstehen – ich arbeit immer vertrauensvoll mit der Polizei zusammen. Mir stehen ja quasi auf der gleichen Seite.«

»Manchmal jedenfalls.« Kreuthner waren Gerüchte bekannt, wonach Beck seine umfänglichen Kenntnisse der Einbruchsprophylaxe auch mit Leuten teilte, die wissen wollten, wie man die Sicherheitsmaßnahmen umgehen konnte. So verdiente er zwei Mal, und es war nicht ganz klar, welche Tätigkeit ihm mehr Geld brachte.

»Immer!«, empörte sich Beck nicht ganz glaubwürdig. »Verbrechen zu verhindern is mein Job. Aber ich bin auch a großer Fan von Datenschutz. Deswegen is mir net ganz wohl bei dem Gedanken, dass ich irgendwelche Videoaufzeichnungen einfach der Polizei überlass. Wer weiß, wer da drauf is.«

»Genau das würde uns ja interessieren.« Wallner versuchte einen durchdringenden Blick in Richtung Beck. Aber der sagte nichts mehr. »Sie wissen, dass wir Sie per Gerichtsbeschluss zwingen können.«

»Klar. Ich will nur, dass alles streng nach Gesetz geht, damit mich hinterher keiner belangen kann, verstehen S'?

Bringen S' mir Ihren Beschluss, und Sie kriegen, was Sie wollen.«

In diesem Moment erhob sich Arco, trabte mit eiligen Schritten aus der Küche, und einige Augenblicke später ertönte ein herzzerreißendes Jaulen, begleitet von dem Geräusch, das Krallen verursachen, die an einer Glasscheibe heruntergezogen werden.

»Ich muss'n kurz rauslassen, sonst schifft er mir aufn Teppich.«

Beck folgte seinem Hund.

»Warum gibt er uns nicht einfach seine Aufzeichnungen? Ist da irgendwas faul?«

»Na, des is bei dem in der DNA. Der gibt aus Prinzip keine Daten her.«

Wallner zückte sein Handy. »Ich sag Tischler, dass wir einen Beschluss brauchen. Bei so was ist er immer ganz gut.«

»Bis mir den Beschluss ham, hat der alles gelöscht oder in irgenda Cloud g'schickt, wo mir net drankommen. Überlass die G'schicht einfach mir.«

Man hörte Schritte. Kurz darauf saß Beck wieder mit am Tisch.

»Du wolltst mir doch irgendwas wegen dem Arco sagen«, nahm er den Gesprächsfaden wieder auf.

»Ja, richtig. Also Folgendes: Im Mangfalltal is a Tourist von am streunenden Hund gebissen worden.«

»Ah geh?«

»Ja, irgenda Preiß. Hat ins Krankenhaus müssen. Der Hund war natürlich weg. Aber das Opfer hat ihn beschrieben. Deutscher Schäferhund, noch relativ jung, hellbrauner Bauch …«

Als wüsste Arco, um was es ging, erschien er wieder in der Küchentür und hechelte die drei Männer mit gespitzten Ohren an: ein Bild von einem jungen Deutschen Schäferhund mit hellbraunem Bauch.

»Jetzt ham mir uns halt g'fragt, was kannt des für a Hund g'wesen sein? Da kommen einige infrage. Ganz klar. Aber ich hab's dir schon öfter g'sagt: Schau, dass der Arco net übern Zaun hupft und spazieren geht.«

»Des war net der Arco.«

»Es warat net des erste Mal, dass er dir auskommt. Und 'bissen hat er auch schon mal wen.«

»Gebissen!« Beck schüttelte den Kopf. »A bissl zwickt hat er. Und des Madl war selber schuld.«

»A ja?«

»Die hat des Stöckchen einfach net hergeben wollen. Des kannst net machen mit am Hund.«

Kreuthner machte eine Geste, die zum Ausdruck brachte, dass es dazu auch andere Ansichten gab.

»Die Eltern ham des auch eingesehen«, untermauerte Beck seine eigene Ansicht.

Richtig war, dass die Eltern trotz einer tiefen Fleischwunde im Arm ihrer siebenjährigen Tochter auf eine Anzeige verzichtet hatten. Grund für dieses ungewöhnlich verständnisvolle Verhalten war eine Entdeckung, die Beck kurz vor der Hundeattacke gemacht hatte: Die Zufahrt der Leute führte seit vielen Jahren über seine Wiese, ohne dass ein entsprechendes Wegerecht eingetragen war. Wenn die Eltern also weiter zu ihrem Haus wollten, war es ratsam, den Nachbarn nicht zu verärgern.

»Außerdem!« Beck bedachte Arco mit einem liebevollen Blick. »Wenn – wie gesagt – , *wenn* dieser Hund beißt, dann nur, wenn ich FASS! sag.«

Arco knurrte.

»Ja, is guad! Ich hab net ... Dings g'sagt. Alles gut.«

Arco schien verwirrt, hörte aber auf zu knurren. Beck nahm ihn am Halsband, beförderte das Tier ins angrenzende Wohnzimmer und schloss die Tür.

»Also, wenn ich dieses ...«, Beck blickte zur Wohnzim-

mertür, »… dieses Wort sag, dann weiß er: Gefahr und Atta-
cke! Aber wenn ich nix sag, dann is er der friedlichste Hund
auf der Welt. Leo – du kennst'n doch!«

»Freilich, ich geb dir ja recht. Des Problem is nur: Wennst
du net dabei bist, dann schaut die G'schicht anders aus.«

»Nein, des schaut überhaupts net anders aus. Ich kenn
doch meinen Hund.«

»Na, Dominik. Sorry, dass ich des so offen sag: Aber von
Hundepsychologie hast du keine Ahnung. Wennst du net
dabei bist, dann hat der Arco ja keinen, wo die Gefahrenlage
für ihn abschätzen kann. Des muss er dann selber machen.
Is natürlich schwierig, wennst es net g'wohnt bist, weil des
eigentlich der Job vom Herrchen is.«

Beck sah Kreuthner irritiert an.

»Des musst dir so vorstellen: Der Arco is ganz allein unterwegs, sagen mir, im Mangfalltal. Wetter gut, alles super. Und
dann, mit einem Mal, steht a Preiß vor ihm. Mit so Stöck für
Nordic Walking. Jedenfalls steht der Tourist auf einmal vor
ihm, und – jetzt kommt's: Den kennt er net. Hier im Dorf –
kein Problem. Da kennt er jeden. Und wenn er wen kennt,
dann: keine Gefahr. Aber jetzt taucht aus heiterem Himmel
dieser Preiß vor dem Arco auf. Und was passiert jetzt in dem
Kopf von so am Hund? Gib Obacht! Als Erstes sagt sich der
Hund: Ja, was is denn da los? Den Mann kenn ich ja überhaupts net. Und dann – dann macht der Preiß an entschei-
denden Fehler: Er spricht den Hund an. Und der Hund denkt
sich: Ja, wie redt denn der? Des kenn ich ja a net. Unbekannter Mensch, unbekannte Sprache. Ouh, ouh ouh! Jetzt wird's
g'fährlich, sagt sich der Hund. Und dann, bevor der Preiß
überhaupt schauen kann, hat der Hund schon FASS! g'sagt –
also innerlich, zu sich selber.«

Hinter der Wohnzimmertür knurrte es.

»Aus!«, rief Beck seinem Hund zu.

»Und dann is er fällig, der Preiß.« Kreuthner deutete auf

54

die Wohnzimmertür, die von der anderen Seite heftig von Hundepfoten bearbeitet wurde.

»Des is doch überhaupts net g'sagt, dass des der Arco war. Gibt's da irgendeinen Beweis? Außer, dass der Mann an Schäferhund g'sehen hat?«

»Demnächst vielleicht.« Kreuthner hatte aus seiner Jacke ein Plastikröhrchen geholt. Darin steckte ein Wattestäbchen, das am Schraubdeckel des Röhrchens befestigt war. Er stellte es auf den Tisch. »Mir ham die zerfetzte Hose vom Opfer sichergestellt. Da is jede Menge Hunde-DNA dran. Hast was dagegen, wenn mir beim Arco a Speichelprobe nehmen?«

Beck sah zwischen Kreuthner und Wallner hin und her, Panik im Blick, und hinter der Stirn schienen sich die Gedanken zu überschlagen.

»Und wenn ich Nein sag?«

»Dann kommen wir mit einer richterlichen Verfügung wieder«, kehrte Wallner in die Unterhaltung zurück. »In der Zwischenzeit werden Sie nichts tun können, um aus der Sache rauszukommen. Die DNA vom Arco wird immer noch dieselbe sein. Wenn sich herausstellt, dass er der Beißer aus dem Mangfalltal war, dann wird man Ihnen das Tier entziehen müssen.«

Beck lachte tonlos auf. »Jetzt hört's auf mit dem Schmarrn. Der Arco war des net. Des is doch …«

Kreuthner ließ das Röhrchen mit dem Wattestäbchen zwischen zwei Fingern pendeln. Dann blickte er Beck auffordernd an.

»Ich versprech's, es kommt nimmer vor. Ehrenwort!« Kreuthner blickte zu Wallner.

»Ich weiß nicht …«, sagte Wallner. »Wenn eine Anzeige vorliegt …«

»Reden mir doch noch mal über die Überwachungsvideos«, sagte Kreuthner und sah zum Kühlschrank. »Hast vielleicht a Bier?«

Kurz darauf rief Kreuthner Janette an und bat sie, in Becks Haus zu kommen, um ein paar Daten zu sichern. Das Wattestäbchen verschwand wieder in Kreuthners Jacke. Sehr zum Missfallen von Wallner.

»Es gibt immerhin eine Anzeige«, sagte er zu Kreuthner, während Janette und Beck im Nebenraum dabei waren, die Aufnahmen der Überwachungskameras auf eine von Janette mitgebrachte Festplatte zu überspielen. »Wir können nicht einfach von der Strafverfolgung absehen, nur weil Beck uns die Videos überlässt.«

»Ja, so was geht auf gar keinen Fall«, stimmte Kreuthner zu. »Ich weiß bloß net, von was für einer Anzeige du redst.«

Wallner trat vor Becks Haus und rief Manfred auf dem Handy an. Es klingelte drei Mal, bevor jemand das Gespräch annahm. Aber niemand meldete sich. Stattdessen hörte er seinen Großvater mit jemand anderem reden. Manfred sagte: »Des muss ich mit dem Finger wegwischen, oder wie?«, darauf eine jüngere männliche Stimme, die sich anhörte wie Sennleitner: »Komm, geh dran und sag was.« Im Hintergrund waren Kneipengeräusche zu hören.

»Hallo?«, krächzte Manfreds dünne Stimme aus dem Hörer.

»Ich bin's«, sagte Wallner. »Wie geht's?«

»Sehr gut geht's. Mir ham an Mordsspaß hier.«

»Soll ich dich abholen?«

»So a Schmarrn! Ich bin doch grad erst gekommen.« Manfred klang gut gelaunt, aber auch angetrunken.

»Vor zwei Stunden, um genau zu sein. Wann soll ich dich dann abholen?«

»Des woaß i doch jetzt noch net. Des hängt davon ab, wie lang's noch griabig is. Du musst amal a bissl lockerer werden.«

»Na gut. Dann machen wir uns voneinander unabhängig. Hast du jemanden, der dich nach Miesbach bringen kann?«

»Jaja. Da find sich schon wer.«

In diesem Moment kam ein zweiter Anruf herein. »Na gut. Ich muss jetzt auflegen. Und wer immer dich nach Miesbach fährt: Sag ihm, dass euch auf dem Heimweg Alkoholkontrollen erwarten.«

»Ja bist jetzt narrisch, des kannst net machen.«

»Muss auflegen. Bis später!« Wallner drückte seinen Großvater weg und nahm den anderen Anruf entgegen. Er kam von Tina, die nach Rottach gefahren war, um im Haus von Carmen Skriba Spuren zu sichern.

»Und?«, fragte Wallner, »schon was Interessantes gefunden?«

»Ja, ich denke, es wird dich interessieren«, sagte Tina.

6

Nick wurde von einem Sonnenstrahl geweckt, der jetzt an der Stelle des Wohnzimmerbodens angekommen war, wo er lag wie ein Stück Blei. Der Kiefer schmerzte, und auf dem linken Auge war die Sicht beengt. Jochen hatte mehrmals hart zugeschlagen. Das Bild einer beringten Hand waberte einen Moment wie neblige Erinnerung an vergangene Zeiten durch Nicks Gehirn. Dann, mit einem Ruck, lichtete sich der Nebel, und das Herz begann zu rasen. Nick stand auf, körperlich noch benommen, aber der Verstand wasserklar, er stolperte, stand wieder auf, bewegte die wackeligen Beine und schrie nach Alina. Er wusste, es würde keine Antwort kommen, und lauschte trotzdem verzweifelt in die Stille. Er stolperte in den ersten Stock hoch, riss die Tür auf, aber in Alinas Zimmer war niemand. Noch immer klammerte er sich an die Hoffnung, dass sie es nicht getan hatten. Dass Alina weggegangen war, um Hilfe für ihren bewusstlos am Boden liegenden Vater zu holen. Er rannte die Treppe hinunter in den Garten. Dort herrschte frühlingshafte Blütenpracht. Aber keine Spur eines anderen Menschen war zu sehen. Nur Alinas Skateboard. Es lag auf dem Rücken, die Räder nach oben, wie tot. Ein ungeheurer Druck quetschte Nicks Brust, so übermächtig, dass er kaum atmen konnte. Alina lebte. Aber der Huser und Jochen hatten sie mitgenommen, und die Angst, dass sie ihr etwas tun würden, zerfraß Nick die Eingeweide.

Das Telefon klingelte.

Nicks Herz blieb einen Moment lang stehen. Ein eisig-heißes Kribbeln erfasste seinen Körper bis in die Fingerspitzen.

»Hallo, Nick«, sagte eine männliche Stimme. Es war

Gerry, der Mann, der den Huser geschickt hatte. Der Mann, dem Nick das Geld schuldete. »Hab gehört, du hast immer noch nicht bezahlt. Was machst du denn für Sachen?«

»Lass das Mädchen da raus. Sie kann nichts dafür.« Nicks Stimme schwankte. Das war schlecht, aber er konnte nichts dagegen tun. Um ein Haar hätte er geheult. Aber Gerald wusste so oder so, wie es ihm ging.

»Natürlich. Ich will doch kein kleines Mädchen in die Sache mit reinziehen. Das wäre mir äußerst zuwider. Andererseits – ich meine, wenn mein Vater seine Schulden nicht bezahlt, kommen die Leute zu mir und sagen: He, Gerry, dein Vater zahlt nicht. Gib du uns das Geld. Ihr seid schließlich Familie, nicht wahr?«

»Gerry! Sie ist vierzehn!«

»Ich weiß. Aber die gute Nachricht ist: Es gibt Leute, die schon für eine Vierzehnjährige so viel bezahlen, dass wir quitt wären. Mir wär's natürlich lieber, ich würde das Geld von dir bekommen. Aber ich weiß nicht, ob die Option überhaupt noch besteht.«

»Mann! Du kriegst dein Geld. Jeden Cent. Gib mir drei Tage.«

»Morgen.«

»Gerry ...«

»Morgen.«

»Okay, morgen. Wie ... wie viel ist es noch?«

»Na ja, es waren mal fünfzig Riesen. Die Jungs haben zwanzig bei dir gefunden.«

»Es waren fünfundzwanzig.«

»Sie haben die Provision gleich einbehalten. Arbeiten ja auch nicht umsonst. Also wären es noch dreißigtausend. Und da kommen dann noch die Zinsen für ein Jahr drauf. Wir hatten mal zwanzig Prozent gesagt. Aber wie sich herausgestellt hat, war das ein Hochrisikokredit. Und dafür muss ich fünfzig Prozent nehmen. Macht dann fünfundsiebzig minus die zwanzig von heute ... rund sechzigtausend, und die Sache ist vergessen.«

»Würdest du statt Bargeld ...«

»Nein, ich nehme keine Fahrzeuge. Ich bin Kredithai, kein Autosalon. Sechzigtausend. Morgen zwanzig Uhr.«

Ein Klacken, und die Leitung war tot.

Nick machte sich Kaffee und nahm zwei Captagon für den klaren Kopf, dazu eine Valium, um ruhig zu bleiben. Die Finger zitterten, als er Uschis Nummer ins Telefon tippte. Es stand noch ein Rolls Royce in seiner Garage, den er für 46.000 Mark gekauft hatte. Kein schlechter Preis eigentlich, denn der Wagen war in gutem Zustand und hatte eine seltene Lackierung. An der Sache waren nur zwei Haken. Erster Haken: Der Wagen war nicht von Nicks Geld bezahlt. Das hatte er sich von Burkhard »Scarface« Köster geliehen, einem Geldverleiher wie Gerry, nur dass der zehn Prozent im Monat verlangte. Und das brachte Druck in das Geschäft. Jeden Monat, den Nick den Wagen nicht verkaufen konnte, musst er fünftausend mehr dafür erlösen. Zweiter Haken: Das Auto war siebzigtausend wert – aber nur, wenn man einen Käufer fand. Das war schwierig, und so hatte er den Wagen nach zwei Monaten immer noch an der Hacke. Es hatte in dieser Zeit auch den einen oder anderen demütigenden Moment gegeben. Etwa, als er mit dem Rolls Royce für fünf Mark getankt hatte. Die Blicke des Ladenschwengels hinter der Kasse hatten an Nick geklebt wie aufgeladene Styroporkügelchen. Oder als das Pärchen aus Mannheim eigens wegen des Wagens nach München gereist war und von Nick (immerhin Rolls-Royce-Besitzer) erwartete, dass er zum Verkaufsgespräch ins Cafè Luitpold einlud. Die Rechnung von sechsundzwanzig Mark überstieg an diesem Tag Nicks Möglichkeiten, und er war genötigt, sich durch das Toilettenfenster des Nobelcafés abzusetzen.

»Silbermann«, meldete sich eine verschlafene Frauenstimme. Vermutlich hatte er Uschi aus dem Bett geholt. Sie stand selten vor zwei auf. Uschi Silbermann war eine der wenigen weiblichen Gebrauchtwagenhändler und der einzige Mensch, den er kannte, der an einem Samstag genug Geld im Haus hatte, um einen Rolls Royce zu kaufen. Sie war schlau, tough, geldgierig und sah mit kariertem Faltenrock und Kassenbrille aus wie eine Bibliothekarin. In dieser Tarnuniform vermittelte Uschi jedem Käufer das Gefühl, ein Bombengeschäft gemacht zu haben. In Wirklichkeit war es Uschi, die ihre Geschäftspartner über den Leisten zog. Immer.

»Hab ich dich geweckt?« Nick bemühte sich um einen gut gelaunten Tonfall.

»Kommst'n da drauf? Wart mal, ich brauch 'ne Kippe.« Kruschgeräusche drangen aus dem Hörer, und er hörte Uschis Reibeisenstimme fluchen, weil die Zigarettenschachtel nicht da war, wo sie ihrer Erinnerung nach wohl hätte sein sollen. »Scheiße, ich brauch noch'n Moment. Die Kippen sind weg.«

»Schau im Bett nach«, assistierte Nick. Er hatte zwei Mal mit Uschi geschlafen und kannte ihre Rauchgewohnheiten.

Es folgten Sekunden der Ruhe am anderen Ende. Dann das metallische Klicken eines Benzinfeuerzeugs, ein Geräusch, als blase jemand auf ein Mikrofon, und schließlich Uschis angeschlagene, jetzt aber wohlig-zufriedene Stimme. »Danke. War unterm Kopfkissen. Was kann ich für dich tun?«

Wenn ein Händler von einem anderen angerufen wurde, war klar, dass der, der anrief, verzweifelt Geld brauchte. Es würde schwierig werden, siebzigtausend aus Uschi rauszuholen. Selbst wenn, blieb immer noch das Problem, dass das Geld eigentlich nicht ihm gehörte, sondern Scarface, und der war nicht für seine Zimperlichkeit bekannt. Mit dem

Problem Scarface würde sich Nick später befassen. Erst musste er Alina freibekommen.

»Ich könnte günstig einen Porsche kaufen. Bin da exklusiv dran. Aber dafür bräuchte ich Bargeld. Und – na ja, es ist Samstag.«

»Bin ich 'ne Bank?«

»Schatz – du bist Händlerin. Ich möchte dir ein Geschäft vorschlagen.«

»Nicht den Roller, oder?«

Die Sache mit Nicks Rolls Royce hatte in der Branche die Runde gemacht.

»Ich will ihn weghaben. Ist 'n echter Schnapper.«

»Wie lang steht die Kiste schon bei dir?«

»Das ist ja das Problem. Ich hab den Wagen finanziert, ich kann's mir nicht leisten, ihn rumstehen zu lassen. Das hatte ich irgendwie nicht zu Ende gedacht. Aber du kannst warten, bis der richtige Käufer kommt. Es kommt todsicher einer. Bei nem Roller dauert das halt ein bisschen. Ich kann dir auch die Nummer von einem Interessenten geben, mit dem ich schon ziemlich weit war. Es hat dann aus anderen Gründen nicht geklappt.«

»Der Zuhälter aus Mannheim?«

»Woher weißt du denn das schon wieder?«

»Spricht sich rum. Pass auf ...«, Uschi zog hörbar und herzhaft an der Zigarette, »... ich kann mit der Rostgurke eigentlich nichts anfangen. Aber wenn's dir gerade nass eingeht – okay. Fünfundzwanzig.«

»Uschi! Der Wagen ist achtzig wert.«

»Dann verkauf ihn halt für achtzig.«

Nick blieb ruhig – das machte das Valium. Er analysierte Uschis Angebot und kam zu dem Ergebnis, dass sie fünfundvierzig zahlen würde – das machte das Captagon.

»Ich weiß, dass ich im Moment keine achtzig kriege. Will ich von dir auch nicht. Aber siebzig ist 'n fairer Preis. Stell

62

ihn ein paar Tage in deine Tiefgarage, und du hast zehn Riesen verdient. Es gibt ja, wie gesagt, einen Käufer. Und selbst wenn du ihn fünf Jahre behältst – ein Rolls wird jedes Jahr mehr wert. Du kannst bei der Sache nichts verlieren.«

»Dreißig. Mein letztes Angebot.«

»Okay. Ich brauch die Kohle und hab gerade keine gute Verhandlungsposition. Vor allem, weil ich die Kohle scheißdringend brauche. Nur: dreißig nützen mir nichts. Dann kann ich's lassen.«

»Wie viel brauchst du?«

»Fünfundsechzig.«

Ein tonloses Lachen kam vom anderen Ende der Leitung.

»Du träumst. Fünfunddreißig. Mehr geht nicht.«

»Sechzig.«

»Fünfunddreißig. Mehr ist definitiv nicht drin. Ich kann dir aber einen Tipp geben, wo du die restlichen fünfundzwanzig herkriegst.«

»Ich höre.«

»Heut Abend ist eine Pokerrunde. Sind Spieler aus ganz Deutschland da.«

»Okay …« Nick war ein versierter Pokerspieler und hatte früher an illegalen Runden teilgenommen, die mal hier, mal da in Privathäusern stattfanden, meist in einer verschlafenen Vorstadtsiedlung. Sie wurden in den einschlägigen Kreisen kurzfristig per Telefon organisiert, und die Spieler kamen zum Teil von weit her. »Wo?«

»Ich ruf dich an, sobald ich die Adresse weiß.«

7

In dieser Nacht war Leben auf den Nebenstraßen von Rottach-Egern. Lange bevor er ankam, sah Wallner blaue Lichter, die über entfernte Häuserwände und Tannenspitzen zuckten. Viel Volk war auf den Beinen. Wie schon vor zwei Jahren, als sich der Mord an Carmen Skribas Ehemann in genau dem Haus ereignet hatte, in dem sie jetzt wieder nach Spuren suchten und das Luftlinie etwa zehn Kilometer von dem Hof entfernt lag, in dem man heute Carmen Skribas Leiche gefunden hatte. Wallner machte seinen kleinen Spaziergang. Der Weg war nicht neu für ihn. Nur war es damals helllichter Tag und das Wetter warm gewesen. Als er sich dem Haufen Gaffer näherte, der vor dem Anwesen der Skribas aufgelaufen war, lag der Wallberg direkt vor ihm. Der Berg ragte schwarz und schweigend in den Nachthimmel, beschienen nur vom Halbmond. Auf dem Gipfel lag immer noch kein Schnee, wie Wallner verwundert feststellte. Der Winter ließ sich Zeit dieses Jahr.

Die Polizei hatte die Straße abgesperrt, die zum Skriba-Haus führte. Wallner stieg über das Flatterband und begrüßte den Streifenbeamten, den man dort postiert hatte. Mit dem Aufklaren war es kälter geworden. Knapp unter null schätzte Wallner und zog den Reißverschluss der Daunenjacke bis ganz oben. Ein frostiger Luftzug hatte sich in den Kragen geschlichen, und auf dem Asphalt bildete sich erstes Eis. Wallner ging an einer Reihe von Einsatzfahrzeugen vorbei, die man ausnahmslos auf der Straße außerhalb des Grundstücks geparkt hatte. Denn auch in der großzügigen Auffahrt vor dem Haus suchte die Polizei nach Hinweisen.

Nachdem sich Wallner in einen weißen Papieranzug der

Spurensicherung gezwängt und blaue Wegwerfüberschuhe angezogen hatte, trat er vorsichtig ins Haus. Tina, ähnlich gekleidet wie er selbst und unter der Papierkapuze nur an ihren energischen Bewegungen zu erkennen, war ziemlich begeistert von dem, was sie bislang zutage gefördert hatten.

»Wie schaut's aus?« Sie waren in die Gästetoilette gegangen, weil die schon untersucht worden war.

»Ja, es gibt einiges.« Sie stutzte kurz. »Hast du die Daunenjacke unter dem Papieranzug an?«

»Ja, Herrgott. Es ist November. Behindert das die Ermittlungen?«

»Sei nicht immer gleich so empfindlich. Ich find's einfach lustig.«

»Zum Totlachen. Aber du wolltest mir gerade ein paar Ermittlungsergebnisse offenbaren.«

»Richtig. Hier …« Sie hielt Wallner das Tablet hin, das sie schon die ganze Zeit in der Hand hatte. Auf dem Bildschirm war ein Foto der Küche des Hauses, in dem sie sich befanden, zu sehen. »Hier haben wir Blutspuren gefunden.«

»Wo?« Wallner starrte angestrengt auf das Foto, konnte aber kein Blut erkennen.

»Ist auch nicht so offensichtlich. Hier!« Tina tippte mit dem Finger auf eine Stelle am Boden, die einen Hauch dunkler eingefärbt war. Es hätte aber auch als Schatten durchgehen können. Sie wischte ein anderes Foto aufs Display. Eine Nahaufnahme der Stelle. Sie war immer noch nicht sehr rot. Im Grunde war nur ein rosa Schleier auf den weißen Fliesen zu sehen. »Sagen wir: Da war mal Blut. Und das hat jemand weggewischt. Aber nicht sehr gründlich. Musste wohl schnell gehen.«

»Dann gibt es vermutlich noch andere Stellen, die vielleicht besser gereinigt wurden.«

»Wahrscheinlich. Wir haben auch schon einiges in den Fugen zwischen den Fliesen entdeckt. Ob das Carmen Skribas Blut ist, wissen wir natürlich erst morgen. Aber ich würde einen höheren Geldbetrag drauf wetten.«

»Dann wäre sie hier in der Küche erschossen worden. Genau wie vor zwei Jahren ihr Mann.« Wallner stutzte. »Es kann nicht sein, dass das Blut noch von Gerald Skriba stammt?«

»Nein, das sieht nach frischem Blut aus. Das heißt, beide sind in der Küche ihres Hauses erschossen worden. Im Abstand von zwei Jahren.« Tina suchte weitere Fotos auf dem Tablet. »Zufällige Duplizität der Ereignisse oder Mordserie?«

»Die Morde einer Mordserie werden in der Regel vom selben Täter begangen. Das scheidet hier aus. Die Frau, die Frau Skribas Mann erschossen hat, wie hieß sie noch gleich …?«

»Wächtersbach«, half Tina.

»Genau. Frau Wächtersbach sitzt meiner Kenntnis nach in Aichach in Haft. Kann also den Mord heute nicht begangen haben. Was hast du da?« Wallner lugte in Richtung Bildschirm.

»Wir haben alle Fenster und Türen gecheckt.« Tina hielt Wallner das Tablet mit den Tür- und Fensterfotos hin. »Nichts. Keine Einbruchspuren.«

Wallner nahm das Gerät entgegen. »Muss ich mir das ansehen?«

»Nur wenn du willst. Es sind sehr hübsche Fenster und Türen. Also, nach meinem Geschmack.«

»Dann schick's mir doch morgen.« Wallner gab das Tablet zurück. »Das heißt, der Täter ist nicht eingebrochen.«

»Ja. Spricht einiges dafür, dass Frau Skriba ihren Mörder ins Haus gelassen hat. Vielleicht kannte sie ihn. Vielleicht hat sie aber auch die Tür nicht abgeschlossen, und er hat sich so Zugang verschafft.«

»Da sind doch mehrere Riegel an der Haustür. Die Frau war nicht leichtsinnig.«

»Nein. Aber die Frage ist, ob die Riegel immer geschlossen waren.«

»Gibt es hier inzwischen eine Überwachungskamera?«

Vor zwei Jahren bei dem Mord an Gerald Skriba hatte es nur innerhalb des Hauses eine Kamera gegeben. Die hatte aber zum Tatzeitpunkt nichts Verwertbares aufgezeichnet.

»Nein«, sagte Tina. »Die Kamera von damals existiert anscheinend nicht mehr. Außerdem war die im Schlafzimmer.«

»Das heißt, wir haben keine Bilder? Weder von heute noch von irgendeinem Zeitraum?«

Tina schüttelte den Kopf.

»Was ist mit den Kameras an der Straße?« Wallner meinte private Überwachungskameras auf anderen Grundstücken, deren Bilder vor zwei Jahren entscheidend zur Aufklärung des Mordes an Gerald Skriba beigetragen hatten.

»Hab schon jemanden geschickt«, sagte Tina.

»Carmen Skribas Handy ...?«

»Haben wir. Ist natürlich passwortgeschützt. Wir schicken es umgehend nach München.«

Wallner öffnete die Tür der Gästetoilette. »Ist ein bisschen warm hier.«

»Vor allem mit Daunenjacke.« Tina lächelte ihn breit an.

Einen Augenblick später standen sie neben der Haustür, die offen war, weil unablässig Beamte ins Haus gingen oder herauskamen.

»Gibt es Hinweise, wann der Mord passiert ist?«

»Es gibt da wohl einen Anruf, den Frau Skriba entgegengenommen hat. Der war kurz vor sechs. Aber das kann dir Mike genauer sagen.« Tina winkte Mike herbei, der am Einfahrtstor stand und mit seinem Handy telefonierte. Mike beendete das Gespräch und kam zu Wallner, während sich Tina verabschiedete und wieder ins Haus ging.

»Wie läuft's?«, fragte Wallner.

»So wie es aussieht, ist sie hier erschossen worden. Die Nachbarn haben aber wenig mitbekommen. Eigentlich gar nichts. Mal sehen, was die Überwachungskameras entlang der Straße aufgezeichnet haben.«

»Wenn wir da einen Wagen sehen, der auch auf den Beck-Videos drauf ist, wär das schon mal eine ganze Menge. Tina sagt, das Opfer hat kurz vor sechs noch telefoniert?«

»Ja. Um siebzehn Uhr zweiundfünfzig ist ein angenommener Anruf verzeichnet. Ich vermute, dass Carmen Skriba ihn noch selbst entgegengenommen hat. Die Nummer gehört einer Frau Susanne Kohl. Ich habe da gerade angerufen. War aber nur ihre Tochter dran. Die Mutter kommt angeblich gleich von der Arbeit.«

Wallner sah Mike verwundert an.

»Putzt nachts anscheinend irgendwelche Büros.« Mikes Handy klingelte. Er warf einen Blick auf das Display. »Das ist sie.« Er nahm das Gespräch an. »Hanke, Kripo Miesbach ... Frau Kohl, danke, dass Sie so schnell zurückrufen ... nein, Ihre Tochter hat nichts angestellt. Ich wollte wissen, ob Sie heute kurz vor achtzehn Uhr Frau Carmen Skriba angerufen haben ... Darf ich fragen, um was es ging ... verstehe ... Die Sache ist die: Frau Skriba ist tot, und wir gehen von einem Verbrechen aus. Könnten wir noch bei Ihnen vorbeikommen? ...« Mike sah auf seine Armbanduhr. »Wo wohnen Sie denn? ... Dann würde ich sagen: in fünf bis zehn Minuten.« Mike verabschiedete sich von Frau Kohl und steckte sein Handy ein.

»Wer ist Frau Kohl?«, wollte Wallner wissen.

»Die Putzfrau von Frau Skriba. Kommst du mit?«

»Ich denke, das kriegst du allein hin. Ich muss mich um Manfred kümmern. Weil – eigentlich hatte ich versprochen, heute Abend zu Hause zu bleiben.«

»Ist Manfred nicht in der Mangfallmühle?«

»Inzwischen wird er wieder daheim sein.«

Mike klopfte Wallner auf die Schulter.

»Wir sehen uns morgen.«

8

Wallner saß in der Küche, ein Glas Weißbier vor sich. Die Handuhr zeigte 23 Uhr 52. Gern hätte er seinen Großvater angerufen und gefragt, ob es ihm gut gehe, und gesagt, dass er sich Sorgen mache, weil es ja nicht Manfreds Gewohnheit war, kurz vor Mitternacht noch unterwegs zu sein. Aber er wollte ihn nicht wie ein Kind behandeln. Andererseits: Er machte sich nun mal Sorgen. Manfred war fast neunzig und nicht mehr der Gesündeste, und den Rollator hatte er nicht mitgenommen, nur den Stock. Vermutlich aus Eitelkeit. Wallner hatte Manfred in das Wirtshaus begleitet und ihn an einem Tisch in der Nähe des Tresens abgesetzt, dann mit Harry Lintinger, dem Wirt, noch ein paar Worte des Inhalts gewechselt, dass Lintinger auf Manfred achtgeben solle. Worauf Lintinger sagte, das werde er tun, aber Manfred sei erwachsen.

Ein Schaben an der Haustür riss Wallner aus seinen Sorgen. Jemand versuchte, den Schlüssel in die Haustür zu stecken.

Der Anblick, der sich Wallner beim Öffnen der Tür bot, war erbärmlich, aber nicht unerwartet. Kreuthner stand da in der Herbstnacht, mit dem weißen Verband um den Kopf, und hatte einen fremden Arm um den Hals. Die Hand des Arms hielt er mit seiner Rechten, der Rest von Manfred hing links an Kreuthner herunter. Den Gehstock hatte jemand mit Sinn fürs Praktische in Manfreds Gürtel gesteckt.

»Schätze, der g'hört dir«, sagte Kreuthner und ruckte Manfred ein wenig zurecht, denn er drohte von seiner Schulter zu gleiten.

»Sseass!«, meldete sich Manfred und hob die freie Hand

in Richtung Wallner. Diese Kurzform von »Servus« war in gewissen Kreisen durchaus gebräuchlich, in Manfreds Fall aber wohl dem Umstand geschuldet, dass seine alkoholschwere Zunge nicht mehr hergab.

»Wie viel hat er intus?«, fragte Wallner.

»Is doch wurscht. Kann ich ihn reinbringen?«

Wallner nahm Manfreds anderen Arm über die Schulter, und sie trugen ihn ins Haus. »Ist nicht wurscht. Ich will wissen, ob ich den Notarzt rufen muss.«

»In einer Gletscherschalte, sa fand ich meine Alte ...«, begann Manfred auf dem Transport in die Küche anzustimmen.

Am Küchentisch ließ sich Manfred noch halbwegs selbstständig auf einen Stuhl sacken.

»Sie hielt den Fickel in der Hand ... jetzt singt's amal mit, es fade Nocken!«

»Das Lied ist nicht lustig.«

»Des is ja net *meine* Alte. Des is ja sie Alte von sem, wo des Liedl g'macht hat.« Manfred hob einen Finger, um den Takt mitzuschwingen. »Auf sem geschieben schand: Mit siesem verfixten Sss... Stru... Schment... jetzt geht's nimmer. Gib mir mal a Weißbier.« Manfred griff in die Innentasche seines Sakkos und legte kurz darauf ein Bündel mit Geldscheinen auf den Tisch. »Rest is Trinkgeld.«

Wallner blickte besorgt zu Kreuthner. »Hat er das in der Mangfallmühle auch gemacht?«

»Nur wenn er a Rund'n g'schmissen hat.«

»Du meinst – Lokalrunde?«

Kreuthner zuckte mit den Achseln.

»Wie viele Lokalrunden hat er denn geschmissen?«

»Ich sag amal so: Die Stimmung war super. Also es werden schon a paar g'wesen sein. Was er 'zahlt hat, weiß ich net. Bin ja erst später gekommen.« Kreuthner deutete auf die Scheine. »Aber er hat ja noch was.«

»Und wie viel war's vorher?«

»Spielt doch keine Rolle. Ins Grab kann er's eh net mitnehmen.«

»Nein, aber mir vererben.« Wallner wandte sich Manfred zu, der wieder still geworden war. Der Kopf war ihm auf die Brust gesackt. »Geht's dir gut?«

»Recht hat er, der Leo. Ins Grab kann ich's net mitnehmen. Einmal im Leben hab ich a Gaudi, und dann vergunnst es mir net.«

»Ich gönn's dir ja. Aber du solltest es vielleicht nicht übertreiben in deinem Alter.«

»So einen super Abend ham mir g'habt. Oder, Leo?«

»Ganz super! Schau halt mal wieder vorbei.«

Wallner bedeutete Kreuthner mit beiden Händen, dass er langsam machen solle.

Manfred stand auf und wollte seinen Stock in Gebrauch nehmen, drückte sich dabei aber nur wieder auf den Stuhl zurück, denn der Stock steckte noch in seinem Gürtel.

»Kommst noch allein ins Bett?«, fragte Wallner.

Manfred nestelte den Stock aus dem Gürtel. »Ja sicher. Bin ja koa Säufer. A Säufer is oana, wo nimmer allein ins Bett kummt.« Der Stock war jetzt aus dem Gürtel raus und einsatzbereit. Manfred stand auf, drückte den Rücken durch, so gut es ihm gelang, und salutierte mit einer Hand an der Stirn. »Flakhelfer Wallner meldet sich vom Dienst ab.«

»Flakhelfer?« Kreuthner runzelte die Stirn.

»Zu mehr hab ich's net bracht. Das Kriegsenne hat meine militärische Saufbahn ... hahaha ... hab ich grad Saufbahn g'sagt?« Manfred musste sich wieder setzen. Der humoreske Aspekt seines Versprechers ließ ihm das Zwerchfell beben. »Saufbahn! Hab ich echt Saufbahn ... Ich wollt ja LLLaufbahn sagen, aber weil ich so ang'soffen bin, hab ich versehentlich Saufb ... des gibt's ja net! Saufen – Saufbahn!« Er verfiel in ein konvulsives Fiepen und schlug mehrfach mit der Faust auf den Tisch. Wallner sah Kreuthner an, sein Blick ein einziger Vorwurf. »Also, das Kriegsenne hat …«, hob Manfred erneut an, »… hat meine Militärkarriere runiniert. Des muss man so sagen. Und jetzt geh ich ins Bett.«

Als Wallner am nächsten Morgen die Küche betrat, saß Manfred am Frühstückstisch, vor sich ein Glas sprudelndes Wasser, und hielt sich den Kopf.

»Ist das eine Aspirin?«

»Drei.« Manfred nahm einen Schluck des gefährlich brodelnden Gebräus.

»Bis zu deinem nächsten Wirtshausbesuch solltest du ein bisschen Zeit verstreichen lassen.«

»Ach ja? Wie viel Zeit hab ich denn noch?«

»Na komm, ein bisschen hast du noch.«

»Das war sehr lustig gestern. Sehr lustig.«

»Du hast anscheinend einige Lokalrunden geschmissen.«

»Echt?« Manfred kippte das Aspirinwasser runter. »Tut mir leid, dass ich dein Erbe verschleuder.«

»Darum geht's nicht. Ich finde es einfach nicht in Ordnung, wenn die Leute in der Mangfallmühle deine gute Laune ausnutzen. Die Typen da feiern jeden, der ihnen was zu trinken spendiert.«

»Hast schon recht. Ich war a bissl ang'schickert. Und ich lass ab jetzt die Finger vom Alkohol. Des hat ja keinen Taug.«

»Freut mich zu hören.«

»In meinem Alter brauch ich was anderes. Mit weniger Nebenwirkungen.« Manfred betrachtete das Glas in seiner Hand.

»Was genau meinst du?«

»Na ja … irgendwas, wo lustig macht, aber keine Kopfschmerzen.«

Manfred blickte seinen Enkel an, als sei mit diesen Worten klar, was er meinte. Wallner wartete ab, was noch kommen würde.

»Du könntst mir doch was besorgen.«

»Was denn besorgen?«

»Hasch oder an Marihuana. Des is doch bloß Hanf. Den hat schon mein Großvater g'raucht. Damals ham s' Rauschkraut dazu g'sagt.«

»Bittest du gerade den Leiter der Kripo Miesbach, dir illegale Drogen zu beschaffen?«

»Nur a bissl was, dass ich's ausprobieren kann.«

Wallner schüttelte fassungslos den Kopf. »Was ist denn los mit dir? Wozu willst du auf deine alten Tage auf einmal Marihuana rauchen?«

»Weil ich noch a bissl an Spaß haben möcht, bevor ich in die Kist'n steig.«

Wallner schwieg und war befremdet.

»Hast du noch nie an Hasch g'raucht?«

Wallner zögerte einen Moment. »Ein paarmal. Aber da war ich noch jung. Und ich sage dir: Es ist bei Weitem nicht so toll, wie du dir das vorstellst.«

»Wie wär's, wennst es mich selber ausprobieren lässt?«

»Aber ... warum?«

Manfreds Schultern versteiften sich, er presste den Mund zusammen, und ein Hauch von einsamer Melancholie legte sich über sein Gesicht. »Weißt ... ich hab so viel net g'macht in meinem Leben. Bin ja nie weggekommen von Miesbach.«

»Malcesine«, gab Wallner zu bedenken. »Und Norderney.«

»Ja.« Manfred schwieg ein paar Sekunden. »Malcesine und Norderney.«

»Ist nicht New York. Aber es war schön da, oder? Abends Calamari bei Alfredo.«

Manfred gestand das mit einer vagen Geste ein.

»Darauf kommt's doch an. Nicht, wie weit man wegfährt.«

Manfred schüttelte den Kopf. »Du verstehst es net. Ich will einmal im Leben was machen, was a bissl verrückter is wie Malcesine. Und viel Zeit hab ich nimmer.«

Das war leider wahr. Irgendwann in den nächsten Jahren würde Manfred sterben, und Wallner wusste, er würde den Gefährten verlieren, der ihn sein gesamtes Leben begleitet hatte. Sein Großvater bedeutete Wallner mehr als jeder andere Mensch. Und wenn Manfred das Gefühl hatte, in seinem Leben wichtige Dinge versäumt zu haben, dann bedrückte das Wallner, selbst wenn es sich um Marihuanarauchen handelte.

»Okay. Wenn du wirklich glaubst, du musst das machen, dann ... ich schau, dass ich dir was besorge.«

»Ehrlich?«

Wallner nickte.

»Nein, hör auf. Das kannst net machen.« Manfred sah seinen Enkel amüsiert, aber auch irgendwie zärtlich an.

»Ist schon okay«, sagte Wallner. »Einmal ...«

»Schmarrn. Ich frag selber rum. Is ja net so schwer, an was zu kommen.«

Wallner war einerseits erleichtert, dass sein Großvater ihn davon entbunden hatte, zum Drogenhändler zu werden. Andererseits behagte ihm der Gedanke, dass sich Manfred selbst Gras besorgen wollte, ganz und gar nicht.

»Das ist keine gute Idee. Ich meine, das sind ja keine vertrauenerweckenden Leute, die Drogen verkaufen. Es wäre mir lieber, du würdest das nicht selbst in die Hand nehmen.«

Manfred nickte mit einem Lächeln im Gesicht. »Hab ja nur an Spaß g'macht. Glaubst, dass ich alter Dackel noch mit Drogen anfang? Da bleib ich lieber beim Weißbier.« Er nahm das Glas, in dem noch ein Bodensatz Aspirinwasser schwappte, und prostete Wallner zu. Der lächelte zurück, war aber alles andere als beruhigt.

9

Der Morgen war zunächst den Vorbereitungen für die Sonderkommission gewidmet. Wallner telefonierte mit dem Polizeipräsidium in Rosenheim, wo dann über die Abordnung von knapp zwanzig Beamten nach Miesbach entschieden wurde. Für die SoKo wurden zunächst fünfundzwanzig Beamte benötigt. Die Kripo Miesbach verfügte aber nur über fünfzehn, und die konnten sich nicht alle um den Mordfall kümmern. Außerdem bat Wallner um eine Entscheidung darüber, ob Kreuthner im Rahmen der Mordermittlungen tätig sein konnte oder ob man ihn ausschließen musste. Da Max Pirkel die letzten zwei Wochen nachweislich im Krankenhaus Agatharied zugebracht hatte, konnte er als Täter ausgeschlossen werden. Nicht auszuschließen war jedoch, dass Pirkel mit dem Täter in Verbindung stand und ihm beispielsweise gestattet hatte, die Leiche in sein Haus zu verbringen. Deswegen musste Wallner Kreuthner mitteilen, dass er sich aus den Mordermittlungen herauszuhalten habe. Kreuthner nahm es erstaunlich gelassen. Andererseits: Niemand konnte Kreuthner verbieten, mit seinem sterbenskranken Vater zu reden, und Wallner hatte den Eindruck, dass Kreuthner genau das vorhatte.

Janette war bereits um halb sieben ins Büro gekommen, um das umfangreiche Videomaterial zu sichten, das sie bei Dominik Beck und in der Nachbarschaft des Skriba-Hauses sichergestellt hatten. Um zehn trafen sich Janette, Wallner und Mike, um die Ergebnisse zu besprechen.

Janette hatte zwei Videobildschirme geöffnet. Einen auf Wallners PC, den anderen auf ihrem Laptop. Die Videos auf den beiden Bildschirmen unterschieden sich zunächst nicht sehr. Nacht, Straßenlaternen, ab und zu ein Fahrzeug, das vorbeifuhr. Die Beck'sche Kamera war ungefähr im Neunzig-Grad-Winkel zur Straße angebracht. Es handelte sich um die Staatsstraße 2365, deren hier interessierender Teilabschnitt die Gmunder Ortsteile Dürnbach und Festenbach verband. Wenn jemand ohne größeren Umweg von Rottach-Egern nach Festenbach fahren wollte, musste er an der Kamera des Beck-Anwesens vorbeikommen. Der Timecode zeigte 19:02 Uhr.

»Siebzehn Uhr zweiundfünfzig hat Frau Koch noch mit Carmen Skriba telefoniert. Da hat Carmen Skriba also noch gelebt. Ihre Leiche wurde etwa um zwanzig nach sieben gefunden. Der Anruf von Lisa in der Zentrale kam um neunzehn Uhr achtzehn. Deswegen habe ich die Suche auf den Zeitraum zwischen sechs und halb acht abends beschränkt.«

Wallner betrachtete den Bildschirm. Ein Wagen kam vorbei. Allerdings waren es gut fünfzig Meter bis zur Straße, und man konnte die passierenden Fahrzeuge nur kurz von der Seite sehen.

»Kannst du erkennen, was das für Autos sind? Das geht so schnell.« Wallner hielt das Video an, spulte zurück und ließ es dann Bild für Bild laufen. Die Qualität war jetzt noch schlechter und das Bild verwischt, als hätte jemand zu lange belichtet.

»Das kriegen wir schon hin.« Janette stoppte das Beck-Video und verwies auf die zweite Aufnahme, die auf dem Laptop zu sehen war. Sie stammte von einer privaten Überwachungskamera in Rottach-Egern. Die Blickrichtung war fast parallel zur Straße, die von der Kamera offenbar nur durch den Gehsteig getrennt war. Die entgegenkommenden Fahrzeuge waren schwer zu erkennen, denn die Scheinwerfer waren in die Kamera gerichtet. Wagen, die von hinten kommend durchs Bild fuhren, waren jedoch einschließlich der Nummernschilder sehr gut zu sehen.

»Das ist die Straße in Rottach, die zum Haus des Opfers führt. Jemand, der von der Hauptstraße kommt und zu den Skribas will, würde vermutlich hier entlangfahren. Ich hab jetzt erst mal geschaut, ob ich einen Wagen zwei Mal entdecke. Hin zum Skriba-Haus und wieder zurück. Das war nicht ganz einfach. Wie ihr seht …«, Janette zeigte auf den Bildschirm, wo gerade ein Wagen auf die Kamera zukam, »… blenden die Scheinwerfer der Autos, die Richtung Hauptstraße fahren. Aber immerhin kann man die Form der Scheinwerfer erkennen. Damit weiß man zumindest, ob es ein Mercedes, Toyota oder was auch immer ist. Experten können den Wagentyp sicher genau bestimmen. Ich denke, das wird aber gar nicht nötig sein. Hier!« Janette spulte das Rottach-Video vor bis zum Timecode 18:12 Uhr. Ein älterer E-Klasse-Mercedes tauchte auf, dunkler Lack. »Gestern hatte doch ein Nachbar gesagt, er wäre gegen halb sieben am Grundstück der Skribas vorbeigegangen und hätte vor der offenen Garage einen alten Mercedes gesehen.« Janette verwies auf eine vor ihr liegende Akte mit Vernehmungsprotokollen. Sie enthielt unter anderem die Aussagen von Zeugen, die letzte Nacht noch befragt worden waren, und war an einer Stelle aufgeschlagen, die jemand mit einem Post-it-Zettel markiert hatte.

Mike zog die Akte zu sich, während Janette das Video vorspulte, und gab den Inhalt der Aussage zum Besten: »Der Wagen stand mit dem Heck vor oder schon in der offenen Garage. So genau hatte der Nachbar nicht hingesehen. Möglicherweise ist da gerade die Leiche verladen worden. Und der Wagen … ja, alter Mercedes. Blau. An mehr konnte sich der Zeuge nicht erinnern.« Mike klappte die Akte wieder zu.

Janette hatte jetzt die Stelle auf dem Video gefunden. »Hier kommt er zurück.« Der Timecode zeigte 18:35 Uhr. »Zumindest glaube ich, dass es der Wagen ist.«

Wallner und Mike bückten sich und sahen ihr über die

Schulter. Ein Auto fuhr auf die Kamera zu, vier ovale Scheinwerfer strahlten ins Objektiv.

»Ich kann's anhalten. Aber das gibt nur ein Wischfoto.«

»Lass gut sein«, sagte Mike. »Die vier Scheinwerfer, das ist ein älterer E-Klasse-Mercedes. Und die Farbe stimmt auch in etwa.« Mike wandte sich dem anderen Computer zu. »War der anschließend in Festenbach?«

»Schauen wir mal.« Janette wandte sich dem Beck-Video zu, das auf Wallners PC lief, und spulte vor bis 18:56 Uhr. Es dauerte einige Sekunden, dann fuhr ein Wagen durchs Bild. »Uuups! Das war ein bisschen schnell. Machen wir's noch mal.« Sie spulte ein wenig zurück und ließ den Wagen noch einmal durchfahren.

»Würde sagen: derselbe Wagen. Kommt das mit der Zeit hin?« Mike sah zu Janette.

»Siebzehn Minuten braucht man, sagt Google Maps. Hier waren's einundzwanzig Minuten. Um die Uhrzeit ist viel Verkehr. Könnte also stimmen.«

»Hast du das zum LKA geschickt?«

»Ja. Die sagen mir in der nächsten Stunde Bescheid, ob das dasselbe Fahrzeug ist. Den Halter in Ansbach hab ich schon mal gecheckt.« Janette klickte im Laptop ein anderes Fenster an. Eine Seite mit Notizen erschien. »Georg Müllerbrandt. Keine Registereinträge. Abgesehen von zwei Punkten in Flensburg. Sobald mir München das Okay gibt, schick ich die Kollegen hin.«

»Wär ja'n Ding, wenn's der war.« Mike machte ein Gesicht, als sei er weit davon entfernt zu glauben, dass die Sache sich so simpel auflösen würde.

»In Ordnung. Du bleibst dran. Und gib bitte Tina Bescheid, wenn die Ergebnisse aus München kommen. Vielleicht hat der Mercedes ja Spuren in der Garage hinterlassen.«

»Ist Tina nicht bei der Autopsie?«

Wallner warf einen Blick auf die Zeitanzeige des Computers. »Müsste jeden Augenblick wieder da sein. Stang hat obduziert.«

»Ah je«, entfuhr es Mike. Professor Stang war für seine frühen Obduktionstermine berüchtigt.

Um zwölf Uhr mittags ließ Wallner die frisch installierte SoKo zusammenkommen. Auf dem Weg zum Besprechungsraum traf er auf Kreuthner.

»Hallo, Leo! Wohin des Wegs?«

»Zum Kick-off-Meeting von der SoKo. Is doch jetzt?«

»Richtig. Für die, die für die SoKo arbeiten. Für Leute, die wegen Befangenheit ausgeschlossen sind, ist Streifenwagenfahren, Mittagessen oder sonst irgendwas. Auf keinen Fall SoKo.«

Kreuthner blieb stehen und kratzte sich am Kopfverband.

»Ja verreck! Die Macht der Gewohnheit.« Er lachte und schüttelte den Kopf. »Dann wünsch ich viel Spaß. Und wenn ihr net weiterkommt's – du weißt, wo du mich findst.«

Er gab Wallner einen Klaps auf die Schulter und trollte sich.

Staatsanwalt Jobst Tischler hatte zusammen mit Wallner die mittlere Position an einem langen Tisch inne, der auf einem kleinen Podium stand. Beim Kick-off-Meeting der SoKo musste er anwesend sein, denn die Staatsanwaltschaft war, wie es im Juristenjargon hieß, die *Herrin des Ermittlungsverfahrens*, auch wenn die eigentliche Arbeit vorwiegend von der Polizei getan wurde. Flankiert wurden Staatsanwalt und Kripochef von Tina und Mike.

Nachdem Tischler einleitende Worte gesprochen hatte, in denen er auf frühere erfolgreiche Zusammenarbeit unter seiner Führung verwies und nicht zu erwähnen vergaß, dass die Presse außergewöhnliches Interesse an dem Fall zeigte, denn der Ehemann des Opfers sei vor zwei Jahren auf genau die gleiche Weise – obwohl das vermutlich eher Zufall sei – ermordet worden, nach diesen einleitenden Worten also, in denen die SoKo-Mitarbeiter viel über Jobst Tischler und wenig über den Mordfall erfahren hatten, war nach zehn Minuten endlich die Reihe an Wallner.

Er berichtete, was die Polizei seit gestern Abend in Erfahrung gebracht hatte. Inzwischen stand fest, dass die Blutspuren in der Küche von Carmen Skribas Haus in Rottach-Egern von der Toten stammten. Carmen Skriba war also mit an Sicherheit grenzender Wahrscheinlichkeit in ihrem eigenen Haus ermordet und die Leiche dann zum Hof von Max Pirkel nach Festenbach gebracht worden. Frau Koch, die Putzfrau, hatte Mike erzählt, dass es immer wieder Streit zwischen Carmen Skriba und Pirkel gab, weil dieser ständig mit der Miete im Rückstand war. Sie wusste außerdem zu berichten, dass Skriba, die eine Kette mit Fitnessstudios betrieb, über wenig private Kontakte verfügte und es, was die Familie anging, nur noch einen Bruder gab, der aber ein seltsamer Kauz sei und sich nur einmal vor etwa zwei Jahren am Tegernsee hatte blicken lassen. In den letzten Wochen, so Koch weiter, habe Carmen Skriba zwei oder drei Mal Besuch von einem Unbekannten bekommen, der aber – wie Frau Kohl am nächsten Morgen anhand der leeren Flasche feststellte – jedes Mal nur ein Bier getrunken habe, woraus sie den Schluss zog, dass es sich nicht um eine romantische Bekanntschaft gehandelt habe. Auch da sei man dran, habe aber bislang noch keine weiteren Hinweise auf den Unbekannten gefunden. Damit übergab Wallner das Wort an Tina, die gerade aus der Rechtsmedizin in München zurückgekehrt war, wo sie an der Autopsie von Carmen Skribas Leiche teilgenommen hatte.

»Das Opfer war fünfunddreißig Jahre alt«, begann Tina ihren Bericht, »und in guter körperlicher Verfassung, was bei einer Fitnessstudiobetreiberin ja auch zu erwarten ist. Als wir die Leiche gestern Abend gefunden haben, war sie vermutlich noch keine Stunde tot. Das passt auch mit den Erkenntnissen zusammen, die wir aus Videoaufzeichnungen haben. Der Tod ist also mit hoher Wahrscheinlichkeit gestern zwischen achtzehn und neunzehn Uhr eingetreten. Todesursache waren drei Schüsse. Einer in den Kopf, einer hat das Herz gestreift, und einer ging in die Leber. Der Herzschuss war der tödliche Treffer. Die Projektile stammen aus einer Handfeuerwaffe, wahrscheinlich einer Pistole. Neun Millimeter Parabellum. Da kommen natürlich einige Modelle infrage. Die Ballistiker sind dran. Wenn wir Glück haben, weist eine der Kugeln verwertbare Spurenbilder auf. Die Schüsse wurden im Übrigen ziemlich präzise platziert. Der Täter hat nicht einfach das Magazin leer gefeuert, sondern die Treffer genau gesetzt. Es sieht fast aus wie eine Hinrichtung.«

Ein Kollege aus Rosenheim meldete sich.

»Vor zwei Jahren, bei dem Mord an dem Ehemann, gab's da net Spuren ins OK-Milieu?«

»Nicht direkt Mafia. Aber der Ehemann hatte angeblich Freunde in kriminellen Kreisen. Das ist richtig. Wir hatten das dann nicht vertieft, nachdem die Täterin überführt war. Wer immer es war, der Täter hat jedenfalls nicht das erste Mal eine Waffe in der Hand gehabt und vielleicht auch nicht das erste Mal getötet. Das könnte uns später noch helfen. Ansonsten gibt es keine Auffälligkeiten an der Leiche, etwa Kampf- oder Abwehrspuren. Wenn man alles zusammenfasst, dann sieht der Tathergang in etwa so aus: Der Täter kommt gegen achtzehn Uhr bei Carmen Skriba an, klingelt an der Tür, und sie lässt ihn ins Haus. Die beiden gehen in die Küche, der Täter zieht irgendwann die Waffe und erschießt Carmen Skriba, vielleicht mit Schalldämpfer, nachdem keiner der Nachbarn Schüsse gehört hat. Dann bringt er die Leiche in die Garage und lädt sie dort in seinen Wagen. Gegen neunzehn Uhr ist er in Festenbach auf dem Hof von Max Pirkel und legt den Leichnam in die Gefriertruhe. Dabei wird er von Polizeiobermeister Leonhardt Kreuthner gestört. Es kommt zu einem Schusswechsel, und der Täter kann fliehen, weil der Leo von einem Fensterladen niedergestreckt wird.« Tina blickte zu Wallner. »Gibt's eigentlich schon was zu Carmen Skribas Bruder und dem Fahrzeughalter?«

»Wir versuchen gerade, mit dem Bruder in Kontakt zu treten. Ist in der Tat nicht so einfach. Er ist nirgends gemeldet. Wir haben die Telefonnummer eines früheren Freundes, der vielleicht weiß, wo er sich aufhält. Der ist zwar gerade in Spanien, kommt aber übermorgen zurück. Was den Fahrer des Wagens anbelangt, den wir auf den Überwachungsvideos in Rottach und Festenbach gesehen haben, da ist die Janette gerade …« Wallner blickte zum Eingang des Sitzungsraums, wo Janette stand. Sie war offenbar erst vor Kurzem hereingekommen. »Komm doch einfach vor und erzähl, was es Neues gibt.«

Wallner machte seinen Platz für Janette frei. Sie hielt eine dünne Akte in der Hand und schlug sie auf, nachdem sie sich hingesetzt hatte.

»Die Kollegen haben heute den Halter des Wagens aufgesucht, den wir auf den Videos gesehen haben«, sagte sie, nachdem Wallner sie den auswärtigen Kollegen vorgestellt hatte. »Einen Georg Müllerbrandt in Ansbach. Der Wagen mit den entsprechenden Nummernschildern stand auch in der Garage. Allerdings ist der Mann siebenundsechzig und gehbehindert, und für die Tatzeit hat er ein Alibi. Er war nämlich gestern …«, Janette blickte in ihre Akte, »… gestern um siebzehn Uhr dreißig bei seinem Orthopäden in Ansbach. Der Arzt bestätigt das. Und er war vor allem und erstaunlicherweise mit seinem Wagen beim Arzt. Wie kann das sein? Ich schätze, wir haben es mit dem alten RAF-Trick

82

zu tun: Jemand späht einen Wagen aus, stiehlt dann ein anderes Fahrzeug des gleichen Typs und bringt Nummernschilder mit dem Kennzeichen des ausgespähten Wagens an. Wenn er kontrolliert wird, ist der Wagen nicht als gestohlen gemeldet. Vermutlich haben sich die Diebe auch falsche Papiere beschafft. Das passt ganz gut zu der Vermutung, dass der Täter aus dem kriminellen Milieu kommt. Vermutlich hat er auch schon Vorstrafen. Und was ist jetzt mit dem Wagen? Tja – ich hab mal die gemeldeten Fahrzeugdiebstähle gecheckt, und tatsächlich: Letzte Woche wurde ein dunkelblauer E-Klasse-Mercedes Baujahr 2006 gestohlen, und zwar in Unterhaching. Wir haben den Wagen zur Fahndung ausgeschrieben. Aber vermutlich ist er längst entsorgt worden.«

Während Janette redete, ging bei Wallner eine SMS ein, die ihn darüber informierte, dass Jennifer Wächtersbach eingewilligt hatte, mit ihm zu sprechen. Wallner wurde um einen Terminvorschlag gebeten.

10

Wallner kehrte nach dem Ende des SoKo-Meetings in sein Büro zurück und rief in der JVA Aichach an, wo man ihn an eine zuständige Beamtin weiterleitete, mit der er vereinbarte, die Inhaftierte Jennifer Wächtersbach um fünfzehn Uhr zu treffen. Anschließend bat er sein Vorzimmer und Mike, ihm in der nächsten halben Stunde alle Störungen vom Hals zu halten, schloss die Bürotür, die sonst immer offen stand, und vertiefte sich in die damalige Gerichtsentscheidung, die zu einem guten Teil auf den Ermittlungen der Kripo Miesbach beruhte und Frau Wächtersbach wegen Mordes an Gerald Skriba ins Gefängnis gebracht hatte.

Das Urteil des Landgerichts München II datierte vom 20. Juni 2018. Der Tenor war im Grunde uninteressant. Er enthielt keine Besonderheiten. Doch Wallner war bei Strafentscheidungen immer wieder fasziniert von diesem ersten Satz, der das Tor zu einer dunklen Welt öffnete.

Tenor

1. Die Angeklagte ist schuldig des Mordes in Tatmehrheit mit Diebstahl.

2. Die Angeklagte wird deswegen zu lebenslanger Freiheitsstrafe als Gesamtstrafe verurteilt.

Dann folgte der profane Teil des Tenors:

3. Die Angeklagte trägt die Kosten des Verfahrens und die notwendigen Auslagen der Nebenklägerin.

Nebenklägerin war Carmen Skriba, die Ehefrau des Getöteten gewesen. Jetzt war auch sie tot.

Gründe

A. Zur Person der Angeklagten

Die heute 23-jährige Angeklagte wurde am 3. Februar 1996 in München geboren. Ihre Mutter hatte eine Anstellung als Hilfsarbeiterin im Logistikzentrum eines Versandhauses, wurde aber im Jahr 2001 arbeitslos. Grund waren vermehrt auftretende Probleme im Gefolge einer Alkoholabhängigkeit. Zu diesem Zeitpunkt verließ der Vater der Angeklagten die Familie, nachdem es zwischen ihm und der Mutter immer häufiger zu teilweise gewalttätigen Auseinandersetzungen gekommen war. In den Folgejahren lebte die Familie von staatlichen Unterstützungsleistungen, und die Mutter unterzog sich zwei Entziehungskuren. Während dieser Kuren wurden die Angeklagte und ihre sieben Jahre ältere Schwester Sabrina bei den Großeltern mütterlicherseits untergebracht. Trotz der Entziehungsmaßnahmen hielt die Alkoholsucht der Mutter an und verschlimmerte sich mit den Jahren so weit, dass eine Betreuung der Kinder kaum noch stattfand. Stattdessen kümmerte sich die ältere Schwester um den Haushalt und ihr jüngeres Geschwister.

Die Angeklagte wurde seit ihrem siebten Lebensjahr daher de facto von ihrer Schwester großgezogen, die auch ihre wichtigste Bezugsperson wurde. Die Schwester gab sich redlich Mühe, der Angeklagten ein halbwegs geordnetes Leben mit regelmäßigen Mahlzeiten zu ermöglichen, kam mit dem Druck, der bereits mit vierzehn Jahren auf ihr lastete, aber nur schwer zurecht und begann, Drogen zu konsumieren. Mit siebzehn stürzte die Schwester der Angeklagten von einer Brücke auf einen fahrenden Zug und erlag im Krankenhaus ihren Verletzungen. Ob es sich dabei um Suizid oder einen Unfall handelte, konnte nicht geklärt werden. Da die Mutter nach dem Tod ihrer ältesten Tochter erst recht außerstande war, sich und ihrer verbliebenen Tochter ein normales Leben zu organisieren, wurde die Angeklagte auf Veranlassung des Jugendamtes erst in einem Heim in Dachau, dann bei einer Pflegefamilie in München-Neuaubing untergebracht. Die Angeklagte entwickelte in der Folgezeit zunehmend aggressives Verhalten. Sie riss mehrfach von ihren Pflegeeltern aus und blieb oft tagelang verschwunden. Als sie bei einer der häufigen Auseinandersetzungen mit ihrer Pflegemutter diese mit einem Küchenmesser verletzte, beendeten die Pflegeeltern das Pflegeverhältnis, und die Angeklagte wurde erneut in ein Heim verbracht, diesmal in München.

In den Folgejahren verließ die Angeklagte die Hauptschule ohne Abschluss und schlug sich mit Gelegenheitsjobs und kleineren Drogengeschäften durch. Bis zu ihrem achtzehnten Lebensjahr wurde sie mehrfach wegen Verstößen gegen das Betäubungsmittelgesetz und wegen Körperverletzung zu Jugendstrafen verurteilt. Siehe dazu weiter unten. Im März 2014 geriet sie nachts vor einer Diskothek mit einem Straßendealer in Streit und stach schließlich mit einem Messer auf ihn ein. Dabei traf sie eine Arterie im Oberschenkel des Opfers, das daraufhin verblutete. Die Angeklagte wurde zu einer Jugendstrafe von drei Jahren und vier Monaten verurteilt, die sie vollständig verbüßte, da sie sich weigerte, sich bei den Hinterbliebenen des Opfers zu entschuldigen, und auch sonst keinerlei Schuldeinsicht zeigte.

B. Zu den Feststellungen hinsichtlich der Tat

I. Zum Tathergang

Im August 2017 besuchte die Angeklagte den Englischen Garten in München und lernte dort am Chinesischen Turm die Nebenklägerin kennen, mit der sie ins Gespräch kam. Die beiden Frauen waren sich sympathisch, und da die Nebenklägerin jemanden suchte, der sich um ihren Haushalt kümmerte, bot sie der Angeklagten eine Stelle als Haushaltshilfe an. Dabei kam auch zur Sprache, dass die Angeklagte vorbestraft war. Das irritierte die Nebenklägerin zunächst, aber sie entschied dennoch, der jungen Frau eine Chance zu geben.
In den folgenden Wochen arbeitete die Angeklagte im Haus der Nebenklägerin in Rottach-Egern.

Der Ehemann der Nebenklägerin (Gerald Skriba), das spätere Opfer, äußerte Bedenken gegen die Beschäftigung der Angeklagten. Vor allem missfiel ihm, dass sie als verurteilte Straftäterin längere Zeit ohne Aufsicht im Haus blieb und somit Gelegenheit hatte, Wertgegenstände zu stehlen. Die Nebenklägerin ließ seine Einwände aber nicht gelten und bestand darauf, die Angeklagte als Angestellte zu behalten. Gerald Skribas Sorgen waren nicht unbegründet. Am 19. Oktober 2017 entwendete die Angeklagte mehrere Schmuckstücke mit einem Gesamtwert von etwa 8.000 Euro aus einer Kommode im Schlafzimmer ihrer Arbeitgeber, um die Gegenstände ohne Bezahlung für sich zu verwenden. Die Angeklagte wusste, dass sie auf die Gegenstände keinen Anspruch hatte. Was sie nicht wusste: Gerald Skriba hatte, nachdem er sich gegen seine Frau nicht durchsetzen konnte, heimlich eine Überwachungskamera im Schlafzimmer installiert.

Am Freitag, den 20. Oktober 2017 hielt sich Gerald Skriba, der seinen Lebensunterhalt ebenso wie seine Ehefrau durch die Beteiligung an mehreren Fitnessstudios verdiente und sich seine Zeit frei einteilen konnte, mittags in der Küche des Hauses in Rottach-Egern auf, weil er ein Mittagessen, bestehend aus einer Portion Tatar und Vollkornbrot, zubereiten wollte. Seine Frau Carmen, die Nebenklägerin, war am Morgen nach München gefahren. Die Angeklagte hatte eigentlich frei, kam aber trotzdem ins Haus, weil sie am Vortag ihren Pullover vergessen hatte. Als sie die Küche betrat, konfrontierte

Gerald Skriba sie mit dem Schmuckdiebstahl, den die Angeklagte am Tag zuvor begangen hatte, und zeigte ihr das Video der Überwachungskamera, auf dem der Diebstahl dokumentiert war. Die Angeklagte holte daraufhin eine Pistole, von der sie wusste, dass sie im Wohnzimmer aufbewahrt wurde und die sie zu einem früheren Zeitpunkt beim Putzen entdeckt hatte. Als sie die Küche betrat, war Gerald Skriba dabei, den Tatar anzumachen, und hatte eine Flasche Tabasco in der Hand. Ohne Vorwarnung schoss die Angeklagte auf Gerald Skriba, der sich zu diesem Zeitpunkt keines Angriffs versah und sich eines solchen deswegen nicht erwehren konnte. Ein Schuss traf die Tabascoflasche, wodurch das Projektil in den Arm des Opfers abgelenkt wurde und Glassplitter der Flasche sich in dessen rechte Hand und sein Gesicht bohrten. Die nächsten beiden Schüsse trafen die Brust des Opfers und den Bauchraum. Dabei wurden Lunge und Milz verletzt, was schwere innere Blutungen auslöste, denen Gerald Skriba noch am Tatort erlag. Der Angeklagten kam es bei der Tötung des Opfers darauf an, den kurz zuvor begangenen Diebstahl zu verdecken.

Anschließend flüchtete die Angeklagte auf dem Fahrrad in ihr Apartment, wobei sie um 12:31 Uhr von einer Überwachungskamera gefilmt wurde. Kurz nach der Tat kehrte die Nebenklägerin aus München zurück und fand ihren sterbenden Ehemann auf dem Küchenboden vor. Um 12:43 Uhr rief sie bei der Notrufzentrale der Polizei an.

89

II. Zum Tatmotiv

Die Angeklagte war im August 2017 nach Verbü-
ßung einer mehr als dreijährigen Haftstraße auf
freien Fuß gekommen. Sie hatte weder Familie,
noch waren ihr nach der Haftzeit Freunde geblieben, an die sie sich wegen Unterstützung
hätte wenden können. Die Suche nach Arbeit wäre
in Anbetracht ihrer Vorstrafen schwierig geworden. Da erwies es sich als günstige Fügung des
Schicksals, dass die Angeklagte die Nebenklägerin kennenlernte und diese sie als Haushaltshilfe einstellte. Die Arbeitsbedingungen waren
gut, die Bezahlung ebenfalls, und das Tegernseer Tal mit seinen vielfältigen Freizeitmög-
lichkeiten gefiel der Angeklagten als neuer
Wohnort. Doch konnte sie der Versuchung nicht
widerstehen, aus dem Haus, in dem sie arbeitete, einige der vielen Wertgegenstände zu ent-
wenden, in der Hoffnung, dass das Verschwinden
der Schmuckstücke von ihrer Arbeitgeberin nicht
bemerkt werden würde. Als Gerald Skriba die Angeklagte dann überraschend mit ihrer Tat konfrontierte, drohte die gesamte Welt, in der sie
sich gerade eingerichtet hatte, mit einem Mal
wieder zusammenzubrechen. Das wollte die Angeklagte unter allen Umständen vermeiden und sah
dafür keine andere Möglichkeit, als ihren Arbeitgeber zu töten. Die früheren Straftaten der
Angeklagten zeichneten sich durch impulsives,
unreflektiertes Handeln aus. Und so handelte
sie auch hier kurz entschlossen und erschoss
Gerald Skriba in der Absicht, ihren Diebstahl
zu verdecken.

Wallner hielt einen Augenblick inne und ließ den Papierstoß sinken. Die apodiktische Weise, mit der in Urteilstexten der Tatablauf und die Beweggründe der Angeklagten festgestellt wurden, irritierte ihn jedes Mal. Nur in sehr wenigen Ermittlungen hatte Wallner am Ende das Gefühl gehabt, die ganze Wahrheit gefunden zu haben. Und die Ermittlungen im Mordfall Gerald Skriba gehörten definitiv nicht zu diesen seltenen Fällen. Insbesondere die Motive der Täterin waren durchaus nicht so eindeutig, wie es sich hier las. Wallner blätterte weiter, bis er zu dem Abschnitt mit der Beweiswürdigung kam.

Die Feststellungen zum Tathergang beruhen im Wesentlichen auf Angaben, die die Angeklagte bei diversen Vernehmungen durch Polizei und Staatsanwaltschaft gemacht hat.

Die Angeklagte war unmittelbar nach der Tat trotz ihrer Vorstrafen zunächst nicht ins Visier der Ermittlungsbehörden geraten. Die Nebenklägerin war davon ausgegangen, dass die Angeklagte nicht im Haus arbeitete, denn sie hatte um einen Tag Urlaub gebeten und ihn von der Nebenklägerin bewilligt bekommen. Ihre Vermutungen gingen vielmehr in eine andere Richtung: Das Opfer hatte vor etlichen Jahren Bekannte im kriminellen Milieu gehabt und mit diesen Geschäfte gemacht. Die genaue Natur der Geschäfte war der Nebenklägerin nicht bekannt, zumal sich diese Dinge lange vor ihrer Hochzeit mit Gerald Skriba im Jahr 2015 abgespielt hatten. Gerald Skriba hatte aber angedeutet, dass die betreffenden Personen gewaltbereit und teilweise der Ansicht seien, sie hätten mit ihm noch »eine Rechnung offen«. Was genau ihr Mann damit meinte, wusste die Nebenklägerin nicht. Nur dass aus dieser Richtung offenbar Gefahr drohte.

Der Ortsteil von Rottach-Egern, in dem das Haus der Skribas liegt, wird durch teilweise luxuriöse Einfamilienhäuser geprägt, von denen viele mit Überwachungskameras ausgestattet sind. Die Aufzeichnungen der infrage kommenden Kameras wurden von der Polizei umgehend gesichtet. Auf einem der Videos sah man die Angeklagte, wie sie mit ihrem Fahrrad um 12:31 Uhr in Richtung Ortsmitte fuhr. Die Angeklagte stritt zunächst ab, etwas mit dem Tod von Gerald Skriba zu tun gehabt zu haben. Als man sie mit weiteren Beweisen konfrontierte, gab sie schließlich zu, auf Gerald Skriba geschossen zu haben. Sie habe allerdings in Notwehr gehandelt, denn Gerald Skriba habe versucht, sie zu vergewaltigen. Die Polizei befragte die Angeklagte nach dem genauen Ablauf des Vergewaltigungsversuchs. Danach sei es angeblich zu einem heftigen Kampf gekommen, in dessen Verlauf sich die Angeklagte von Gerald Skriba habe befreien können. Sie habe versucht, das Haus zu verlassen, doch Gerald Skriba habe die Haustür abgesperrt. Da habe sie eine Pistole an sich genommen, die sie einmal beim Putzen im Wohnzimmerschrank entdeckt hatte, und auf Gerald Skriba geschossen, um sich seines Angriffs zu erwehren. Dann habe sie das Haus verlassen und sei mit dem Fahrrad weggefahren. Bei dieser Aussage verstrickte sich die Angeklagte in mehrfache Widersprüche:

Bei einer körperlichen Untersuchung der Angeklagten durch einen Rechtsmediziner wurden keine Spuren gefunden, die auf einen Kampf hingedeutet hätten. Auch am Tatort waren keine Kampfspuren zu erkennen. Außer der zerschossenen Tabascoflasche und einem Holzbrett, das Gerald Skriba vermutlich von einer Arbeitsfläche gerissen hatte, als er zu Boden stürzte, waren keine Beschädigungen oder übliche Kampfspuren wie umgestürzte Möbel zu sehen. Auch konnte die Einlassung der Angeklagten nicht erklären, wieso das Opfer in der Küche zu Tode gekommen war. Das hätte bedeutet, dass die Angeklagte Gerald Skriba dorthin verfolgt hätte, denn sie war ja angeblich zunächst zur Haustür gelaufen und von dort ins Wohnzimmer, wo sie die Pistole an sich genommen hatte. Von da wären es aber noch etwa zehn Meter bis in die Küche gewesen. Die andere Möglichkeit: Gerald Skriba blieb untätig in der Küche oder begab sich dorthin, während die Angeklagte zur Tür lief und anschließend die Pistole suchte und an sich nahm. Das passt jedoch nicht zu der Einlassung, Gerald Skriba sei wie ein Besessener über die Angeklagte hergefallen. Die Angeklagte konnte, in der Polizeivernehmung auf diese Widersprüche angesprochen, sich angeblich nicht mehr erinnern, wie sie und das Opfer in die Küche gelangt waren. Somit stützten weder die Sachbeweise noch die Aussage der Angeklagten selbst ihre Behauptung, Gerald Skriba habe sie vergewaltigen wollen. Vielmehr sprachen fast sämtliche Indizien gegen diese Darstellung. Als die Polizei das Überwachungsvideo in Gerald Skribas Computercloud – den dazugehörigen Rechner hatte die Angeklagte vermutlich an sich genommen und zerstört, um den Beweis für ihren Diebstahl zu vernichten – und kurz darauf den gestohlenen Schmuck in der Wohnung der Angeklagten entdeckte, lag die Vermutung nahe, dass die Verdeckung des Diebstahls das wahre Tatmotiv war und nicht eine angebliche Vergewaltigung. Dafür sprach auch, dass das Video zuletzt am Tattag um 12:15 Uhr abgespielt wurde. Nachdem der Angeklagten diese Fakten vorgehalten wurden, verweigerte sie, inzwischen von einem Anwalt vertreten, jede weitere Einlassung.

Wallner steckte die Kopie des Urteils in seine Aktentasche. Vielleicht war es nützlich, sie bei dem Gespräch im Gefängnis dabeizuhaben. Die Beweise waren eindeutig, die Einlassung der Angeklagten mit ziemlicher Sicherheit frei erfunden, und Wallner hatte schon Fälle erlebt, bei denen die Angeklagten wegen weniger verurteilt worden waren, ohne dass ihn Zweifel plagten. Nur bei dieser Angelegenheit war ihm seit zwei Jahren so unwohl, dass es ihn ganze Nächte gekostet hatte, in denen die Fakten und die junge Verurteilte nicht Ruhe geben wollten in seinem Kopf. Vor allem das Motiv der Täterin machte ihm zu schaffen. Es mochte sein, dass Jennifer Wächtersbach impulsiv war. Aber hätte sie Gerald Skriba wirklich erschossen, weil er sie als Diebin entlarvt hatte? Für den Diebstahl wäre sie vielleicht mit einer Bewährungsstrafe davongekommen. Das stand in keinem Verhältnis. Außerdem wunderte Wallner, dass niemand mitten am Tag den Schuss gehört hatte. Das sprach für die Benutzung eines Schalldämpfers, was auch das ballistische Gutachten für wahrscheinlich hielt.

Wächtersbach hatte aber nie einen Schalldämpfer erwähnt. Solche Unstimmigkeiten gab es in fast jedem Fall. Aber hier waren es für Wallners Gefühl einfach zu viele, und das ungute Bauchgefühl würde bleiben, bis er Gewissheit hatte.

11

Die Justizvollzugsanstalt Aichach ist das größte Frauengefängnis in Deutschland. Sie liegt fünfzig Kilometer
nordwestlich von München und zwanzig nordöstlich von
Augsburg. Jemand, der die Anlage von Weitem sieht, könnte
sie für ein barockes Kloster halten, und im Sommer trägt die
mit Bäumen und Rasen ausgestattete Zufahrt durchaus idyl-
lische Züge. Jetzt aber war Herbst, und die fast kahlen Bäume vermittelten eine Stimmung, die dem eigentlichen
Zweck der Anlage angemessener war.

Wallner saß in einem fensterlosen, winzigen Raum an einem Tisch und wartete. Gefängnisse verursachten ihm immer noch einen eigenartigen Druck auf der Brust, als sei hier
die Luft dichter, zusammengepresst von den dicken Mauern
rundherum. Dass Menschen wegen ihm hier sein mussten,
störte Wallner nicht. Das war die Konsequenz aus dem, was
sie getan hatten, und jeder hätte sich anders entscheiden
können. Nur ab und zu fand Wallner diese Verantwortung
beklemmend, nämlich wenn er sich nicht sicher war, ob jemand zu Recht weggesperrt wurde.

Wallner studierte die schlammfarbenen Wände und dachte darüber nach, ob er die Fensterlosigkeit des Raums als
unangenehm empfand. In gewisser Weise: ja. Es verstärkte
das Gefühl des Lebendig-begraben-Seins. Andererseits: kein
Fenster, kein Luftzug. Vorzüge und Nachteile hielten sich
also die Waage.

Ein Schlüssel wurde von außen in das Schloss der Me-
talltür gesteckt und umgedreht. Ein hartes *Klack* schoss
durch den Raum, als der Riegel zurücksprang. Die Tür ging
auf, und eine junge Frau in Anstaltskleidung wurde von ei-

ner Wachbeamtin hereingeführt. Jennifer Wächtersbach war dünner, als Wallner sie in Erinnerung hatte. Die Wangen ein wenig eingefallen, aber immer noch hübsch anzusehen, wäre da nicht die eingedrückte Nase gewesen und die Narbe quer über der Wange. An der Stirn hatte Wächtersbach ein Pflaster. Es verdeckte eine Platzwunde, die sie sich bei einer Rauferei mit zwei anderen weiblichen Häftlingen zugezogen hatte. Das hatte Wallner auf dem Weg durch die Anstaltsflure von der Vollzugsbeamtin erfahren, die ihn begleitete. Jennifer Wächtersbach legte es wohl nicht darauf an, wegen guter Führung vorzeitig entlassen zu werden. Eine bläuliche Stelle unter dem linken Auge war mit Make-up überdeckt. Anscheinend war es der jungen Frau noch nicht egal, wie man sie sah.

»Danke, dass Sie sich die Zeit genommen haben«, sagte Wallner, als habe er das viel beschäftigte Vorstandsmitglied eines DAX-Konzerns vor sich. »Wie geht es Ihnen?«

»Großartig. Ich hab viel Spaß mit den anderen Mädels.« Wächtersbach stützte die Ellbogen auf die Tischplatte, sah Wallner von unten an und faltete die Hände.

»Man sieht's«, sagte Wallner mit Blick auf das Pflaster. »Unter anderen Umständen würde ich sagen: Tut mit leid wegen der Unannehmlichkeiten. Aber das ist wohl … unangebracht.«

»Ja.« Wächtersbach nickte langsam. »Wie geht's *Ihnen* denn?«

Wallner war ein wenig erstaunt über die Frage. »Gut. Alles bestens. Nett, dass Sie fragen.«

»Wissen Sie …« Wächtersbach schlug die Augen nieder und wirkte dadurch schüchtern, was nicht zu ihrer eingedellten Nase passte. »Ich hab mich ein bisschen gefreut, dass Sie kommen.« Sie lächelte kurz und sah ihn an, unsicher, ob Wallner das gut finden würde.

»Tatsächlich?« Das war einerseits nicht schlecht, würde

es doch das Gespräch erleichtern. Andererseits wusste Wallner nicht, wohin das führen sollte.

»Ja, ich fand Sie immer irgendwie … nett.«

»Bemerkenswert. Wenn man bedenkt, dass ich Sie ins Gefängnis gebracht habe.«

»Das war natürlich nicht so nett. Andererseits, Sie haben nur Ihren Job gemacht. Und ich glaub manchmal, Sie wollten das gar nicht.«

Wallner überlegte, ob er darauf eingehen sollte, entschied aber, seine Zweifel an Wächtersbachs Schuld zunächst für sich zu behalten. »Ich bin gekommen, um mit Ihnen über Carmen Skriba und ihren Mann zu reden.«

»Dachte ich mir.« Wächtersbach zog die Schulter hoch und stützte sich mit den Händen auf der Sitzfläche ihres Stuhles ab. »Darf ich Sie was fragen?«

»Bitte.«

»Auch was Privates?«

»Fragen können Sie.«

Wächtersbach nickte und suchte dann Wallners Blick. »Die Frage wird Ihnen wahrscheinlich … komisch vorkommen.«

»Ich muss sie ja nicht beantworten.«

Wächtersbach nickte wieder. »Nun … was ich Sie fragen wollte, ist: Haben Sie schon mal darüber nachgedacht, wie das ist, wenn man mit einer Frau verheiratet ist, die im Gefängnis sitzt?«

Wallner war trotz der Vorwarnung überrascht und wusste nicht, was genau Wächtersbach damit meinte. »Tja – in den meisten meiner Fälle landen ja Männer im Gefängnis. Da hab ich mir schon manchmal überlegt, wie das für die Partnerin ist. Warum?«

»Ich mach mir ganz viel Gedanken über solche Sachen. Hab einfach zu viel Zeit.«

»Aber Sie haben keinen Partner außerhalb dieser Mauern, oder?«

»Das ist es ja. Aber ich glaube, so eine Beziehung wäre gar nicht so schlecht, wie man immer denkt.«

»Meinen Sie?« Wallner entschied, Wächtersbach ein bisschen reden zu lassen. Wenn Leute erst mal im Reden waren, kam so einiges ans Tageslicht.

»Stellen Sie sich mal vor, wir beide wären verheiratet.«

»Ich versuch's mal.«

Wächtersbachs Miene verdunkelte sich. »Das klingt so, wie … wie wenn der Gedanke, mit mir verheiratet zu sein, ganz schlimm wäre?«

Wallner lächelte amüsiert. »Nein. Es ist nur so, dass ich Berufliches und Privates auseinanderhalte.«

»Hmm.« Sie nickte. »Geht aber nicht immer, stimmt's?«

»Meistens geht's.«

Sie sah ihn an, lange. Mit einem Blick, der Wallner im Zweifel ließ, ob sie belustigt war oder sich tatsächlich seit zwei Jahren vorstellte, eine Beziehung mit ihm zu haben. »Mal ernsthaft«, sagte sie schließlich, »haben Sie nie überlegt, wie das wäre, mit mir verheiratet zu sein?«

Wallner lacht kurz. »Ohne Ihnen zu nahe treten zu wollen – nein.«

»Das gibt's aber oft, dass Leute im Knast geheiratet werden.«

»Ja, das soll es geben. Aber eigentlich nie von den Polizisten, die sie ins Gefängnis gebracht haben. Und zweitens sind es meistens Frauen, die männliche Gefangene heiraten.«

»Warum nicht mal umgekehrt? Stellen Sie sich vor: Sie müssen mich nur einmal im Monat sehen. Wenn wir verlobt oder verheiratet sind, kriegen wir einen eigenen Raum und können schöne Dinge machen. Vielleicht auch ein Kind.«

»Ein Kind gleich?«

»Später mal. Am Anfang lassen wir's langsam angehen. Alle vier Wochen sind wir ein oder zwei Stunden zusammen. Ganz romantisch. Und im Übrigen können Sie machen, was Sie wollen. Aber die meiste Zeit zwischen unseren Treffen freuen Sie sich auf mich, und ich freu mich auf Sie. Weil es so selten ist, wissen Sie? Deswegen haben wir immer Sehnsucht nacheinander und können es gar nicht erwarten und verzehren uns.« Ihr Blick bekam etwas verschmitzt Sehnsüchtiges. »Und das ganz viele Jahre lang. Ich wär natürlich immer nett zu Ihnen. Weil ich will ja, dass Sie wiederkommen.«

»Klingt in der Tat sehr verlockend. So habe ich das noch gar nicht betrachtet.«

»Sehen Sie! Das ist eigentlich die ideale Beziehung. Dass man sich nur ganz kurz sieht und dann wieder vier Wochen warten muss. Ich hab mal gelesen, wenn uns was Schönes passiert, dann freuen wir uns zwar. Aber meistens nur ganz kurz, und dann ist es wieder wie vorher. Aber wenn wir wissen, dass uns was Schönes passieren wird, dann freuen wir uns so lange drauf, bis es uns passiert.«

»Ich denk drüber nach«, sagte Wallner schließlich mit einem Lächeln und beschloss, das Gespräch langsam mal in produktivere Bahnen zu lenken. »Kann ich in der Zwischenzeit irgendwas anderes für Sie tun? Brauchen Sie etwas?«

»Sie wollen mich also nicht heiraten. Na gut.« Wächtersbach wirkte irgendetwas zwischen enttäuscht und angesäuert. Sie fläzte sich gegen die Rückenlehne ihres Sitzes. »Was brauche ich? Lassen Sie mich nachdenken: Drogen und Alkohol kann ich immer gebrauchen. Wenn das nicht geht: Ein Handy wär super.«

»Ich dachte mehr in Richtung Schokolade oder warme Unterwäsche.«

»Schade.« Sie schien einen Moment zu überlegen, ob sie das Angebot annehmen sollte, sagte dann aber: »Warum sind Sie gekommen, wenn Sie mich nicht heiraten wollen?«

»Ich hätte gern ein paar Informationen von Ihnen.«

»Über was?«

»Sie haben einige Zeit im Haus der Skribas gearbeitet. Es geht um Dinge, die Ihnen dort vielleicht aufgefallen sind.«

»Da sind mir viele Dinge aufgefallen.« Sie runzelte die Stirn, aber ihr Nachdenken war gespielt. »Zum Beispiel hat jemand Herrn Skriba erschossen.«

»So viel wussten wir schon. Es geht um andere Dinge.«

»Warum soll ich Ihnen helfen? Sie mögen mich nicht mal.«

»Muss es für alles immer einen Grund geben? Helfen Sie mir einfach.«

»Bisschen viel verlangt, oder? Ich meine, Sie haben mich unschuldig eingeknastet, und ich soll Ihnen helfen?« Sie breitete die Arme in einer hilflos-fassungslosen Gebärde aus.

»Dazu wäre einiges zu sagen ...«

»Reden Sie. Ich hab Zeit.« Sie verschränkte die Arme. Die zärtliche Zuneigung zu Wallner schien endgültig verflogen.

»Fangen wir damit an, dass Sie ein Geständnis abgelegt haben.«

»Das habe ich widerrufen. Das Geständnis wurde aus mir rausgepresst.«

»Ich war bei der Vernehmung dabei und habe das anders in Erinnerung. Außerdem gibt es einen Videomitschnitt der Vernehmung, den sich das Gericht angesehen hat.«

»Pfff! Seit wann hackt eine Krähe der anderen ein Auge aus? Okay, der Richter sagt: War alles superfair. Und?«

»Zweitens haben Sie in Ihrem Geständnis Dinge berichtet, die nur der Täter wissen konnte. Zum Beispiel, dass Gerald Skriba dabei war, Tatar anzumachen, als er erschossen wurde.«

»Das haben Sie mir gesagt.«

»Wollen wir uns das Video ansehen?«

»Das ist nicht auf dem verfickten Video drauf. He, Sie

101

langweilen mich! Ich denke, wir sollten Schluss machen.«
Wächtersbach blickte ostentativ zur Tür.

»Sie wollen unsere angeregte Unterhaltung beenden?
Kommen Sie! So viel Abwechslung haben Sie hier nicht.«

»Was wissen Sie denn!«

»Ein bisschen was weiß ich. Und die für Sie interessanten
Punkte in meinen Ausführungen kommen erst noch.«

Wächtersbach versuchte, Wallner gelangweilt anzusehen.
Auch lag etwas Wut in ihrem Blick. Wallner hatte durch-
schaut, dass die Unterhaltung für sie eine angenehme Abwechslung in ihrem Gefängnisalltag war. Das schien sie als
demütigend zu empfinden. Und auch, dass ihr, um sich zu
wehren, nur blieb zu gehen.

»Danke, dass Sie mir noch eine Chance geben«, sagte
Wallner und versuchte, nicht ironisch zu klingen. »Sie sagen, Sie sind unschuldig. Wenn das wahr wäre, müsste Ihnen doch daran gelegen sein, uns bei unseren Ermittlungen
zu helfen.«

»Wieso?«

»Sie haben nichts zu verlieren. Schlimmer als lebensläng-
lich geht nicht. Auf der anderen Seite besteht zumindest die
theoretische Chance, dass bei unseren Ermittlungen Dinge
herauskommen, die Ihnen nützen.«

»Sie wollen mich hier rausholen?«

»Nein. Ich bitte Sie, mir Informationen zu geben. Und
wenn ich aufgrund dieser Informationen – gewissermaßen
als Nebenprodukt – Zweifel daran bekomme, dass man sie
zu Recht verurteilt hat, würde ich das überprüfen. Es ist eine
Chance. Mehr nicht. Die Hürden für die Wiederaufnahme
eines rechtskräftig abgeschlossenen Verfahrens sind hoch.
Aber es kommt vor.«

»Das ist alles, was Sie mir anbieten?«

»Das ist einiges. Sie könnten die fünfzehn, vielleicht
zwanzig Jahre, die Sie noch absitzen müssen, auf null redu-

zieren. Ohne das Geringste zu riskieren. Und selbst wenn kein Wiederaufnahmeverfahren dabei herauskommt – Ihre Kooperation wird man berücksichtigen, wenn es darum geht, ob Sie nach fünfzehn Jahren entlassen werden.«

»Nach fünfzehn Jahren!« Wächtersbach stieß einen pfeifenden Laut aus. »Ich hab nicht vor, so lange zu warten.«

»Entschuldigung. Ich wusste nicht, dass Sie Fluchtpläne in der Schublade haben.«

»Es gibt noch andere Möglichkeiten, von denen Sie nichts ahnen.«

Wallner dachte einen Moment darüber nach, was er übersehen haben könnte. Es fiel ihm in der Kürze der Zeit aber nichts ein – außer Selbstmord. Aber den Eindruck machte Jennifer Wächtersbach so gar nicht. »Dann wissen Sie offenbar mehr als ich. Trotzdem melde ich – auch in Unkenntnis Ihres Geheimnisses – Zweifel an, dass Sie dieses Gefängnis in den nächsten dreizehn Jahren verlassen werden. Oder wollen Sie es mir erklären?«

Wächtersbach lehnte sich nach vorn, Wallner entgegen, stützte die Ellbogen auf den Tisch und lächelte. »Sie werden es rechtzeitig erfahren.« Das Lächeln blieb noch einige Sekunden auf ihrem Gesicht.

Wallner nickte. »Gut. Sie haben es also nicht nötig, mir zu helfen, weil Ihre Tage hier ohnehin gezählt sind.« Er nickte noch einmal. »Interessiert es Sie gar nicht, warum ich gekommen bin?«

»Wenn Sie es unbedingt loswerden wollen …«

Wallner lehnte sich jetzt ebenfalls nach vorn, und sein Kopf war nur zwei Handbreit von Wächtersbachs Gesicht entfernt. »Carmen Skriba wurde vorgestern erschossen. In ihrem Haus. Genau wie ihr Mann vor zwei Jahren.«

Der Rest des Lächelns, der sich bis jetzt um Wächtersbachs Mundwinkel gehalten hatte, verschwand wie Frühlingsschnee in einer Zeitrafferaufnahme.

»Die beiden Taten sind sich in ihrer Ausführung so ähnlich, dass ich unter anderen Umständen vom selben Täter ausgehen würde. Da Sie aber gestern, wie ich vermute, dieses Gefängnis nicht verlassen haben, muss wohl jemand anders Frau Skriba getötet haben. Es sei denn, Carmen Skribas Mörder hat auch schon Gerald Skriba auf dem Gewissen. In welchem Fall wiederum Sie hier zu Unrecht säßen.« Er hielt kurz inne, um Jennifer Wächtersbachs Reaktion zu beobachten. Sie war wie ausgewechselt und starrte durch ihn hindurch, als sei sie in einer anderen Welt. »Auch wenn dem nicht so ist – wovon wir bisher ausgehen –, könnten Sie uns vielleicht einige Informationen geben, die uns in der Sache weiterhelfen. Die Skribas hatten früher mit Leuten aus dem kriminellen Milieu zu tun. Uns würde interessieren, was Sie davon mitbekommen haben. Oder ob Sie sich an Menschen im Umfeld der Skribas erinnern, die vielleicht mit dieser Vergangenheit zu tun haben.« Wächtersbach machte nicht den Eindruck, als würde sie zuhören. »Frau Wächtersbach?«

»Ja?« Ein Ruck ging durch die Frau, als wäre sie aus einer Trance erwacht.

»Haben Sie gehört, was ich gesagt habe?«

Sie nickte. »Carmen Skriba ist tot ...« Sie sah wieder durch Wallner hindurch.

»Wären Sie bereit, über Ihre Zeit bei den Skribas zu reden und ...«

Wächtersbach drehte sich zur Tür, dann sah sie Wallner müde an. »Ich will in meine Zelle zurück.«

»Ist Ihnen nicht gut?«

Wächtersbach hielt den Blick auf die Tischplatte gerichtet, biss sich auf die Unterlippe und sagte nichts.

Es herrschte Schneegestöber auf der B 300. Wallner hatte das Gefängnis vor zehn Minuten verlassen, war Richtung Autobahn unterwegs und telefonierte mit Mike.

»Ich dachte, sie wird zumindest neugierig, wenn sie erfährt, dass Carmen Skriba erschossen wurde. Stattdessen hat sie komplett zugemacht.«

»Sie hasst die Frau«, versuchte sich Mike an einer Erklärung. »Sie war damals Nebenklägerin.«

»Umso mehr würde es mich an ihrer Stelle interessieren, wenn jemand die Frau umgebracht hat. Irgendwas war da merkwürdig. Es hat sie … völlig aus der Bahn geworfen.«

»Dann solltest du noch mal versuchen, mit ihr zu reden. Oder soll ich? Ich war damals bei der Vernehmung nicht dabei.«

»Ist vielleicht eine Möglichkeit.« Ein Summen zeigte an, dass noch jemand in der Leitung war. »Ich drück dich mal weg. Da kommt gerade ein anderer Anruf rein.«

Eine Beamtin der JVA Aichach war dran.

»Ich soll Ihnen von Frau Wächtersbach sagen, dass sie jetzt doch mit Ihnen reden will.«

12

Wächtersbach saß steif auf ihrem Stuhl. Die Hände umklammerten die Sitzfläche, als müsste sie sich festhalten.

»Wie ist sie gestorben?«

Wallner überlegte, wie viel er Wächtersbach anvertrauen konnte.

»Mehrere Schüsse. Sehr gezielt. Das war jemand, der mit einer Waffe umgehen kann. Vielleicht hat er schon mal gemordet.«

Wächtersbach nickte. »Haben Sie ein Video gefunden?«

»Überwachungskameras gab es nicht im Haus. Oder was meinen Sie?«

»Vielleicht im Schlafzimmer. Unter dem Bett. Ein Geheimfach im Boden.«

Wallner war erstaunt über die genaue Beschreibung.

»Von einem Geheimfach im Boden wurde mir nichts berichtet. Aber ich sage der Spurensicherung Bescheid. Sie sollen noch mal nachsehen. Was könnte in dem Fach sein?«

Wächtersbach zuckte mit den Schultern. »Ein USB-Stick, ein Handy. Irgendwas, wo man ein Video drauf speichern kann.«

Wallner nickte. »Wir haben die Computer von Frau Skriba noch nicht vollständig untersucht. Vielleicht ist ja da was drauf.«

»Eher unwahrscheinlich. Aber suchen Sie ruhig.«

»Was wäre denn drauf auf dem Video?«

»Vergessen Sie's. Wahrscheinlich gibt's das scheiß Video gar nicht.« Sie popelte eine Weile an ihren Fingernägeln. »Wenn sich rausstellt, dass jemand von früher Carmen Skri-

106

ba erschossen hat, irgendein Gangster – komm ich dann frei?«

»Wenn sich rausstellt, dass derjenige auch Gerald Skriba erschossen hat, kommen Sie frei.«

»Und wenn man's nicht weiß, aber es könnte sein, dass der Typ auch das vor zwei Jahren gemacht hat?«

»Das entscheiden die Juristen. Vielleicht kommt ein Richter zu dem Ergebnis, dass man Sie vor zwei Jahren nicht hätte verurteilen dürfen.«

Wächtersbach hatte die Augen auf ihre Knie gerichtet und schien ihre Optionen durchzugehen.

»Was ist das mit dem Video?«, unterbrach sie Wallner beim Nachdenken. »Wenn Sie mir sagen, worum es geht, können wir gezielt danach suchen.«

»Ist egal. Schauen Sie einfach alle Videos an, die Sie finden können. Aber das machen Sie ja sowieso.«

»Machen wir.« Wallner wartete. »Ich bin hier, weil Sie mit mir reden wollten. Tun Sie's!«

»Sie haben gefragt, ob ich was mitbekommen habe. Weil der Skriba früher mal mit irgendwelchen Kriminellen zu tun hatte.« Sie ließ ihre Fingernägel in Ruhe und sah Wallner in die Augen. »Es ist schon um solche Sachen gegangen. Seine Frau hat ihn manchmal gefragt, wie das damals war und wen er alles gekannt hat. Er hat dann meistens gesagt, dass das lange her ist und er mit den Typen nichts mehr zu tun hat.«

»Können Sie sich an Namen erinnern?«

Wächtersbach schüttelte den Kopf. »Aber ich kann Ihnen sagen, wer die Namen kennt.« Sie verstummte und wartete auf eine Reaktion Wallners.

»Das wäre schon viel wert«, sagte Wallner und versuchte zu lächeln. »Wer kennt denn die Namen?«

»Ein Herr Pirkel.«

»Max Pirkel?«

Sie nickte.

»Interessant. Die Leiche von Carmen Skriba wurde in seinem Haus gefunden.«

Wächtersbachs Augenbrauen gingen nach oben. Die Information schien sie zu überraschen. »Aber Sie glauben nicht, dass es Pirkel war, stimmt's?«

»Wieso denken Sie, dass wir das nicht glauben?«

»Dann hätten Sie ja den Täter und müssten nicht mit mir reden.«

Wallner nickte. »Pirkel war zur Tatzeit im Krankenhaus. Wir können ihn als unmittelbaren Täter ausschließen. Aber vielleicht ist er ja auf andere Weise an dem Mord beteiligt. Und Pirkel weiß also etwas über Gerald Skribas Vergangenheit?«

»Die zwei waren alte Freunde. Haben sich im Knast kennengelernt. Später hat Pirkel für Skriba gearbeitet. Als Drogenkurier und Geldeintreiber.«

»Woher wissen Sie das?«

»Die haben mich mal zu Pirkel geschickt. Ich sollte da putzen. Das war so was von verdreckt, das können Sie sich nicht vorstellen.«

»Ich kenne den Hof seit siebenundzwanzig Jahren.«

»Dann wissen Sie ja, wie es da aussieht. Pirkel ist faul und versoffen. Der lässt einfach alles runterkommen. Der Skriba hatte ihm erzählt, dass ich im Knast war. Das fand er gut. Ich glaube, irgendwie hat er mich gemocht. Wir haben ein paar Bier getrunken, und dabei hat er mir von seinem Leben erzählt. Ganz genau kann ich mich an die Geschichten nicht mehr erinnern. Das war alles ziemlich durcheinander, und wir haben, wie gesagt, einiges getrunken. Aber soweit ich weiß, hat Skriba irgendwann mal Schluss gemacht mit seinen Freunden von früher. Nur mit Pirkel nicht. Aus irgendeinem Grund mochte er den und hat sich um ihn gekümmert. Deswegen durfte Pirkel auch auf dem Hof wohnen.«

108

»Hat er damals seine Miete bezahlt?«

»Ab und zu, wenn er mal Geld hatte. Oder der Skriba hat ihm was vom Honorar abgezogen, wenn der Pirkel für ihn gearbeitet hat.«

»Wie lange kannten sich die beiden?«

»Weiß ich nicht genau. Ewig. Bestimmt seit den Neunzigerjahren. Vielleicht auch länger.«

Wallner machte sich ein paar Notizen.

»Vielen Dank erst mal. Das könnte uns helfen. Wenn sich noch Fragen ergeben, würde ich gern noch mal ...«

»Tun Sie das.« Wächtersbach sah ihn mit einem Mal verträumt und doch wieder verschmitzt an. »Und denken Sie an meinen Heiratsantrag.«

13

Max Pirkels Zimmergenosse hatte Stöpsel im Ohr und verfolgte eine Zoosendung. Tierpfleger spritzten ein Nilpferd mit einem Wasserschlauch ab, dann wurde ins Schlangenhaus geschnitten.

»Haben Sie ein leeres Zimmer?«, fragte Wallner die Krankenschwester.

»Was passt denn an dem Zimmer net?«, wollte die Frau wissen und klang angefressen.

»Was wir mit dem Herrn Pirkel reden müssen, ist vertraulich.« Wallner blickte kurz zu dem Zimmergenossen, der seinerseits kurz zu Wallner sah, um sich dann wieder dem Bildschirm zuzuwenden.

»Ach so …«, sagte die Krankenschwester.

»Ich brauch koa anders Zimmer net«, mischte sich Pirkel hustend in das Gespräch. Seine Haare waren länger nicht gewaschen worden, und die Ringe um die Augen ließen ahnen, dass er in einem kritischen Zustand war. »I woaß nix und i hab auch nix zum Bereden mit die Herren.«

»In Ihrem Haus wurde eine Leiche gefunden. Da hätten wir Fragen.«

»War ich die letzten Tage viel unterwegs?«, fragte Pirkel die Krankenschwester.

»Er is seit zehn Tagen hier. Und aus eigener Kraft kann er das Krankenhaus eh net verlassen.«

»Trotzdem hätten wir ein paar Fragen.«

»Ihr habt's mich lang nimmer besucht. Hab schon befürchtet, ihr habt's mich vergessen.« Pirkel entließ seine Heiterkeit mit einer Mischung aus Raucherhusten und Lachen.

»Sehr erfreulich«, entgegnete Wallner, »dass Sie in letzter

110

Zeit ein Leben führen, das polizeiliche Besuche unnötig macht. Sie sind auch diesmal nicht auf unserer Verdächtigenliste. Trotzdem – können wir uns irgendwo ungestört unterhalten?«

»Ja. Hier.«

Wallner sah wieder zu Pirkels Bettnachbarn und hatte nicht den Eindruck, dass die Fernsehsendung dessen ungeteilte Aufmerksamkeit hatte.

»Das hier sind polizeiliche Ermittlungen, und die sind vertraulich. Deswegen muss ich darauf bestehen ...«

»Geh, scheiß dich net an«, unterbrach ihn Pirkel. »Mir reden *hier* oder gar net. Ich muss net mit euch reden. Ich muss nur beim Staatsanwalt erscheinen. Und wie's ausschaut ...«, er deutete auf die Gerätschaften, mit denen er durch Dräthe und Schläuche verbunden war, »wird sich der Herr Staatsanwalt wohl herbemühen müssen. Is des immer noch dasselbe Arschloch?«

»Wann hatten Sie zuletzt mit ihm zu tun?«, fragte Mike.

»Is fünf Jahr her.«

»Dann ist es immer noch derselbe.«

Wallner bedankte sich bei der Krankenschwester und setzte sich auf einen Besucherstuhl. Auch Mike zog sich einen Stuhl heran.

»Die Tote ist Carmen Skriba«, begann Wallner die Befragung. »Ich nehme an, das wissen Sie?«

»Hat sich rumgesprochen.«

»Dass Sie sie nicht umgebracht haben, ist bei Ihrem Gesundheitszustand wahrscheinlich. An dieser Stelle mein Bedauern, dass es Ihnen nicht besser geht.«

»Was?« Pirkel spielte den Irritierten. »Hab gar net g'wusst, dass ich dir so viel bedeut. Kannst net schlafen, weil ich sterbe? Is ja rührend.«

»Ich schlafe hervorragend. Aber ich erinnere mich nicht, dass wir beim Du waren.«

111

»Aber ja! Du bist doch der Spezl von dem Bankert, wo überall rumerzählt, ich wär sein Vater. Ihr beide habt's mich mal besucht. Is a paar Jahr her. Und da waren mir beim Du.«

»Siebenundzwanzig Jahre ist es her. Aber bitte. Ich für meinen Teil bleibe beim Sie, wenn es Ihnen nichts ausmacht.«

Pirkel machte eine gewährende Geste. »Was kann ich für euch tun?«

»Nun – es geht, wie gesagt, um den Tod von Carmen Skriba. Vor zwei Jahren wurde bekanntlich auch ihr Mann ermordet, und mit dem waren Sie, was man hört, befreundet.«

»Is des a Frage?«

»Nein, das ist die Einleitung für unsere Fragen. Gerald Skriba hatte angeblich Beziehungen ins kriminelle Milieu. Es ist daher nicht ausgeschlossen, dass der Mörder seiner Frau dort zu suchen ist. Und vielleicht war das ja auch sein eigener Mörder.«

»Habt's da net schon wen ein'kastelt?«

»Das ist richtig. Aber vielleicht war's ja doch wer anders.«

Pirkel grinste Wallner breit an. »Jetzt habt's ihr des auch schon derlauert! Seid's ja früh dran.«

»Was wollen Sie damit sagen?«

»Dass die Kleine des war, des habt's doch selber net glaubt, oder?«

»Wer war's dann?«

»Keine Ahnung.« Pirkels Grinsen wurde noch eine Spur satter. »Und des wird mir jetzt auch a bissl zu privat. Ich mein, is des der neue Stil bei euch, dass man in der Öffentlichkeit verhört wird?« Er deutete auf seinen Bettnachbarn.

»Sehr witzig«, sagte Mike. »Ich schlage vor, wir fragen die Krankenschwester noch mal nach einem Einzelzimmer.«

»He, Burschi …« Pirkel hustete und bäumte sich dabei

auf. Dann räusperte er sich. »Hast es noch net kapiert: Ich sag euch nix. Wieso auch? Ihr seid's mir jahrelang aufn Sack gegangen. Und jetzt geh ich euch aufn Sack.« Eine gar nicht zu seinem Zustand passende Heiterkeit erhellte sein Antlitz, und Pirkel lehnte sich in sein Kissen zurück. »Ach is des schön, so zum Schluss!«

»Freut mich, dass wir Sie in diesen schweren Stunden erheitern können.« Wallner erhob sich von seinem Stuhl. »Wenn Sie sich's anders überlegen – Sie wissen, wie Sie uns finden. Gute Besserung.«

Im Eingangsbereich saßen Kreuthner und Lisa auf einer metallenen Bank. Kreuthner lächelte Wallner schon von Weitem an.

»Und? Wie is es gelaufen?«

»Suboptimal. Was macht ihr hier?«

»Krankenbesuch. Meinem Vater geht's net so gut, wie du weißt.«

»Zum Polizistenverarschen reicht die Kraft noch«, sagte Wallner. »Ich hoffe, dein Besuch hat nichts mit dem Mordfall zu tun.«

»Um Gottes willen! Ich bin doch befangen. Nein, nein. Deswegen hab ich übrigens auch die Lisa mitgenommen, damit da gar kein falscher Verdacht aufkommt.«

»Und was willst du von deinem Vater?«

»Fragen, ob er was braucht. Sein Haus is ja versiegelt. Das heißt, er kann niemanden hinschicken, wenn er an Bademantel braucht oder …« Kreuthner breitete die Arme aus.

»Bier?«, ergänzte Wallner.

Kreuthner lächelte ihn erneut an. »Hat er euch gar nix g'sagt? Net irgendeinen kleinen Namen?« Dass Pirkel angeblich über Gerald Skribas kriminelle Ex-Freunde Auskunft geben konnte, hatte sich in der Polizeistation inzwischen herumgesprochen.

Wallner schüttelte den Kopf. »Wenn du ihn dazu bringst, mit uns zu reden, hast du was gut bei mir.« Er deutete auf Mike und sich: »Mit uns zu reden, okay?«

»Mal schauen, was geht.« Kreuthner klopfte Wallner auf die Schulter und gab Lisa ein Zeichen, mitzukommen.

Als Kreuthner, nachdem er angeklopft, aber kein Herein gehört hatte, ins Krankenzimmer getreten war, drehte Pirkel seinen Kopf zur Tür und öffnete langsam die Augen. Dann stöhnte er kurz und affektiert und schloss die Augen wieder. »Scheiße! Des a no!«

»Was is'n des für a Begrüßung, wenn dein einziger Sohn dich besucht?«

»Ich hab deinen Kollegen schon g'sagt, dass sie ihren g'schissenen Mord ohne mich aufklären sollen. Seid's euch net begegnet?«

»Mir san net wegen dem Mord da. Ich darf in der Sache auch gar net ermitteln. Ich bin nämlich befangen.«

»A ja? Hast sie selber abg'murkst, oder warum bist befangen?«

»Ich bin befangen, weil du, also mein Vater, in der G'schicht mit drinhängst. Da kann ich natürlich net ermitteln.«

»Wie schad. Aber wenn's dir wichtig is: Ich unterschreib gern a eidesstattliche Versicherung, dass ich nicht dein Vater bin.«

»Und wie geht's sonst?«

»Geht so. Wer is sie?« Pirkel deutete auf Lisa.

»Das ist die Lisa, meine Kollegin. Entschuldigung, war unhöflich, dass ich sie net vorg'stellt hab.«

Pirkels Gesicht erhellte sich für einen Augenblick, und er ließ einen schlüpfrigen Blick an Lisa entlangwandern. »Habe die Ehre, schöne Frau!«

Lisa trat etwas näher, hob eine Hand zum Gruß und versuchte zu lächeln, aber Pirkels Art machte sie ganz offensichtlich beklommen.

Pirkel wandte sich wieder Kreuthner zu. »Also – was führt dich her?«

Kreuthner schob Lisa einen Stuhl hin und forderte sie mit einer Handbewegung auf, sich zu setzen. Er selbst lehnte sich an den Kleiderschrank gegenüber dem Bett, sodass Pirkel ihn ansehen konnte, ohne den Kopf zu drehen.

»Hast schon gehört, was wir in deinem Haus g'funden ham?«

»Die Hex is tot. Hab's mit'kriegt.« Er sah zu Lisa. »Entschuldigung, aber die Frau Skriba und ich, des war jetzt net so, dass ich in Tränen ausbrech.« Seine Gesichtszüge entspannten sich mit einem Mal. »Eigentlich is des total lustig. Weil die blöde Matz wart' seit Jahren drauf, dass ich endlich verreck, damit sie den Hof umbauen kann. Und jetzt hat sie's vor mir vom Stangerl g'haut!« Er verfiel in ein keckerndes Lachen, das in einen – freilich immer noch heiteren – Hustenanfall mündete, und als er sich einigermaßen gefangen hatte, schickte er kopfschüttelnd ein »I schiff mi o, hey!« hinterher. »'tschuldigung, is mir so rausg'rutscht.«

»Dir is klar, dass der Hof versiegelt is. Du kannst also im Augenblick net heim.«

»Ich werd's überleben, hätt ich fast g'sagt. Gut. Der Hof is versiegelt. Und?«

»Ich hab nur gedacht – wennst noch was brauchst … ich könnt's dir bringen.«

Pirkel überlegte, und irgendetwas, schien es Kreuthner, spielte sich hinter seiner Stirn ab.

»Is ja ein toller Service von der Polizei«, sagte Pirkel schließlich.

»Is mehr familiär.«

Kreuthner sah Pirkel an und wartete auf dessen Reaktion.

Zu erwarten gewesen wäre eine scharfe Zurückweisung des Gedankens, dass man familiäre Bande habe. Das war schon immer Pirkels Strategie gewesen. Stattdessen zeigte sich eine gewisse Milde auf seinem Gesicht.

»Na gut. Wennst deinem alten Vater noch an letzten Gefallen tun magst – es gäb da was.«

»Vater?« Kreuthner sah Pirkel mit offenem Mund an.

»Ja. Natürlich.«

»Ich staune.«

»Mei, es is ja nicht zu leugnen. Ich mein, nicht dass du dich oft hast blicken lassen die letzten Jahre. Da sind andere Väter anderes g'wöhnt.« Pirkel wandte sich mit einem vertraulichen Blick an Lisa. »Wenigstens schaut er jetzt mal vorbei, wo's was zum Erben gibt.«

»Was redst denn da für an Schmarrn? Seit ich dich kenn, hast du kein einziges Mal net zugeben, dass du mein Vater bist.«

»Des stimmt doch net!« Pirkel sandte den Blick wieder Richtung Lisa. »So was erzählt der über mich! Möcht net wissen, was noch alles.«

Lisa sah hilfesuchend zu Kreuthner.

»Okay«, sagte der. »Magst net an Kaffee trinken gehen? Ich komm gleich nach.«

»Ja, gute Idee.« Lisa stand auf. »Ich glaube, ich lass euch mal allein.«

»Sie, ich hab keine Geheimnisse«, sagte Pirkel. »Fast keine. Eins hab ich allerdings schon – und da hätte ich eben eine Bitte an meinen Sohn.«

»Tja, ich schau dann mal, wo die Cafeteria …« Lisa wollte sich in Richtung Tür aufmachen, aber Pirkel ließ sie nicht so einfach gehen.

»Jetzt kommen S' doch mal kurz her. Sie sind a gutes Mädel. Des seh ich. Auf mein eigen Fleisch und Blut kann ich mich leider net verlassen. Aber Sie täten mir helfen, das

116

weiß ich.« Er winkte Lisa ans Bett. Sie kam seinem Wunsch zögernd nach. »Setzen S' Eahna doch wieder.«

»Ich bleib lieber stehen.« Lisa lächelte verlegen und schien zu hoffen, dass sie eher gehen durfte, wenn sie sich nicht hinsetzte.

»Die G'schicht is die: Es gibt ein geheimnisvolles Vorkommnis in meinem Leben. Ein Rätsel, das ich nie hab lösen können.« Er sah ihr tief in die Augen und nickte bedeutungsschwer. »Ich will net ins Grab, bevor ich die Antwort net weiß.«

»Die Antwort worauf?« Lisas Interesse schien jetzt doch geweckt.

»Na, eben auf die wichtigste Frage in meinem Leben.« Pirkel machte eine Kunstpause und schien den Tropf über seinem Bett zu inspizieren. Dann, nachdem er sich gesammelt hatte und sich der Aufmerksamkeit zumindest seiner Zuhörerin gewiss war, begann er mit ruhiger Märchenerzählerstimme: »Vor vielen, vielen Jahren, da hat mich ein grausames Schicksal ins Gefängnis gebracht. Ich war unschuldig, hab nie getan, was sie mir vorgeworfen haben. Aber ich war nur ein armer Tagelöhner, und da hast du keine Chance.«

Lisa machte ein halbwegs freundliches, aber unverbindliches Gesicht. Sie war lange genug bei der Polizei, um zu wissen, dass sich die meisten Häftlinge als Justizopfer darstellten.

»Das waren lange, dunkle Jahre in meiner Zelle. Ohne Freude. Ohne Hoffnung. Aber eines Tages – eines Tages bekomme ich einen Brief. Von einer Frau. Maria hat sie geheißen. Sie hat mich nicht gekannt, aber von meinem Fall gelesen, und hat geschrieben, dass sie mir glaubt und dass ich durchhalten soll. Es war auch eine Adresse auf dem Umschlag, und ich hab ihr zurückgeschrieben. Und eine Woche später war wieder ein Brief von ihr in der Post. Zwei Jahre haben wir uns jede Woche geschrieben. Ich hab ihr alles von mir erzählt und sie alles über sich. Wir haben uns nie gesehen, weil sie krank war und nicht verreisen konnte. Aber ich habe diese Frau besser gekannt als jeden anderen Menschen in meinem Leben. Und sie mich.«

»Haben Sie ein Foto?« Lisas Blick hatte etwas Weiches bekommen.

»Nein, das hat sie nie wollen. Es würde den Zauber zerstören, hat sie g'sagt.« Er zuckte mit den Schultern. »Vielleicht hat's recht g'habt. Vielleicht hat sie auch net so toll ausg'schaut und sich geniert. Aber mir wär's egal gewesen, wie sie ausschaut. Das war die Frau meines Lebens. So einen Menschen, wo dich bis in dein tiefstes Inneres versteht, so jemand findst du nur einmal im Leben.« Pirkels Stimme war jetzt belegt. »Wenn überhaupt.«

Lisa nickte wehmütig.

»Und was war nachm Knast?«, wollte Kreuthner wissen.

»Wie ich draußen war, bin ich hing'fahren zu ihr. Ich hab keine Telefonnummer g'habt und nix. Nur ihre Adresse vom Absender. Aber das war ein Postfach. Und das hat nicht der Maria g'hört, sondern der Papierfabrik in Gmund. Da hab ich dann nach ihr g'fragt. Aber in der Firma hat keiner die Frau gekannt. In der ganzen Fabrik hat es keine Maria gegeben.«

»Vielleicht war's die Briefträgerin oder jemand bei der Post?«

»Ich hab da g'fragt. Aber auch da hat es keine Maria gegeben. Und wie ich wissen wollt, welche Frauen bei der Post in Gmund arbeiten, haben sie die Polizei gerufen.«

»Wie lang is des her?«

»Lang.« Der Husten meldete sich wieder bei Pirkel. Nachdem er seine Atemwege befreit hatte, ließ er sich erschöpft aufs Kissen fallen. »Ende der Siebziger. Neunundsiebzig bin ich rausgekommen.«

Lisa kräuselte ihre Stirn. »Vierzig Jahre!«

»Und jetzt?«, fragte Kreuthner.

»Ich wüsst halt gern, wer sie war. Und warum sie mich net wollen hat, wie ich wieder draußen war.«

»Das kann ich verstehen.« Lisa legte eine Hand auf Pirkels Unterarm.

»Gut. Aber des is jetzt a private G'schicht. Wennst in der Cafeteria bist, bestellst mir an Cappuccino? Ich komm gleich nach.« Kreuthner ging zur Tür und öffnete sie für Lisa. Die schien es jetzt nicht mehr so eilig zu haben, von Pirkel wegzukommen, leistete der Aufforderung aber dennoch Folge.

»Des is voll romantisch!«, flüsterte sie, als sie an Kreuthner vorbeiging. Der lächelte etwas gezwungen und schloss die Tür.

»Und was hast dir jetzt vorg'stellt?« Kreuthner bezog mit verschränkten Armen wieder Posten am Kleiderschrank.

»Du bist Polizist. Du hast doch ganz andere Möglichkeiten. Datenbanken und, und, und.«

Kreuthner sah Pirkel an, als verstehe er immer noch nicht so recht.

»Zusammen können wir sie finden.«

»Du willst diese Maria finden?«

Pirkel nickte.

»Und ich soll dir dabei helfen?«

Pirkel breitete seine Hände zu einer *Natürlich-was-sonst*-Geste aus.

»Und wieso? Ich mein, wieso soll ich dir helfen?«

»Na, weil ich bald sterbe.« Er sah Kreuthner aus tiefdunklen Augen an. »Es is der letzte Wunsch deines sterbenden Vaters.«

»Ach so! Auf einmal bist mein Vater. Früher warst nie mein Vater.«

»Aber doch nur, weil ich dich hab schützen wollen.«

Kreuthner lachte auf. »Du? Mich schützen?«

119

»Bub – du bist Polizist. Wie hätt denn des ausg'schaut mit am Verbrecher als Vater. Das hab ich dir net antun wollen.«

»Und meiner Mutter hast die Alimente net antun wollen, oder was?«

»Ich hab ja versucht, dass ich ein Geld auftreib für dich und deine Mutter. Ehrlich. Ich hab alles riskiert für euch. Nur, ich hab halt jedes Mal Pech g'habt.«

»Ach, deswegen warst so viel im Knast!«

»Ja, natürlich. Glaubst, weil's mir da so g'fallen hat?«

Kreuthner löste sich vom Kleiderschrank und setzte sich auf den Besucherstuhl neben Pirkels Bett.

»Jetzt hören mir mal auf mit der Schmierenkomödie. Du willst wissen, wer die Maria is? Okay. Finden wir's raus. Was krieg ich dafür?«

»Muss man sich im Leben alles immer bezahlen lassen?«

»Ja.«

Pirkel schnaubte verächtlich. »Na gut. Ich setz dich zum Alleinerben ein. Zufrieden?«

»Deine Schulden kannst behalten. Erzähl mir was über den Skriba und wer ihn und seine Frau umgebracht hat.«

»Daher weht der Wind!« Pirkel lachte still und heiter, und eine gewisse Anerkennung schwang in seinem Kopfnicken mit. »Da kannst es den Kriminalern mal zeigen, was? Da hättst endlich mal die Nase vorn.«

»Ich hab die Nase meistens vorn. Also? Samma im G'schäft?«

Pirkel drehte sich mühsam zur Seite und streckte Kreuthner seine Hand entgegen, was aber wegen der Schläuche und Drähte seine Grenzen hatte.

»Deal«, sagte Kreuthner, als er Pirkels Hand drückte. »Leg los.« Kreuthner setzte sich in gespannter Erwartung wieder auf den Stuhl.

»Zug um Zug«, sagte Pirkel. »Als Erstes brauch ich die Briefe.«

»Wo sind die?«

»Die waren bei mir im Haus. Ich schätz, die habt's ihr sicherg'stellt.«

»Ich kümmer mich drum. Und wenn ich die Briefe hab, will ich a paar Infos über die Skribas. Und zwar brauchbare.«

»Die hab ich. Vertrau mir.«

»So weit kommt's noch«, sagte Kreuthner und verabschiedete sich.

Lisa wartete mit einem kalten Cappuccino in der Cafeteria auf Kreuthner.

»Und? Hilfst ihm?«

Kreuthner nickte und versuchte auszusehen wie der gute Junge, der nicht Nein sagen kann.

»Das find ich echt toll von dir. Ich glaub, verdient hat er's nicht.«

»Mei, was soll ich machen. Es is mein Vater. Da is dann Blut doch dicker als Wasser.« Kreuthner nahm einen Schluck von seinem kalten Cappuccino. »Wir brauchen zuerst mal die Briefe, wo die Maria ihm ins Gefängnis geschrieben hat. Das ist unsere einzige Spur. Und ähm ...«, Kreuthner sah Lisa in die Augen, »... da bräucht ich vielleicht deine Hilfe.«

»Ja klar helf ich dir. Was ist das Problem?«

»Ich schätz, die Briefe ham mir im Hof von meinem Vater sicherg'stellt. Könntst du mit der Tina reden? Weil wenn ich das mach, dann wird die immer gleich misstrauisch.«

14

Wallner und Mike saßen kurz vor Feierabend zusammen in Wallners Büro und sprachen über das weitere Vorgehen.

»Wir müssen auf alle Fälle die Gefängnisaufenthalte von Gerald Skriba überprüfen«, sagte Mike und kritzelte diesen Gedanken auf einen kleinen Block, der vor ihm auf dem Tisch lag. »Wir checken, mit wem er die Zelle geteilt hat, eventuelle Mitangeklagte und so weiter. Irgendeiner von denen wird uns dann schon weiterbringen.« Er hielt mit dem Schreiben inne und legte den Stift weg. »Fragt sich allerdings, ob das die ganze Mühe wert ist. Warum sollte jemand aus Gerald Skribas Vergangenheit zwei Jahre nach dem Tod von Skriba seine Frau umbringen?«

»Das hab ich mich auch gefragt. Aber da gibt es einige Möglichkeiten. Vielleicht wusste Carmen Skriba etwas über den Mord an ihrem Mann und hat ihren Mörder erpresst. Oder die Frau hat illegale Geschäfte ihres Mannes weitergeführt, und es gab Streit mit einem der Beteiligten. Wir haben es in dem Milieu jedenfalls mit Leuten zu tun, für die Mord eine Option ist, um Probleme zu lösen. Und das Vorgehen des Täters spricht dafür, dass er kriminelle Erfahrung hat.«

»Kann aber immer noch sein, dass das Mordmotiv gar nichts mit der kriminellen Vergangenheit von Carmen Skribas Mann zu tun hat.«

»Klar kann das sein. Nur haben wir bis jetzt nicht den geringsten Anhaltspunkt für irgendwas anderes. Wir haben fast das gesamte Umfeld befragt. Außer Max Pirkel gibt es niemanden, mit dem sie Streit hatte.«

»Immerhin – Pirkel könnte den Mord in Auftrag gegeben haben. Der hat ja nun ausreichend Kontakte ins Milieu.«

»Theoretisch ja. Aber warum jetzt, nach all den Jahren?«

»Vielleicht wollte sie ihn jetzt wirklich rausschmeißen.«

»Das kann ihm egal sein. Der Mann ist in ein paar Wochen tot. Und wer würde für ihn einen Mord begehen? Für einen Auftragskiller dürfte Pirkel kaum das Geld haben.«

»Hast wahrscheinlich recht.« Mike wandte sich wieder seinem Schreibblock zu. »Dann erforschen wir weiter Gerald Skribas Vergangenheit.«

Es klopfte an der offen stehenden Tür. Es war Tina. »Stör ich beim Nachdenken?«

»Kein Problem«, sagte Wallner. »Was kann ich für dich tun?«

»Der Pirkel hätte gern etwas zurück, was wir in seinem Haus beschlagnahmt haben.«

»Nämlich?«

»Hundertfünfzig Briefe.«

Wallner horchte auf. »Was heißt Briefe? Rechnungen? Mahnbescheide?«

»Da haben wir auch einige sichergestellt. Aber um die geht es ihm nicht. Es sind private Briefe von einer Frau. Die hat sie ihm ins Gefängnis geschickt. Drei Jahre lang jede Woche einen.«

»Nicht zufällig Carmen Skriba?«

»Nein. Da war die noch gar nicht geboren. Die sind aus den Siebzigerjahren. Und die Frau hieß Maria.«

»Hast du mal reingeschaut?«

»Ein paar Stichproben. Alles unfassbar schmalziges Zeug. Die Frau hat Pirkel angehimmelt.«

»Kommt ja oft vor.« Mike schüttelte fassungslos den Kopf. »Vielleicht sollte ich mal ein Jahr im Knast verbringen. Dann reißen sich die Frauen um mich.«

»Was ist aus der Frau geworden?«

»Hat er nicht gesagt. Aber die Briefe sind ihm sehr wichtig.«

»Hat Pirkel selber angerufen?«

»Die Lisa war bei ihm im Krankenhaus, und da hat er sie bequatscht.«

Wallner dachte einen Augenblick nach. Dann sagte er: »Du weißt, die war mit dem Leo beim Pirkel.«

»Ah!« Bei Tina ging ein rotes Licht an. »Du meinst, da steckt eigentlich der Leo dahinter?«

»Wahrscheinlich. Aber wer weiß, wozu es gut ist. Gib der Lisa die Briefe. Sie soll sie vorher kopieren.«

»Alles klar.« Tina wandte sich zum Gehen, als ihr noch etwas einfiel. »Die Janette hat mit dem LKA telefoniert. Die haben das Handy und den Computer von Carmen Skriba geknackt. Ist, glaube ich, ganz interessant, was die gefunden haben.«

»Okay. Danke.«

Wallner griff noch im selben Moment zum Telefon und rief Janette an.

»Hi. Die Tina sagt, du hast was Wichtiges mitzuteilen? Wieso erfahre ich das von *ihr*?«

»Weil sie in der Teeküche war und du nicht. Ich bin ja praktisch auf dem Weg.«

Wallner hasste es, wenn er nicht sofortigen Zugriff auf sämtliche Informationen bekam.

Janette hatte alles auf ihrem Tablet. Zu dritt saßen sie um Wallners Besprechungstisch mit Kaffee und den üblichen Keksen.

»Ich hab das schon an alle gemailt, die es angeht. Im Augenblick sind wir noch dabei, die Daten auszuwerten. Ist eine ganze Menge. Sie hat ewig viele berufliche Mails und WhatsApp-Nachrichten bekommen. Dann noch Facebook privat und die Facebook-Seite der Studios. Das meiste ist natürlich uninteressant. Aber einer Sache sollten wir nachgehen. Mit dieser Handynummer hat Carmen Skriba in den letzten zwei Wochen mehrfach telefoniert, und zwar zum ersten Mal am 29. Oktober, also zwei Wochen bevor sie ermordet wurde.« Sie deutete auf eine Nummer in der Liste, die auf dem Tabletdisplay angezeigt wurde und farbig unterlegt war. »Davor kein einziges Mal. Das heißt, der Kontakt kam erst kurz vor ihrem Tod zustande. Der letzte Anruf war am 11. November.«

»Einen Tag vor ihrem Tod«, stellte Mike fest. »Wer hat wen kontaktiert?«

»Carmen Skriba hat am 29. Oktober zuerst angerufen.«

»Um wen handelt es sich?«, fragte Wallner.

»Um Jörg Behncke.«

Erstauntes Schweigen befiel die Runde. Jörg Behncke war der Strafverteidiger von Jennifer Wächtersbach. Ehe jemand etwas sagen konnte, griff Wallner zum Telefonhörer und wählte die farbig unterlegte Nummer der Telefonliste. Nach zwei Mal Läuten meldete sich eine weibliche Stimme.

»Grüß Gott, mein Name ist Wallner, Kripo Miesbach. Ich würde gern mit Herrn Behncke sprechen.«

»Der ist gerade in einer Besprechung. Kann er zurückrufen?«, flötete die Dame am anderen Ende der Leitung.

»Fragen Sie ihn doch bitte, ob er kurz Zeit hat. Es geht um Carmen Skriba.« Wallner war darauf gefasst, den Namen buchstabieren zu müssen, aber seine Gesprächspartnerin konnte damit offenbar etwas anfangen und sagte, sie würde Herrn Behncke mal fragen.

»Hat das Handy anscheinend auf die Kanzlei umgeleitet«, erklärte Wallner in der Wartezeit den anderen.

Kurz darauf meldete sich eine männliche Stimme mit »Behncke«. Die Besprechung war anscheinend doch nicht ganz so wichtig.

»Herr Behncke, hier Wallner. Wir kennen uns ja noch von dem Wächtersbach-Prozess vor zwei Jahren.«

»Aber deswegen rufen Sie offenbar nicht an«, sagte Behncke und klang nicht so, als würde er sich über den Anruf freuen.

»Nein, es geht um Carmen Skriba. Wie Sie vielleicht wissen, wurde sie ermordet.«

»Ich hab davon gehört. Was habe ich damit zu tun?«

»Das wissen wir noch nicht. Aber keine Angst, Sie stehen nicht auf der Verdächtigenliste. Es ist nur so, dass Frau Skriba kurz vor ihrem Tod mehrfach mit Ihnen telefoniert hat.«

»Das ist richtig.«

»Es würde uns interessieren, worum es dabei ging.«

»Das kann ich mir vorstellen. Aber ich unterliege, wie Sie wissen, der anwaltlichen Verschwiegenheitspflicht. Also – bedaure.«

»Frau Skriba wird ja kaum eine Mandantin von Ihnen gewesen sein. Ich meine, Sie haben die Mörderin ihres Ehemanns verteidigt und vertreten Frau Wächtersbach vermutlich immer noch. Da wären Interessenkonflikte vorprogrammiert.«

»Netter Versuch, Herr Wallner. Aber auch darüber kann ich leider nicht sprechen, ohne mich strafbar zu machen.«

»Herr Behncke – Sie wissen besser als ich, wie das ist mit Schweigepflichten gegenüber Toten: Wenn Ihre Aussage im mutmaßlichen Interesse von Frau Skriba wäre, sind Sie nicht daran gebunden. Es wäre sogar geboten, mit uns zu reden. Sie könnten damit helfen, ihren Mörder zu überführen, und das läge ja vermutlich im Interesse von Frau Skriba.«

»Glauben Sie mir, ich habe die Rechtslage sorgfältig geprüft und bin zu dem Ergebnis gekommen, dass ich schweigen muss. Es geht auch nicht zwangsläufig nur um die Interessen von Frau Skriba.«

»Ich will Ihnen nicht zu nahe treten, aber das klingt fast so, als wäre der Täter Ihr Mandant.«

»Ja, ich weiß, man muss nur lange genug mit den Leuten plaudern. Irgendwann erzählen sie Dinge, die sie eigentlich nicht preisgeben wollten. Lernt man vermutlich auf der Polizeischule. Als Strafverteidiger hingegen lernt man, den Mund zu halten. Also lassen wir's dabei. Schönen Tag noch.«

»Herr Behncke – Sie sollten zumindest überlegen ...«

»Das habe ich, wie gesagt, bereits getan. Aber wo wir schon reden: Sie haben meine Mandantin in Aichach besucht?«

»Das ist richtig.«

»Worum ging es da?«

»Tut mir leid. Aber da bin *ich* zum Stillschweigen verpflichtet.«

»Kommen Sie – das ist jetzt ein bisschen billig, oder?«

»Sie verstehen das falsch. Ich schicke Ihnen keine Retourkutsche. Ich kann einfach nicht mit Dritten über laufende Ermittlungen reden. Selbst wenn Sie einen Tatverdächtigen vertreten würden, müsste immer noch die Staatsanwaltschaft entscheiden, welche Informationen wir an Sie weitergeben dürften.«

»Das ist doch reiner Formalismus. Ich muss ja nur Frau Wächtersbach fragen.«

»Das steht Ihnen natürlich frei – falls Frau Wächtersbach mit Ihnen darüber reden will. Ansonsten: Denken Sie einfach noch mal darüber nach, ob Sie uns im Mordfall Carmen Skriba irgendwie und im Rahmen der Gesetze weiterhelfen können.«

Als Wallner aufgelegt hatte, blickte er in die Runde.

»Was hast du von einem Anwalt erwartet?«, sagte Mike.

»Einen Versuch war's wert. Wir behalten das auf alle Fälle im Hinterkopf.« Wallner sah versonnen zum Fenster hinaus.

»Ob es um Wächtersbach gegangen ist? Aber was gäbe es da zwischen den beiden zu bereden?«

»Da können wir jetzt stundenlang spekulieren. Das führt uns im Augenblick aber nicht weiter.«

»Ja, du hast recht. War sonst noch was interessant an den Telefondaten?«

»Nicht wirklich. Also, was ich mir bis jetzt angesehen habe. Aber ich bleibe dran. Kannst ja selber mal schauen. Während du telefoniert hast, ist vom LKA noch was anderes reingekommen.«

Wallner schaute interessiert auf Janettes Tablet.

»Du hattest doch gefragt, ob es noch irgendwelche Daten zum 20. Oktober 2017 gibt.«

Mike machte ein irritiertes Gesicht.

»Der Tag, an dem Carmen Skribas Ehemann ermordet wurde«, klärte ihn Janette auf.

»Und? Gibt's da noch was?«

»Ja. Ob es was zu bedeuten hat, weiß ich nicht.«

Janette machte eine Pause. Wallner hing an ihren Lippen.

»Carmen Skribas Handy ist noch dasselbe wie vor zwei Jahren. Deswegen konnten die Kollegen vom LKA auch nachverfolgen, mit wem Carmen Skriba am 20. Oktober 2017 telefoniert hat, also an dem Tag, als ihr Mann ermordet wurde.«

»Wieso haben wir das damals nicht gemacht?« Mike war im Oktober 2017 im Urlaub gewesen und hatte deswegen die wesentliche Phase der Ermittlungen verpasst.

»Weil Carmen Skriba nicht verdächtig war. Alle Indizien sprachen gegen Jennifer Wächtersbach, und die hat den Mord ja auch gestanden.«

»Und das Geständnis später widerrufen.«

»Sie hatte Täterwissen. Und sie hat keine alternative Geschichte erzählt. Nur widerrufen. Wir waren damals eh ziemlich überlastet. Deshalb haben wir nur noch das recherchiert, was Tischler für die Anklage gegen Wächtersbach brauchte. Ergibt ja auch Sinn.«

»Aber offenbar findest du unser damaliges Vorgehen heute nicht mehr ganz so sinnvoll«, hakte Mike nach.

»Ich fand es, offen gesagt, auch damals falsch. Aber das war eben nur ein Bauchgefühl.« Wallner wandte sich wieder an Janette. »Mit wem hat Carmen Skriba am 20. Oktober 2017 telefoniert?«

Janette holte eine Liste auf das Display ihres Tablets.

»Das sind die Telefonate, die Carmen Skriba an dem Tag geführt hat. Ich hab mal diejenigen nachrecherchiert, die in der Nähe des Tatzeitpunktes liegen. Hier um elf Uhr neunundzwanzig ist ein Telefonat, das sie mit ihrem Mann geführt hat. Carmen Skriba muss zu dem Zeitpunkt in Sauerlach gewesen sei, in ihrem dortigen Fitnessstudio. Am Freitagvormittag ist sie immer in Sauerlach. Danach fuhr sie irgendwann in Richtung Tegernsee los.«

»Wann war noch mal die Tatzeit?«

»Zwischen zwölf und halb eins. Die Überwachungskamera hat Wächtersbach um zwölf Uhr einunddreißig gefilmt, wie sie vom Haus der Skribas kommend in Richtung Rottacher Innenstadt unterwegs war.«

»Und ziemlich bald danach ist dann Carmen Skriba nach Hause gekommen, hat die Leiche entdeckt und bei uns angerufen – wenn ich das richtig in Erinnerung habe?«

»Sagen wir so: Das ist der Sachverhalt, von dem wir damals ausgegangen sind. Aber davon ist eigentlich nur sicher, dass Wächtersbach um zwölf Uhr einunddreißig auf dem Fahrrad unterwegs war und Carmen Skriba um zwölf Uhr dreiundvierzig bei der Polizei angerufen hat.«

»Das heißt …?« Wallner warf einen Blick auf die Telefonliste, dann blickte er Janette an.

»Um zwölf Uhr drei wird Carmen Skriba von dieser Nummer angerufen.« Janette deutete auf eine entsprechende Zeile auf dem Tabletdisplay. »Die Nummer ist ziemlich einprägsam: +31–678–1011 1011. Zwei Mal tausendelf. Was immer das zu bedeuten hat.«

»Prepaidhandy aus Holland?« Wallner runzelte die Stirn.

»Ja. Hat das LKA bei den Kollegen in Amsterdam schon gecheckt. Den angegebenen Inhaber gibt es nicht.«

Wallners Bauchgefühl konkretisierte sich. Wenn jemand wenige Minuten vor dem Mord an seinem Ehepartner vom Besitzer eines anonymen Handys angerufen wird, dann hatte das etwas zu bedeuten.

»Gut. Bleiben wir dran. Gibt es sonst was Neues?«

»Ja. Ich habe den Bruder von Carmen Skriba ausfindig gemacht. Der lebt im Bayerischen Wald und hat weder Handy noch Führerschein. Wir müssten schon zu ihm fahren, wenn wir mit ihm sprechen wollen.«

»Das ist der einzige Verwandte?«

»Ja. Ihre Eltern sind bei einem Autounfall gestorben. Und andere Verwandte scheint es nicht zu geben.«

»Ich hoffe, es lohnt sich.« Wallner war wenig begeistert von der Aussicht auf eine Reise in den Bayerischen Wald.

15

Das Haus in Solln war aus den 1960er-Jahren, einzeln stehend, die Straße davor mit alten Linden bestanden, die gerade frische Blätter getrieben hatten. Die Gäste waren gebeten worden, ihre Autos auf dem Parkplatz eines Supermarktes abzustellen, der gut dreihundert Meter entfernt lag. Der Veranstalter des Pokerabends wollte keinen unnötigen Lärm, der vielleicht seine Nachbarn stutzig gemacht hätte. Nick hatte Uschi in Schwabing mit dem Rolls Royce abgeholt. Noch im Wagen hatte sie ihm 35.000 Mark in Hundertern und Fünfhundertern gegeben, im Austausch gegen Fahrzeugbrief und Schlüssel.

Der erste Fünfhunderter ging beim Hereinkommen an den Gastgeber, für Bewirtungskosten, wie es offiziell hieß. Die hielten sich freilich in Grenzen. Es gab Schnittchen. Auch die Getränkekosten blieben vermutlich im Rahmen, denn an diesem Abend würde niemand Alkohol trinken.

Die Runde bestand aus fünf Herren und Uschi Silbermann. Die meisten hatte Nick schon bei anderen Pokerrunden kennengelernt. Er konnte in etwa einschätzen, wie sie spielten. Ob sie blufften, Risiken eingingen. Und bei zweien hatte er Ticks entdeckt, wenn sie angespannt waren. Gespielt wurde klassischer Draw Poker. Jeder Spieler bekam verdeckt fünf Karten und konnte nach der ersten Setzrunde bis zu drei Karten tauschen.

Neben Uschi saß ein etwa dreißig Jahre alter Mann mit schütterem, blondem Haar und Pilotenbrille. Er war vom Gastgeber als Heinz vorgestellt worden. Schwer zu sagen, was er von Beruf war. Vielleicht auch Autohändler, vielleicht Profizocker. Er machte jedenfalls einen in sich gekehrten Eindruck, ließ es die ersten Runden ruhig angehen und passte oft. Zwei Mal strich er einen kleinen Pot ein.

Uschi war für Nick fast unberechenbar. Sie zeigte beim Spiel keine Emotionen, hatte keine Ticks und keine Mimik. Jedenfalls nichts, womit Nick etwas anfangen konnte. Das war schon erstaunlich, wo sie schon zwei Mal miteinander im Bett gewesen waren und sich auch sonst ganz gut kannten.

Dann gab es noch Didi, eine feste Größe in den Pokerrunden. Didi war um die fünfzig und leicht verfettet, rauchte Kette und atmete schwer. Wenn Didi bluffte, nahm er die Zigarette zwischen die Spitzen von Daumen und Zeigefinger. Das hatte Nick mehrfach beobachtet. Das Gefährliche an Didi war: Er kannte seinen Tick anscheinend. Nick hatte den Verdacht, dass er ihn manchmal einsetzte, um Gegner zu täuschen. Auch an diesem Abend gab es zwei oder drei Situationen, in denen er das Gefühl hatte, dass Didi ihn mit der Zigarettenhaltung rausbluffen wollte. Aber Nick hatte sich nicht getraut und war jedes Mal ausgestiegen, was ihn leider der Möglichkeit beraubte, seine Vermutung zu verifizieren. Denn Didi musste, da auch sonst keiner mitgegangen war, seine Karten nicht offenlegen.

Die anderen rund um den Tisch waren solide, aber nicht brillante Spieler, denen sich Nick gewachsen sah.

Die ersten Stunden vergingen ohne große Höhepunkte. Nick nahm einige Male einen kleineren Pot mit, weil sich andere Spieler hatten rausbluffen lassen. Am Anfang ging er gern etwas aggressiver zu Werke, um bei den anderen den Eindruck eines Hasardeurs zu erwecken. Wenn er dann mal eine wirklich gute Karte auf der Hand hatte, konnte es ihm nützen, wenn man ihn für einen Bluffer hielt. Größeren Duellen mit Uschi ging er aus dem Weg. Das kostete nur Kraft und meistens auch Geld. Wenn er gegen sie drinblieb, dann war das ein Zeichen für Uschi, dass er ein gutes Blatt hatte, und meist stieg sie dann aus.

Gegen ein Uhr morgens hatte Nick achttausend Mark gewonnen, und die Einsätze gingen langsam nach oben. An anderen Abenden hätte er es vielleicht dabei bewenden lassen. Aber er brauchte mindestens 25.000. Gerry würde sich nicht mit Teilbeträgen abspeisen lassen. Die nächsten zwei Stunden pendelten Nicks Gewinne um den Stand von achttausend. Einmal nahm er Didi sechstausend ab, als der seine Zigarette wieder mit Pinzettengriff rauchte. Nicks Blatt war nicht schlecht, drei Zehner. Aber bei Didis Einsätzen hätte man auf mehr schließen können. Als Didi klar wurde, dass er Nick nicht rausbluffen würde, passte er und überließ Nick den Pot. In der Folgezeit verloren sich die sechstausend wieder. Es kam einfach kein Blatt, und Bluffen wurde immer teurer. Nick musste auf das große Duell warten, das in fast jeder Partie irgendwann kam, und hoffen, dass er das bessere Ende für sich haben würde.

Gegen halb vier wurde Lüftungspause gemacht. Alkohol war verpönt, aber geraucht wurde ohne Unterbrechung. Vor Uschi stand ein überquellender Wirtshausaschenbecher, dessen Inhalt der Hausherr jetzt zusammen mit den anderen Kippen im Müll entsorgte. Dann gab es frischen Kaffee und weitere Schnittchen. Um vier setzte man sich wieder an den Spieltisch. Ein Mitspieler hatte die Runde während der Pause verlassen, nachdem er fast zwanzigtausend Mark eingebüßt hatte. Das Gros davon hatten Didi und Uschi eingesackt. Sie waren jetzt noch zu fünft.

Gegen halb fünf – Nicks Gewinn war auf zweitausend geschrumpft, aber auch Didi hatte Federn gelassen, Uschi hingegen einen veritablen Berg Chips vor sich – kündigte sich etwas an. Nick nahm seine Karten erst auf, wenn der Geber alle fünf ausgeteilt hatte. Er fürchtete, dass sich Zeichen von Hoffnung oder Enttäuschung unbewusst in Mimik und Haltung einschlichen, wenn er die Karten einzeln aufnahm, und von seinen Mitspielern gelesen werden konnten. Anders Didi. Er zelebrierte jede Karte, wenn auch mit der für Pokerspieler eigenen Umsicht. Er schob die neue Karte über die, die er schon hatte, und zog sie über den Tischfilz sehr langsam zu sich, bis sie noch etwa zwanzig Zentimeter vom Tischrand entfernt waren. Dann bog er die Karten hoch und sah nach, wie sich sein Blatt jeweils verändert hatte. Nach der vierten Karte bemerkte Nick, dass Didi zum Pinzettengriff wechselte. Irgendetwas war passiert. Dass sich eine Hoffnung zerschlagen hatte, war eher unwahrscheinlich. Das hätte eine sich anbahnende Straße oder ein Flush sein müssen. Aber in der Regel war man nach drei Karten noch nicht sonderlich euphorisch, weil die Chance relativ gering war und drei Karten eben noch nichts besagten. Also hatte sich wohl etwas Erfreuliches in Didis Hand getan. Ein Drilling oder zwei Paare? Die fünfte Karte schien keine Änderung mehr zu bringen, obwohl Nick, der sein eigenes Blatt immer noch nicht kannte, Didi jetzt besonders genau im Auge hatte.

Nick nahm sein Blatt auf, genauer gesagt, er bog die Karten leicht nach oben und lehnte sich dabei nach hinten, damit er sie nicht zu weit hochbiegen musste. Sortiert wurde selbstverständlich nicht. Was er sah, war vielversprechend. Fünf schwarze Karten: Pik Bube, Pik Dame, Pik Neun, Pik Zehn und … Nicks Atem stockte kurzzeitig, aber die Drei am Ende hatte ein Kreuz an der Seite. Dennoch ein interessantes Blatt. Wenn er für die Drei eine weitere Pik-Karte bekäme, wäre es ein Flush, und der war nur von Full House, Vierling oder Straight Flush zu schlagen.

Uschi eröffnete mit hundert, Didi ging mit und erhöhte um vierhundert, die nächsten beiden Spieler passten, Nick überlegte. Hatte Didi einen Drilling auf der Hand? Wenn ja, waren die Chancen, daraus einen Vierling oder Full House zu machen, ziemlich dünn. Nick legte 500 in die Mitte, ging also mit, erhöhte aber nicht. Uschi stieg aus.

Didi nahm zwei Karten, Nick eine. Er legte sie mit dem Gesicht nach unten auf seine anderen Karten, zog die Karten langsam zu sich und bog sie leicht nach oben. Es war weder König noch Acht, es war eine Vier, allerdings schwarz. Nick drückte die Karten noch einen Millimeter auseinander, dann lachte ihn ein kleines, umgedrehtes Herz mit Stiel an. Es war die Pik Vier, er hatte einen Flush. Es war an Didi, zu setzen, und er drehte einen Fünfhunderter-Chip zwischen den Händen, die Zigarette steckte jetzt im Mund, und Rauch stieg ihm in die Augen. Deswegen verzog er sein Gesicht, und es war schwer für Nick, etwas daraus zu lesen. Schließlich warf Didi den Fünfhunderter in die Mitte. Nick erhöhte moderat, aber deutlich um zweitausend. Didi hörte auf, mit den Chips zu spielen, sondern überlegte und zog dabei an seiner Zigarette – und die hielt er mit Daumen und Zeigefinger. Er war nervös. Oder tat er nur so? Seine Reaktion auf Nicks Erhöhung würde gleich Aufschluss geben.

Didi drückte die Zigarette im Aschenbecher aus und warf vier Fünfhunderter in den Pot, sagte aber nichts. Er nahm einen Stapel Tausender-Chips und zog sie seitlich auf dem Filz des Spieltisches auseinander wie eine Ziehharmonika. Dann starrte er eine Weile auf die Jetons und zählte zwei ab, schob sie in die Tischmitte, war fast am Ende seiner Vorstellung angelangt, zögerte, sagte immer noch nichts, nahm einen weiteren Tausender und legte ihn ebenfalls in den Pot.

»Erhöhe um dreitausend.« Didi zündete sich die nächste Zigarette an. Wenn er tatsächlich nach dem Geben einen Drilling auf der Hand gehabt hatte, dann hätte sich sein Blatt nach dem Tauschen auf Vierling oder Full House verbessern können, beides höher als Nicks Flush, während der Drilling darunter lag. Die Wahrscheinlichkeit für so eine Verbesserung war sehr gering – aber möglich. Didi führte seine Zigarette zum Mund und blickte teilnahmslos über den Tisch auf die gegenüberliegende Wand. Die Zigarette steckte zwischen

Mittel- und Zeigefinger. Hatte er tatsächlich phänomenale Karten, oder bluffte er? Bei einem Bluff hätte man doch den Pinzettengriff gesehen. Aber er hielt die Kippe wie sonst auch. Also doch der Vierling? Full House? Scheiße! Vielleicht hatte er auch einfach nur einen starken Drilling. Könige, Asse. Das sieht gut aus und verleiht Selbstvertrauen, auch wenn man weiß, dass jede mickrige Straße mehr wert ist. Was hatte der Scheißkerl auf der Hand?

Nick zählte sechs Fünfhunderter ab und schob sie in die Mitte. Da lagen jetzt zwölftausend. Wenn er »Sehen« sagte und gewann, hätte er knapp fünfundfünfzigtausend. Das würde nicht reichen. Und wenn er verlor … Er sah zu Didi, dessen Blick immer noch an der gegenüberliegenden Wand klebte. Hatte er tatsächlich das Monsterblatt auf der Hand? Nick dachte kurz darüber nach, die Sache zu beenden, als sich Didis Hand bewegte. Es war die Hand mit der Zigarette, und sie bewegte sich in Richtung Mund. Für den Bruchteil einer Sekunde wanderte die Zigarette aus der Zeige-Mittelfinger-Position in den Pinzettengriff, dann aber in die Normalstellung zurück. Als hätte sich Didi einen Moment nicht unter Kontrolle gehabt, den Fauxpas aber sofort bemerkt und korrigiert. O ja! Didi *war* nervös. Oder hatte er das mit der Zigarette absichtlich gemacht, um Nick in Sicherheit zu wiegen? Es war ihm leider zuzutrauen. Warum nicht einfach mitgehen und die Sache beenden? Selbst wenn Nick verlor, hatte er noch genug Chips, um in den nächsten zwei Stunden den erforderlichen Betrag zu gewinnen. *Wenn* er gewann. Wenn er erhöhte, konnte er den Sack in der nächsten Minute zumachen. Ein Blick zu Didi. Ja, verflucht. Der war nervös.

»Noch mal zehntausend.« Nick schob die entsprechende Anzahl Jetons in die Mitte.

Didi nahm es mit halb geschlossenen Augen zur Kenntnis und drückte die Zigarette aus. Dann sah er verstohlen in sein Blatt, als habe er vergessen, was da drin war. Ein kurzer Blick zu Nick. Der dachte darüber nach, welchen Tick er selbst wohl hatte. Er hatte aber noch nichts an sich entdeckt. Das war schade, denn damit hätte er jetzt arbeiten können. So aber starrte er den Pot an und spielte mit Chips, was eigentlich jeder immer am Tisch machte, und ließ sich von Didi betrachten. Würde er aussteigen? Oder noch einmal erhöhen? Das hätte bei Nick an die Grenze seiner Möglichkeiten gehen können. Nachdem Didi Nick genug gemustert hatte, klaubte er zehntausend Mark in Chips zusammen und schob sie in die Mitte. Dann legte er das Kinn auf seine Hand und sah Nick erneut an. Schließlich sagte er: »Sehen.«

Nick legte eine Karte nach der anderen auf den Tisch, was keinen Sinn ergab, aber die Spannung erhöhte. Die ersten vier Karten deuteten auf einen Straight Flush hin, und auf Didis Oberlippe bildete sich ein feuchter Film. Schließlich warf Nick als letzte Karte die Pik Vier auf den Tisch. Flush, aber Straight hatte sich erledigt.

Didi nickte bedächtig, so als hätte sich mit dieser Vier etwas bestätigt, das er schon lange geahnt hatte. »Sah ja einige Zeit ganz gut aus«, sagte er und nahm sein Blatt hoch. Dann lächelte er Nick an. Nick wurde flau im Magen. Gottverfluchte Scheiße! Didi hatte nicht geblufft. Der hatte einen Vierling oder Full House. Der spielte die Klaviatur so gut, dass er seinen eigenen Tick einsetzte, um seine Gegner abzuledern. Dieser verdammte Sauhund hatte ihn nach allen Regeln der Kunst ... Mitten in diese Gedanken hinein hörte Nick Didi etwas murmeln. Es waren die Worte: »Streich's ein.« Gleichzeitig warf Didi die Karten verdeckt auf den Tisch und steckte sich die nächste Zigarette an.

Eine halbe Stunde später ging Nick die nächtliche Vorstadtstraße mit knapp 65.000 Mark in der Tasche und in fast euphorischer Stimmung entlang. An seiner Seite Uschi, die nur 11.000 gewonnen hatte, aber das waren immerhin dreißig Prozent des Kaufpreises für den Rolls Royce. Kein schlechter Abend. Uschi würde Nick heimfahren, oder vielleicht würden sie zu Uschi fahren und ein bisschen feiern. Obwohl Nick nicht nach Feiern zumute war. Er musste morgen einen klaren Kopf behalten und Alina befreien. Er betete – und das tat er sonst nie –, er betete zu Gott, dass sie sein Mädchen gut behandelten und dass es gesund war.

»Was sich net alles in Solln rumtreibt um die Zeit!«

Auf dem Supermarktparkplatz waren Nick und Uschi gerade an dem Rolls Royce angelangt – Uschi hatte die Schlüssel gezückt –, als sie angesprochen wurden. Burkhard »Scarface« Köster trat hinter einem schwarzen Mercedes Sprinter hervor. Die namensgebende rote Narbe, die sich über die linke Gesichtshälfte zog, leuchtete im Halbdunkel. Sie war das Andenken an eine Prügelei mit vier Gegnern, allesamt Kampfsportler, die danach aber weitaus übler zugerichtet waren als Köster. Jedenfalls wenn man die Geschichte glaubte, die man sich über die Herkunft der Narbe erzählte. Tatsächlich war Burkhard Köster mit vier Jahren gegen einen Heizkörper mit Rippen gelaufen und hatte sich das zarte Kindergesicht verunstaltet. Das klang aber nicht so gut.

Hinter Köster tauchte ein Mann mit Vokuhila-Frisur, Lederjacke und bulliger Figur auf. Nick hatte von ihm gehört. Er hatte letztes Jahr einem Händlerkollegen, der nicht bezahlen konnte, das Jochbein gebrochen. Nick schoss das Adrenalin durch die Adern, und der Solarplexus fühlte sich an, als hätte jemand kochendes Wasser in seine Brust geschüttet.

»Du hast meinen Rolls verkauft, hört man?«

Nick sah fragend zu Uschi.

Die zuckte mit den Schultern. »Hab's heut Nachmittag im Drugstore erzählt.« Das Drugstore war die Kneipe, in der sich die Autohändlerszene traf.

»Das ist ja erfreulich.« Köster trat näher an die beiden heran, dicht hinter ihm der Vokuhila-Mann. »Ich hab schon gedacht, ich seh mein Geld gar nimmer.«

»Was denkst du von mir? Klar kriegst du die Kohle. Montag bring ich sie vorbei.«

»He, he, he!« Köster war jetzt auf einen halben Meter an Nick herangetreten. »Du hast das Geld doch net verzockt, oder?« Er sah zu Uschi. »Hat er die Kohle verzockt?«

Uschi schwieg auf eine Weise, als sei die Frage albern und unter ihrer Würde. Nick war nicht ganz klar, ob sich Scarface auf die Pokerpartie bezog. Wieso sollte er davon wissen? Andererseits hatte er hier am Arsch der Welt in Solln auf ihn gewartet. Vielleicht hatte Uschi auch das mit der Pokerpartie herumerzählt.

»Wieso Montag?« Köster lehnte sich mit einer Hand an den Rolls Royce. »Wo ich schon amal hier bin.«

»He, Mann – ich trag die Asche doch nicht durch die Gegend.«

»Du gehst ohne Geld zum Pokern?« Köster lachte und tätschelte mit seiner freien Hand Nicks Wange. »Komm, erzähl mir was Besseres.«

Dann war das geklärt. Köster wusste von der Pokerpartie. Nick sah zu Uschi. Deren Blick war, so kam es ihm jedenfalls vor, irgendwie schuldbewusst.

»Du kriegst das Geld«, sagte sie zu Köster, wie um irgendwas zu sagen. »Was soll bis Montag schon passieren?«

»Oh, da kann viel passieren. Wie ich höre, hat unser Nick auch Schulden beim Gerry. Am Ende schnappt sich der Gerry die Knete, und ich steh dumm da.« Er stieß sich vom Wagen ab, steckte die Daumen in die Jeanstaschen und baute sich vor Uschi auf. »Aber wennst mir a Bürgschaft unterschreibst ... Könn' ma hier gleich aufsetzen.«

»Jetzt werd nicht kindisch.« Uschi schob sich an Köster vorbei und öffnete die Wagentür.

139

»Ist ja eigentlich mein Wagen«, sagte Köster.

Uschi drehte sich um. »Nee, das ist mein Wagen. Ich hab ihn gekauft, und in meinem Safe liegt der Brief. Schönen Abend.« Sie setzte sich in den Wagen. »Kommst du mit?« Die Frage ging an Nick.

Der wollte sich Richtung Beifahrertür begeben, aber der Mann mit dem Vokuhila-Schnitt verstellte ihm den Weg.

»Wennst a Sekunde wartest«, sagte Köster in Richtung der offenen Fahrertür. Inzwischen hatte sein Begleiter Nick den Stadtrucksack abgenommen. »Darf ich mal?« Köster lächelte, öffnete, ohne eine Antwort abzuwarten, den Rucksack und zog ein fettes Bündel Geldscheine hervor, das meiste davon Fünfhunderter und Hunderter. Nick sprang Köster von hinten an, um ihm das Geld zu entreißen, wurde aber sofort von Vokuhila mit der Bemerkung: »He, Bürscherl, werd net größenwahnsinnig!« gepackt und in den Polizeigriff genommen.

»Das ist Raub«, sagte Uschi. »Dafür kannst du fünf Jahre einfahren.«

»Nein, das ist Notwehr. Ich sichere nur meinen Anspruch auf Rückzahlung.« Währenddessen zählte Köster die Scheine. Es dauerte eine gute Minute, bis er ein Ergebnis hatte. »63.500. Das könnt knapp reichen. Rechnen mir mal. 47 hab ich dir geliehen, dazu Zinsen für zweieinhalb Monate, macht 25 Prozent, also a Viertel, san rund 12.000. Da warat ma bei roundabout Sechz'ge. Kommen noch Mahn- und Beitreibungskosten dazu …« Er hielt den Packen Geld in die Luft. »Ich tät sagen, mir san quitt.« Er nahm einen Fünfhunderter und steckte ihn Nick in die Brusttasche des Jacketts. »Bin kein Unmensch. Fürs Taxi.« Köster lachte fiepsend, schlug Nick, den Vokuhila mittlerweile aus dem Polizeigriff entlassen hatte, mit der Hand auf die Schulter und trollte sich.

»Ein Drecksack«, sagte Uschi, die inzwischen wieder aus

dem Wagen ausgestiegen war und ihren Arm um Nick legte.

»Na, *die* Schulden bist du wenigstens los. Ist ja auch was.«

Nick starrte wortlos auf den Asphalt. Es dämmerte, im Osten glomm ein orangefarbener Streifen am Himmel.

»Mit dem Gerry wird dir schon was einfallen. Der muss halt noch warten.«

Nick schüttelte den Kopf. »Der wird nicht warten.«

»Was heißt das?« Uschi wischte Nick etwas beunruhigt eine Träne aus dem Gesicht.

»Er hat Alina …«

16

Die Briefe der Maria füllten zwei packpapierbraune Kartons. Lisa hatte Stunden gebraucht, um sie zu kopieren, sodass Kreuthner sie erst nachmittags zu seinem Vater bringen konnte. Er stellte sie auf den Besucherstuhl neben das Krankenbett. Max Pirkels Bettnachbar wurde vorübergehend vom Fernsehen abgelenkt und schaute aus den Augenwinkeln herüber.

»Wie gemma vor?« Kreuthner öffnete den oberen Karton und nahm einen der Briefe heraus.

»He, he! Net so schnell. Du kannst da net einfach was rausnehmen.«

»'tschuldigung!« Kreuthner machte sich daran, den Brief wieder in den Karton zu stecken.

»Lass'n draußen!«, ranzte ihn Pirkel an. »Des hat alles seine Ordnung da drin. Gib mir den Brief.«

Kreuthner gab ihn ihm. Zum Glück hatte er Lisa angewiesen, die ursprüngliche Reihenfolge der Briefe nach dem Kopieren genau wiederherzustellen.

Pirkel tastete auf dem Beistelltisch nach seiner Lesebrille. Kreuthner reichte sie ihm und zog sich den Besucherstuhl des Nachbarbetts her.

»So, des is einer von den letzten. Poststempel is vom …«, er streckte den Arm mit dem Briefumschlag aus, »24. Juli 1979. Oder?«

Er gab ihn Kreuthner, damit der sich den Poststempel ansah.

»Korrekt«, bestätigte Kreuthner. »24. Juli 79.« Er drehte den Brief um. »Und Absender ist eine Maria Langkofler, Postfach 1339, 8184 Gmund am Tegernsee. Das war die

Adresse, wo du deine Briefe hingeschickt hast. Das Postfach von der Papierfabrik?«

Pirkel nickte.

»Also gut. Ich hör mich mal um. Und jetzt zu deinem Teil vom Deal.«

Pirkel zog sich einen der Kartons auf die Bettdecke und blätterte mit viel Wehmut im Blick durch die Briefe.

»Komm! Auf geht's! Wer kann mir was über Gerald Skriba sagen und mit wem er früher zu tun gehabt hat?«

»Der Scarface. Eigentlich Burkhard Köster. A guter Freund von mir.« Pirkel hielt beim Blättern inne. »Der Gerald hat nur hin und wieder Kontakt mit ihm g'habt. Ich aber öfter. Ich hab für beide gearbeitet. Fürn Scarface heimlich. Das hat der Gerald net g'wusst.«

»Was hast du für die gearbeitet?«

»Kurierdienste. Inkasso. Was so ang'fallen is.«

»Was is des für a Typ, der Herr Köster?«

»Verleiht Geld und hat so diverse Geschäfte am Laufen. Sag ihm schöne Grüße. Da wird er sich freuen. Is a echter Kumpel.« Pirkel blickte wehmütig zur Decke. »Mit den Jahren is zwischen uns a echte Freundschaft g'wachsen. Er hat sich auf mich verlassen können, und ich mich auf ihn. Da hat kein Blatt Papier dazwischengepasst. Bei dem letzten Job, wo ich für ihn g'macht hab, da hab ich a Packerl abgeliefert und dafür fünftausend Euro kassiert. Weißt, was er g'sagt hat?« Pirkel sah Kreuthner auffordernd an, der zuckte mit den Schultern. »Behalt's, hat er g'sagt. Behalt's! Du brauchst es grad mehr wie ich. So einer is der Scarface.«

Kreuthner bemerkte, dass seinem Vater die Augen feucht wurden.

»Ja, so einer is des. Findst net viele im Leben. Aber schön, wenn man so jemand hat.«

Kreuthner war unangenehm berührt von Pirkels Bekenntnis. Wenn er seine Freunde, oder was er dafür hielt, mal

durchging – Gott, wen gab es da, auf den man sich hundertpro verlassen konnte? Der einen nicht bei der ersten Gelegenheit über den Leisten zog?

»Wo find ich diesen Scarface Köster?« Kreuthner stand
auf und lehnte sich an den Kleiderschrank.

»In der Harmonika. Des is sei Stammkneip'n in Schwabing. Ich glaub, er is auch dran beteiligt. Jedenfalls hat er
sein Büro in am Hinterzimmer.«

Kreuthner reichte Pirkel einen Block samt Stift. »Schreib
mir die Adresse auf.«

»Vielleicht sagst eahm net gleich am Anfang, dass du von
der Polizei bist. Sag ihm einfach, du kommst von mir. Da
gehen alle Türen auf.« Pirkel gab Kreuthner den Block mit
der Adresse zurück. »Viel Glück! Und beeil dich mit Gmund.
Ich hab nimmer lang.«

Kreuthner legte seinem Vater die Hand auf die Schulter
und sah ihm in die Augen. »Des kriegen mir schon. Keine
Sorge!«

Das Leben tobte wie eh und je in dem Viertel um die Oc-
camstraße. Theater, Kabarettbühnen, Edelburgerbratereien
und Straßenpizzerien prägten das Bild. In den letzten Jahren
hatte zwar eine gewisse Gentrifizierung die Gegend befallen.
Aber es gab auch sie noch, die alten Läden, die jedem Mo-
dernisierungsversuch widerstanden. Gastronomielegenden
wie die Hopfendolde, der Weinbauer oder das Drugstore waren seit über fünfzig Jahren hier, und daran würde sich wohl
in nächster Zeit nichts ändern. Zum Schwabinger Urgestein
zählte auch die Harmonika, in einer nicht ganz so belebten
Seitenstraße gelegen, in Nachbarschaft zu einem anderen le-
gendären Etablissement: der Lach- und Schießgesellschaft.
Es gab allerdings wohl kaum einen Menschen auf der Erde,
der schon mal beide Etablissements besucht hatte. Die Harmonika war ein langer Schlauch, am Ende eines alten Häu-

serblocks entlang der Hofeinfahrt gelegen. Und so gab es durchaus Fenster in diesem Lokal, durch die man auf das gegenüberliegende Gebäude, einen Altbau mit Mietwohnungen und Pizzalieferdienst im Erdgeschoss, hätte blicken können, wenn sie nicht mit schwarzer Folie abgeklebt gewesen wären. Tageslicht war in diesem Lokal ein Störfaktor, den man draußen halten musste.

Als Kreuthner gegen 19 Uhr die Harmonika betrat, war es, da November, bereits Nacht. Der Betrieb lief noch auf Sparflamme. Sechs Leute verteilten sich sehr lose über den Raum, nur zwei saßen an einem Tisch zusammen.

»Ich such den Herrn Köster«, sagte Kreuthner zu der Dame hinter der Bar.

»Den suchen viele.« Die Frau lächelte Kreuthner geheimnisvoll an und schien nicht gewillt, weitere Auskünfte zu erteilen.

»Mich schickt der Pirkel Max vom Tegernsee.«

Der Name schien in der Bardame etwas auszulösen. Sie ging zu einem alten Telefonapparat, der unter dem Flaschenregal stand, und wählte eine Nummer. Von dem folgenden kurzen Ferngespräch bekam Kreuthner nichts mit, denn die Frau drehte sich weg, und ihre Stimme wurde von der Hintergrundmusik übertönt. Nachdem sie aufgelegt hatte, kam sie mit sorgfältig gesetzten Schritten zu Kreuthner zurück, stützte sich mit beiden Händen auf den Tresen und sagte: »Ist im Büro.« Dabei deutete sie mit dem Kopf in die dem Eingang entgegengesetzte Richtung. Den Blick, mit dem sie ihn verabschiedete, konnte Kreuthner nicht so recht deuten. Es kam ihm vor, als liege eine Prise Mitleid darin.

Der zu den Toiletten führende Gang endete an drei Türen. Eine für Herren, eine für Damen, und auf der dritten stand PRIVAT. Kreuthner öffnete die dritte Tür und betrat einen kurzen Gang, in dem eine Glühbirne ungemütliches Licht spendete und von dem zwei weitere Türen abgingen. Eine stand halb offen. Kreuthner konnte ein Waschbecken erkennen. Anscheinend die Privattoilette. Die andere Tür war mit einer alten Kunstlederpolsterung überzogen, wie man sie in Theatern findet. Kreuthner musste auf den dünnen Rand neben der Polsterung klopfen. Die Tür wurde von einem bulligen Mann mit Glatze geöffnet. Kreuthner schätzte ihn auf knapp sechzig Jahre.

»Komm rein«, sagte der Mann mit der Glatze und trat zur Seite. Er schien nicht Scarface zu sein, sondern nur der, der Besucher hereinließ. Hinter dem Schreibtisch, der jetzt in dem engen, mit viel Gerümpel vollgestellten Büro sichtbar wurde, saß in einem drehbaren Lederchefsessel ein weiterer Mann. Ebenfalls um die sechzig, nicht ganz so bullig wie der Türsteher, aber auch noch gut in Form und mit einer markanten Narbe links im Gesicht.

»Servus«, sagte der im Chefsessel. »Du bist der …?«

»Leo. Der Max schickt mich, und ich soll dich grüßen.«

»Sollst mich grüßen! Wie nett.« Kreuthner meinte einen Anflug von Spott in Kösters Stimme zu hören, konnte das aber noch nicht so recht einordnen. »Ich bin der Scarface«, sagte Köster, ohne aufzustehen oder Kreuthner einen Handschlag anzubieten. »Und des is der Vokuhila.«

Kreuthner lächelte den Kahlköpfigen an und beschloss, den Namen nicht weiter zu hinterfragen.

»Setz dich.« Köster deutete auf einen Besucherstuhl, den Vokuhila in diesem Moment neben Kreuthner stellte. »Woher kennst du den Max?«

»Sagen mir mal so: Ich bin sein Sohn.«

»Was!« Köster sah erstaunt zu Vokuhila. »Der Max hat an Sohn? Der alte Sauhund. Hat er nie was von g'sagt.«

»Ja, da hat jeder so seine Geheimnisse.«

»Das freut mich aber, dass er dich zu mir g'schickt hat. Wie geht's ihm denn?«

»Net so gut. Lang hat er nimmer zu leben.«

Köster nickte betroffen. »Hab's g'hört. Schlimme G'schicht. Sag ihm schöne Grüße und gute Besserung. Also, soweit das Sinn macht.«

Kreuthner nickte.

»So, da hat er dich g'schickt, bevor's dahingeht, wie?«

Kreuthner wusste nicht so genau, was er von der Frage halten sollte, und auch nicht, was dahintersteckte. Er sollte es bald erfahren.

»Ja. Gewissermaßen«, sagte er, um dann vorsichtig auf sein Anliegen zu kommen. Aber offenbar hatte auch Burkhard Köster ein Anliegen.

»Hat ihn also der G'wissenswurm geplagt. Ja wenn's ans Ende geht, will man halt reinen Tisch machen, gell?«

»Ja, ja, natürlich. Ich weiß jetzt aber net genau, was du meinst?« Kreuthners Irritation nahm zu. Gleichzeitig auch ein ungutes Gefühl. Und da konnte sich Kreuthner leider auf seinen Instinkt verlassen.

»Was ich mein?« Köster wandte sich an Vokuhila. »Sag du's, Voku! Was werd ich denn meinen?«

»Schätz, der Max möcht net mit Schulden ins Grab. Oder?«

Kreuthner hatte sich umgedreht. Vokuhila stand an der Tür in seinem Rücken.

»Also, Schulden hat er net so direkt erwähnt.«

»Nein? Das wundert mich jetzt aber«, übernahm wieder Köster die Gesprächsführung. »Fünftausend Euro san a Menge Geld. Dass der Max die einfach vergessen hat?«

»Des Geld, wo er einkassiert hat, bei irgendeinem Job?«

»Ah! Jetzt erinnerst dich wieder! Natürlich hat der Max des net vergessen. Hätt mich auch sehr g'wundert.«

»Na, so was vergisst man net«, tönte es hinter Kreuthner von der Tür.

»Ja, erwähnt hat er's schon«, tastete sich Kreuthner vorsichtig weiter. »Und er find' des total super, dass du g'sagt hast: Komm, Max, behalt's. Du brauchst es mehr wie ich. Also der war richtig …«, Kreuthner suchte nach einem passenden Wort, »… gerührt. Anders kann ich's net sagen.«

»Behalt's? Du brauchst es mehr wie ich? Des hab ich g'sagt?«

»Sagt der Max jedenfalls.«

»Klingt des nach mir?«, ging Kösters Frage an Vokuhila.

»Kann mich net erinnern, dass ich so an Satz schon mal von dir g'hört hätt«, kam es von der Tür.

»Schau mal«, wandte sich Köster an Kreuthner, »des is a schlimme G'schicht mit der Krankheit von deinem Vater. Vielleicht is er auch hier oben nimmer so ganz klar.« Köster fuchtelte mit dem Zeigefinger an seiner Stirn herum. »Es is leider so, dass er die Kohle einfach net abgeliefert hat. Ich hätt sie ja schon längst geholt. Aber dann is dein Vater ins Krankenhaus gekommen. Da kannst net einfach reingehen und an Aufstand machen. Gibt ja noch andere Patienten, und des is net schön für die, wenn's laut wird. Aber jetzt is ja alles gut.«

»Äh … ja, super. Wenn jetzt alles gut is …« Kreuthner hatte keine Ahnung, warum jetzt mit einem Mal doch alles gut sein sollte. Eigenartigerweise ging auch sein ungutes Bauchgefühl nicht weg, sondern wurde eher noch unguter.

»Na, jetzt bist du ja da«, half Köster Kreuthner auf die Sprünge und schenkte ihm ein warmes Lächeln.

»Den Zusammenhang versteh ich net ganz. Ich meine, was hab ich mit die Schulden vom Pirkel Max zum Tun?«

»Des is doch offensichtlich, oder?« Köster blickte um rhetorische Unterstützung bittend zur Tür. Aber anscheinend war »das« so offensichtlich, dass Vokuhila nicht einmal ein bestätigendes Grunzen für nötig hielt.

Kreuthner sah zwischen den beiden hin und her und fühlte sich wie ein Kaninchen, das in ein Pythongehege geraten war.

»Sorry, aber da musst mir mal helfen. Ich steh da grad …
aufm Schlauch.«

»Du bist doch der Sohn vom Max. Oder hab ich des falsch
verstanden?«

»Na ja, anerkannt hat er's eigentlich nie. Wenn man mal
genau is.«

»Was heißt anerkannt! Des sieht man doch. Des G'schau,
des Kinn, der Zinken, des … des is doch runterg'rissen der
Max, oder?«

Das »Oder« war in Richtung Tür gesprochen.

»Run-ter-g'rissen«, kam es von dort. »Wie er vorhin in der
Tür g'standen is, hab i denkt: Ja, is der schon ausm Krankenhaus raus?«

»Du siehst: An Vaterschaftstest brauchma net. Mir glauben's dir auch so. Du bist der Bua vom Max. Des sieht doch
a jeder. Und wie du weißt: Eltern haften für ihre Kinder, net?
Steht an jeder Baustelle. Und umgekehrt – is es natürlich
genauso.«

»Ihr wollt's die fünf Riesen von *mir*?«

»Na ja, da san a paar Verzugszinsen aufg'laufen. Und
Schadensersatz wegen dem ganzen Ärger kommt natürlich
auch noch drauf. Dann wärma so bei zehn.«

»Ja, aber ich hab des Geld net.«

Kösters Augenbrauen wanderten nach oben. »So? Da bin
ich jetzt aber schon a bissl g'schockt. Du kommst hierher
und hast des Geld net dabei?«

»Ich hab doch gar net g'wusst, dass er euch was schuldig
is.«

»Versteh ich net. Er hat's dir doch g'sagt.«

»Ja, aber er hat auch g'sagt, dass du's ihm g'schenkt hast.«

Köster sah Kreuthner zweifelnd von der Seite an. »Du
willst mir net erzählen, dass du ihm das geglaubt hast?
Weil – wennst du mir so was erzählen tätst, des warat fast a
Beleidigung meiner Intelligenz.«

»Des war vielleicht a bissl naiv von mir. Aber wie g'sagt, ich hab des Geld net und ich bin eigentlich wegen was anderem da. Und zwar würd ich gern …«

Köster brachte ihn mit einer Geste zum Schweigen. »Lass mich kurz überlegen, wie mir jetzt hier weitermachen.«

Köster sah Kreuthner eine Weile an und schüttelte stumm den Kopf. Dann schien er seine Gedanken sortiert zu haben und begann eine Ansprache.

»Weißt du … Leo?«

»Leo.«

»Dein Vater is kein schlechter Mensch. Aber auch kein wirklich guter. Sagen wir: Er is a schwacher Mensch. Einer, wo Versuchungen schlecht widerstehen kann. Der, wenn er in die Nähe von Geld kommt, da werden ihm gleich die Finger lang. Ganz a schlechte Angewohnheit. Ja – er is a richtiger Langfinger, der gute alte Max. Ich kenn dich jetzt nicht, aber erfahrungsgemäß vererben sich Charaktereigenschaften. Gute wie schlechte. Es is also zu befürchten, dass auch du zur Gilde der Langfinger g'hörst. Dass du dich weigerst, mir mein Geld zurückzuzahlen, deutete leider in die Richtung.«

»Aber …«

Erneut wies Köster Kreuthner mittels einer Geste in die Schranken. »Die gute Nachricht is: Dir kann geholfen werden. Ja, in der Tat, es gibt eine, ich sag amal, Therapie, die selbst bei schweren Fällen hilft. Und die is einfach und schnell. Ahnst du, was des is?«

Der Ausdruck in Kösters Gesicht gefiel Kreuthner überhaupt nicht.

»Mir machen des schon seit über dreißig Jahren bei uns in der Branche, und glaub mir: Es wirkt.« Köster beugte sich nach vorn über den Schreibtisch. Von hinten kam Vokuhila und legte eine Astschere zwischen seinen Chef und Kreuthner auf den Tisch. Mit dem Gerät konnte man mühelos be-

150

senstieldicke Zweige abtrennen. »Mir machen die Finger einfach a bissl kürzer.«

Kreuthner brach der Schweiß aus. Sollte er sich jetzt als Polizist outen? Dabei bestand freilich die Gefahr, dass sie ihn gleich umbringen würden. Aber wo sollte er jetzt aus dem Nichts zehntausend Euro herbekommen?

»Also Leo: Letzte Gelegenheit. Hamma net doch noch irgendwo zehn Riesen versteckt?«

17

Wallner war schlechter Laune, als er an diesem Abend mit seiner Ehefrau Vera telefonierte. Sie waren getrennt, und Vera lebte seit mehreren Jahren mit der gemeinsamen Tochter Katja in Würzburg. Wallner holte Katja alle vierzehn Tage fürs Wochenende nach Miesbach. Manchmal brachte Vera sie auch. Und gelegentlich hatten sie einen ganzen Tag zu dritt zusammen, wie eine normale Familie. Unter der Woche rief Wallner für gewöhnlich einmal an, um kurz mit Katja zu reden. Manchmal tauschte er sich mit Vera über Katja aus, und manchmal redeten sie über alltägliche Dinge, die nichts mit dem Kind zu tun hatten. Dass Vera selbst bei der Polizei tätig war, sorgte für etwas mehr Gesprächsstoff, als ihn getrennte Paare sonst vielleicht hatten. Heute Abend ging es um Manfred, der wieder einmal außer Haus unterwegs war.

»Lass ihm doch den Spaß. Wenn er auf seine alten Tage noch einen draufmacht – ist doch super.«

»Ich hab einfach kein gutes Gefühl bei den Leuten, mit denen er abhängt. Das sind alles Typen aus der Mangfallmühle.«

»Weißt du, was ich glaube? Dich stört einfach, dass du auf einmal keine Kontrolle darüber hast, was Manfred gerade macht.«

»Natürlich stört mich das. Abgesehen davon, dass mir schon das Wort Kontrollverlust allergische Reaktionen verursacht, musst du zugeben, dass bei Manfred ein bisschen Kontrolle nicht übertrieben ist. Man weiß nie, was ihm gerade einfällt.«

»Was soll er denn groß anstellen mit fast neunzig?«

In diesem Moment ging ein anderer Anruf auf Wallners Handy ein. Auf dem Display erschien »Leo«.

»Du, es ruft gerade noch jemand an. Könnte wichtig sein. Ich melde mich in fünf Minuten wieder, okay?«

Kreuthner telefonierte so gut wie nie mit Wallner. Sie hatten privat kaum Berührungspunkte. Und die dienstliche Kommunikation fand, ob persönlich oder fernmündlich, in der Polizeistation statt. Wallner war deshalb einigermaßen verwundert, dass Kreuthner ihn um die Uhrzeit anrief.

»Servus, Leo, was kann ich für dich tun?«

»Servus. Wie geht's?«

»Gut. Ich telefonier eigentlich gerade mit der Vera. Hab das Gespräch nur kurz unterbrochen. Wir können auch in einer halben Stunde reden.«

»Nein, nein. Wir sollten ... also es wär schon wichtig, dass wir jetzt ...«

»Okay.« Kreuthner klang gestresst – oder war er betrunken? »Was gibt's denn?«

»Ich bräucht was von dir. Und zwar – ich weiß, es is a bissl überfallartig – aber ich bräucht's heut Abend noch. In München.«

»Wie bitte?«

»Koks. Fünf Kilo wären super.«

»Ko... Kokain?«

»Genau. Wir müssten da noch was haben. Im Keller.«

Wallner überlegte, wie viel Kreuthner getrunken haben mochte, um sich in einen derartigen Zustand zu versetzen.

»Okay, Leo. Wir machen jetzt Schluss. Du legst dich ins Bett und schläfst deinen Rausch aus, ja?«

»Nein, nein. Es ist wirklich sehr dringend und ...«

»Schluss jetzt, ich hab keine Lust auf diesen Quatsch. Wir sehen uns morgen.«

Wallner drückte das Gespräch weg und fragte sich, wa-

153

rum sein Bauch ihm sagte, dass Kreuthner gar nicht betrunken war, sondern ... tja, was sonst? Es gab keine andere Erklärung. Nun gut. Er würde Kreuthner morgen fragen. Gerade wollte er, wie versprochen, Vera zurückrufen, da rief Kreuthner erneut an. Wallner spürte ein Kribbeln unterhalb des Rippenbogens. Irgendetwas war da faul.

»Leo, ich warne dich«, sagte er zur Einleitung.

Statt darauf einzugehen, sagte Kreuthner: »Bist wieder in am Funkloch, oder?«

Wallner fiel auf, dass Kreuthners Aussprache makellos klang. Er war mit Sicherheit nicht betrunken. »Funkloch? Du hast auf meiner Festnetznummer angerufen ...« Wallner hielt inne. Ihm wurde mit einem Mal klar, dass Kreuthner ihm ein Zeichen geben wollte, dass er in Schwierigkeiten steckte. »Du bist gerade nicht allein, nehme ich an?«

»Genau. Und wie gesagt – ich bräucht an Koks. Und zwar schnell.«

»Das ist jetzt so dringend, dass du das Zeug heute Abend noch brauchst?«

»Ich hab hier an Abnehmer, und der möcht net warten.« Kreuthner klang leicht gepresst, als wollte er sagen: Kapier's halt endlich. Du musst was tun.

»Verstehe ...«, sagte Wallner nach einer kurzen Denkpause und verstand eigentlich gar nichts. Nur so viel, dass Kreuthner offenbar irgendwelchen Kriminellen versprochen hatte, Kokain zu liefern. Wie er in die Situation geraten war, würde Wallner jetzt kaum ergründen. »Was meintest du vorher mit ›Keller‹?«

»Na, die ... die Kammer. Wo mir des Zeug halt lagern.«

»Ach – die Kammer. Ja natürlich.« Wallner konnte nicht ausschließen, dass jemand mithörte. Deswegen vermied er den Ausdruck Asservatenkammer.

»Korrekt. Da müsst noch was sein. Von der letzten Lieferung.«

Damit meinte Kreuthner vermutlich eine Razzia, die die Kripo Miesbach vor einem Monat durchgeführt hatte.

»Wohin soll ich es bringen?«

»Die Adresse schick ich dir aufs Handy. Wann kannst du da sein?«

Wallner ging die Maßnahmen durch, die wahrscheinlich zu treffen waren, bevor er nach München fuhr.

»Ich muss einiges organisieren. Sagen wir, um zehn?«

Wallner hörte, wie Kreuthner die Frage an jemand anderen weitergab und dann sagte: »Okay, um zehn. Und komm net zu spät.«

Wallner überlegte, was zu tun war. Er kam zu dem Schluss, dass Kreuthner vorhatte, jemanden in eine Falle laufen zu lassen. Dass er das nicht mit ihm, Wallner, abgesprochen hatte, lag in Kreuthners Naturell. Allerdings um die Uhrzeit anzurufen und fünf Kilo Kokain zu ordern, war dann doch etwas dreister als selbst für Kreuthner üblich. Er musste wirklich ziemlich in der Klemme stecken. Gab es Alternativen, um Kreuthner da rauszuholen? Wahrscheinlich. Aber dafür hätte Wallner genau wissen müssen, in welcher Situation sich Kreuthner befand und mit wem er es auf der Gegenseite zu tun hatte. Aber das wusste er nun mal nicht. Es blieb nichts übrig, als sich auf Kreuthners Spielregeln einzulassen. Dass er dafür beschlagnahmtes Kokain benutzen sollte, bereitete Wallner ebenfalls größtes Unbehagen. Er konnte natürlich einen Kollegen von der Organisierten Kriminalität in München anrufen. Die hatten für ihre Aktionen eine gewisse Menge Rauschgift ganz offiziell vorrätig. Aber das war eine sehr spezielle Truppe, und die hatten es nicht gern, wenn man sich in ihre Zuständigkeit einmischte. Es war daher am besten, sich bei einem Staatsanwalt Rückendeckung zu holen. Aber auch da gab es nicht viele, die bereit waren, ihren Staatsanwaltskollegen von der OK ins Handwerk zu pfuschen. Bei *einem* Staatsanwalt aber war sich Wallner sicher. Nicht die angenehmste Wahl, aber im Augenblick alternativlos. Nachdem er das Gespräch mit Vera auf morgen verschoben hatte, rief er Jobst Tischler an.

»Also noch mal: Wer verkauft wem fünf Kilo Kokain?« Tischler schien einem kleinen Abenteuer nicht abgeneigt, hatte aber Bedenken.

»Mein Kollege Kreuthner hat offenbar jemanden an der Hand, der jetzt und sofort eine größere Menge Koks kaufen will. Was genau dahintersteckt, weiß ich nicht. Ich vermute, der potenzielle Käufer ist kein unbeschriebenes Blatt. Vielleicht hat er sogar noch eine Bewährung laufen.«

»Und wer ist das?«

»Das konnte mir Herr Kreuthner in dem Telefonat nicht sagen.«

»Wieso nicht? Und wieso ist das so überstürzt?«

»Das alles weiß ich nicht. Ich vermute, mein Kollege steckt gerade in Schwierigkeiten und wird selbst bedroht. Jedenfalls konnte er nicht frei sprechen. So wie ich Kreuthner kenne, werden wir einen ziemlich fetten Fisch an der Angel haben. Auf der Straße wäre das Kokain über eine Viertelmillion wert.«

»Hm, sicher.« Wallner meinte, ein unmerkliches Schmatzen am anderen Ende der Leitung zu hören. »Dieser Herr Kreuthner, ist das der …?«

»Der hat vorgestern die Leiche entdeckt. Guter Mann. Manchmal ein bisschen eigenwillig. Aber es kommt ja aufs Ergebnis an.«

»Durchaus. Das Problem ist nur – ich bin für München nicht zuständig.« Tischler arbeitete für die Staatsanwaltschaft am Landgericht München II, und dessen Wirkungsbereich waren nur die um München liegenden Landkreise. Die Stadt München war das Revier des Landgerichts München I.

»Ich weiß«, sagte Wallner. »Aber ich konnte um die Zeit sonst niemanden erreichen, der die Chuzpe hat, bei so was mitzumachen. Und die Drogen müssen unbedingt um zehn vor Ort sein. Es ist Gefahr im Verzug.«

»Für wen?«

»Für den Kollegen Kreuthner könnte es gefährlich werden.«

»Tja, wenn das so ist ...«... dann würde Tischler nolens volens die Gelegenheit ergreifen, mit einer spektakulären Aktion von sich reden zu machen. »Würden Sie die Übergabe durchführen? Sie kennen Kreuthner und wissen, wie er tickt, falls irgendwas schiefläuft.«

»Ja, ich denke, das sollte ich tun. Mit Kamera?«

»Natürlich. Wir brauchen ja Beweise.« Tischler überlegte kurz. »Zweiundzwanzig Uhr? Wird knapp. Aber ich schau, was ich zusammenkriege. Lassen Sie sich das Koks von irgendwem quittieren. Morgen reicht.«

Wallner beschaffte sich einen Zivilwagen der Kripo und fuhr damit nach München. Im Polizeipräsidium an der Ettstraße ließ er sich eine Mikrokamera aushändigen.

Währenddessen waren auch Köster, Vokuhila und Kreuthner aufgebrochen.

»Die nehmen mir mal zur Sicherheit mit.« Vokuhila hatte lachend die Astschere hochgehalten. »Am End brauch ma's noch, und dann is sie net da.«

Kreuthner lachte über den feinsinnigen Scherz, obwohl er ihn eigentlich nicht lustig fand.

Der Treffpunkt war ein Industriegebiet im Norden der Stadt. Neben einem Schrottplatz standen hier einige Lagerhallen. Eine davon nutzte Köster für diverse Aktivitäten. Hier wurde Ware von meist unklarer Herkunft eingelagert, mit der Köster Handel trieb. Das reichte von Markensportschuhen über dreifach verglaste Fenster bis hin zu einem

Container mit Smartphones. Zwischen all diesen Dingen, die in der Halle herumstanden, vermutete Kreuthner auch etliches an Drogen jedweder Bauart. Im Büro der Halle stand ein großer Tresor. Sie hatten vereinbart, dass ein halbes Kilogramm des Kokains zur Ablöse von Kreuthners Schulden dienen sollte, was reichlich zugunsten von Köster aufgerundet war. Für die restlichen viereinhalb Kilo sollte Köster dreißigtausend je Kilo, also insgesamt 135.000 Euro bezahlen, was ebenfalls nicht sein Schaden sein würde.

Gegen 21:30 Uhr erreichten Kreuthner, Vokuhila, Köster und zwei seiner Mitarbeiter, beide schwer bewaffnet und durchtrainiert, den Treffpunkt. Köster und Kreuthner begaben sich ins Büro, während Vokuhila mit den beiden anderen vor der Halle auf Wallner wartete, um ihn einzuweisen.

Wallner kam pünktlich. Genau gesagt um 21:54 Uhr. Eine Dreiviertelstunde zuvor hatte er sich das letzte Mal mit Tischler besprochen, der den Einsatz organisieren sollte. Tischler war gerade dabei, das SEK anzufordern beziehungsweise wartete auf einen Rückruf, denn die Anforderung war natürlich schon früher rausgegangen. Das Zeitfenster war knapp, und er hatte gesagt, dass Wallner nötigenfalls auf Zeit spielen müsse, bis die Beamten vor Ort seien. Vor zwanzig Minuten hatte Wallner noch einmal angerufen, um sich nach dem Stand der Dinge zu erkundigen. Da hatte Tischler gerade ein anderes Gespräch und gesagt, er werde in fünf Minuten zurückrufen. Seitdem hatte er nichts mehr von Tischler gehört. Vor wenigen Minuten hatte es Wallner erneut probiert. Tischler schien sein Handy ausgeschaltet zu haben. Wallner hatte keine Ahnung, was los war. Nur soviel, dass da etwas schiefgelaufen sein musste. Und das führte Wallner noch einmal eindringlich vor Augen, dass diese ganze Aktion vollkommener Irrsinn war. Die einzig vernünftige Option war sofortiger Abbruch. Nur wusste Wallner

158

nicht, was das für Kreuthner bedeutete. Er war offenbar in Gefahr. Wenn ihm etwas passierte, hätte sich Wallner das sein Leben lang nicht verziehen. Er hielt kurz vor dem Ziel noch einmal am Straßenrand an. Die Gegend war um die Zeit gespenstisch leer. Er betrachtete die Laternen, die an der Industriestraße aufgereiht waren und sinnlos und für niemanden ihr Licht verstrahlten, als hätte jemand vergessen, sie auszumachen, und dachte nach. Nicht lange. Vielleicht eine Minute. Dann war ihm klar: Er hatte den Point of no Return erreicht. Er musste es durchziehen.

Als Wallner in die Zufahrt zum Treffpunkt einbog, sah er drei Männer mit Türsteherfigur, einer davon hatte eine lange Gartenzange in der Hand. Wallner überlegte, was er mit seinem Handy machen sollte. Mitnehmen war keine gute Idee. Er schaltete es aus und steckte es in die Mittelkonsole des Wagens.

»Da kommt ja der Lieferheld!«, schallte ihm der Mann mit der Glatze entgegen.

Wallner hatte einen Jute-Einkaufsbeutel über der Schulter hängen.

»Du bist …?« Wallner blieb vor dem Kahlköpfigen stehen. Denn der machte den Eindruck, dass er das Sagen hatte, zumindest, was die drei hier draußen anbelangte.

»Freunde und gute Bekannte nennen mich Vokuhila.« Er sah Wallner mit eisigem Blick an und versuchte anscheinend herauszufinden, ob sein Gegenüber irgendwas lustig fand.

»Wär jetzt auch mein Tipp gewesen«, sagte Wallner. »Ich bin der Clemens. Hab's noch nicht zu einem Spitznamen gebracht.«

Vokuhila griff nach dem Jutesack. Wallner drehte seine Schulter weg.

»Fass nichts an, was du dir nicht leisten kannst, okay?«

»Keine Sorge. Ich kann's mir leisten.«

»Dein Chef kann sich's vielleicht und hoffentlich leisten. Und mit dem würde ich jetzt gern reden.«

»Da schau her! A ganz a Cooler!« Vokuhila schaute Wallner angewidert an. »Wenn der feine Herr so freundlich wär, die Arme hochzutun. Is feuerwaffenfreie Zone hier.«

»Echt?« Wallner ließ seinen Blick über die beiden Hilfssheriffs wandern, deren Jacken sich verdächtig ausbeulten. Er nahm die Arme hoch und hielt mit einer Hand weiterhin den Jutesack fest, der über seinem Kopf baumelte. Die Handhaltung hatte den Vorteil, dass Wallners Armbanduhr nicht Gegenstand der Untersuchung wurde. In der Uhr war die Mikrokamera eingebaut, mit der der Drogenhandel auf Video festgehalten werden sollte.

»Sauber wie Kinderarsch«, sagte Vokuhila, nachdem er Wallner ausgiebig befingert hatte. »Gemma!«

Er setzte sich in Richtung Lagerhalle in Bewegung, die zwei Kollegen taten es ihm gleich.

»Du arbeitest noch nicht lang in dem Job, oder?« Wallner griff in den Jutebeutel und holte eine Pistole, Modell SFP9, heraus. Vokuhila zuckte erschrocken zurück und stolperte dabei fast über seine eigenen Füße. Die anderen beiden waren geistesgegenwärtiger und hatten innerhalb einer Sekunde ebenfalls Pistolen in der Hand. »Ruhig Blut, Leute. Nicht dass sich noch jemand wehtut.« Wallner fasste die Pistole mit zwei Fingern am Lauf und gab sie Vokuhila. Er hatte lange überlegt, ob er eine Waffe mitnehmen sollte. Wallner war – trotz regelmäßiger Schießübungen, denn die waren vorgeschrieben – kein sehr versierter Schütze. Im Zweifel hätte er in der Hinsicht gegen die Leute, die er hier traf, keine Chance gehabt. Aber er wirkte als Drogenhändler glaubwürdiger, wenn er eine Pistole dabeihatte. Dass die SFP9 die Dienstwaffe der bayerischen Polizei war, würde nicht unbedingt Verdacht erregen, eher Anlass zu der Vermutung geben, dass die Pistole aus Polizeibeständen gestohlen war. Da

Kreuthner und er in der Unterzahl und die anderen wahrscheinlich schießwütiger waren, machte es Wallner auch nichts aus, die Waffe abzugeben. Wichtiger war, dass er Vokuhila als Trottel vorgeführt hatte. Respekt war in dieser Welt die härteste Währung.

»Willkommen in unserem bescheidenen Heim!«, begrüßte ihn Köster im Büro der Lagerhalle. Er und Kreuthner tranken gerade Bier. »Du kommst allein? Respekt. Ich weiß dein Vertrauen zu schätzen.« Es sollte wohl bedeuten: *Was bist du denn für ein Volltrottel, ohne Geleitschutz hier aufzutauchen*?

»Ich komme nicht allein«, sagte Wallner, nachdem er Kreuthner per Handschlag und Umarmung begrüßt hatte. »Ich bringe Grüße mit von Khalid. Er hofft, dass das hier nur der Anfang einer langfristigen Geschäftsbeziehung ist. Daher auch der Sonderrabatt.«

»Oh – hab schon viel von ihm gehört. Wusste nicht, dass er in Miesbach wohnt.« Köster lachte, das war offenbar nicht ernst gemeint.

Auch Wallner lachte. »Er geht gern in die Berge. So haben wir uns kennengelernt. Auf einer Hütte.«

Köster runzelte die Stirn. »Und … du schmeißt den Laden da unten für ihn?«

»Ist nur 'ne kleine Filiale. Aber manchmal mit prominenter Kundschaft.«

»Die Tegernseer Schickeria, was?« Köster lachte wieder. Diesmal schwang schon deutlich mehr Respekt mit. »Ja dann – grüß ihn bitte zurück. Das mit der längerfristigen G'schicht fänd ich auch gut.«

Khalid war eine dunkle Größe in der Münchner Rauschgiftszene. Der Polizei war es noch nicht gelungen, die Identität hinter dem Namen aufzudecken. Und den meisten Drogendealern ging es anscheinend nicht anders. Es war nicht einmal sicher, ob Khalid überhaupt existierte. Aber wenn, dann musste er sehr mächtig sein und über direkte Beziehungen zu Drogenkartellen verfügen. Wallner hoffte, dass das Schutz genug war und Köster davon überzeugte, dass er keinen Anfänger vor sich hatte.

Es entspann sich ein Small Talk, bei dem Köster herausfinden wollte, ob man gemeinsame Bekannte hatte. Wallner hatte zum Glück ein wenig Einblick in die Münchner Kriminellenszene und noch mehr in die des Voralpenlandes.

»Dann kommen mir amal zum formellen Teil des Abends«, sagte Köster schließlich, und Wallner händigte ihm fünf Plastikbeutel mit jeweils einem Kilogramm Kokain aus. Die Beutel wurden zunächst gewogen. Dann schlitzte Köster einen auf und entnahm eine Messerspitze Kokain, das er in ein Teströhrchen füllte. Kreuthner und Wallner tauschten leicht besorgte Blicke. Keiner konnte sich erinnern, welchen Reinheitsgehalt das beschlagnahmte Kokain gehabt hatte. Sie hofften, dass die Vorbesitzer seriöse Drogenhändler gewesen waren. Nach gründlichem Schütteln verglich Köster die Farbe der Substanz im Röhrchen mit einer Farbskala und blickte dann zu Wallner. Er hatte ein versteinertes Gesicht, und Wallner befürchtete das Schlimmste.

»Fünfundachtzig Prozent – nicht schlecht!« Köster lachte und schmierte sich etwas Koks ans Zahnfleisch.

Vokuhila stand jetzt neben ihm und hatte einen zusammengerollten Fünfziger in der Hand. Sein Chef sah ihn genervt an. »Kannst dich net fünf Minuten z'sammenreißen? Mein Gott! Des is ja wie mit kleine Kinder.« Er schüttelte den Kopf, während sich sein Adlatus trollte.

»Wie schaugt's mit'm Cash aus?«, wagte sich jetzt auch Kreuthner wieder aus der Deckung.

Köster ging gemächlich zu dem riesigen Tresor, drehte mehrfach an dem Zahlenschloss und zog dann langsam die Tür auf. Sie musste Tonnen wiegen. Im Inneren des Safes befanden sich etliche flache Metallkisten. Köster zog eine davon heraus und stellte sie auf den Schreibtisch. Mit einem Schlüssel, der an einem enormen Schlüsselbund hing, schloss er die Kiste auf. Sie war mit großen, druckfrischen Euroscheinen gefüllt. Es dauerte eine Weile, bis Köster die 135.000 Euro abgezählt hatte. Er legte sie neben das Kokain auf den Tisch. Wallner gab Kreuthner zu verstehen, dass er das Geld holen sollte. Er brauchte die Videoaufnahme des Bezahlvorgangs für eine lückenlose Beweisführung. Kreuthner begann, das Geld zu zählen.

»Lass gut sein«, sagte Wallner. Kreuthner sah ihn ungläubig an. »Du kannst auch nicht besser zählen als er. Vertrauen gegen Vertrauen.« Kreuthner nickte und steckte das ziemlich dicke Geldbündel in seine Jacke. Wallner wollte jetzt möglichst schnell die Lagerhalle verlassen. Nicht dass noch etwas schiefging.

»Es war mir eine Freude«, sagte er zum Abschied. »Ich hoffe, bis bald.«

Köster nickte und lächelte. Doch innerhalb eines Augenblicks verschwand sein Lächeln, die Augen wurden enger und der Gesichtsausdruck angespannt. Vokuhila bemerkte den Stimmungswandel seines Chefs. Der deutete auf Wallner.

»Voku – unser Freund Clemens möcht uns noch a Gastgeschenk dalassen.« Vokuhila schien nicht zu verstehen, was Köster meinte. »Die Uhr an seinem Handgelenk.« Er wandte sich an Wallner. »Weißt, was witzig is? Ich hab genau so eine.« Vokuhila kam mit der Uhr zurück. Köster inspizierte sie. Ein flüchtiger Blick genügte. »Wer hat euch herg'schickt?«

Schweigen im Raum. Vokuhila ergriff die Astschere, die auf dem Schreibtisch lag. Die beiden anderen Männer standen mit gezückten Pistolen in der Tür.

»Hergeschickt ist nicht ganz der richtige Ausdruck«, sagte Wallner schließlich. »Wir dachten, wir sehen uns selber mal um.« Er hatte beschlossen, dass Flucht nach vorn jetzt die beste aller möglichen Handlungsvarianten war. »Ich darf mich noch mal vorstellen. Clemens – so weit waren wir schon. Und vollständig: Clemens Wallner, Kriminalhauptkommissar der Kripo Miesbach. Und das ist mein Kollege, Polizeiobermeister Leonhardt Kreuthner.«

Köster war einen Augenblick verdutzt, dann entließ er einen grunzenden Ton aus seiner Nase und steigerte sich in ein erst fiependes, dann ekstatisches Lachen. Seine Untergebenen fassten das als Einladung zum Mitlachen auf.

»Kriminalhauptkommissar!« Köster lachte jetzt, dass es ihn schüttelte, und er musste sich die Augen trocken wischen. »Jetzt mach ich mir gleich ins Hemd. Kriminalhauptkommissar!« Es dauerte eine Weile, bis er sich wieder unter Kontrolle hatte. Dann setzte er sich auf eine Kante des Schreibtisches, verschränkte die Arme und musterte seine beiden Gäste. »Euch ham s' doch ins Hirn g'schissen. Glaubt's ihr ernsthaft, die Bullen tauchen hier zwei Mann hoch nachts auf? Aber vielleicht habt's ja eure Dienstausweise dabei.«

»Die werden aus naheliegenden Gründen nicht mitgeführt bei Undercovereinsätzen«, erläuterte Wallner.

»Ja, natürlich! Hab ich vergessen, ich Dotscherl.« Köster gab Vokuhila ein Zeichen, worauf sich der mit der Astschere bewaffnete. Gleichzeitig wurde Wallner von den beiden anderen Männern gepackt und zum Schreibtisch gezerrt.

»He, verdammt! Ruf in Miesbach an!«, rief Wallner, und Panik lag in seiner Stimme. »Die kennen uns. Ihr macht einen verdammt großen Fehler!«

»Erzähl keinen Scheiß. Wer schickt euch?« Köster hatte jetzt eine Pistole in der Hand und gab den Männern, die Wallner zum Schreibtisch geschleppt hatten, ein Zeichen, worauf die beiden Wallners rechten Arm auf dem Tisch fixierten. Köster selbst hielt derweil Kreuthner mit der Pistole in Schach.

»Der is wirklich von der Kripo«, versuchte Kreuthner, den Lauf der Dinge aufzuhalten. Aber Köster ließ sich nicht beirren. Er sah zu Vokuhila und nickte. Vokuhila trat an den Schreibtisch und suchte nach einer geeigneten Stelle an Wallners Hand, um die Astschere anzusetzen. In diesem Moment splitterte Glas, und jemand schrie: »Waffen runter!« Vor dem Büro, dessen Glasabtrennung jemand mit einem Gewehrkolben eingeschlagen hatte, stand ein halbes Dutzend vermummter SEK-Leute, und jeder von ihnen hielt einen Gewehrlauf auf die Gruppe im Büro gerichtet.

18

W arum haben Sie mich nicht mehr angerufen?« Wallner war nach seiner Rettung alles andere als dankbar. Vielmehr befand er sich in ausgesprochen gereizter Stimmung, als er nach der Verhaftung von Burkhard Köster und Komplizen mit Staatsanwalt Tischler vor der Lagerhalle stand, wo sie Kaffee aus Pappbechern tranken.

»Ich habe Sie ja angerufen«, rechtfertigte sich Tischler. »Aber Ihr Handy war aus.«

»Das habe ich erst eine Minute, bevor ich da reingegangen bin, ausgeschaltet. Ich hatte Ihnen mehrfach auf die Box gesprochen.«

»Tut mir leid. Aber ich musste so viel telefonieren, irgendwann war der Akku leer.«

»Es gibt Ladekabel.«

»Hatte ich in der Hektik zu Hause gelassen.«

»Na großartig. Die hätten mir beinahe die Finger abgeschnitten!«

»Nein, hätten sie nicht. Wir hatten alles mit Inspektionskameras unter Kontrolle.«

»Sie meinen diese langen, dünnen Teile, die so aussehen wie bei einer Darmspiegelung?«

»Genau die. Wir haben zwei Ritzen entdeckt, wo wir sie durchstecken konnten. Die Jungs vom MEK waren schon einige Zeit vor Ihnen da.«

»Und warum sind Sie nicht früher eingeschritten? Ich hätte mir fast in die Hose gemacht vor Angst.«

»Ich wollte das noch auf dem Bild haben, dass die Burschen zu äußerster Gewalt bereit sind. Das wird einigen Einfluss auf das Strafmaß haben.«

»Das hatte ich natürlich nicht bedacht. Und vielleicht wäre es unter diesem Aspekt besser gewesen, die hätten mich tatsächlich verstümmelt.« Wallner zerknüllte den Becher und schmiss ihn in den offenen Mannschaftswagen.

»Ich verstehe Ihre Erregung. Aber jetzt atmen Sie einfach mal tief durch. Ist ja alles gut gegangen.«

Er gab Wallner einen Klaps auf die Schulter. Der verdrehte die Augen in die Nacht hinein.

»Wie sind Sie eigentlich auf die Idee gekommen?« Tischler hatte sich Kreuthner zugewandt.

»Der Herr Köster is a Bekannter von meinem Vater. Ich wollt eigentlich nur vorbeischauen und Hallo sagen. Aber das hat sich dann ganz komisch entwickelt.«

»Scheint so. Wie muss ich mir das vorstellen?«

»Mein Vater hat dem Herrn Köster angeblich noch Geld geschuldet, und der Herr Köster hat gemeint, ich müsst dafür geradestehen.« Kreuthner konnte Tischler schlecht sagen, dass er Köster wegen Gerald Skriba befragen wollte. Kreuthner durfte in der Sache ja nicht tätig werden.

»Na ja, das werden wir dann ja alles noch genauer besprechen.« Tischler drehte sich wieder zu Wallner. »Sind Sie auch mit Köster bekannt?«

»Wie kommen Sie darauf?«

»Weil Sie ihn die ganze Zeit geduzt haben.«

»In Kösters Kreisen duzt man sich unter Kollegen.« Tischler nickte.

»Ich würde Köster aber gern ein paar Fragen stellen«, schickte Wallner nach.

»Halte ich für schwierig. Erstens sind Sie hier nicht zuständig. Zweitens werden Sie wichtiger Zeuge in dem Prozess gegen Köster sein. Das würde ich gern getrennt halten.«

»Ich will ihn nicht zu der Drogengeschichte befragen, sondern zu einem anderen Fall.«

»Nämlich?«

»Ich glaube, er weiß Dinge über Gerald Skriba, die uns bei dem Mord an dessen Frau weiterhelfen könnten.«

Argwohn blitzte Tischler aus den Augen. »Wollen Sie schon wieder den Mord an Gerald Skriba neu aufrollen?«

»Es geht um den Mord an Carmen Skriba. Wir müssen das doch nicht jedes Mal neu diskutieren.«

»Und wie kommen Sie drauf, dass Köster was über Gerald Skribas Vorleben weiß?«

»Sie haben doch gerade mitbekommen, wie wir uns da drin …«, Wallner deutete auf die Lagerhalle, »… über gemeinsame Bekannte unterhalten haben. Köster kennt die gesamte Münchner Szene der letzten dreißig Jahre wie kein zweiter. Einen Versuch wär's allemal wert.«

Eine Beamtin des Münchner Kriminaldauerdienstes hantierte an der Videokamera, auf der Wallner für die Vernehmung bestanden hatte. Es gab keine Pflicht zur Videoaufzeichnung. Aber Wallner wollte dokumentieren, dass dem Vernommenen seine Aussagen nicht mit Drohungen oder gar Gewalt abgepresst worden waren. Das wurde nicht selten behauptet, vor allem, wenn ein Angeklagter sein Geständnis bereute. In der Regel glaubte man zwar den Polizeibeamten. Aber wenn die Lügen des Angeklagten durch Videoaufnahmen bewiesen wurden, blieb bei Richtern auch kein nagender Zweifel im Hinterkopf hängen.

Außer Wallner waren Burkhard Köster und sein Anwalt, Staatsanwalt Tischler, die Frau mit der Videokamera sowie zwei weitere Beamte des KDD anwesend. Kreuthner durfte aus den bekannten Gründen nicht dabei sein, was er als grobes Unrecht empfand, wo er es doch gewesen war, der den Mann aufgetan hatte. Das Leben sei nun mal nicht fair, sagte Wallner, als er vor Kreuthners Nase die Tür zum Vernehmungsraum zudrückte.

»Mein Mandant macht von seinem Schweigerecht Gebrauch«, verkündete Herr Stettner, so hieß Kösters Anwalt, zu Beginn der Veranstaltung.

»Sie wissen doch gar nicht, was wir Ihren Mandanten fragen wollen«, sagte Tischler. Er war der ranghöchste Ermittler im Raum, und Wallner zog es vor, sich zunächst im Hintergrund zu halten. Er war Opfer einer von Köster begangenen Straftat, seine Anwesenheit bei der Vernehmung infolgedessen ein wenig heikel.

»Was wollen Sie ihn denn fragen?«, fragte Stettner.

»Schauen Sie, die Sache sieht für Ihren Mandanten so aus ...« Tischler lehnte sich, seine uneingeschränkte Machtfülle genießend, nach hinten und verschränkte die Hände hinter dem Kopf. »Herr Köster hat vorhin fünf Kilogramm Kokain gekauft, dazu kommen noch einige Delikte wie Freiheitsberaubung, Nötigung, versuchte schwere Körperverletzung etc. Das alles wurde von mehreren Kameras gefilmt, und es gibt zwei polizeiliche Zeugen mit untadeligem Ruf.« Wallner war an dieser Stelle froh, dass Kösters Anwalt Kreuthner nicht kannte. »Schlechter kann die Position Ihres Mandanten nicht sein.«

»Er wurde von Ihren untadeligen Zeugen hereingelegt.«

»Wir nennen es *agent provocateur,* und das ist vollkommen zulässig, wie Sie wissen. Also noch mal: Ihr Mandant befindet sich in der schlechtesten Situation, die sich ein Verteidiger überhaupt vorstellen kann. Die Kollegen vom Landgericht München I werden große Freude an unserer Arbeit haben.«

»Da geht's ja schon los. Sie sind überhaupt nicht zuständig.« Stettner gab sich bissig, um seinem Mandanten das Gefühl zu geben, von einem scharfen Hund verteidigt zu werden. Juristisch waren seine Argumente recht schwachbrüstig, was Stettner natürlich wusste.

»Wir sind immer zuständig. Aber halten wir uns nicht mit Spitzfindigkeiten auf. Ich mache Ihrem Mandanten das attraktive Angebot, sich einige Zeit im Gefängnis zu sparen, indem er sich kooperativ zeigt. Und Sie haben recht – das Stadtgebiet München gehört weder in die Zuständigkeit von Kriminalhauptkommissar Wallner noch in meine. Wir werden Herrn Köster auch nicht zu den heute Abend begangenen Straftaten befragen. Das machen dann morgen die örtlich zuständigen Kollegen. Wir wollen nur etwas über einen Bekannten von Herrn Köster wissen. Und der ist bereits tot. Sodass Ihr Mandant es sich nicht einmal mit diesem Bekannten verscherzen kann.«

»Um wen geht es?«, wollte Stettner wissen.

»Um einen Mann names Gerald Skriba. Er wurde vor zwei Jahren ermordet.«

Stettner sah Köster an. Der versuchte, möglichst indifferent auszusehen.

»Ist Herr Köster Tatverdächtiger in dem Fall?«

»Nein. Der Mord wurde aufgeklärt und die Täterin verurteilt.«

»Sollte Herr Köster überraschend den Mord gestehen«, meldete sich Wallner aus dem Hintergrund, »müsste man die Sache natürlich noch mal neu bewerten.«

»Danke, Herr Wallner.« Tischler war nicht amüsiert. »Das war sehr hilfreich.« Er wandte sich wieder Stettner zu. »Der Fall ist abgeschlossen. Es geht um einen neuen Mord. Und zwar wurde vorgestern Carmen Skriba getötet. Die Witwe von Gerald Skriba. Ich nehme an, Herrn Köster ist das bekannt.« Tischler sah zu Köster. Der hatte seine halb geschlossenen Augen fest auf einen Punkt an der Zimmerwand geheftet. »Uns interessiert, wer ein Motiv gehabt haben könnte, Carmen Skriba zu ermorden. Möglicherweise hängt das mit ihrem Mann zusammen, der früher in kriminellen Kreisen verkehrt hat. Und da geht es möglicherweise um Dinge, die schon sehr lange zurückliegen.«

»Was hat mein Mandant davon, wenn er sich dazu äußert?«

»Den Eintrag: ›Hat sich kooperativ gezeigt‹ in meinem Bericht an die Kollegen von München I.«

Stettner war klar, dass das bei der Strafzumessung eine Rolle zugunsten seines Mandanten spielen würde. Es war in Anbetracht der Umstände vermutlich das Einzige, was für ihn sprach. Stettner sah zu Köster, der zuckte mit den Schultern, was die Bereitschaft signalisierte, Stettners fachlichem Rat zu folgen.

»Sobald die Fragen in die falsche Richtung gehen, brechen wir ab«, sagte der Verteidiger. Es klang, als hätte er in diesem Raum das Sagen.

»Natürlich«, sagte Tischler mit konziliantem Gebaren, um Stettner Gelegenheit zu geben, vor dem Klienten gut dazustehen. Dann wandte er sich an Wallner. »Bitte, Herr Wallner. *Sie* hatten Gesprächsbedarf angemeldet.«

Wallner nickte und öffnete einen Schreibblock, auf dem er sich, obwohl alles auf Video aufgezeichnet wurde, Notizen machte.

»Wir hatten uns ja schon bekannt gemacht. Nachdem wir jetzt doch keine Geschäftspartner geworden sind, würde ich gern wieder zum Sie übergehen.« Köster versuchte, gelangweilt dreinzublicken. »Carmen Skriba ist tot. Das wissen Sie offensichtlich schon. Ist auch kein Geheimnis. Sie wurde erschossen, genau wie ihr Ehemann Gerald damals im Jahr 2017. Wir würden gern wissen, wer einen Grund hatte, Carmen Skriba oder auch beide zu ermorden.«

»Wegen dem Skriba ist doch diese Frau verurteilt worden, oder?«

»Kennen Sie die Frau?«

Köster schüttelte den Kopf.

»Fangen wir anders an: Waren Sie mit Carmen Skriba bekannt oder befreundet?«

»Nein. Ich hab die Frau einmal kurz gesehen. In einem Café. Wie ich grad geh, komm ich an einem Tisch vorbei, wo er mit der Frau sitzt. Da hab ich kurz Hallo g'sagt. Mehr nicht. Also ich vermute, des war die Frau von ihm.«

»Gerald Skriba kannten Sie?«

Köster nickte. »Aber mir ham die letzten Jahre wenig Kontakt g'habt.«

»Waren Sie früher befreundet?«

»Befreundet kann man des net nennen. Mir waren in derselben Branche tätig.«

»Rauschgift?«

»Vorsicht!«, meldete sich der Anwalt zu Wort.

»Ziehe die Frage zurück«, beschwichtigte Wallner und wandte sich wieder an Köster. »In welcher Branche waren Sie tätig?«

»Kreditwirtschaft.«

»Sie sind Bankier?« Wallners Gesichtsausdruck konnte man entnehmen, dass die Frage nicht ganz ernst gemeint war.

»So was in der Art.«

»Beschreiben Sie Ihre Tätigkeit.«

»Ich verleihe Geld. Meistens an Autohändler. Also keine, die irgendwo a Autohaus haben, sondern an Leute, die ein Auto kaufen und es dann wieder mit Gewinn weiterverkaufen. Wenn sie Glück haben.«

»Haben diese Leute ein Gewerbe angemeldet?«

»Weiß ich net und is mir auch wurscht. Es geht mich nix an, wofür sie das Geld ausgeben. Aber einige meiner Kunden reden halt gern. Und deswegen weiß ich, dass sie Autos kaufen.«

»Sind wahrscheinlich nicht die zuverlässigsten Schuldner.«

»Gibt bessere.«

»Ich nehme an, das spiegelt sich auch in den Zinssätzen wider.«

»Herr Wallner!«, sah sich Herr Stettner veranlasst einzuschreiten. »Sie wollten doch etwas über Herrn Skriba wissen.«

»Wir sind gerade dabei.« Wallner machte sich eine Notiz und sah dann wieder Köster an. »Herr Skriba hat also auch Geld an Autohändler verliehen?«

»Nach allem, was ich weiß – ja.«

»Aber als er ermordet wurde, betrieb er diverse Fitnessstudios.«

»Er hat sich irgendwann in den Neunzigerjahren aus der Branche zurückgezogen. Es heißt, er war a Zeit lang im Ausland. Da müssen S' aber andere Leut fragen.«

»Damals in den Neunzigerjahren hatten Sie öfter oder gelegentlich mit Gerald Skriba zu tun?«

»Wie ich schon g'sagt hab: Mir waren in derselben Branche und ham dieselben Leut gekannt. Des war so a bestimmter Kreis von Personen, die waren im Autogeschäft tätig. Meistens hat man sich im Drugstore getroffen. In der Feilitzschstraße.«

»Gab es in der Zeit jemanden, der Gerald Skriba gehasst hat?«

»Sicher. Der war net zimperlich, wenn einer net zahlt hat. Und da gab's einige. Als Gläubiger bist nie beliebt.«

»Mag sein. Aber gab es jemanden, der auch nach zwanzig Jahren noch so wütend war, dass er Skriba umbringt? Oder hat sich Skriba damals mit jemandem angelegt, der ihm das nicht verziehen hat?«

Köster ging in sich. Nach ein paar Sekunden kam er wieder aus sich heraus: »Da hat's mal eine Sache gegeben, die is ziemlich übel ausgegangen.«

Wallner blätterte ein frisches Blatt in seinem Block auf. »Ich höre …«

»Das war irgendwann Ende der Neunzigerjahre. Weiß nimmer genau, wann. Aber das werden S' rausfinden. Es gab damals einen Autohändler. Den Namen weiß ich nimmer.

Ziemlich wilder Hund. Der hat mit nix in der Tasche einfach mal an Rolls Royce oder an Lamborghini gekauft.«

»Auf Kredit?«

Köster nickte bedächtig, als gehe er das Für und Wider einer Kreditvergabe an den Mann innerlich noch einmal durch.

»Wer gibt so einem Hasardeur Kredit?«

»Zwei Jahre hat der seine Schulden immer pünktlich 'zahlt. So was baut Vertrauen auf. Du denkst, der Typ ist zuverlässig. Sieht schräg aus, was er macht. Aber anscheinend weiß er, was er tut. Ich schätz, er hat einfach zwei Jahr lang Glück g'habt. Mit den teuren Autos, des is so a G'schicht. Bei solchen Wagen kannst echt Geld verdienen. Aber oft dauert des, bis man an Käufer hat. Und wennst die Kist'n länger net weiterdrücken kannst, dann wird's eng mit die Zinsen, und dann musst du mit dem Preis runtergehen. Da verlierst dann auch schnell mal zehn Riesen. Der Typ damals war so einer, der is immer volles Risiko gegangen.«

»Dieser Herr hat Schulden bei Gerald Skriba gehabt?«

»Bei jedem. Auch bei mir. Aber beim Skriba hat er's a bissl übertrieben. Hat den immer wieder hingehalten, bis ihm der Kragen geplatzt ist.« Köster lachte kurz und tonlos, eigentlich war es mehr ein Zucken. Dann blickte er Wallner an, als müsste der wissen, was das heißt, wenn Gerald Skriba der Kragen platzt. Wallner wusste es aber nicht.

»Das heißt, er hat *was* gemacht?«

»Offen gesagt – ich weiß net, was da genau los war. Ich weiß nur, dass dieser Händler am Ende tot war.«

»Gerald Skriba hat ihn getötet?«

»Nein, nein. Das war wer anders. Aber in der Branche war man sich ziemlich sicher, dass der Skriba der Auftraggeber war.«

»Nur in der Branche oder auch bei der Polizei?«

»Der Skriba is deswegen nie verurteilt worden. Nur der Typ, der's gemacht hat. Und der hat dichtgehalten.«

»Da ist also jemand wegen Mordes verurteilt worden?«

Köster stützte das Kinn auf seine Hand, als habe ihn die Frage nachdenklich gemacht.

»Wie der heißt, wissen Sie nicht?«

»Er hat, glaub ich, Jochen geheißen und war so a bleicher Typ. Mehr weiß ich net.«

»Und Sie glauben, der hatte noch eine Rechnung offen mit Skriba? Weil er im Gefängnis gelandet ist und Skriba ist davongekommen?«

»Also, ich wär stinksauer an dem seiner Stelle.«

Wallner notierte sich *Mordprozess Autohändler recherchieren.*

»Können Sie sich denken, warum er auch die Frau von Gerald Skriba hätte umbringen sollen?«

Wallner sah Köster an, aber der wich dem Blick aus, zuckte die Schultern. »Sie werden's schon rausfinden.«

»Schauen wir mal.« Wallner legte sorgfältig den Stift auf den Schreibblock. »Fällt Ihnen sonst noch jemand ein, der Gerald Skriba oder seine Frau gehasst hat oder andere Gründe hatte, sie umzubringen?«

Köster schüttelte den Kopf. »Der Skriba hat mit vielen Leuten gestritten. Aber das ist alles über zwanzig Jahr her. Und die Carmen ...« Er breitete die Arme aus. »Wie g'sagt, ich hab sie eigentlich gar net gekannt.«

»Verstehe«, sagte Wallner und zog ein Tablet, das er sich inzwischen aus Miesbach hatte kommen lassen, aus seiner Aktentasche. »Dann hätte ich nur noch eine Frage ...« Er schaltete das Tablet ein und holte ein Word-Dokument auf den Bildschirm. Es war eine Liste mit Telefondaten. »Die Kollegen haben ein Handy bei Ihnen beschlagnahmt.« Wallner zog einen kleinen Zettel aus seiner Jackentasche und blickte drauf. »Ich hab mir die Nummer aufgeschrieben.

Zahlen faszinieren mich immer sehr. Und wissen Sie was? Ich hatte den Eindruck, ich hätte Ihre Handynummer schon mal gesehen.«

Köster blickte zu seinem Anwalt.

»Herr Wallner – was wird das?«

»Es handelt sich um ein illegales Prepaidhandy. Aber das wird die Strafe Ihres Mandanten nicht wesentlich beeinflussen. Mich interessiert etwas anderes.« Wallner versicherte sich mit einem nochmaligen Blick auf den Zettel und sein Tablet, dass er nichts Falsches sagte. »Das hier ist eine Liste von Anrufen, die Carmen Skriba an dem Tag bekommen hat, an dem Gerald Skriba von seiner Haushälterin erschossen wurde. Und einen davon konnten wir – da anonymes Handy – nicht überprüfen. Die Nummer ist mir im Gedächtnis geblieben: Nach der Vorwahl die 1011 1011. Es ist die Nummer Ihres Handys, wie wir heute festgestellt haben.«

Köster schwieg.

»Die Frage ist … nun ja: Wieso telefonieren Sie mit Carmen Skriba, wenn Sie sie gar nicht kennen?«

»Kleinen Moment …«, meldete sich Stettner mit erhobenem Arm. »Ist Herr Köster jetzt Verdächtiger im Mordfall Gerald Skriba?«

»Nein, ist er nicht. Die Täterin wurde ja bereits verurteilt. Aber ich ziehe die Frage trotzdem zurück.« Wallner hob beschwichtigend die Hand. »Herr Köster – an dem Tag wurde, wie gesagt, Gerald Skriba erschossen. Als Sie – warum auch immer – mit Frau Skriba telefonierten, hat sie da irgendetwas gesagt, das mit dem Mord in Zusammenhang stehen könnte? Jetzt – nachträglich betrachtet?«

»Was hätt das sein sollen?«

»Hat sie erwähnt, dass ihr Mann sich Sorgen macht? Dass jemand aufgetaucht ist, der ihr merkwürdig vorkam? Vor dem sie vielleicht Angst hatte?«

»Nein. In der Richtung hat sie nichts gesagt.«

Die Antwort kam sehr bestimmt und schnell. Vielleicht eine Spur zu schnell, dachte Wallner.

»Wissen Sie, von wo aus Frau Skriba telefoniert hat?«

»Vom Handy. Keine Ahnung, wo sie war.« Köster stutzte kurz. »Oder warten S'! Sie hat g'sagt, sie hätt grad an Kuchen gekauft und wär jetzt aufm Weg nach Hause.«

»Kuchen? War sie nicht so ein … Fitness-Freak?«

»Die Kalorien hat s' wahrscheinlich wieder rausg'-schwitzt.«

»Hat sie gesagt, wo sie den Kuchen gekauft hat? Bei welchem Konditor?«

Köster schien einen Augenblick tatsächlich über die Frage nachzudenken, schüttelte dann aber den Kopf.

»Nein. Bedaure.«

Wallner überlegte, ob er noch mehr aus Köster herausholen konnte. Besonders interessant war natürlich, weswegen er mit Carmen Skriba telefoniert hatte. Solche Fragen würde Rechtsanwalt Stettner aber nicht zulassen. Das Telefonat musste nicht notwendig mit dem Tod von Gerald Skriba zu tun haben. Vielleicht hatten die beiden irgendwelche krummen Geschäfte am Laufen. Dass Köster Carmen Skriba besser kannte, als er zunächst behauptet hatte, löste jedenfalls professionellen Argwohn bei Wallner aus.

Vor dem Eingang zum Polizeigebäude hielt Tischler kurz an. Auf dem Weg nach draußen hatten beide geschwiegen und waren ihren Gedanken nachgehangen.

»Wir werden jetzt erst mal schauen, ob wir diesen Mann finden, der den Autohändler getötet hat«, sagte Wallner.

»Weil er ein Motiv hatte, auch Gerald Skriba umzubringen?«

»Unter anderem.«

»Wissen Sie, Herr Wallner«, sagte Tischler, »Sie haben da drin eine sehr treffende Frage gestellt.« Wallner sah ihn ver-

wundert über dieses ungewohnte Kompliment an. »Nämlich: Aus welchem Grund, um alles in der Welt, sollte dieser
Mann Carmen Skriba ermorden?«

»Wir werden ihn fragen müssen«, sagte Wallner und verabschiedete sich.

Auf der Rückfahrt nach Miesbach rief er bei Tina an.

»Tut mir leid, dass ich dich mitten in der Nacht störe.
Aber weißt du, ob wir die Asservaten im Mordfall Gerald
Skriba in Miesbach haben?«

»Du meinst den Mord vor zwei Jahren?«

»Genau den.«

»Die müssten noch in Miesbach sein. Wieso?«

»Die sollten wir uns morgen früh mal ansehen. Ich habe
gerade etwas sehr Interessantes erfahren.«

19

Kurz hinter Holzkirchen erreichte Wallner ein Anruf von Harry Lintinger, dem Wirt der Mangfallmühle. Es war schon nach zwei.

»Du, mir ham hier ein Problem«, sagte Lintinger, der nur schwer zu verstehen war, denn der Lärmpegel in seiner Wirtschaft war hoch.

»Einen Mord? Oder warum rufst du *mich* an?«

»So schlimm is es net. Es geht um deinen Opa.«

Wallner stöhnte innerlich auf.

»Ist er wieder betrunken?«

»Nein, er hat den ganzen Abend nur Kamillentee getrunken.«

»Was ist dann los?«

»Ich geh mal mit dem Telefon zu ihm.«

Als Nächstes hörte Wallner Kneipenbesuchersätze wie: »Wo hab ich denn das Feuerzeug hin« oder Bestellungen an den vorbeigehenden Lintinger. Der meldete sich nach ein paar Sekunden wieder: »Hör's dir selber an.«

Heiseres Lachen kam aus der Freisprechanlage des Wagens, umrahmt von allgemeinen Kneipengeräuschen und Kommentierungen des Gelächters wie: »Ja, hört der gar nimmer auf?« oder »Wer is denn der oide Depp?«. Zwischendrin verstummte das Lachen immer mal wieder, und Manfreds hohe Stimme versicherte (offenbar den Umstehenden gegenüber), dass er noch nie so eine Gaudi erlebt habe, dass er sich wie zwanzig fühle und dass er noch mal dringend an dem Joint ziehen müsse, weil sonst seine Stimmung abzusacken drohe. Nach jedem Sprechbeitrag hob Manfreds Gelächter mit unverminderter Heftigkeit wieder an.

»Mir kriegen eahm einfach nimmer oba.« Lintinger klang leicht panisch.

»Von wo kriegt ihr ihn nicht mehr runter?«

»Von seinem Gaudi-Ding halt. Er hat so a Art Horrortrip, nur lustiger.«

Wallner war irritiert. »Wieso ist der Manfred überhaupt in der Mangfallmühle?«

»Ich glaub, der Sennleitner hat'n mit'bracht.«

Dann soll er ihn wieder nach Hause bringen, wäre eigentlich Wallners bevorzugte Antwort gewesen. Stattdessen sagte er: »Bin in zehn Minuten da.«

Als Wallner das Wirtshaus Zur Mangfallmühle betrat, hing der Rauch noch in der Luft. Allerdings rauchte niemand, und die Aschenbecher waren auf Anordnung des Wirts eingesammelt worden. Die paar Minuten, bis sich Wallner mit seinem Großvater wieder verabschiedet haben würde, verwandelte sich die Mangfallmühle in ein Nichtraucherlokal, was nach der Gesetzeslage eigentlich alle Gaststätten in Bayern waren. Aber die Mangfallmühle war nicht wie andere Gaststätten.

»Der Qualm ist ja lebensgefährlich«, bemerkte Wallner, als er von Lintinger an der Tür begrüßt wurde.

»Den Geruch kriegst net raus aus den Wänden. Früher is hier viel g'raucht worden«, sagte Lintinger.

»Erstaunlich, dass das nach fast zwölf Jahren noch so frisch riecht.«

Lintinger machte eine stumme Geste, die besagte: Was willst du machen!

Um einen der Tische hatte sich eine Menschentraube gebildet, im Inneren dieser Traube: Manfred. Die Traube teilte sich, als Wallner kam. Jetzt konnte er seinen Großvater sehen. Er saß kichernd auf einem Wirtshausstuhl und hielt sich den Bauch. Und als er seines Enkels ansichtig wurde, richtete er den Zeigefinger auf ihn, und aus dem Kichern wurde ein ekstatischer Lachkrampf.

»Da kimmt er daher!«, japste Manfred mit letzter Luft und wandte sich an die Umstehenden. »Wisst's, wer des is? Des is mein Enkel. Clemens schimpft er sich. Wenn er a Madl g'worden war, war's a Clementine g'worden!« Diese Vorstellung fand Manfred derart belustigend, dass er eine Art gellenden Lachschrei ausstieß und anschließend, nachdem er noch einmal »Clementine!« geschrien hatte, fiepsend in sich zusammensackte und vom Stuhl zu rutschen drohte, was aber Sennleitner und Kreuthner, der schon vor Wallner eingetroffen war, verhinderten, indem sie Manfred an den Oberarmen packten und wieder auf den Stuhl hoben. Es kostete wenig Mühe, denn Manfred wog nicht viel.

Wallner blickte versteinert in die Runde. »Wer hat das zu verantworten?«

»Clementine!«, meldete sich Manfred zurück und setzte sein Gekicher fort. »Wie Zitrone! Aber er schaut auch immer wie a Zitrone, oder?« Er gab Kreuthner einen Klaps mit dem Handrücken. »Schau, wie er schaut! Geh, Clemens, jetzt spuck halt amal die Zitrone aus!« Manfred hielt sich an Kreuthners Arm fest, um nicht vor Lachen erneut auf den Boden zu sinken.

»Ich hab damit nix zu tun«, sagte Kreuthner in Richtung Wallner. »Ich bin seit einer Viertelstund da. Und da war er schon so.«

Wallners Blick wanderte in Richtung Sennleitner. Der sah bemüht unschuldig in die Gegend. Manfred knuffte Sennleitner mit der Faust in die Seite.

»Bist a guter Bursch, Sennleitner. Hast echt was gut bei mir.«

Manfred lehnte sich wieder in sein jetzt schon ein wenig erschöpftes Kichern zurück.

»Er hat nix g'soffen. Nicht ein Bier! Net oans!«

»Ich weiß, er hat was geraucht.«

Manfred nickte heftig mit dem Kopf und machte große Augen dazu.

»Er hat's selber wollen. Er is gekommen und hat g'sagt: Ich brauch an Hasch. Sennleitner – gib mir an Hasch. Ich hab g'sagt: Na, so epps hob i net. Und dann is mir versehentlich mein Joint aus der Tasch'n g'fallen. Nur fürn Eigenbedarf, verstehst. Und er: Was is nachad des? Und ich sag: Des is a Gras, koa Hasch. Ist wurscht, sagt er. Gib mir a Feuer. Und schon hat er gequalmt wie a oider Diesel.«

»Du verkaufst meinem Großvater Marihuana?«

»*Einen* Joint.« Sennleitner zuckte mit den Schultern. »Du hast heut fünf Kilo Koks verkauft, wie man hört.«

Wallner blickte zu Kreuthner.

»Ich hab nur an Kollegen dienstlich informiert.«

Wallner fasste wieder Sennleitner ins Auge.

»Wie viel hast du ihm abgenommen?« Er deutete auf Manfred.

»Nix.« Sennleitner zögerte. »Also – er hat noch net 'zahlt. An Zehner, und Schwamm drüber.« Er blickte Wallner erwartungsvoll an.

»Soll ich dich wegen Drogenhandels verhaften, oder was willst du?«

»Handel! Geh komm! Des is a Unkostenbeitrag.«

»Bringt ihn raus ins Auto.« Wallner machte eine herrische Bewegung mit der Hand, die von Manfred in Richtung Eingangstür wies.

Sennleitner und Kreuthner zogen den kichernden Greis von seinem Wirtshausstuhl hoch, und jeder nahm einen Arm dergestalt um den Hals, dass Manfred wie ein nasser Sack zwischen den beiden Polizisten pendelte. Der Kopf hing Manfred auf die Brust und hob sich manchmal leicht, wenn das Gekicher intensiver wurde. Kurz vor der Tür stieß er mit einem Mal einen spitzen Schrei aus, der allen in der

Wirtsstube durch Mark und Bein ging. Sennleitner und Kreuthner stellten ihn sofort auf die Beine. Da stand nun Manfred, von seinen Begleitern noch so weit gestützt, dass er nicht umfiel, mit schmerzverzerrtem Gesicht und jammerte ein lang gezogenes »Aaaah ...« Ein Arm hing schlaff an der Seite, der andere aber ragte schräg nach oben. Wallner war alarmiert.

»Was ist los? Ist was mit dem Arm?«

Manfred nickte panisch, und alle Heiterkeit war ihm aus dem Gesicht gewichen.

»Aus'kugelt!«, sagte eine durchdringende Stimme. Ein stattlicher junger Mann walzte durch die Gaffer in Richtung Manfred, stellte sich als Ulli und Sanitäter vor, wies Sennleitner und Kreuthner an, Manfred auf den Boden zu legen, krempelte sich die Ärmel hoch und sagte: »Des hamma gleich.«

Als Manfred den Sanitäts-Riesen über sich sah, gewann sein Gejammer deutlich an Lautstärke, und auch Ullis Ankündigung »Des tut jetzt a bissl weh« schien nicht geeignet, Manfred zu beruhigen.

Ulli überlegte kurz und entschied: »Gebt's eahm a Holz zum Draufbeißen.«

»Das ...«, schritt Wallner ein, »... halte ich für keine gute Idee in Anbetracht der wenigen eigenen Zähne, die mein Großvater noch im Mund hat.«

Ulli nickte. »Stimmt. Is eher was für Jüngere. Was mach'ma dann?« Sein Blick fiel auf Sennleitner. »Lass eahm noch amal ziang.«

Sennleitner wirkte verunsichert, sah zu Wallner. Der nickte – widerwillig, aber er nickte. Sennleitner holte einen Joint aus seiner Westentasche, steckte ihn an, kniete vor Manfreds Kopf nieder und sagte: »Ziag o! Dann g'spürst es net.«

Währenddessen nahm Ulli den ausgekugelten Arm und setzte einen bestiefelten Fuß auf Manfreds Schulter. »Und? Bereit?«

Manfred nickte tapfer, während er gleichzeitig den Marihuanaqualm ausatmete.

»Ich zähl bis fünf«, sagte Ulli, und die blanke Angst sprang Manfred aus den Augen. »Eins, zwei …« In diesem Moment gab Manfred einen quiekenden Schrei von sich, denn Ulli hatte gelogen und schon vor drei angezogen. Aber der Arm glitt auf wundersame Weise zurück in seine normale Haltung, und Manfreds Züge entspannten sich.

»Mei tut des guad!«, sagte er, lächelte Ulli an, nahm Sennleitner den Joint aus der Hand und zog noch einen durch.

Am nächsten Morgen kam Manfred mit schmerzverzerrtem Gesicht in die Küche, und es gelang ihm nur mit Wallners Hilfe, sich an den Tisch zu setzen.

»Immer noch der Arm?«, fragte Wallner.

»Na, der Bauch«, stöhnte Manfred.

»Der Bauch?«

»Ich hab an Muskelkater im Bauch vom vielen Lachen.«

Wallner stellte eine Tasse Kaffee vor seinen Großvater.

»Und sonst? Alles in Ordnung?«

»Mir war in der Nacht a bissl übel, und ich hab mich übergeben müssen.«

»Hat man gehört.«

»Echt?«

Manfred nahm einen ordentlichen Schluck aus seiner Kaffeetasse.

»Dann weißt du jetzt also, was Drogen mit einem machen. Oder willst du noch mehr ausprobieren? Heroin? Crack?«

»Ich denk, es reicht. Aber ich bin froh, dass ich's g'macht hab. Weil – lustig war's ja auch. Was mir gestern g'lacht ham.« Manfred hätte jetzt fast über die lustige Erinnerung gelacht, aber die Schmerzen im Bauch erstickten seine Heiterkeit schon im Ansatz.

»Also – ab jetzt keine Drogen mehr?«

Manfred schüttelte den Kopf. »Na ja …«

»Was: Na ja?«

»A bissl a Morphium, wenn's dahingeht. Da is es ja eh schon wurscht.«

Wallner legte eine Hand auf die Schulter seines Großvaters und sagte mit Milde und Wehmut in der Stimme: »Hör auf mit dem Schmarrn.«

Der erste Gang an diesem Morgen führte Wallner in die Abteilung K 3, Spurensicherung. Tina hatte schon etwas vorbereitet. Ein Tatortfoto lag auf dem Tisch. Es zeigte die Küche im Haus Skriba, so wie die Polizei sie nach dem Mord an Gerald Skriba vorgefunden hatte. Nur dass jetzt kleine Täfelchen mit Zahlen darauf über den Raum verteilt waren. Die Täfelchen markierten Spuren oder Einzelheiten, die die Spurensicherung für potenziell bedeutsam hielt.

»Hier auf dem Küchentisch …«, Tina tippte mit einem Stift auf die entsprechende Stelle, »steht der Kuchen. Im Umschlagpapier steckte der Kassenbon der Königslinde.« Das war die Konditorei in Bad Wiessee, in der Carmen Skriba den Kuchen gekauft hatte. »Den Bon haben wir natürlich gesichert. Da standen ein Datum und eine Uhrzeit drauf. So was kann ein wichtiger Hinweis sein.«

»War es damals aber nicht.«

»Nein. Um den Kuchen hat sich keiner mehr gekümmert. Nach dem Geständnis von Wächtersbach war es unwichtig, wo und wann Carmen Skriba Kuchen gekauft hatte.« Tina nahm einen kleinen Plastikbeutel der Spurensicherung zur Hand, der neben dem Foto lag. »Hier ist der Kassenbon.« Sie gab ihn Wallner zur Begutachtung.

»Königslinde in Wiessee. 20. Oktober 2017, zwölf Uhr eins. Um zwölf Uhr drei hat Köster sie angerufen. Da saß sie wahrscheinlich wieder im Wagen. Jedenfalls hat sie Köster gesagt, sie hätte Kuchen gekauft und würde jetzt nach Hause fahren. Wie lange brauchst du vom Lindenplatz in Wiessee nach Rottach?«

»Ins Zentrum keine zehn Minuten.« Tina schien in diesem Moment klar zu werden, auf welchem Weg Wallner gerade unterwegs war. »Bis zum Sonnenmoos dauert es vielleicht drei Minuten länger. Das heißt, um Viertel nach zwölf muss Carmen Skriba in jedem Fall zu Hause gewesen sein. Es sei denn, sie ist davor noch woanders gewesen.«

»Ich habe mir die Vernehmungsprotokolle noch mal angesehen.« Wallner gab Tina den Bon zurück. »Sie hat ausgesagt, sie wär von Sauerlach nach Hause gefahren. Den Stopp in der Konditorei hat sie angegeben. Dass sie danach noch ein zweites Mal haltgemacht hat, sagte sie nicht. Also müssen wir davon ausgehen, dass sie von Wiessee ohne Zwischenstopp nach Hause gefahren ist. Das heißt, sie war spätestens um zwölf Uhr fünfzehn daheim.«

Wallner sah Tina an, als wollte er sagen: Und jetzt bist du dran!

»Was also«, stellte Tina die Frage, die Wallner hören wollte, »macht Carmen Skriba zwischen Viertel nach zwölf und Viertel vor eins in ihrem Haus? Vor allem, da sich ihr Aufenthalt dort mit dem von Jennifer Wächtersbach überschneidet. Die beiden müssen sich begegnet sein. Und Gerald Skriba wurde in dieser Zeitspanne vermutlich ermordet.«

Auf Wallners Handy ging währenddessen eine Nachricht ein.

»Was ist das?«, fragte Tina.

»Ich wollte eine Zusammenstellung der Personen, die Jennifer Wächtersbach im Gefängnis besucht haben.«

Auf dem Bildschirm erschien eine Liste mit Spalten, Daten und Namen. Wallner scrollte langsam nach unten.

»Sieht aus, als hätte sie jeden Monat einmal Besuch bekommen. Fast immer von der gleichen Person.«

Er schob das Handy zu Tina hinüber.

»Ach …« Tina scrollte jetzt ebenfalls die Liste durch,
dann sah sie Wallner sichtlich überrascht an. »Von Carmen
Skriba?«

20

Dieses Mal hatte der Besuch offizielleren Charakter als das erste Mal. Deswegen wollte Wallner nicht allein mit Jennifer Wächtersbach sprechen und hielt es für eine gute Idee, Janette mitzunehmen. Eine weitere Frau am Tisch würde das Gespräch, so hoffte Wallner, in den richtigen Bahnen halten. Hier irrte er.

»Wer ist sie?« Jennifer Wächtersbach gab sich keine Mühe, ihren Ärger zu verbergen.

»Meine Kollegin Janette Bode. Wir würden gern mit Ihnen darüber reden, was am 20. Oktober 2017 passiert ist. Ich dachte, es wäre möglicherweise leichter für Sie, wenn eine Frau dabei ist.«

»Ach ja? Dachten Sie das?«

»Hab ich das … falsch eingeschätzt?«

»Haben Sie.«

»Okay …« Wallner überlegte einen Moment, was zu tun war. »Was genau spricht gegen die Anwesenheit von Frau Bode?«

»Dass ich sie nicht hier haben will.«

Jennifer Wächtersbach legte beide Hände mit gespreizten Fingern auf die Tischplatte und war offenbar der Meinung, Wallners Frage erschöpfend beantwortet zu haben.

»Was ich meinte«, unternahm Wallner einen zweiten Versuch, »ist: Was für einen Unterschied macht Frau Bodes Anwesenheit?«

»Einen verdammt großen. Wir könnten hier ja private Dinge besprechen. Und die gehen Frau Bode schließlich nichts an, oder?«

»Eigentlich wollte ich nur Dinge besprechen, die dienstlich sind und die Frau Bode, da sie meine Mitarbeiterin ist, durchaus etwas angehen.«

»Ich will aber auch andere Dinge besprechen.«

»Aha ...?«

»Na ja – die Sache mit der Heirat zum Beispiel.«

Janette sah Wallner ein wenig verwirrt an.

»Frau Wächtersbach – Sie haben sich zum Spaß vorgestellt, wie es wäre, mit mir verheiratet zu sein. Wir haben ein bisschen – geflachst.«

»Sie sehen das also als Spaß ...« Wächtersbach nickte, und Wallner konnte nicht ergründen, ob sie ernsthaft enttäuscht war oder mit ihm spielte. »Für mich war's ja vielleicht ... etwas mehr.«

»Es tut mir leid, wenn es da ein Missverständnis gegeben hat. Ich habe das jedenfalls als eine Art Spiel aufgefasst. ...«

»Sehen Sie! Schon reden wir über private Dinge. Und sie steht dabei und hört mit. Wenn Sie sie als Trauzeugin mitgebracht haben, kann sie bleiben. Sonst ...« Wächtersbach deutete in Richtung Tür.

Janette sah Wallner mit blinkenden Fragezeichen in den Augen an.

»Du, Janette ... ist vielleicht besser, wenn ich erst mal allein mit der Frau Wächtersbach rede.«

»Jaaa ... das Gefühl habe ich auch.« Janette ging zur Tür. »Dann lass ich euch zwei mal allein.« Sie klopfte und drehte sich noch mal zu Wächtersbach um. »Sollten Sie eine Trauzeugin brauchen – ich bin draußen.«

Wallner wartete mit versteinerter Miene, bis Janette und ihr unverschämtes Grinsen von einer Wachbeamtin rausgelassen wurden.

»Können wir diese Heiratsgeschichte mal außen vor lassen? Ich hätte ein paar Fragen an Sie, und die Antworten darauf sind äußerst wichtig. Und zwar auch für Sie.«

»Keine Angst. Sie müssen sich nicht heute entscheiden. Ich wollte ja nur, dass sie geht. Ist irgendwie netter mit uns beiden allein.« Sie strahlte ihn mit dem Lächeln einer Neunjährigen an. »Oder?«

»Lächeln Sie mich nicht so an. Sonst werde ich noch verlegen.«

»Das find ich total schön an Ihnen, dass Sie bei mir verlegen werden.« Sie biss sich auf die Lippe und nickte. »Das ist gut.«

»Das war ein Scherz.«

Wächtersbach wollte gespielte Empörung zum Ausdruck bringen, aber Wallner bremste sie mit einer Handbewegung.

»Frau Wächtersbach – wir müssen über den 20. Oktober 2017 reden.«

»Müssen wir?«

»Ja.« Wallner legte sein Handy auf den Tisch und stellte die Diktierfunktion ein. »Ich nehme das jetzt auf. Ist das in Ordnung für Sie?«

Wächtersbach nickte.

»Können Sie sich denken, warum wir über den 20. Oktober 2017 reden müssen?«

Wächtersbach schwieg, sah dabei Wallner aber auffordernd an.

»Weil Sie nicht die Wahrheit gesagt haben.«

»Wo genau habe ich nicht die Wahrheit gesagt?«

»Das weiß ich nicht. Nur – so wie es im Gerichtsurteil steht, kann es sich nicht zugetragen haben.«

»Dann haben die Richter gelogen. Die haben das da reingeschrieben.«

»Das basiert auf Ihren Aussagen.«

»Ich habe den Mord gestanden. Das gebe ich zu. Aber dann hab ich das widerrufen. Die haben trotzdem Sachen aus meinem Geständnis reingeschrieben, obwohl ich gesagt habe, das stimmt nicht. Machen Sie also nicht mich verantwortlich.«

»Es geht hier nicht um Schuldzuweisungen. Ich will einfach wissen, was wirklich passiert ist. Weil das wahrscheinlich für die Mordermittlungen im Fall Carmen Skriba wichtig ist. Und für Sie, Frau Wächtersbach. Oder gefällt es Ihnen hier so gut?«

»Mein Anwalt sagt, Wiederaufnahme gibt es nur, wenn neue Beweise auftauchen. Haben Sie das Video gefunden?«

»Ein Video, das Sie entlasten würde, ist jedenfalls nicht aufgetaucht. Aber andere Hinweise. Und zwar darauf, dass Carmen Skriba ungefähr um Viertel nach zwölf in ihr Haus zurückgekommen ist. Da waren Sie noch da. Sie haben es erst kurz vor halb eins verlassen. Dann hat Frau Skriba noch eine Viertelstunde gewartet, bis sie die Polizei verständigt und den Leichenfund gemeldet hat. Was ist in dieser Zeit passiert?«

»Warum interessiert Sie das?«

»Ich muss den Mord an Carmen Skriba aufklären. Was damals beim Tod ihres Mannes geschehen ist, könnte wichtig sein. Außerdem hätte ich kein gutes Gefühl, wenn Sie im Gefängnis sitzen und waren es nicht.«

Jennifer Wächtersbachs Blick ruhte einen kurzen Augenblick auf Wallner, dann schwenkte er zur Seite, und sie fixierte die Wand in Wallners Rücken, die mit abwaschbarer Farbe grau gestrichen war.

»Worüber denken Sie nach?«, sagte Wallner nach einer Weile.

»Ob Sie mich noch heiraten, wenn ich nicht mehr im Gefängnis bin.«

Wallner atmete durch. »Frau Wächtersbach – ich will nicht unhöflich sein. Und auch nicht ungalant ...«

»Ungalant! Was für ein hübsches Wort. Benutzt das sonst noch jemand außer Ihnen?«

»Ja, aber die sind alle über achtzig. Jetzt mal ernsthaft: Ich werde Sie nicht heiraten. Nicht, weil ich schon verheiratet bin …«

»… aber Sie lieben die Frau noch?«

»Sondern weil ich keine Perspektive für eine Ehe zwischen uns sehe.«

»Sie kennen mich doch gar nicht.«

»Eben. Warum sollte ich Sie dann heiraten?«

»Hm … Da ist was dran.« Ihr Blick bohrte sich in Wallners Augen. »Lernen Sie mich kennen!«

Wallner schwieg einen Moment genervt.

Wächtersbach deutete auf das Handy. »Kommt das alles ins Protokoll?«

»Ja. Ich kann nicht einfach was weglassen. Allerdings wird es eine Weile dauern, bis ich es dem Staatsanwalt erklärt habe.« Er rückte das Handy zurecht, was eigentlich nicht nötig war, da es in jeder Position gut aufzeichnete. Aber es gab Wallner das Gefühl, Ordnung geschaffen zu haben. Dann sah er Jennifer Wächtersbach mit einem so festen Blick an, wie es ihm nur möglich war. »Wer hat Gerald Skriba erschossen und warum?«

»Die ganze Geschichte?«

»Fangen Sie damit an, wie Sie Carmen Skriba kennengelernt haben.«

Jennifer Wächtersbach lehnte sich in ihrem Stuhl zurück und verschränkte die Hände vor dem Bauch.

»Das war im August 2017. Da haben sie mich entlassen. Ich war im Knast. Wissen Sie, warum?«

»Körperverletzung mit Todesfolge. Sie haben einen Dealer mit dem Messer verletzt, und er ist daran gestorben. Sie haben ihm ins Bein gestochen. Deswegen wurde Ihnen keine Tötungsabsicht unterstellt.«

»Das hat mich, ehrlich gesagt, gewundert. Wenn man nämlich auf die Beinarterie zielt …«

192

Wallner war überrascht. Allerdings war Jennifer Wächtersbach als durchaus gewaltbereit bekannt. Das hatte auch eine Rolle bei ihrer Verurteilung wegen des Mordes an Gerald Skriba gespielt.

»Haben Sie … auf die Beinarterie gezielt?«

Wächtersbach nahm sich mehr Zeit, als es überlicherweise jemand tun würde, der eine Mordunterstellung zurückweist. »Wo denken Sie hin? Bin doch kein Arzt.«

Richtig, dachte Wallner, aber so etwas lernt man auch woanders. Ihm zuckte die Frage durch den Kopf, ob er der Möglichkeit von Frau Wächtersbachs Haftentlassung tatsächlich etwas Positives abgewinnen sollte.

»Fangen Sie damit an, wie Sie Frau Skriba kennengelernt haben. Steht zwar im Urteil. Aber wer weiß – vielleicht gibt es ja da schon Abweichungen.«

»Ein paar«, sagte Wächtersbach und befeuchtete sich die Lippen.

21

August 2017

Der Tag war heiß, das Gewimmel bunt im Englischen Garten. Hitzerekorde lagen in der Luft, und die Menge ließ sich wie zähe Grütze durch den Park treiben, eine muntere Parade aus braunen Beinen, Flip-Flops und Sonnenbrillen. Am Monopteros entfalteten sich müßiges Leben und Drogenhandel, am Chinesischen Turm floss das Bier ohne Unterlass, und die Brathähnchen rotierten. Der perfekte Sommertag. Für die meisten Münchner jedenfalls. Auch für Jennifer Wächtersbach hatte das sonnige Wetter seine guten Seiten. Obwohl sie weder auf Erholung noch auf Zerstreuung aus war. Sie versuchte zu überleben. Das bisschen Geld, das man ihr im Gefängnis zur Entlassung ausbezahlt hatte, war längst weg. Sie musste neues auftreiben. Und dafür war die Schläfrigkeit, in die die Hitze die Parkbesucher getaucht hatte, sehr von Vorteil.

Jennifer suchte im Schatten einer Kastanie Schutz vor der Sonne. Einen Steinwurf entfernt standen Menschen vor einem Kiosk an, junge Menschen zumeist, denn dieser Teil des Englischen Gartens grenzte an das Universitätsviertel. Jennifer ging ein paar Schritte weiter den Weg in die Parkanlage hinein und kam zu einer Wiese an einem Bach. Hier lagerten Dutzende sonnenhungrige Städter auf Handtüchern in der dumpfen Hitze, die meisten ölgänzend, viele mit Büchern, die sie im Liegen über ihre Gesichter hielten. Selbst im Schatten spürte Jennifer den Hitzestau in ihrem Körper. Die Wangen wurden ihr rot, und Schweiß bildete sich überall, wo Haut auf Haut traf. Jennifer ließ den Blick schweifen. Es zwickte im Magen, denn sie hatte seit gestern Nachmittag nichts mehr gegessen. Nach einigen Minuten des Wartens war es so weit. Eine Frau erhob sich von ihrem Handtuch. Sie mochte Mitte dreißig sein, ihr Körper war trainiert. Sie schlüpfte in ihre Jeans und streifte eine Bluse über ihr Bikinioberteil, ohne sie zuzuknöpfen. Dann steckte sie eine Hand in die Gesäßtasche und förderte etwas zutage, das Jennifer nicht erkennen konnte, denn dafür war sie zu weit entfernt. Es handelte sich vermutlich um Münzgeld. Jennifer kannte die Sorte: Geschäftsfrau mit Sinn fürs Praktische. Immer etwas Kleingeld in der Hose, griffbereit. Damit man nicht ewig in den unendlichen Weiten der Handtasche suchen musste. Nachdem der Hartgeldcheck zu ihrer Zufriedenheit ausgefallen war, machte sich die Frau auf den Weg zum Kiosk. Jennifer blieb, wo sie war, eine halbe Minute später kam die Frau an ihr vorbei, ohne Jennifer zu beachten, und Jennifer setzte sich in Richtung Wiese in Marsch. Nach ein paar Schritten drehte sie sich noch einmal um und sah, dass die Frau dabei war, sich in die Schlange vor dem Kiosk einzureihen. Jennifer beschleunigte ihren Gang und gelangte kurze Zeit später zu dem verwaisten Handtuch der Frau, auf dem eine große Handtasche lag. Sie setzte sich auf das Handtuch und hielt ihr Gesicht in die Sonne. Für die Umliegenden stellte es sich so dar, als sei die Eigentümerin des Handtuchs zurückgekehrt und habe ihren Platz wieder eingenommen. Dass hier vorher eine ganz andere Frau gelegen hatte, würde nach Jennifers Erfahrung niemandem auffallen. Sie ließ ein paar Sekunden verstreichen, dann nahm sie die Handtasche und inspizierte deren Inhalt, der in der Tat erstaunlich vielfältig und unübersichtlich war. Aber irgendwann hatte Jennifer ein Portemonnaie in der Hand, das eine ordentliche Summe an Bargeld enthielt. Etwa fünfhundert Euro in Scheinen, schätzte Jennifer. Sie versagte sich genaueres Durchzählen und erhob sich mit größtmöglicher Lässigkeit vom Handtuch.

Im Schatten der Bäume, gute hundert Meter entfernt, stand ein sportlich aussehender junger Mann und beobachtete Jennifer. Er schien verunsichert, was er von der Szene halten sollte, und griff zu seinem Handy. »Wo steckst du gerade?«, sagte er und sah dann in Richtung Kiosk.

Auch Jennifer blickte noch einmal dorthin, von da kam aber niemand. Und so machte sie sich in die entgegengesetzte Richtung auf. *Chinesischer Turm* stand auf einem Wegweiser. Auch der junge Mann setzte sich in Bewegung.

Der Duft von Sauerkraut und Bratensoße wehte aus dem Küchenfenster heran, während Jennifer hinter einem der Gasthäuser am Chinesischen Turm die Beute zählte. 480 Euro und etwas Kleingeld. Das sollte für ein paar Tage reichen. Sie nahm einen Zwanziger heraus und steckte das Portemonnaie in den kleinen Rucksack, der fast ihre ganze Habe enthielt.

Am Rand eines der Biertische fand Jennifer einen Platz, um sich mit dem Brathähnchen (sie hatte ein ganzes genommen), der Riesenbreze und der Maß Bier niederzulassen. Jemand in Trachtenweste und mit Paulaner-Biergarten-Lächeln im Gesicht prostete ihr zu. Sie prostete zurück, versuchte zu lächeln, aber nur kurz. Dann machte sie sich über den Vogel her. Sie hätte ihn sich mit beiden Händen in den Mund schieben können, so gierig war sie darauf. Aber das machte man ja nicht. Und so arbeitete sie sich mit den Händen durch, löste das Fleisch vom Skelett, verbrannte sich dabei die Finger, denn innen war das Tier noch heiß vom Grillen. Aber es war egal. Die Zähne senkten sich in den zarten Schenkel, und die Haut schob sie im Ganzen hinterher. Dann einen kräftigen Schluck aus dem Maßkrug, der ihr wegen der fettigen Finger fast entglitt, und weiter ging's mit der Breze.

»Schmeckt's?«, sagte eine Frauenstimme. Gleichzeitig nahm jemand gegenüber von Jennifer Platz. Es war eine Frau Mitte dreißig, gut trainiert, die Bluse offen, darunter ein Bikinioberteil.

196

Jennifer ahnte, dass Ungemach im Anzug war. Das beschleunigte ihr Essverhalten, denn wer wusste schon, ob das Gelage nicht bald zu Ende war? Dann wollte sie wenigstens das komplette Hähnchen gegessen haben.

»Kann es sein, dass das Hendl von meinem Geld bezahlt wurde?«

Jennifer inhalierte förmlich das letzte Stück Hühnerbrust, leerte, die Wangen noch gefüllt, den Maßkrug bis auf eine unbedeutende Pfütze und wollte vom Tisch aufstehen. Aber jemand drückte sie auf die Bierbank zurück. Es war der ebenfalls gut trainierte junge Mann, der sie beobachtet hatte.

»Yannik sagt, du hast mein Portemonnaie.« Die Frau sah zu ihrem Begleiter. »War sie es?«

Yannik nickte.

»Hör zu!« Jennifer beugte sich zu der Frau und sprach leise, aber bestimmt. »Yannik verwechselt mich. Kein Problem, passiert mir öfter. Ich steh jetzt auf und geh, und wenn mich der Höhlenmensch anfasst, schrei ich, okay?«

»Ja, mach das«, sagte die Frau. »Dann kommen dir die beiden da drüben sicher zu Hilfe.« Sie deutete auf zwei Polizisten, die in einiger Entfernung das Treiben am Chinesischen Turm im Auge hatten.

Jennifer überlegte, welche Optionen sie hatte. Aber die Hitze und ihr voller Magen machten ihr das Denken schwer.

Währenddessen sah die Frau sie an, erst das T-Shirt, dann das Gesicht mit dem Metallschmuck, die Arme, links das Wolfstattoo, rechts der Feuervogel.

»Bist du der Wolf oder der Phönix?«

Jennifer schwieg.

Die Frau deutete auf den Teller mit den Knochenresten.

»Sieht eher aus wie Wolf.«

Die Frau brach ein Stück von Jennifers Breze ab.

»Gib mir mein Portemonnaie.«

Jennifer überlegte, sah die Frau an, spürte Yannik im Rücken, und die Polizisten spähten immer noch aus, ob irgendwo ihre Dienste gefragt waren. Schließlich nahm sie den Rucksack vom Rücken, holte das Portemonnaie der Frau daraus hervor und legte es auf den Biertisch. Die Frau warf einen Blick auf die Abteilung mit den Scheinen und sagte so schnell, dass es Jennifer erstaunte: »Da fehlt ein Zwanziger.«

»Hab ich ausgegeben.« Sie deutete auf den Knochenteller.

»Das kostet keine zwanzig Euro.« Die Frau hatte ihren Blick auf Jennifer gerichtet. Sie wirkte nicht wütend, sondern hatte die Augen halb geschlossen, als sei der Vorgang hier eine ermüdende Angelegenheit, die sie hinter sich bringen musste.

»Fick dich doch!«, sagte Jennifer so laut, dass die Leute am anderen Ende des Tisches sich zu ihnen drehten, und knallte die Münzen aus ihrer Hosentasche auf den Tisch. »War's das?«

Die Frau nickte.

Jennifer stand auf, packte ihren Rucksack und drängte sich an Yannik vorbei in die Richtung, aus der sie gekommen war.

»Suchst du einen Job?«, hörte sie die Frau ihr nachrufen. Einen Augenblick dachte Jennifer, sie habe es falsch verstanden, blieb stehen und überlegte, ob sie sich umdrehen sollte. »Ob du einen Job suchst!«

Die Frau saß noch an ihrem Platz – Yannik entfernte sich gerade – und winkte Jennifer herbei.

»Waschen, putzen, kochen, mich mit dem Jaguar durch die Gegend fahren. Gegend heißt: Oberbayern, Tegernsee. Da ist mein Haus. Da wohne ich mit meinem Mann. Da wirst du arbeiten. Kriegst ein Apartment in der Nähe. Bedingung: keine Drogen. Keinen sonstigen Scheiß. Kriegst du das hin?«

Jennifer setzte sich wieder an den Biertisch. »Was ist mit Geld?«

»Zwölfhundert im Monat kriegst du raus. Ist brutto mehr,

aber da gehen noch Steuern und Sozialabgaben weg. Für das Apartment zahlst du dreihundert, was geschenkt ist in der Gegend. Essen und trinken kannst du bei der Arbeit, so viel du willst. Traust du dir das zu?«

»Schätze schon. Wo ist der Haken?«

»Warst du mal im Knast?«

Jennifer musste innerlich lachen. Natürlich. Da war er schon, der Haken.

»Okay. Schönen Tag noch.« Sie erhob sich vom Tisch.

»Bleib sitzen. Ich hab nur eine Frage gestellt und will eine ehrliche Antwort.«

Jennifer nahm wieder Platz und sah die Frau feindselig an. »Ja, ich war im Knast. Und zwar bis vor einer Woche.«

»Weswegen?«

»Ein Unfall.«

»Was heißt das? Fahrerflucht?«

»Ein Typ hat mich angemacht, und ich hab ihm ein Messer ins Bein gesteckt. Ist leider verblutet.«

Die Frau nickte. »Dann bist du auf Bewährung draußen?«

»Nein.«

»Nein?«

»Nein. Ich hab die ganze verdammte Zeit abgesessen.«

Die Augenbrauen der Frau gingen nach oben. »Hast du die anderen Mädchen verdroschen?«

»Ich hatte keinen Bock, mich bei den Eltern von dem Wichser zu entschuldigen. Ohne Schuldeinsicht keine Bewährung.«

Die Frau sah Jennifer eine ganze Weile an, und das, was sich um ihre Mundwinkel abspielte, ging in Richtung Lächeln.

»Okay ...«, sagte sie. »Ich bin Carmen.« Die Frau öffnete ihr Portemonnaie und entnahm einem Seitenfach eine Visitenkarte mit einer Hantel drauf. »Das ist mein Fitnessstudio in Sauerlach. Da kannst du mich meistens erreichen. Yannik arbeitet auch da. Ich schreib dir meine Handynummer auf die Rückseite.«

Carmen gab Jennifer die beschriftete Karte und dreihundert Euro in bar mit der Aufforderung, sich was zum Anziehen zu kaufen.

»Wo wohnst du im Augenblick?«

Jennifer zuckte vage mit den Schultern.

»Unter der Brücke?«, fragte Carmen.

»So was in der Art.«

»Jetzt nicht mehr.«

22

September/Oktober 2017

Carmens Mann Gerald war nicht unfreundlich, aber Jennifer spürte eine diffuse Ablehnung. Das war das Gefühl, das ihr die meisten Menschen entgegenbrachten, seit sie Gefühle spüren konnte. Nur wenige lehnten sie nicht ab. Ihre Mutter hatte sie nicht abgelehnt. Sie hatte sie geliebt, wenn Jennifer das richtig verstanden hatte. Andererseits: Hätte man sie vor die Wahl gestellt zwischen einer Flasche Wodka und Jennifer ... Auch Sabrina war auf der Habenseite. Sie wäre für Jennifer gestorben, gar kein Zweifel. Aber dann war sie wegen irgendeinem anderen Scheiß gestorben. Möglicherweise hatte sie das nicht mehr ausgehalten: die Liebe zu ihrer jüngeren Schwester, die so bedingungs- wie brotlos war. Sabrina war gerade siebzehn geworden, da fiel sie nachts auf einen fahrenden Güterzug – oder sprang. Das wusste keiner. Sabrina hatte sich nicht verabschiedet. Sie kam einfach nicht mehr nach Hause, und Jennifer war von da an allein. Zehn Jahre hatte sich Sabrina um Jennifer gekümmert. Das wäre nicht ihr Job gewesen. Sie hatte es trotzdem gemacht. Jennifer konnte sich nicht erinnern, Sabrina irgendwann gedankt zu haben. Das machst du ja nicht als Kind. Jemand gibt dir alles, und du denkst, das ist normal. Als Sabrina tot war, wusste Jennifer: Es war nicht normal gewesen. Und dass ihr vermurkstes Leben noch deutlich deprimierender ausgefallen wäre, hätte sie keine Schwester gehabt. Nach Sabrinas Tod ging es in Sachen menschliche Beziehungen rapide bergab. Die eine oder andere Pflegemutter oder Erzieherin war wohl gewillt gewesen, Jennifer zu mögen. Aber sie hatte sich inzwischen eine Festung gebaut, in der sie lebte und von deren Zinnen aus sie erbarmungslos gegen alles kämpfte, was hineinwollte.

Mit Ablehnung also konnte Jennifer umgehen und empfand sie nicht einmal als besonders belastend.

Carmen war anders als Gerald. Aus irgendeinem für Jennifer nicht ersichtlichen Grund vertraute sie ihr. Sie fragte nicht nach Qualifikationen und ließ sich weder Ausweis noch Führerschein zeigen. Stattdessen ging sie mit zur Bank, um für Jennifer ein Konto zu eröffnen. In der Bank kannte man Carmen, behandelte sie mit verhaltener Unterwürfigkeit und gewährte Jennifer ohne Diskussion einen stattlichen Dispokredit.

Als Arbeitgeberin war Carmen anspruchsvoll und lobte nur selten. Vielleicht spürte Jennifer eben deswegen ein starkes Bedürfnis nach Carmens Lob und gab sich große Mühe beim Putzen. Noch nie in ihrem Leben hatte sie eine Arbeit so pedantisch und akkurat ausgeführt, und nie hatte sie jemals die Befriedigung empfunden, die sie jetzt beim Anblick eines vollkommen schlierenfreien Ceranfeldes überkam.

Jennifers zweiter Aufgabenbereich war Kochen. Nach ihrem ersten Versuch in der Küche wurde sie davon entbunden. »Wo hast du kochen gelernt? Im Knast?«, fragte Carmen. Ja, in der Gefängnisküche hatte Jennifer auch gearbeitet. Was aber von Menschen wie Carmen auf dem Tisch erwartet wurde, davon hatte sie keine Ahnung. Über den Tellerrand hängende Schnitzel waren ihre Vorstellung von Qualität, aber das sahen Carmen und Gerald offenbar anders. Zweimal die Woche wurde jetzt ein Koch aus einem teuren Rottacher Hotel ins Haus geholt.

Jennifers dritter Job war der einer Chauffeuse. Sie musste ihre Dienstherrin mit dem Wagen zu den diversen Fitnessstudios fahren, die sie betrieb, damit Carmen in der Zeit telefonieren oder am Computer arbeiten konnte. Oft redeten sie während der Fahrt, was bedeutete, dass Jennifer Carmen aus ihrem Leben erzählte. Zu Anfang kam es Jennifer seltsam vor, dass sie von sich erzählen musste. Das wollte noch nie jemand hören, außer er bekam Geld dafür, wie der psychiatrische Gutachter, den das Gericht bestellt hatte. Was also interessierte Carmen an ihrem Leben? Irgendwann legte sie ihr Misstrauen ab und entschied, dass es für Carmen einfach unterhaltsam war, sich anzuhören, wie jemand anderer sein Leben verbracht hatte. Manchmal gingen sie während der Autofahrten zusammen essen, oder Carmen zeigte Jennifer einen Ort mit schöner Aussicht auf die Berge.

Die Tage vergingen, der September kam, und Jennifer fand Gefallen an ihrem neuen Leben. Von anderen Menschen hielt sie sich fern und verbrachte die meiste Zeit mit Carmen, woraus sich bald eine gewisse Vertrautheit entwickelte, die darin bestand, dass Jennifer oft vorher wusste, was Carmen von ihr verlangen würde. Was Jennifer nicht wusste, war so gut wie alles über Carmens Privatleben. So viel Jennifer aus ihrem Leben erzählt hatte, so wenig erzählte ihr Carmen von sich. Vor allem das Verhältnis zu Gerald hätte Jennifer interessiert. Doch wenn sie Carmen darauf ansprach, wurde die einsilbig und wechselte das Thema.

So gingen mehrere Wochen ins Land, bis sich eines Tages, es war Anfang Oktober, Jennifers Blick auf Carmen grundlegend änderte. Als sie zur Arbeit erschien, wartete Carmen nicht wie sonst darauf, chauffiert zu werden. Sie war einfach nicht im Haus. Sie kam erst drei Stunden später, trug eine Sonnenbrille und verschwand sofort in ihrem Büro. Jennifer bezog dieses ungewohnte Verhalten zuerst auf sich und fürchtete, Carmen mit irgendetwas verärgert zu haben, kam aber nicht dahinter, was es war. Die Ungewissheit verstörte sie, denn Carmen sprach es in aller Regel an, wenn sie mit etwas unzufrieden war. Jennifer behagte die Situation nicht, und sie ging in Carmens Büro, um über die Sache – was immer es auch sein mochte – zu reden. Erst hier bemerkte sie, dass Carmens rechtes Auge von einem Bluterguss umgeben war.

»Was ist das?«, fragte Jennifer.

»Ein Bluterguss.«

»Wie kommt der dahin?«

»Vielleicht ist mir eine Hantel aufs Auge gefallen.«

Sie sahen sich eine Weile stumm gegenseitig ins Gesicht.

»War das Gerald?«, fragte Jennifer schließlich.

Carmen widmete sich wieder den Rechnungen, die vor ihr auf dem Schreibtisch ausgebreitet waren. »Geht's dich irgendwas an?«

Jennifer dachte über die Frage nach und kam zu dem Ergebnis: »Denke schon. Ich arbeite für dich.« Sie nickte, sich selbst zustimmend. »Doch. Wenn einer meine Chefin verkloppt, dann geht mich das was an.«

Carmen sah von ihren Papieren auf. »Beruhige dich. Ihm ist die Hand ausgerutscht. So was passiert. Hast du noch nie eine gelangt gekriegt?«

Jennifer versuchte, Carmens Gefühlslage zu ergründen, kam aber zu keinem Ergebnis. Das lag möglicherweise an fehlender Übung. Wenn Leute aggressiv wurden und kurz davor waren zuzuschlagen – so etwas hatte sie ziemlich gut im Gespür. Aber das hier – was war das? Was wollte Carmen? Was erwartete sie von ihr? »Ja, geht mich vielleicht nichts an«, sagte Jennifer und ging wieder putzen.

Die nächsten Tage war Carmen weniger zugänglich als vorher, sie steuerte ihren Wagen selbst und redete nur das Nötigste mit Jennifer. Das war beunruhigend, weil anders als vorher. In letzter Zeit war es so gut gelaufen wie noch nie in Jennifers Leben. Jede Veränderung bedeutete, es würde schlechter werden. Sie musste mit Carmen reden.

»Hör zu: Entweder du schlägst zurück oder du machst Schluss mit Gerald«, sagte sie zu ihr. »Er wird nie aufhören zu prügeln, und irgendwann schlägt er dich tot.«

»Dass ich da noch nicht selber drauf gekommen bin.« Carmen nahm die Wagenschlüssel und wollte gehen. Jennifer hielt sie am Arm fest.

»Was heißt das? Gibt's ein größeres Problem?«

Carmen nahm Jennifers Hand und löste sie sanft von ihrem Arm. »Hast du immer zurückgeschlagen?«

»Erst als ich vierzehn war. Es funktioniert, glaub's mir.«

»Vielleicht bei den Typen, mit denen du zu tun hattest. Gerald ist anders.«

»Dann hau ab.«

Carmen lachte leise. »Du hast keine Ahnung.«

Sie sah Jennifer lange an. Es schien, als überlege sie, ob sie Jennifer in ein Geheimnis einweihen sollte. »Könntest du heute das Laub zusammenrechen?«, sagte sie am Ende und ließ Jennifer stehen.

»Hey, fuck! Was ist dein verdammtes Problem?«, rief Jennifer. Sie stand im Hauseingang, und Carmen hatte gerade die Wagentür geöffnet. Jennifer ging mit grimmigen Schritten auf sie zu.

Carmen weinte.

»Sag's mir. Ich kann dir helfen!«

»Du kannst mir nicht helfen. Gerald wird nicht zulassen, dass ich gehe.«

»Was soll er schon machen?«

Carmen sah sich um, als fürchte sie, dass Gerald irgendwo in einem Busch saß, und senkte die Stimme.

»Ich hab's mal versucht. Er hat mich so zugerichtet, dass ich ins Krankenhaus musste. Ich hab denen irgendeinen Scheiß erzählt, warum ich mir den Arm gebrochen hab. Der Arzt hat gesagt: Gehen Sie um Himmels willen zur Polizei. Und ich hab gesagt: Ehrlich, ich bin die Treppe runtergefallen.« Sie schüttelte den Kopf, als wollte sie den bösen Gedanken herausschütteln. »Ich hätt's damals durchziehen sollen. Wenn ich jetzt gehe, bringt er mich um.« Sie wischte sich eine Träne aus dem Auge. »Gerald hat früher ziemlich üble Sachen gemacht. Und er kennt Leute, die möchtest du nicht kennen.«

»Hast du das gewusst, als ihr euch kennengelernt habt?«

»Nein. Ich hab das erst vor Kurzem erfahren. Ein Freund von Gerald hat sich im Suff verplappert.«

Jennifer nickte und dachte nach. Sie hatte auch mit Kriminellen zu tun gehabt. Mit vielen. Aber das waren Straßendealer und Junkies gewesen, Gelegenheitsdiebe und kleine Betrüger. Sie betrachtete das riesige Haus in dem riesigen Garten. Gerald war eine andere Sorte Krimineller. Er hatte offenbar Geld in großem Stil gemacht, mit kühler Berechnung und Leuten, die für ihn die Drecksarbeit erledigten. Wie man mit so jemandem fertigwurde, wusste sie nicht.

»Irgendwas musst du machen«, sagte Jennifer zum Abschied. »Willst du bis zu deinem Tod so leben?«

Carmens Problem musste zu lösen sein. Jennifer stellte sich vor, wie sie zusammen fortgingen. In ein fernes Land im Süden, mit Palmen. Carmen würde ein Fitnessstudio am Strand betreiben, und sie, Jennifer, würde tauchen lernen oder windsurfen und würde Tauchlehrerin werden oder Surflehrerin. Sie würden jeden Abend auf der Terrasse ihres Hauses am Meer sitzen und Pina Colada trinken und sich nachts mit den einheimischen Jungs vergnügen. Das Leben wäre leicht und angenehm und sorgenfrei – fast sorgenfrei. Denn Gerald würde nach ihnen suchen und sie irgendwann finden. Und bis dahin mussten sie in steter Angst leben, dass er eines Tages auftaucht und alles zerstört. Wie immer Jennifer sich die Dinge vorstellte, die sie und Carmen in Zukunft unternehmen würden – am Ende des Tages gab es immer denselben Faktor, der in der Gleichung störte: Gerald.

»Gerald muss weg.« Sie waren auf dem Weg nach Sauerlach ins Fitnessstudio. Nach langer Zeit hatte Carmen Jennifer wieder gebeten, sie zu fahren. Von Rottach bis Holzkirchen hatten sie geschwiegen und dabei ganz ähnliche Gedanken in ihren Köpfen durchgekaut.

»Gerald muss weg«, konstatierte Jennifer mit einem Mal und ansatzlos.

Carmen sagte erst nichts. So lange, dass Jennifer fürchtete, sie wäre einfach nicht in der Lage, das zu denken, was sie, Jennifer, dachte.

»Hab ich auch schon überlegt«, erwiderte sie dann. »Ich weiß bloß nicht, wie.«

»Ganz weg. Sonst bist du nicht sicher vor ihm.«

»Aber wie macht man das? Jemanden …« Es fiel ihr offenbar kein Wort ein, das auszusprechen ihr gefallen hätte.

»Mit dem Messer. Aber da musst du geschickt sein.«

»Ich dachte, es war ein Unfall?« Carmen sah zu Jennifer.

»Vielleicht. Vielleicht hab ich auch gewusst, wo ich hinstechen muss.«

»War er so schlimm wie Gerald?«

»Er … hat mich wütend gemacht.«

»Okay.« Carmen schien beeindruckt. »Gerald macht mich auch wütend. Aber ich könnte ihn nicht töten.«

»Mit einem Messer ist das auch schwierig. Das war bei mir so aus der Situation raus. Ich hatte einfach eins in der Hand, als ich ausgerastet bin. Aber wenn du's planst … dann mach's mit ner Pistole.«

»Das Technische ist nicht mein Problem.«

»Sondern?«

»Mein Problem ist: Ich könnte gar nicht abdrücken. Ich kann niemanden umbringen. Ich könnte nicht mal ein Tier töten.«

Jennifer zuckte mit den Schultern. »Es gibt Menschen, da hätte ich weniger Manschetten als bei einem Tier. Ich meine:

So ein Tier hat dir nichts getan. Aber Gerald macht dir dein Leben kaputt. Wenn du ihn dafür abknallst, ist das allein seine Schuld.«

»Das weiß ich. Aber ich würde es trotzdem nicht fertigbringen. Ich bin nicht cool genug. Ich würde mir ins Hemd machen vor Angst, und mir wär schlecht, und meine Hand würde zittern, ich … ich würd's einfach nicht hinkriegen.«

Jennifer fuhr auf einen Parkplatz und schaltete den Motor aus.

»Ich würd's für dich tun«, sagte sie und presste die Lippen zusammen. »Ich mach so was auch nicht jeden Tag. Aber für dich würde ich's tun.«

»Wow!« Carmen schien nur mit Mühe Luft zu bekommen. Dann fing sie mit einem Mal an zu lachen. »Mein Gott! Was reden wir hier für Zeug? Zum Glück hört uns keiner zu.«

Jennifer stimmte nicht in das Lachen ein, und Carmen verstummte.

»Scheiße – du meinst das ernst …«

Jennifer schwieg.

Carmen ließ die Seitenscheibe runterfahren. Sie brauchte Luft.

»Zuerst müssen wir eine Pistole besorgen.« Jennifer ging zur Minibar und holte Whisky und Gin. Carmen hatte ein Hotelzimmer in Achensee gemietet, um den Plan zu besprechen. Im Haus und selbst in den Büros der Fitnessstudios wollte sie nicht darüber reden. Zwar war es schwer vorstellbar, dass Gerald all diese Orte elektronisch überwachte. Aber zuzutrauen wäre es ihm gewesen. Carmen wollte kein Risiko eingehen.

»Sollen wir auf dem Balkon weiterreden?« Jennifer griff zur Zigarettenschachtel.

»Spinnst du? Links und rechts wohnen Leute. Da kann ich's gleich ins Internet setzen. Geh rauchen und komm wieder. Ich überleg inzwischen wegen der Waffe.«

Als Jennifer vom Balkon zurückkehrte, stank sie nach kaltem Rauch. Carmen kommentierte es nicht.

»Ich kenne jemanden, der mir eine Waffe besorgen kann«, sagte sie. »Scarface. Der besorgt alles. Ist einer von Geralds Bekannten von früher.«

»Und der soll dir 'ne Knarre besorgen?«

»Er weiß ja nicht, wofür ich sie brauche.«

»Wird er aber schnell rausfinden, wenn Gerald tot ist.«

»Und dann geht er zur Polizei und sagt: Hallo, Leute, ich hab übrigens die Tatwaffe besorgt!«

»Trotzdem. Wenn mit der Waffe sein Kumpel abgeknallt wird.«

»Die können sich nicht leiden. Mach dir keinen Kopf. Die Pistole ist das kleinste Problem. Komm her!« Carmen saß am Tisch und drehte einen Schreibblock in Richtung des anderen Stuhls, auf dem jetzt Jennifer Platz nahm. »Ich hab mal einen Ablauf aufgeschrieben.«

»Einen Ablauf?«

»Wie wir das Ganze durchziehen, ohne dass du in Verdacht gerätst. Mit Alibi und allem. Aber dafür muss jede Sekunde geplant sein, verstehst du?«

»Woher kannst du so was?« Jennifer betrachtete mit einem gewissen Respekt die handgeschriebene Liste mit Daten auf dem Block.

»Ich bin Unternehmerin und muss ständig Dinge planen.« Carmen zog den Block zu sich. »Erster Punkt: nichts digital. Alles analog. Also keine Notizen im Computer, keine Recherche im Internet, kein Mails. Das …«, sie deutete auf den Block, »ist unsere einzige Aufzeichnung. Wenn wir den Ablauf auswendig können, wird der Zettel verbrannt.«

Jennifer nickte.

»Also, pass auf: Ich denke, wir sollten es mittags machen. Da sind der Postbote und die meisten Lieferdienste schon durch. Gerald kommt immer am Mittag, um was zu essen. Und die Ohlig ist bei der Arbeit.«

»Ohlig ist die …?«

»Nachbarin. Die junge. Die alte ist zwar da, aber die ist praktisch taub. Du bist am besten schon im Haus, wenn Gerald kommt. Wie kommst du hin?«

»Mit dem Fahrrad, oder?«

»Okay. Aber dann fahr durch die Karl-Theodor-Straße. In der Sonnenmoosstraße gibt es einige Häuser mit Überwachungskameras. Ich vermute, die Polizei wird die checken.« Carmen tippte auf den Schreibblock. »Hier ist der Zeitplan. Gerald kommt eigentlich immer kurz nach zwölf. Er geht in die Küche und macht sich was zu essen. Das ist der beste Zeitpunkt. Du gehst auch in die Küche, sagst Hallo – und machst es, bevor er überhaupt registriert, was los ist. Das sollte so etwa um Viertel nach zwölf stattfinden. Genau um die Zeit rufe ich dich auf dem Handy an. Das Handy befindet sich bei jemandem in München, der den Anruf annehmen wird. Ich organisiere das.«

»Wozu das Ganze?«

»Falls die Polizei dich verdächtigen sollte – was ich nicht glaube, denn du hast ja kein Motiv, aber nur für den Fall –, sagst du, du warst in München, zum Shoppen. Die Frau, der ich dein Handy gebe, wird in München tatsächlich ein paar Klamotten kaufen, und zwar mit deiner EC-Karte. Wahrscheinlich reicht es der Polizei schon, wenn sie sehen, dass du mittags in München in einem Laden warst. Aber wenn sie nachhaken, sagst du, dass du mit mir telefoniert hast, was ich natürlich bestätige. Sie werden die Telefonate checken und feststellen, dass das stimmt. Und wenn sie dann noch die GPS-Daten von deinem Handy überprüfen, sehen sie, dass du wirklich in München warst. Damit scheidest du als Täterin aus.«

»Klingt ziemlich gut.« Jennifer nickte.

»Nachdem du geschossen hast, wartest du noch ein bisschen. Nicht dass jemand den Schuss gehört hat und schaut, was da los ist am Haus. Wir machen das zwar mit Schalldämpfer. Aber so leise wie im James-Bond-Film sind die nicht. Dann, so nach ein oder zwei Minuten, verschwindest du. Durch die Garage und hinten über den Garten und die Wiese. Da kann dich höchstens die alte Ohlig sehen. Aber nur, wenn sie auf einem Hocker steht und über die Hecke guckt.«

»Das Fahrrad hab ich irgendwo stehen lassen?«

»Ja. Am besten ein paar Hundert Meter weg vom Haus. Du fährst dann zu dir und rührst dich den Rest des Tages nicht.«

»Und wann kommst du?«

»Ich komme um zwanzig nach zwölf nach Hause und finde Gerald. Dann rufe ich die Polizei. Sie wollen wahrscheinlich wissen, wer noch einen Schlüssel zum Haus hat. Da kommt dein Name ins Spiel, und ich sage, du hattest an dem Tag frei. Mehr wollen sie wahrscheinlich nicht wissen.«

»Aber die werden rauskriegen, dass ich vorbestraft bin.«

»Kann ja sein. Aber warum solltest du Gerald umbringen? Du hast ja, wie gesagt, überhaupt keinen Grund dafür.«

»Äh – nein.«

»Und wenn sie trotzdem nachbohren: Du warst in München beim Einkaufen. Alles klar so weit?«

Jennifer nickte.

Carmen atmete tief durch, stand auf und ging zum Fenster. Sie sah lange zu den Gipfeln des Karwendel, kam zum Tisch zurück und umfasste Jennifers Schulter. »Bist du sicher, dass du es tun willst?«

Jennifer nahm Carmens Hand. »Warum hast du mir eine Chance gegeben – obwohl ich dich beklaut habe?«

Carmen dachte eine Weile nach. »Ich weiß, wie das ist, wenn man als junge Frau allein kämpfen muss. Du hattest Power. Das fand ich gut.«

»Jetzt kann ich dir ein bisschen was zurückgeben.«

»Du schuldest mir nichts. Nicht das.« Carmen sah Jennifer noch einmal lange an. »Überleg's dir wirklich gut.«

Jennifer war sich sicher. Sie hatte viel nachgedacht, seit sie angeboten hatte, Carmens Mann zu töten. Dieser Mord war vermutlich ihre erste selbstlose Tat in den letzten zehn Jahren. Und sie tat es für einen Menschen, der ihr etwas bedeutete. Oder genauer: für den *einzigen* Menschen, der ihr etwas bedeutete.

23

Rottach-Egern, 20. Oktober 2017

Jennifer kettete um halb zwölf ihr Fahrrad in der Karl-Theodor-Straße an einer Straßenlaterne an und lief zügig, aber nicht hektisch über einen Feldweg zu der Kuhweide, die an das Haus der Skribas grenzte. Sie trug eine Kapuze, um nicht erkannt zu werden. Es hätte sie freilich ohnehin niemand gesehen. Die Leute hier wohnten auf großen Grundstücken hinter großen Hecken und kümmerten sich um ihren eigenen Kram. Von der Weide schlüpfte Jennifer durch ein Loch in der Hecke, lief bis zur Hintertür der Garage und öffnete sie mit einem der Schlüssel, die Carmen ihr für ihre Arbeit im Haus ausgehändigt hatte. Von der Garage führte eine Verbindungstür ins Hauptgebäude.

Im Haus musste Jennifer lange warten. Gerald war später dran als sonst. Es war bereits Viertel nach zwölf. Jennifer überlegte, ob sie Carmen Bescheid sagen sollte. Aber ihr Handy war in München, und vom Festnetzapparat anzurufen war keine gute Idee. Die Polizei würde die Anrufe checken. Nach einiger Zeit des Wartens musste Jennifer zur Toilette, denn jetzt hatte sie doch eine kribbelige Aufregung befallen. Die Pistole hielt sie in der Hand, als sie auf der Schüssel saß. Die Waffe mit dem aufgeschraubten Schalldämpfer war schwer, kalt und mattschwarz. Jennifer ließ das Magazin herausfahren, sog den metallenen Geruch ein und schob es wieder zurück in den Kolben. Ihr Blick wanderte nach unten, dorthin, wo neben der weißen Designer-Porzellanschüssel ihre nicht mehr ganz sauberen Chucks standen. Die schmutzigen Schuhe kamen ihr unangemessen vor, wo sie doch gleich ein Menschenleben auslöschen würde. Musste man dazu nicht würdiger angezogen sein? Andererseits: Sie würde die Schuhe wie alle anderen Kleider ohnehin verbrennen. Da mussten es ja keine italienischen Edelsneaker sein. Während sie solche Argumente gegeneinander abwog und sich ein wenig wunderte, welche Gedanken sie kurz vor einem Mord beschäftigten, schlich sich das Geräusch eines herannahenden Wagens in ihre Wahrnehmung. Gerald fuhr mit seinem Mercedes die Einfahrt herauf. Jennifer beeilte sich, aus der Toilette zu kommen. Sie ging in Carmens Büro im ersten Stock, lauschte und wartete. Nach einer Weile wurde die Haustür aufgesperrt, und sie fiel zwei Sekunden später wieder ins Schloss. Den Schrittgeräuschen nach bewegte sich Gerald in Richtung Küche. Nachfolgendes Geschirrklappern bestätigte diese Vermutung. Jennifer entsicherte die Pistole und steckte sie hinten in die Hose. Dann zog sie Gummihandschuhe an. Das sollte verhindern, dass sich Pulverspuren auf ihren Händen ablagerten. Sie atmete tief durch und machte sich auf den Weg nach unten.

Gerald mischte gerade Senf, Eigelb und Öl in einer Glasschüssel unter das Tatar, als Jennifer die Küche betrat.

»Wen haben wir denn da? Ich dachte, du hast heute frei.« Gerald schob die Schüssel zur Seite und stützte sich mit beiden Händen auf die Arbeitsplatte. Sein Blick irritierte Jennifer. Er hatte etwas Aggressives, einen Ausdruck, den sie so noch nicht an Gerald gesehen hatte.

»Ich wollte nur was holen.«

»Mit Gummihandschuhen?«

Ein kurzes Zucken ging durch Jennifer. Die Handschuhe hatte sie vor Aufregung vergessen.

»Genau. Die wollte ich holen. Muss mal meine Küche putzen.«

»Tatsächlich!« Gerald hob das Kinn, was es ihm ermöglichte, auf Jennifer herabzusehen. »Oder hattest du vielleicht irgendwas anderes hier vor?«

»Nein, wieso?« Die Sache wurde Jennifer unbehaglich. Auch ohne zusätzliche Irritationen hätte sie sich kurz vor einem Mord nicht unbedingt in ihrer Komfortzone befunden. Aber hier war noch mehr im Gange. Ahnte Gerald, was sich gegen ihn zusammenbraute? Eigentlich sollte sie nicht erst mit ihm quatschen, sondern die Pistole ziehen und schießen.

»Du bist hier, obwohl du eigentlich nicht hier sein solltest. Ich meine, Carmen stört sich nicht an deinem Vorleben. Sehr löblich. Aber auch ein bisschen naiv. Ich bin da wachsamer. Und weißt du, warum?«

»Weil du Vorurteile hast?«

»Ich nenne es Erfahrung. Früher kannte ich eine Menge Leute wie dich. War vielleicht selber so. Obwohl – nein, eigentlich nicht. Der Unterschied ist: Ich komme aus guten Verhältnissen, wie man so sagt. Mein Vater hat nicht gesoffen und auch meine Mutter in Ruhe gelassen. Mittlerer Beamter in der Bundeswehrverwaltung. Wenn ich kriminell war, dann nicht, weil ich eine kaputte Kindheit hatte. Ich war einfach geldgierig. Der Vorteil ist: Man kann wieder ins normale Leben zurück. Ganz einfach, weil man es kennt. Du weißt gar nicht, was das normale Leben ist. Für dich ist es normal, dich außerhalb der Normen zu bewegen, die für uns brave Bürger gelten. Oder einfacher gesagt: Du bist eine Verbrecherin und wirst es bleiben. Ist das jetzt deine Schuld oder die einer verlogenen Gesellschaft? Mir scheißegal. Mach, was du willst. Stiehl, betrüge, bring Leute um – ist deine Sache. Aber nicht in meinem Haus. Verstehst du?«

Jennifer war nicht imstande, eine passende Antwort zu finden. Eigentlich war es egal, was Gerald faselte. Sie hätte jetzt endlich die Pistole ziehen und es hinter sich bringen sollen. Aber er hatte es geschafft, sie zu verunsichern. Wenn er – wie zum Teufel auch immer – herausbekommen hatte, was sie plante, dann hatte er sicher Vorkehrungen getroffen, um sich zu schützen. War er selbst bewaffnet? Oder saßen draußen Scharfschützen auf den Bäumen, die ihr in den Kopf schossen, sobald sie die Pistole zur Hand nahm? Das wäre dann doch sehr absurd. Aber was ging hier vor?

»Ich hab keine Ahnung, wovon du redest. Sag einfach, was Sache ist.«

»O ja, das werde ich.«

Er bückte sich zu Boden. Jennifer legte die Hand an die Pistole und war bereit zu schießen, sobald sie eine Waffe in Geralds Hand erblickte. Aber er holte nur einen Laptop aus seinem Aktenkoffer, platzierte ihn auf der Arbeitsplatte und klappte ihn auf. Nach einigem Hantieren erschien ein selbstzufriedenes Lächeln auf seinem Gesicht, und er drehte den Bildschirm Jennifer zu. Auf dem Computer konnte man das Schlafzimmer der Skribas sehen und jemanden, der sich an einem der Schränke zu schaffen machte. Es war Jennifer. Sie drehte sich jetzt auf dem Bildschirm zur Kamera, sodass man erkennen konnte, dass sie eine Schmuckschatulle in der Hand hielt, nahm eine Brosche heraus und ging zum Fenster, um sie in besserem Licht zu betrachten. Das Ergebnis schien sie zu befriedigen, denn sie ließ die Brosche in ihrer Hosentasche verschwinden. Das Gleiche tat sie mit einigen anderen Schmuckstücken aus der Schatulle.

»Interessant, was?« Gerald hatte sich wieder mit beiden Händen auf die Arbeitsplatte gestützt.

Jennifer klappte den Laptop zu.

»Du hast hier Kameras installiert?«

»Wie gesagt: Man muss vorsichtig sein, wenn man Leute wie dich im Haus hat.«

»Carmen hat gesagt, ich kann mir was von dem Schmuck nehmen. Sie trägt ihn eh nicht.«

»So, hat sie das gesagt?«

Gerald ahnte also nichts von den Mordplänen. So viel war klar, und Jennifer hätte ihn jetzt endlich erschießen müssen, sonst wäre der gesamte Zeitablauf durcheinandergeraten. Aber so einfach war das nicht mehr. Wenn Gerald heimlich Kameras installiert hatte, dann vielleicht auch in der Küche. Jennifers Blicke hasteten über mögliche Kameraverstecke, aber in der Eile konnte sie nichts entdecken.

»Wo sind denn noch Kameras?«

Gerald lächelte und schien sehr amüsiert.

»Du holst jetzt den Schmuck, und dann will ich dich hier nie wieder sehen. Ist das klar?«

Draußen vor dem Fenster, das auf die Einfahrt ging, bewegte sich etwas. Gerald schien Jennifers Blicke richtig zu interpretieren und drehte sich um. Carmens Jaguar kam durch das Einfahrtstor und parkte neben dem Mercedes. Jennifer war wie gelähmt. Der gesamte Plan war beim Teufel. Wie hatte das alles nur so lange dauern können? Und was sollte sie jetzt machen? Nach Geralds Ermordung würde die Polizei das Video finden, und dann hätte sie ein Motiv und würde in den Fokus der Ermittlungen rücken. Wer einmal tötet, ist auch für ein zweites Mal gut. Carmen war jetzt aus dem Wagen gestiegen und ging Richtung Haustür.

»Dann schauen wir doch mal, was die Hausherrin zu der Sache sagt.« Gerald klappte den Laptop wieder auf.

Die Eingangstür wurde geöffnet. Für einige Momente war Stille. Es schien, als zögere Carmen, das Haus zu betreten. Vielleicht musste sie sich auf den Anblick vorbereiten, den sie erwartete. Schließlich fiel die Tür ins Schloss. Schritte. Carmen erschien mit einem Kuchenpaket in der Hand.

»Oh! Hallo!« Das Erstaunen in ihrem Gesicht hätte nicht größer sein können. »Ich dachte … du hast heute frei.« Sie bemühte sich zu lächeln.

»Jennifer ist hier, weil sie was vergessen hat.« Gerald hantierte am Computer. »Ich tippe auf ein Schmuckstück.«

»Wie bitte?« Carmen schien jetzt vollends verwirrt.

Gerald drehte den Laptop zu Carmen, die mittlerweile näher getreten war, dabei angespannt bemüht, keine verräterischen Blicke mit Jennifer zu tauschen.

»Hier, sieh's dir an.«

Das Video setzte sich in Bewegung: Jennifer im Schlafzimmer beim Schmuckraub.

Carmen warf einen Blick auf den Bildschirm.

Währenddessen sah Jennifer die Welt versinken, in die sie so viel Hoffnung gesetzt hatte. Carmen würde erkennen, dass sie, Jennifer, eine einzige Enttäuschung war. Nicht nur hatte sie es nicht hinbekommen, Gerald zu erschießen, sie hatte Carmen auch noch bestohlen wie eine kleine Ganovin. Carmen würde sich angewidert von Jennifer abwenden und erst mal alle Differenzen mit Gerald beiseitelegen, um gemeinsam mit ihm die diebische Haushaltshilfe fertigzumachen.

Carmen schaute, nachdem sie ein paar Sekunden das Video betrachtet hatte, kurz zu Jennifer, die ihren Blick schwer einschätzen konnte. »Ja …«, sagte Carmen schließlich, »ich hab ihr erlaubt, sich was von dem Schmuck zu nehmen. Ich trag ihn ja eh nicht.«

Eine schwere Last fiel von Jennifer ab. Gleichzeitig war sie erstaunt über Carmens Geistesgegenwart in dieser angespannten Situation.

»Vielleicht solltest du mir so was vorher sagen.«

Gerald schaltete verärgert die Aufnahmen aus.

»Vielleicht solltest *du* mir sagen, wenn du heimlich Kameras im Haus installierst. Gibt's noch andere?«

»Nein. Es war ja klar, dass sie es auf den Schmuck im Schlafzimmer abgesehen hat.« Gerald sah seine Frau an, ließ den Blick kurz in Richtung Jennifer schwenken, dann wieder zurück zu Carmen. »Du hast ihr erlaubt, sich bei dem Schmuck zu bedienen? Da sind auch Sachen von meiner Mutter dabei.«

»Und? Die trägst du ja nicht. Wolltest du sie deswegen rausschmeißen?«

»Ich lass mich doch nicht in meinem eigenen Haus beklauen!«

Carmen trommelte nervös mit den Fingern gegen ihren Oberschenkel. »Ich will kurz mit Jennifer allein reden.«

»Bitte schön!«

Gerald widmete sich wieder der Tatarzubereitung, während Carmen mit Jennifer ins Wohnzimmer verschwand und die Tür hinter sich schloss.

»Okay, was ist passiert?« Carmen flüsterte mehr, als dass sie sprach.

»Er ist wahnsinnig spät gekommen. Und dann hat er mir das Video gezeigt. Und ... es tut mir leid wegen dem Schmuck. Du kriegst ihn zurück.«

»Scheiß auf den Schmuck. Warum hast du nicht geschossen?«

»Mir war nicht klar, ob er noch woanders Kameras hat, vielleicht in der Küche.«

»Das haben wir jetzt ja geklärt. Gib mir die Handschuhe.«

»Du willst doch nicht selber ...? Ich meine, wir verschieben es auf morgen oder nächste Woche.« Carmen schüttelte den Kopf. »Scheiße, ich hab das echt verbockt. Aber ich hab einfach nicht mit dem Video gerechnet.«

»Ja, das war anders geplant. Ich muss es jetzt trotzdem durchziehen. Wenn ich's jetzt nicht tu, dann mach ich es nie.«

»Carmen ...«

»Gib mir die Handschuhe.«

Jennifer tat, was von ihr verlangt wurde, und fühlte sich sehr schuldig.

»Die Pistole.«

Jennifer händigte ihr auch die Pistole aus.

»Vorsicht, die ist entsichert.«

»Du verschwindest jetzt. Hinten raus. So, wie wir es gesagt haben.«

219

»Was ist mit der Kamera?«

»Die lass ich verschwinden und den Laptop auch. Wir treffen uns heute um sechs an der Weißach. Am Kieswerk.«

Sie umarmte Jennifer und gab ihr ein stummes Zeichen zu gehen.

Als Jennifer durch die Hecke auf die Kuhweide trat, hörte sie den schallgedämpften Schuss. Es klang durch die Mauern und Fenster des Hauses hindurch wie ein leises Patschen.

24

Wallner sah auf das Display seines Handys. Die Aufnahmefunktion war immer noch aktiv. Alles, was Jennifer Wächtersbach gesagt hatte, war jetzt festgehalten. Es war ihre Version der Geschichte. Die hatte sie vor zwei Jahren nicht erzählt.

»Carmen Skriba hat also ihren Mann erschossen, weil er ihr ständig Gewalt angetan hat und sie annahm, er würde sie umbringen, wenn sie ihn verlässt?«

Wächtersbach nickte.

»Das hätten Sie früher erzählen sollen.«

»Dann hätte ich Carmen ins Gefängnis gebracht.«

»Und warum haben Sie es mir bei meinem letzten Besuch nicht schon erzählt?«

»Hätten Sie es mir geglaubt?«

Vermutlich nicht, dachte Wallner. Jetzt, wo er selbst herausgefunden hatte, dass Carmen Skriba zur Tatzeit schon zu Hause war, lagen die Dinge natürlich anders.

»Wenn Ihre Geschichte stimmt, hat *Carmen Skriba* ihren Mann ermordet. Warum haben Sie es auf sich genommen?«

Jennifer Wächtersbach lehnte sich nach hinten und starrte lange zur Decke. »Ich sollte ihn erschießen. Aber ich hab's verbockt. Sie musste ihn selber erschießen. Ich hab sie im Stich gelassen.«

»Sehen Sie das immer noch so?«

Sie nickte.

»Ich war zu blöd und zu feige. Und deswegen ist auch der ganze Plan den Bach runtergegangen.«

»Sie sind trotz Frau Skribas Warnung durch die Sonnenmoosstraße zurückgefahren. Hatten Sie das mit den Kameras vergessen?«

»Ich hab damals gar nichts mehr gecheckt. Ich war völlig durch den Wind.«

»Verstehe.« Wallner überlegte, wie es sich damals aus seiner Sicht abgespielt hatte. »Am nächsten Tag haben wir Sie auf dem Überwachungsvideo gesehen. Sie haben das mit dem Telefonat nach München dann gar nicht ins Spiel gebracht.«

»Hat ja keinen Sinn mehr gemacht. Ich meine – man sieht auf dem Video, dass ich um halb eins in Rottach war. Da gibt's keinen Zweifel, oder? Und das hätte dann nur Carmen verdächtig gemacht.«

»Sie meinen, weil Frau Skriba Sie in München angerufen hat, obwohl Sie gar nicht in München waren?«

»Ich hätte erklären müssen, wie mein Handy nach München kommt. Und dass jemand anderes es hatte. Und Carmen hätte erklären müssen, wieso sie nicht gecheckt hat, dass das gar nicht ich bin, mit dem sie telefoniert. Das wär kompliziert geworden. Also hab ich irgendwann zugegeben, dass ich ihn erschossen habe, und gesagt, er wollte mich vergewaltigen.«

»Was Sie dann aber zurückgezogen haben?«

»Meine Anwältin meinte, es wär besser so. Weil die Vergewaltigungsgeschichte nicht zu den Spuren passte.«

»Sie waren also tatsächlich bereit, die nächsten fünfzehn bis zwanzig Jahre für Carmen Skriba im Gefängnis zu verbringen?«

Wächtersbach schüttelte den Kopf. »Sie hat gesagt, sie holt mich hier raus. Sie muss noch was erledigen, und dann gehen wir zusammen nach Südamerika.«

»Und wann hätte das sein sollen? Ich meine, Sie sitzen bereits zwei Jahre.«

»Schon bald. Ein paar Wochen noch.«

»Wie muss ich mir das vorstellen – dieses Rausholen? Ein Ausbruch?«

»Carmen hätte Deutschland verlassen und der Staatsanwaltschaft ein Video geschickt, das beweist, dass sie Gerald ermordet hat.«

»Was ist auf dem Video drauf? Carmen Skribas Geständnis?«

»Wenn's nur das Geständnis wäre, würde es nicht reichen. Dann würde man sagen, sie hat das nur gemacht, um mir zu helfen. Da muss mehr drauf sein. Aber was genau, weiß ich nicht.«

»Der Mord hat also nichts mit Gerald Skribas Vorgeschichte zu tun?«

Jennifer schüttelte den Kopf.

»Der Mann, der Frau Skriba die Pistole besorgt hat, hieß Scarface?«

Jennifer Wächtersbach nickte.

»Mehr wissen Sie nicht über den Mann? Nachname zum Beispiel?«

»Nein.«

Wallner war sich sicher, dass es Burkhard »Scarface« Köster war. Aber Wächtersbachs Angaben würden vermutlich nicht genügen, um ihn wegen des Waffenhandels zu belangen. Es spielte allerdings kaum eine Rolle. Köster würde so oder so für viele Jahre hinter Gefängnismauern verschwinden.

»Gegen zwölf hat Carmen Skriba mit jemandem aus der Münchner Unterwelt telefoniert«, machte Wallner noch einen Versuch. »Also kurz bevor sie nach Hause gekommen ist. Hat Frau Skriba etwas in der Richtung erwähnt?«

»Nein. Glauben Sie mir nicht?«

»Ich bin Kripobeamter. Ich glaube erst mal gar nichts. Ihre Geschichte klingt immerhin, als könnte sie wahr sein. Aber bis jetzt ist es nur eine Geschichte, deren Glaubwürdigkeit darunter leidet, dass Sie vorher ganz andere Geschichten erzählt haben. Ich bin kein Jurist. Aber für eine Wiederaufnahme wird das wohl nicht reichen.«

Jennifer Wächtersbach sah Wallner mit einem Rehblick an, der nicht zu ihrem sonstigen Auftreten passte, aber irgendwie ehrlich wirkte. »Holen Sie mich bitte hier raus?«

»Ich werde Ihre Geschichte überprüfen. Wenn es neue Beweise gibt, die dafür sprechen, dass das Urteil gegen Sie fehlerhaft war, lege ich sie dem Staatsanwalt vor.«

Wächtersbachs Miene verdunkelte sich. »Ist das noch derselbe wie vor zwei Jahren?«

Wallner nickte.

Wächtersbach schwieg.

»Schauen wir erst mal, was bei unseren Ermittlungen herauskommt.« Wallner griff nach dem Handy, das ihr Gespräch aufgezeichnet hatte, und beendete die Audioaufnahme. »Frau Wächtersbach – wir bleiben in Kontakt.«

»Unbedingt. Warten Sie. Darf ich Sie noch was fragen …?« Wallner wollte gerade aufstehen, ließ sich aber noch einmal auf den Stuhl zurücksinken. Wächtersbach zögerte einen Augenblick und wischte einen imaginären Krümel von der Tischplatte. »Wenn … wenn Sie nicht verheiratet wären und ich würde nicht im Gefängnis sitzen, und Sie würden mich einfach so kennenlernen – nur mal angenommen – , würden Sie mich … interessant finden?«

»Frau Wächtersbach, ich dachte, wir hätten das geklärt. Aber falls nicht, dann sage ich es hier noch einmal: Es wird privat nichts zwischen uns stattfinden. Und das hat nichts damit zu tun, ob ich Sie hypothetisch oder sonst wie interessant finde, sondern allein damit, dass ich in einem Mordfall ermittle, in dem Sie Zeugin sind, womit eine andere als dienstliche Beziehung zwischen uns ausgeschlossen ist.«

»Sie haben Prinzipien, was?«

»Ja, hab ich.«

»Das finde ich gut. Aber … na ja, irgendwann ist der Mordfall ja auch vorbei. Sie haben ihn gelöst, und jemand geht in den Knast. Und dann steht doch nichts mehr zwischen uns, oder?«

»Ich schätze es, wenn Menschen hartnäckig sind.«

»Und ich, wenn einer Prinzipien hat. Warum tun wir uns nicht zusammen?«

Wallner lächelte und stand auf.

»Das wird nie was zwischen uns, wie?« Wächtersbach hatte die Arme vor der Brust verschränkt, und der Kopf sank ihr zwischen die Schultern. »Ich stell mir einfach vor, wie es gewesen wäre.« Sie sah ihn wehmütig an. »Ist sowieso immer schöner, als wenn's wirklich passiert.«

»Da könnten Sie recht haben.«

25

Ist ja interessant!« Staatsanwalt Jobst Tischler gab ein leises, aber umso verächtlicheres Lachen von sich. »Jetzt, wo sie tot ist, schiebt sie alles auf die Skriba. Ich glaube, da muss man sich nicht wirklich mit befassen. Frau Wächtersbach hat immer schon eine Lügengeschichte an die nächste gereiht. Also haken wir es ab.«

»Ich würde es nicht so ohne Weiteres abtun.« Wallner hasste solche Termine mit Tischler. Aber es ging nicht anders. Der Staatsanwalt leitete die Ermittlungen und musste informiert werden, wenn sich etwas grundlegend Neues ergab.

»Ich weiß, ich weiß. Sie hatten immer schon Bedenken. Aber jetzt mal ehrlich: Die Frau sieht eine Chance, irgendwie aus dem Gefängnis zu kommen, und erzählt aus heiterem Himmel diese Räuberpistole. Das ist doch absurd.«

»Räuberpistole würde ich es nicht nennen. Denn es gibt einen gravierenden Unterschied zu den Lügen, die sie vor zwei Jahren erzählt hat.«

»Nämlich?«

»Die Fakten sind belastbar. Wir haben alles abgecheckt. Carmen Skriba hat tatsächlich um zwölf Uhr fünfzehn auf Wächtersbachs Handy angerufen, und das Handy befand sich damals in München. Wir haben die Frau ausfindig gemacht, die es dabeihatte. Es war eine Angestellte von Frau Skriba aus dem Fitnessstudio in Sauerlach. Und die Frau hat an dem Tag auch mit einer EC-Karte eingekauft, die ihr Carmen Skriba gegeben hatte. Sie kann sich nicht mehr erinnern, welcher Name draufstand. Aber an den Kontoauszügen von Frau Wächtersbach war nachzuvollziehen, dass es ihre Karte war.«

»Warum hat Sie das nicht vor zwei Jahren stutzig gemacht?«

»Wir hatten den Anruf in den Telefondaten durchaus bemerkt und sowohl Wächtersbach als auch Skriba dazu befragt. Carmen Skriba hat gesagt, es ging um irgendetwas wegen Wächtersbachs Job. Wächtersbach konnte sich angeblich nicht mehr erinnern, was der Gegenstand des Gesprächs war. Natürlich hat sich keiner die Mühe gemacht nachzuprüfen, wo sich das Handy zu der Zeit befunden hat. Und was den Einkauf angeht: Wir haben die Kontobewegungen von Wächtersbach natürlich durchgesehen, aber eher daraufhin, ob es irgendwelche ungewöhnlichen Einzahlungen oder Abbuchungen gab. Etwa wegen der Tatwaffe oder weil sie Teile des Schmucks verkauft hat. Aber Sie haben recht, es hätte uns auffallen müssen, dass zur Tatzeit ein Einkauf in München stattgefunden hat. Der allerdings erst drei Tage später abgebucht wurde, weil das Wochenende dazwischenlag. Trotzdem – es war ein Fehler. Es hätte uns auffallen müssen.«

»Aber daraus folgt erst mal gar nichts. Ich meine, die Frau hatte jetzt zwei Jahre Zeit, sich eine gute Geschichte zu überlegen. Damals, als wir sie befragt haben, musste sie improvisieren. Das funktioniert nie.«

»Glauben Sie mir: Eine Geschichte, die derart deckungsgleich mit den Fakten ist, können Sie sich auch in zwei Jahren nicht ausdenken. Ist mir jedenfalls noch nicht untergekommen. Allerdings gibt es etwas, das nicht mit den Fakten übereinstimmt. Jedenfalls nicht, soweit wir das ermitteln konnten.«

»Und das wäre?«

»Es gibt keine Belege dafür, dass Gerald Skriba gegenüber seiner Frau jemals gewalttätig wurde.«

»Ach ja?« Es klang aus Tischlers Mund eher nach *da haben wir's doch!*

»Wir haben Freunde und Bekannte befragt, ob ihnen in dieser Hinsicht was aufgefallen ist. Natürlich wird meist versucht, die Spuren der Gewaltanwendung zu vertuschen. Aber irgendwem muss etwas aufgefallen sein, blaue Flecken, dass sie eine Sonnenbrille trug, ohne dass das wegen des Wetters nötig gewesen wäre. Die Frau hat in ihrem Fitnessstudio trainiert und da geduscht. Irgendjemand müsste was gesehen haben. Wir haben alle Leistungen ihrer Krankenkasse abgecheckt. Außer für eine Blinddarmoperation war sie in den zehn Jahren vor ihrem Tod nie im Krankenhaus. Und ich hab noch mal bei der Rechtsmedizin angerufen. Carmen Skriba hat ja behauptet, ihr Mann habe ihr den Arm gebrochen. Die haben bei der Autopsie aber keine verheilten Brüche am Arm festgestellt.«

»Ich sag doch: Die Wächtersbach hat sich da im Gefängnis eine hübsche Story zurechtgezimmert. Und so perfekt der Rest auch sein mag – irgendwo gibt es immer eine Schwachstelle. Die hier ist besonders gravierend, sie würde nämlich bedeuten, dass Carmen Skriba gar kein Motiv hatte, ihren Mann zu ermorden.«

»Zumindest nicht das Motiv, das Jennifer Wächtersbach angibt.«

»Welches dann?«

»Das weiß ich nicht. Geld spielte vermutlich keine Rolle. Die Studios haben ihr gehört. Sie war finanziell unabhängig.«

Tischlers stumme Geste besagte in etwa: Also, was soll dann das Ganze?

»Sehen wir die Sache doch mal vom Standpunkt unseres aktuellen Mordes an Carmen Skriba aus: Bis auf Max Pirkel, in dessen Haus die Leiche gefunden wurde, konnten wir noch niemanden mit einem Mordmotiv ausfindig machen. Und Pirkel selbst kann's nicht getan haben. Der liegt schwer krank in der Klinik, und einen Auftragskiller kann er sich kaum leisten. Wenn allerdings Carmen Skriba ihren Mann ermordet hat, könnte es natürlich sein, dass ihr eigener Tod damit zusammenhängt.«

»Wenn!«

»Ja – wenn. Ist aber zumindest mal ein Ermittlungsansatz. Auch für den Fall übrigens, dass Jennifer Wächtersbach die Mörderin von Gerald Skriba ist, sollten wir in der Richtung ermitteln.«

»Weil …?«

»Wir sind bislang davon ausgegangen, dass sie ihn getötet hat, um den Schmuckdiebstahl zu vertuschen. Aber warum sollte sie es nicht getan haben, um Carmen Skriba den Mann vom Hals zu schaffen? In ihrem Auftrag. Wenn jemand das wusste oder vermutete, dann hat er Carmen Skriba vielleicht aus Rache umgebracht.«

»Aber Sie sagen doch, dass es keinen Hinweis darauf gibt, dass Frau Skriba von ihrem Mann geschlagen wurde. Warum also sollte sie ihn loswerden wollen?«

»Das wäre noch zu eruieren. Immerhin hat sie die Mörderin ihres Mannes seit zwei Jahren jeden Monat im Gefängnis besucht, obwohl sie im Prozess die trauernde Witwe und Nebenklägerin gespielt hat. Das sieht nicht so aus, als würde sie die Tötung ihres Ehemannes missbilligen.«

»Das ist in der Tat etwas seltsam.« Tischler schob seine Unterlagen zusammen. »Na gut. Schauen Sie, was Sie herausfinden können. Aber rollen Sie um Himmels willen nicht noch mal den alten Mordfall auf. Dafür haben wir einfach nicht die Kapazitäten.«

»Ich tue, was nötig ist, um unseren aktuellen Fall zu klären.«

Tischler verließ Wallner mit einem Seufzer.

Nach dem Gespräch mit Tischler bat Wallner Janette in sein Büro, um zu erfahren, was sich in der Zwischenzeit in der SoKo getan hatte.

»Wir haben Carmen Skribas jüngeren Bruder aufgetrieben. Vielleicht kann der uns einen Hinweis geben. Wenn ich das richtig verstehe, müssen wir jetzt im Vorleben von Carmen Skriba selbst nach einem Täter suchen.«

»Sieht so aus«, sagte Wallner. »Es gibt im Augenblick nur zwei plausible Möglichkeiten: Entweder hat Jennifer Wächtersbach Gerald Skriba umgebracht. Oder es war Carmen Skriba. In keinem dieser Fälle hätten wir es mit dem Täter zu tun, der auch Carmen Skriba erschossen hat. Falls jemand aus Gerald Skribas krimineller Vergangenheit Carmen getötet hat, dann fehlt uns dafür bislang jedes Motiv.« Wallner starrte missmutig auf den Kaffeerest in seiner Tasse. »Was ist eigentlich mit der DNA, die wir am Fundort der Leiche sichergestellt haben?«

»Ach, das weißt du noch gar nicht?«

Wallners Augenbrauen gingen nach oben.

»Die DNA in dem Papiertaschentuch stammt vom Leo.«

Wallner musste einen Moment nachdenken und sah zum Fenster hinaus, Blätter trieben im Herbstwind.

»Das kann nicht sein«, sagte er schließlich.

»Wieso? Er hat doch selber gesagt, dass es vielleicht von ihm ist.«

»Der hat sich doch nicht während einer Schießerei die Nase geputzt.«

»Vielleicht hat er es ja schon vorher in der Tasche gehabt, und es ist ihm rausgefallen.«

Wallner schüttelte unwillig den Kopf. »Da ist irgendwas faul. Ich kenn den Leo. Und der war an dem Abend auch ständig hinter dem Taschentuch her. Hat Tina danach gefragt und wollte in ihren Wagen, was nachsehen. Da stimmt was nicht.«

»Was vermutest du?«

»Ich hab nicht die leiseste Ahnung.« Wallner war nervös und angefressen. Er hasste es, wenn Dinge unnötigerweise nicht unter seiner Kontrolle waren. »Ich krieg's schon noch raus. Was ist jetzt mit dem Bruder von Carmen Skriba?«

»War schwierig«, sagte Janette. »Der Mann hat weder Handy noch Telefon noch einen Wagen, mit dem er nach München fahren könnte.«

»Es gibt Eisenbahnen.«

»Geld hat er auch nicht.«

»Hartz IV?«

Janette schüttelte den Kopf. »Er hat gar kein Geld. Er lehnt Geld grundsätzlich ab. Das Einzige, was er hat, ist ein Laptop mit Internetverbindung. Den Computer hat er geschenkt bekommen, und die Internetgebühren bezahlt irgendein Freund. Soweit ich das verstanden habe, lebt er in der Natur und ernährt sich von dem, was er findet.«

»Ach du Schande.« Wallner klang müde. »Müssen wir ihn im Wald befragen?«

»Er hat angeblich ein Winterquartier in einer Lagerhalle.«

»Das hört sich auch nicht nach Fußbodenheizung an«, maulte Wallner.

»Nicht wirklich. Ich bin gespannt auf deinen Bericht.« Janette legte ihrem Chef eine Hand auf die Schulter und wandte sich zum Gehen.

»So spannend wird der nicht für dich«, sagte Wallner, und eine ungute Mischung aus Zufriedenheit, Heiterkeit und Bosheit blitzte aus seinen Augen. »Du kommst nämlich mit.«

26

Die Straßen waren schmal und gewunden hier im ober-
bayerischen Niemandsland. Nicht Berge, nicht Voralp-
penland. Einfach nur Landschaft zwischen München,
Mühldorf und Landshut. Die Gegend mochte im Sommer
ihre Reize haben, im November war sie grau und braun, wie
jede Landschaft in Mitteleuropa. Leere Felder, braune Wie-
sen und immer wieder Hügel.

»Noch dreihundert Meter, und Sie haben Ihr Ziel erreicht«, sagte die Navi-Dame mit freudiger Verheißung in
der Stimme. Tatsächlich lichtete sich das Waldstück, das sie
gerade durchfahren hatten, und da vorn im Nebel stand ein
Gebäude. Es sah aus wie eine alte Autowerkstatt, schmutzig
weiß mit vergammelten Industriefenstern. Alt. 1930er-Jahre,
der Giebel schlichtes Art déco. Das würde hier draußen
wohl kaum jemanden interessieren, vermutete Wallner. Um
das Gebäude herum lagerte allerhand Gerümpel, ein Container mit Bauschutt stand vor dem Giebel. Wallner versuchte zu ergründen, wozu dieser Ort ursprünglich gedient hatte,
kam aber auf nichts.

Auf dem Platz vor dem Haus stand nur ein alter Traktor.

»Witzig«, sagte Janette. »Da steht Lamborghini drauf. Ein
Bauer mit Humor?«

»Nein, es gibt auch Trecker von der Firma.«

Janette sah Wallner ungläubig an.

»Später haben die dann Sportwagen gebaut.«

Janette nickte beeindruckt. »Was man als Mann so alles
wissen muss.«

»Ja, die Ausbildung ist hart. Ist das hier der Eingang?«

Sie waren an einer blau gestrichenen Stahltür mit Drahtglasfenstern angelangt. Wallner klopfte mehrfach, und nachdem sich nichts rührte, drückte er die Klinke. Die Tür war verschlossen.

»Vielleicht da.« Janette deutete auf eine Treppe, die ein paar Meter weiter seitlich am Haus in einen Keller führte.

Eine Frau mit Kind auf dem Arm öffnete die graue Brandschutztür. Sie trug eine dicke Steppjacke und blond-verfilzte Dreadlocks, das etwa zweijährige Kind hatte eine lustig bunte Inkamütze auf dem Kopf, was aber anscheinend wenig zu seiner Erheiterung beitrug, denn es weinte.

»Die Autowerkstatt ist seit vier Jahren zu«, sagte die Frau und wippte das greinende Kind auf und ab.

»Wir suchen Herrn Julian Mönscher«, klärte Janette sie auf und hielt ihren Dienstausweis hoch. »Ich bin Janette Bode von der Kripo Miesbach, das ist Kriminalhauptkommissar Wallner. Wir hatten in einer Mail angekündigt, dass wir kommen. Es geht um den Tod von Herrn Mönschers Schwester.«

»Hat er wahrscheinlich nicht gelesen.« Die Frau machte keine Anstalten, die Kommissare einzulassen. Wallner hatte gehofft, die Befragung in einer geheizten Wohnung vornehmen zu können, allerdings beim Öffnen der Tür nicht den zu erwartenden warmen Lufthauch gespürt. Auch die Kleidung von Mutter und Kind sprach gegen eine funktionierende Heizung.

»Ist er nicht da?«, fragte Janette.

»Er ist im Wald.« Die Frau legte eine Pause ein und fuhr dann mit einer Andeutung von Verachtung im Gesicht fort: »Essen sammeln.«

Nach einer kurzen Beschreibung, wo im Wald Mönscher zu finden sei, machten sich Janette und Wallner auf den Weg. Wallner hatte neben der obligatorischen Daunenjacke auch Bergschuhe an und war daher für einen Geländemarsch gut gerüstet.

»Wenn das seine Freundin war«, sagte Janette, »dann wird sie es nicht mehr lang bleiben.«

»Ja, ich hab auch eine nachlassende Begeisterung für das naturnahe Leben gespürt.« Wallner deutete nach vorn zu einer Lichtung. »Ich glaube, da bewegt sich etwas.«

Auch Julian Mönscher hatte verfilzte Dreadlocks, was ihm, wie Wallner vermutete, eine Mütze und viel Shampoo ersparte. Er trug einen Jutesack über der Schulter, in dem er verstaute, was er fand.

»Es wächst noch einiges im November«, instruierte er die Kommissare. »Vogelmiere oder Gundermann. Der wächst sogar noch unterm Schnee. Dazu allerlei Wurzeln wie Löwenzahn, Beifuß, Nachtkerze. Wir hatten bis jetzt keinen Frost. Da ist der Tisch noch reich gedeckt.« Er blickte kurz auf seine Beute im Jutesack und schien hochzufrieden.

»Wollen wir in Ihre Wohnung gehen?«, fragte Wallner.

»Nicht so gern. Da ist es kalt und dunkel. Es sei denn, Sie möchten einen Tee aus heimischen Kräutern …«

»Danke, nicht nötig. Wir können uns gern hier unterhalten.« Gegen heißen Tee war im Prinzip nichts einzuwenden. Aber Wallner hatte nicht das Gefühl, dass Herr Mönscher und er dasselbe darunter verstanden.

Julian Mönscher führte sie zu einem Waldweg, auf dem man bequem stehen konnte.

»Carmen ist tot?«, begann er das Gespräch. Es war eher Resümee als Frage. Janette hatte ihn per Mail in groben Zügen darüber informiert, was vorgefallen war.

»Wir sind auf der Suche nach ihrem Mörder«, sagte Wallner. »Genauer gesagt: auf der Suche nach jemandem, der einen Grund hatte, Ihre Schwester zu töten.«

Mönscher zog die Mundwinkel nach unten. »Ich weiß nicht, ob ich Ihnen da helfen kann.«

»Schauen wir mal. Erzählen Sie ein bisschen was über Ihre Schwester. Was war sie für ein Mensch, wie war Ihr

Verhältnis als Geschwister, was wissen Sie über ihre letzten Jahre?«

Julian Mönscher legte das Gesicht in nachdenkliche Falten und ging in die Saigon-Hocke.

»Nehmen Sie doch Platz«, sagte er mit einladender Geste und meinte damit den Forstweg.

»Vielleicht hier drüben.« Wallner deutete auf einen Stapel Baumstämme, die jemand am Wegesrand gelagert hatte. Er beherrschte die Saigon-Hocke nicht und brauchte in jedem Fall etwas unterm Hintern.

Nachdem alle saßen, Wallner und Janette auf den Stämmen, Mönscher vor ihnen in der Hocke, blickte Mönscher in den grauen Himmel, fuhr sich mit den Fingern über den schütteren Bart und begann seine Erzählung.

»Es muss so zwei oder drei Jahre her sein, dass wir uns das letzte Mal gesehen haben. Auf unserer Sommerwanderung sind wir am Tegernsee vorbeigekommen. Paula war gerade schwanger.«

»Hat Carmens Mann da noch gelebt?«

»Ist er tot?«

»Ja. Im Oktober vor zwei Jahren ist er gestorben.«

»Oh ... wusste ich nicht.« Julian Mönscher starrte zwischen seinen gespreizten Knien hindurch auf den Schotterboden des Forstwegs.

»Ist Ihnen damals etwas aufgefallen an Ihrer Schwester?«

»In welcher Beziehung?«

»Hatte sie Probleme mit ihrem Mann?«

Mönscher machte ein Gesicht, als würde ihm gerade gar nichts dazu einfallen.

»Hatte sie Verletzungen? Gab es Hinweise auf häusliche Gewalt?«

»Ach, das meinen Sie! Nein, da ist mir nichts aufgefallen. Selbst wenn sie blaue Flecke gehabt hätte, die hätte sie weggeschminkt oder sie hätte mich gar nicht getroffen. Aber sie

war, wenn ich jetzt so zurückdenke, ein bisschen nervös.«
Statt näherer Erläuterungen hielt Mönscher die Nase in den
Wind. »Pferde. Riechen Sie das? Irgendwo sind Pferde.«

»Ja, stimmt. Es sind nur kurze Momente«, stimmte Wallner zu. »Dann aber riecht man deutlich Ammoniak.«

»Genau. Dieser stechende Pferdeharn.«

Auch Janette schnupperte, schien aber nichts zu wittern.

»Mit nervös meinen Sie was genau?«, brachte Wallner das
Gespräch wieder in die Spur.

»Sie hat komisch reagiert, als ich sie auf ihn angesprochen habe. Ich frag, wie geht's Gerald? Und sie sagt: Tsss!
Also, so ein kurzer Lacher. Wütend, verächtlich. Ich hab das
damals nicht weiter wichtig genommen. Und dann sagte sie:
Man erlebt immer wieder Überraschungen im Leben. Also
wohl mit Gerald ... nehm ich an.«

»Haben Sie nicht gefragt, was sie gemeint hat?«

Mönscher versenkte das Gesicht in seinen Händen. »Hab
ich sie gefragt, was sie meint? Gute Frage. Mein Gehirn unterliegt gerade der Verlockung, etwas Hübsches zu erfinden.«

»Dann schalten Sie es aus«, riet Wallner.

»Das sagt sich so leicht.«

Mönscher spielte mit einem Kieselstein, den er auf dem
Forstweg neben seinem Schuh entdeckt hatte, fand offenbar
Gefallen an der Maserung und steckte ihn in den Beutesack.

»Doch, ich hab sie gefragt. Und sie sagte – stimmt! Wie
konnte ich das vergessen? Sie sagte tatsächlich: Es ist besser,
wenn du das nicht weißt. Ich hab natürlich angeboten, dass
sie mit mir drüber reden kann, egal, was es ist. Aber sie hat
nur gesagt: Du isst ja sicher kein Fleisch.« Mönscher machte
eine Geste, die zusammen mit dem entsprechenden Gesichtsausdruck bedeuten mochte: Was sagt man dazu!

»Du isst ja sicher kein Fleisch?« Janette sah Mönscher ratlos an. »Ich versteh den Zusammenhang nicht.«

»Können Sie auch nicht. Es gibt keinen. Sie hat einfach das Thema gewechselt. Wir hatten davor übers Abendessen gesprochen.«

»Okay, das Detail hat mir noch gefehlt. Hat denn Ihre Schwester sonst mal über Probleme mit Ihnen geredet?«

»Nein, natürlich nicht. Wir waren viel zu verschieden. Als Kinder sowieso nicht. Ich war ja zehn Jahre jünger.«

»Was war sie für ein Mensch?«

»Ich will ihr nicht zu nahe treten, aber ich würde sagen: oberflächlich. Klamotten, Schuhe, wahnsinnig viele Schuhe, Kosmetik und ein knackiger Körper. Das waren die Dinge, die ihr wichtig waren. Das war mir alles egal. Ich hab schon immer draußen gespielt und war als Kind ganze Tage im Wald. Wir hatten schlicht kein gemeinsames Thema.«

»Aber Sie kannten Gerald?«

»Ich hab ihn ein paarmal gesehen. Bei der Hochzeit 2014. Und als meine Eltern noch gelebt haben, gab's auch mal Familienfeiern.«

»Wie fanden Sie Gerald?«

»Der hat zu Carmen gepasst.«

»Trotz des Altersunterschieds?«

»Ich glaub, sie stand immer schon auf ältere Männer. Und er war fit und sportlich und hat schnelle Autos gemocht und teure Klamotten. Ich denke, sie waren glücklich miteinander – auf ihre Art.«

»Wissen Sie etwas über Geralds Vergangenheit?«

Mönscher schüttelte den Kopf. »Geschäftsmann. Was immer das heißt.«

»Dass er eine kriminelle Vergangenheit hatte, war Ihnen nicht bekannt?«

»Echt? Der war Gangster?«

»Was immer das bedeutet«, sagte Wallner. »Ihre Schwester hat in der Richtung nie was erwähnt?«

Erneut schüttelte Mönscher seine Rasta-Matte. »Aber wo

Sie Geralds Vergangenheit erwähnen ... Sie hat vor zwei Jahren so was gesagt wie: dass einen die Vergangenheit immer wieder einholt, oder manchmal, oder ... jedenfalls einholt. Das war noch, bevor sie gefragt hat, ob ich Fleisch esse. Also bezog es sich wohl auf ihren Mann.«

»Und dessen Vergangenheit?«

»Würde ich jetzt mal sagen. Ergibt ja vielleicht Sinn, wenn er Gangster war. Offene Rechnung und so, Angebote, die man nicht ablehnen kann.« Mönscher verfiel kurz in Heiterkeit. »Entschuldigen Sie, aber das ist alles so bizarr.« Er sah Wallner, dann Janette an. »Oder?«

Er wartete vergeblich auf einen Kommentar.

»Das Problem ist, wir haben uns nie wirklich gekannt. Als Carmen zu uns kam, war ich vier, sie vierzehn. Da hast du nicht viel miteinander zu tun. Sie war auch nicht die mütterliche große Schwester. Dafür war sie viel zu sehr mit sich selbst beschäftigt. Ist vielleicht in dem Alter so ...«

»Kleinen Moment!«, unterbrach ihn Wallner. »Was heißt: Als sie zu uns kam?«

»Meine Eltern haben sie adoptiert.«

Janette und Wallner stand einige Augenblicke der Mund offen, dann sagte Wallner: »Aha? Mit vierzehn?«

»Ist relativ alt, ja. Ihre Eltern waren gestorben. Sie war ... Vollwaise.«

»Und wieso haben Ihre Eltern sie adoptiert? Kannten sie Carmens Eltern? Oder gab es verwandtschaftliche Beziehungen?«

»Keine Ahnung. Ich hab das nie hinterfragt. Und da wurde auch nie drüber geredet.«

»Hat Sie das gar nicht interessiert, wo Ihre Schwester herkommt?«

»Natürlich hat's mich interessiert. Aber das war tabu in der Familie. Nur nicht an alten Wunden rühren. Irgendwann ist Carmen ausgezogen, und wir hatten nicht mehr viel Kontakt. Da hat's mich dann tatsächlich nicht mehr interessiert.« Mönscher stutzte, als sei ihm gerade etwas Merkwürdiges aufgefallen. »Wussten Sie denn nicht, dass Carmen adoptiert war?«

Janette schüttelte den Kopf. Sie hatte Carmens Vergangenheit recherchiert. »Nein, wussten wir nicht.«

»Aber sie hatte doch sicher eine Geburtsurkunde oder so was?«

»Bei einer Adoption bekommen Sie eine neue Geburtsurkunde, und da stehen nur die Adoptiveltern drin«, klärte Janette Mönscher auf. »Früher gab es noch einen sogenannten Abstammungsnachweis, den Sie bei der Heirat vorlegen mussten. Um inzestuöse Ehen zu verhindern. Das war bei der Heirat Ihrer Schwester aber, glaube ich, nicht mehr nötig. Wir haben da jedenfalls nichts gefunden.«

»Noch mal zurück zu dieser Bemerkung Ihrer Schwester, dass sie etwas über die Vergangenheit von Gerald Skriba herausgefunden hatte.« Wallner stand von seinem Baumstamm auf und ging ein paar Schritte beim Reden, denn es wurde ihm kalt. »Sie hat gesagt, die Vergangenheit holt einen ein?«

»Sinngemäß.«

»Und Sie haben das auf Gerald bezogen. Dass dessen Vergangenheit ihn eingeholt hat?«

Julian Mönscher verharrte immer noch in der Hocke und blickte gen Himmel. »Ob ich das damals auch auf ihn bezogen habe, weiß ich nicht mehr. Ich hab wohl eher vermutet, dass eine alte Liebe wiederaufgetaucht und Carmens Ehe in Gefahr ist. Oder ein altes Suchtproblem von Gerald. Irgendein Problem im privaten Bereich. Irgendwas Kriminelles ist mir gar nicht in den Sinn gekommen.«

»Und wenn Sie jetzt noch mal drüber nachdenken? Mit der Option: kriminelle Vergangenheit?«

»Kann sein, dass sie so was gesagt hat wie: Und eines Tages findest du raus, dass dein Mann ein Verbrecher ist.«

»Wörtlich Verbrecher?«

»Vielleicht auch Schwein oder Schuft. Schuft eher nicht, das wär zu *old school*. Vielleicht auch mieser Drecksack. Vielleicht fantasiere ich mir das jetzt auch nur zusammen.«

»Na gut«, entschied Wallner. »Wir wollen nicht, dass Sie uns zuliebe irgendwelche Märchen erfinden. Wann genau haben Sie Ihre Schwester denn getroffen?«

»Das war … August. Im August 2017 war ich in den Bergen. Erst Tegernsee, dann weiter nach Lenggries, in die Jachenau, zum Walchensee. Schöne Gegend. Walchensee allerdings nur, wenn keine Surfer da sind. In meinem Computer habe ich ein Tagebuch. Da kann ich es Ihnen genau sagen.« Mönscher erhob sich und machte seine Beine locker.

»Das wäre schön.«

»Sie können auch gern mit uns zu Mittag essen.«

»Fleischlos?«, fragte Janette.

»Aber nein. Ich habe noch einige Schnecken gefunden und ein paar Insekten.« Er blickt kurz in seinen Jutesack. »Ist gewöhnungsbedürftig. Aber meine zweijährige Tochter steht drauf wie andere Kinder auf Pommes.«

Die Aussicht, einem Kleinkind in einem feuchtkalten Keller beim Verzehr von Schnecken, Käfern und Spinnen zuzusehen, erschien Wallner wenig verlockend. Mönscher spürte diese Gedanken ganz offensichtlich.

»Sie haben mit Sicherheit noch nie so frisches Fleisch gegessen«, versuchte er die Kommissare umzustimmen.

»Das ist sehr freundlich von Ihnen«, sagte Wallner. »Aber wir sind vorhin an einem Gasthof vorbeigekommen, wo sie nicht ganz so frisches Fleisch anbieten. Aber so esse ich es nun mal am liebsten.«

Wallner hatte sich Hirschgulasch bestellt, fand das Fleisch aber trocken und etwas zäh.

»Was hast du erwartet?«, sagte Janette.

»Was Saftiges. Das kommt doch frisch vom Jäger, hoffe ich mal.«

»Ja, ja, schon. Aber was glaubst du, was der Jäger mit den besten Stücken macht?«

»Was denn?«

»Na, die behält er natürlich selber. Den Rest verkauft er an Gastwirte.«

»Hat eine gewisse Logik.« Wallner legte Messer und Gabel in Zwanzig-nach-vier-Stellung auf den halb leeren Teller. »Man soll ja eh nicht so viel Fleisch essen.«

»Was machen wir jetzt mit dem, was uns Herr Mönscher gesagt hat?« Janette hatte Kaiserschmarrn, und der schmeckte offenbar vorzüglich.

»Kannst du mal rausfinden, wer die leiblichen Eltern von Carmen Skriba waren?«

»Mach ich. Auch wenn schwer vorstellbar ist, dass das Mordmotiv über zwanzig Jahre zurückliegt.«

»Nur der Vollständigkeit halber.«

»Ich weiß. Du kannst es nicht ertragen, wenn Dinge nicht geklärt sind.«

»Außerdem«, überging Wallner Janettes Bemerkung, »wissen wir jetzt, dass Carmen Skriba im August 2017 irgendetwas Unerfreuliches im Zusammenhang mit ihrem Mann erfahren hat.«

»Es muss schon sehr unerfreulich gewesen sein, wenn sie ihn deswegen umgebracht hat.« Janette tupfte die letzten Krümel Puderzucker mit dem Finger auf.

»Angeblich hat sie ihn ja umgebracht, weil er gewalttätig war.«

»Was aber nicht stimmen kann, wie wir recherchiert haben. Aber vielleicht hat sie das der Wächtersbach auch nur erzählt.«

»Damit die den Mord für sie begeht?«

Janette zuckte mit den Schultern.

»Warum erzählt sie Wächtersbach nicht den wahren Grund?« Wallners Handy brummte auf dem Tisch.

»Vielleicht hätte das für Wächtersbach kein so edles Motiv abgegeben. Nehmen wir an, Skriba hätte seine Frau bei einem Drogengeschäft betrogen. Nur mal als Beispiel. Hätte Wächtersbach ihn dafür getötet?«

»Kaum.« Wallner konnte der Versuchung nicht widerstehen, einen Blick auf die eingegangene Meldung zu werfen. »O Gott!« Er zog das Handy zu sich und las die Nachricht noch einmal.

»Was ist passiert?«

»Jennifer Wächtersbach hat versucht, sich umzubringen.«

27

Du glaubst doch nicht, dass sie es deinetwegen gemacht hat?«

Janette und Wallner waren auf dem Weg nach Aichach. Jennifer Wächtersbach hatte versucht, sich die Pulsadern mit einem Messer aufzuschneiden, das sie in der Gefängnisküche entwendet hatte. Es war ihr nicht sehr gut gelungen. Aber immerhin hatte sie einiges Blut verloren, als man sie fand. Sie lag jetzt auf der Krankenstation und war ansprechbar.

»Keine Ahnung. Dieses Geflirte von ihr, das war mehr spielerisch. Hab ich mir jedenfalls eingebildet.«

»Und jetzt hast du Angst, dass sie sich aus enttäuschter Liebe umbringen wollte?«

Wallner, der auf dem Beifahrersitz saß, blickte auf die braune Landschaft mit Resten von Herbstlaub, die am Wagenfenster vorbeizog, und sagte nichts.

»Selbst wenn es so war – was wirfst du dir vor? Dass du Frau Wächtersbach nicht sofort geheiratet hast?«

Wallner schwieg weiter.

Janette nahm seine Hand. »Es ist schlimm. Aber du hättest nichts dagegen tun können. Das Problem liegt im Kopf dieser Frau.«

»Ich hätte bei dem Mord an Gerald Skriba gründlicher ermitteln müssen. Dann wäre es vielleicht nicht so weit gekommen. Die Frau sitzt seit zwei Jahren im Gefängnis. Möglicherweise für einen Mord, den sie nicht begangen hat. Ganz unschuldig bin ich also nicht an dem, was passiert ist.«

»Du machst dir zu viele unnütze Gedanken, Clemens. Es

gibt Dinge, die laufen einfach schief. Und dich trifft in dem Fall sicher am wenigsten Schuld.«

Dass letzten Endes Tischler eine saubere Ermittlung verhindert hatte, war für Wallner kein Trost. Er hätte auf seine Intuition hören und sich durchsetzen müssen. Aber daran war jetzt wenig zu ändern.

Auf dem Parkplatz der JVA Aichach begegneten die Kommissare Rechtsanwalt Behncke, der gerade aus der Haftanstalt kam. Man begrüßte sich kurz.

»Wie geht es ihr?«, fragte Wallner.

»Geht so. Die Verletzungen sind nicht lebensgefährlich. Ich mach mir nur Sorgen, dass sie es das nächste Mal besser hinkriegt.«

»Hat sie Ihnen gesagt, warum sie sich umbringen wollte?«

»Nein. Sie hat so gut wie gar nichts gesagt. Sie ist ziemlich apathisch.«

Wallner nickte und fragte sich, ob Jennifer Wächtersbach ihn überhaupt sehen wollte.

»Was ist da eigentlich zwischen Ihnen gewesen?« Behnckes Ton war aggressiver geworden.

»Ich habe Frau Wächtersbach zu dem Mord an Gerald Skriba befragt, und sie hat mir erzählt, dass sie es nicht war.«

»Und was genau hat sie erzählt?«

»Warum fragen Sie das nicht Ihre Mandantin?«

»Weil die anscheinend mehr mit Ihnen als mit mir redet.«

»Tut mir leid, aber das müssen Sie mit ihr klären.«

»Gut«, sagte Behncke und machte den Eindruck, als würde er sich jetzt verabschieden. Aber etwas schien ihm im Magen zu liegen. »Hören Sie«, sagte er schließlich, »das ist für mich keine besonders angenehme Situation. Meine Mandantin erzählt der Polizei anscheinend Dinge, die sie ihrem Anwalt nicht erzählen will. Unter normalen Umständen würde ich sagen: Okay, das war's. Sie soll sich jemand anderen suchen. Aber irgendwie liegt mir was an dem Mädchen. Und offenbar gibt es hier tatsächlich mal eine Aussicht auf Wiederaufnahme.«

»Das habe ich so nicht gesagt.«

»Kann sein. Aber ich weiß, dass Ihnen der Fall – zu Recht übrigens – keine Ruhe lässt. Und wenn Jennifer Wächtersbach den Mord an Gerald Skriba nicht begangen hat, werden Sie das herausfinden. Das weiß Frau Wächtersbach. Und deshalb verstehe ich eins nicht: Sie reden mit ihr, sie erfährt, dass es Hoffnung gibt – und kurz darauf versucht sie, sich umzubringen. Warum?«

»Genau das würde ich auch gern wissen. Wir bleiben in Kontakt.«

Janette wartete im Stationszimmer, während Wallner Jennifer Wächtersbach in ihrem Zimmer besuchte. Zu Wallners Erleichterung hatte sie keine Einwände.

»Wie geht es Ihnen?«, eröffnete Wallner das Gespräch.

»Na ja – ich lebe. Ist schwerer, sich selbst umzubringen als jemand anderen. Ich freu mich, dass Sie da sind.«

Er nahm sich einen Stuhl und setzte sich neben das Krankenbett. Auf dem Nachttisch stand eine leere, massive Glasvase. Wallner empfand sie wie einen Vorwurf, dass er keine Blumen mitgebracht hatte.

»Ich bin sehr froh, dass Sie es nicht besser hingekriegt haben.«

»Echt jetzt?«

»Ja.«

Sie lächelte ihn mit halb geschlossenen, dunkel umrandeten Augen an. Ob es nur an den Medikamenten lag oder ob ein lasziver Schlafzimmerblick mit im Spiel war – Wallner war sich nicht sicher.

»Muss ich ein schlechtes Gewissen haben?«

»Wär romantisch, wenn ich's wegen Ihnen gemacht hätte, oder?«

»Nein, das wäre ziemlich beschissen. Und unsinnig früh, wenn ich das mal so sagen darf.«

»Früh?«

»Na ja, warum warten Sie nicht ab, was bei den Ermittlungen rauskommt?«

»Ich glaub nicht, dass da was rauskommt. Was ich glaube, ist: Sie würden das gar nicht so super finden, wenn ich nicht mehr im Gefängnis wäre.« Sie sah ihn schelmisch an. »Könnte ja gefährlich für Sie werden.«

»Ich würd's riskieren. Würden Sie mich stalken?«

»Keine Ahnung. Jetzt, wo ich weiß, dass Sie mich nicht mögen, bin ich eigentlich gar nicht mehr in Sie verliebt.«

»Ich mag Sie. Ich mag Sie wirklich. Es … es reicht halt nur nicht für eine Ehe, okay?«

»Jetzt bin ich doch wieder in Sie verknallt.« Sie kicherte wie ein Teenager. »Überlegen Sie es sich gut, bevor Sie mich rausholen.«

»Ich weiß nicht, wie die Ermittlungen laufen und ob man Ihren Fall neu verhandeln wird. Das ist alles Spekulation. Wir haben allerdings nachgeprüft, was Sie mir gesagt haben. Ihre Geschichte stimmt erstaunlich gut mit den Fakten überein. Bis auf einen Punkt …«

»Welchen?«

»Es gibt keinerlei Hinweise, dass Carmen Skriba von ihrem Mann misshandelt wurde.«

»Tja – da hat sie mich vielleicht angeschwindelt.«

Wächtersbach sah Wallner lange in die Augen. So lange, bis er lächelnd wegsah.

»Sie wussten, dass das nicht stimmt. Warum wollte Carmen Skriba ihren Mann umbringen?«

»Das kann ich Ihnen nicht sagen.«

»Sie können nicht oder Sie wollen nicht?«

246

Jennifer Wächtersbach blickte zur Zimmerdecke. »Suchen Sie sich was aus.«

»Hören Sie – es würde mir bei meinen Nachforschungen sehr helfen, wenn ich die ganze Wahrheit wüsste.«

»Die werden Sie noch erfahren.« Sie wandte den Kopf wieder zu Wallner. »Vielleicht schon sehr bald.«

Ihr Blick war kälter geworden.

Wallner unternahm noch einen Versuch. »Carmen Skriba hatte etwas über ihren Mann herausgefunden. Etwas so Schlimmes, dass sie ihn töten wollte. Ein dunkles Geheimnis aus seiner Vergangenheit.«

»Sie sind echt ein Fuchs, Kommissar Wallner. Hab ich mir schon gedacht, dass Sie gut sind. Aber Ihnen fehlt noch was, nicht wahr?«

»Ja, sonst säße ich nicht hier, sondern würde jemanden verhaften. Warum helfen Sie mir nicht?«

»Jeder muss sein Ding machen. Sie Ihr Ding. Ich mein Ding.«

»Und was ist Ihr Ding?«

Sie strahlte ihn wieder aus tiefdunklen Augen an. »Eine Frau sollte immer ein paar Geheimnisse haben.«

28

»Nick, mein Lieber! Wie sieht's aus?« Gerry klang aufgeräumt.

»Bin dran«, sagte Nick. Er hatte Gerry um zehn angerufen.
Gerry war schon auf, was nicht selbstverständlich war, schon
gar nicht an einem Sonntag. »Ich will mit Alina reden.«

»Oho! Du *willst* mit Alina reden! Bist du sicher, dass du
Forderungen stellen kannst? So wie ich das sehe, bist du
allenfalls Bittsteller.«

»Lass mich bitte kurz mit ihr reden.«

»Das klingt doch schon besser.« Gerry hielt den Hörer zu
und sagte etwas zu jemandem, der offenbar mit im Raum
war. Dann meldete er sich wieder. »Sie wird dich gleich anrufen. Bis dahin kannst du mir erzählen, wann du mit dem
Geld vorbeikommst.«

»Ich muss noch was verkaufen und ein paar Außenstände
eintreiben. Heute Abend um sechs?«

»Sechs? Wunderbar. Du kommst an den Tegernsee raus,
legst das Geld auf den Tisch, und wenn wir es gezählt haben
und die Summe stimmt, fahrt ihr zu zweit nach Hause.«

»Das Geld wird da sein.«

»Sechzigtausend. Nicht vierzig, nicht fünfzig, nicht neun-
undfünfzig – sechzigtausend. Ist das klar? Sonst muss leider
die Kleine für die Schulden ihres Vaters aufkommen.«

»Ich hab das Geld um sechs, okay? Kann ich jetzt ...?«

»Ich hab wen mit nem Telefon zu ihr geschickt. Leg auf.«

Nick drückte das Gespräch weg und wartete. Nach einer
halben Minute klingelte sein Handy. Er nahm das Gespräch
an und sagte: »Alina?« Erst war Schweigen am anderen
Ende. Dann kam leises Atmen aus dem Lautsprecher.

»Papa?« Es klang schwach, gelähmt, als würde sie jeden Moment anfangen zu weinen und verbittert dagegen ankämpfen.

»Schatz, ich hol dich da raus. Heute um sechs. Geht's dir gut? Ich meine – ist es schlimm?«

»Schon okay.« Dann schluchzte sie und konnte die Tränen nicht mehr halten. »Kommst du ganz bestimmt?«

»Ja, Schatz, ganz bestimmt.« Alina sagte nichts dazu. »Ich weiß, ich hab oft Sachen versprochen und nicht gehalten. Aber heute komme ich.«

Alina zog die Nase hoch. »Ich vermiss dich so.«

»Ich dich auch, Schatz. Nur noch ein paar Stunden, dann ...«

»Ja, ja, ja«, kam eine Stimme aus dem Hörer, die wie Husers klang. »Jetzt machen wir mal wieder Schluss, bevor's noch rührselig wird. Achtzehn Uhr, sechzigtausend.« Ein Knacken, und das Telefonat war beendet. Nick stand auf seiner Terrasse und starrte in den Garten. Es war ein seidiger Frühlingsmorgen, und die Angst zerfraß ihm die Seele.

»Ich hab vierzig. Aber die nützen dir nichts«, sagte Uschi. Sie war vorbeigekommen, um nach Nick zu sehen. Die Sache mit Alina war ihr an die Nieren gegangen.

Eine kleine Metallkiste stand auf Nicks Couchtisch. Er öffnete den Deckel, entnahm der Kiste einen in ein Tuch eingeschlagenen Gegenstand und wickelte ihn aus. Es waren eine Pistole und eine Packung Munition.

»Was hast du vor?« Uschi starrte auf die Waffe.

»Die Sache ist relativ einfach: Ich krieg bis sechs keine sechzigtausend zusammen.«

»Was ist mit Polizei?«

»Falls die mir überhaupt glauben – bis die am Sonntag einen Durchsuchungsbeschluss bekommen, ist Alina längst weg. Und selbst wenn sie sie befreien, sind wir nachher unseres Lebens nicht mehr sicher.« Er ließ das Magazin aus dem Kolben gleiten.

»Wo hast du die her?«

»Hat mir mal einer in Zahlung gegeben.«

»Du hast doch keine Chance gegen die.«

»Weiß man's? Da rechnet Gerry nicht mit, dass ich mit ner Kanone auftauche.«

»Nehmen wir mal an, ihr kommt da lebend raus – was dann?«

»Dann müssen wir verschwinden. Italien. Vielleicht noch weiter weg. Kannst du mir zwanzigtausend leihen?«

Uschi überlegte einen Moment, dann nickte sie.

»Ich halte es für keine gute Idee.«

»Ich hör mir gern eine bessere an.«

Uschi sah ihn lange an und sagte nichts. Dann legte sie eine Hand auf seine Wange. »Pass auf dich auf!«

Gerry hatte ein Haus in Rottach-Egern am Fuß des Wallbergs. Mit Hecke drum herum und zwei Garagen und Jägerzaun vor der Hecke. Sehr gediegen, bayerischer Landhausstil. Tagsüber war er meist in München und traf Leute – Leute, denen er Geld zu Wucherzinsen lieh, Leute, die das Geld dann später wieder eintrieben, Leute, mit denen er andere Geschäfte machte, ab und zu auch Drogen abkaufte, aber nur für sich und seine Freunde. Hier draußen lebte er mit seiner Freundin Sabine. Es war unwahrscheinlich, dass er Alina hierhergebracht hatte. In der Nachbarschaft standen Einfamilienhäuser, die ganze Straße entlang. Und die Hecke hatte Löcher, vor allem straßenseitig. Dennoch fuhr Nick als Erstes an Gerrys Haus vorbei. Sein Wagen stand in der Auffahrt vor der Garage. Nick stellte das Auto um die Ecke ab und ging zu Fuß zurück. Vorsichtig näherte er sich der Einfahrt und achtete darauf, dass ihn keiner von Gerrys Nachbarn beim Spionieren sah. Er schob den Kopf an der Hecke vorbei

250

und konnte das Wohnzimmerfenster sehen. Dort saß Gerry und las Zeitung. Sabine lief kurz durchs Bild und verschwand – in Richtung Küche, wenn Nick das richtig in Erinnerung hatte. Er war zweimal in Gerrys Haus gewesen. Einmal hatte er eine Tracht Prügel bezogen, bevor man ihn wieder rauswarf. Dabei hatte er an dem Tag einen Teilbetrag seiner Schulden abgeliefert.

Nick wählte auf seinem Handy Uschis Nummer. Es war das neueste Nokia-Modell mit Stummelantenne. Handys erleichterten das Geschäft enorm. Er musste jetzt nicht mehr zu Hause herumsitzen und auf Anrufe warten, wenn er einen Wagen in die Zeitung gesetzt hatte, oder Leute, die auf den Anrufbeantworter gesprochen hatten, zurückrufen, und die waren dann nicht da. Wer Interesse an dem Wagen hatte, konnte ihn jederzeit erreichen. Nick wusste gar nicht mehr, wie er noch vor Kurzem ohne so ein Gerät hatte arbeiten können.

»Kannst du mir einen Gefallen tun?«, fragte er Uschi, die gerade auf dem Weg zum Drugstore war. »Es wäre günstig, wenn Gerry für 'ne Stunde das Haus verlässt. Könntest du ihn anrufen und sagen, du bist gerade in der Gegend und ob er sich einen Wagen ansehen will?«

»Den Roller?«

»Nee, Gerry interessiert sich mehr für Sportwagen. Hast du noch den Testarossa in der Garage stehen?«

»Okay ...«

»Verabrede dich in Gmund. Da gibt's 'ne Konditorei am Bahnhof, die ist ziemlich bekannt. Da könntet ihr euch treffen.«

»Vielleicht krieg ich ja den Schlitten endlich los. Ich schau, was ich tun kann.«

Autohändler und Geldverleiher kannten sich alle untereinander in München. Uschi war über das Stadium hinaus, in dem man sich verschuldete. Aber auch sie hatte vor ein paar

Jahren Gerrys Dienste in Anspruch genommen. Nick wartete einen Moment, dann riskierte er einen Blick um die Heckenecke. Gerry hatte jetzt ein Telefon am Ohr und spazierte durchs Wohnzimmer. Als er ans Fenster trat, huschte Nick hinter die Hecke zurück. Zwei Minuten später rief Uschi an.

»Er hat angebissen. Wir treffen uns im Café Wagner in Gmund. Aber ich brauch natürlich länger, bis ich da bin.«

Nick stieg ins Auto und fuhr eine Viertelstunde Richtung Achensee. In Glashütte, kurz vor der Grenze, drehte er um und fuhr zurück. Gerrys Wagen stand nicht mehr vor dem Haus. Uschi bestätigte, dass sie kurz vor Gmund sei und Gerry schon mal einen Platz im Café Wagner besetzen wollte.

»Hallo, Sabine!« Sabine wirkte überrascht, Nick vor der Tür zu sehen. »Ist der Gerry da?«

Sie schüttelte den Kopf. »Wolltest du nicht um sechs kommen?«

»Äh ja. Ich … ich war nur in der Gegend und dachte, ich schau mal vorbei. Um sechs bring ich das Geld.«

»Du kannst gern reinkommen. Gerry ist aber sicher 'ne Stunde weg.«

Nick folgte Sabine ins Haus. Sie kannten sich schon länger, als beide Gerry kannten. Sabine war in derselben Münchner Vorstadt-Clique gewesen wie Nick. Und Nick hatte den Eindruck, dass Sabine gern seine Freundin gewesen wäre. Sehr gern. Aber damals gab es Claudia, Alinas Mutter und Nicks erste große Liebe. Nick und Claudia waren schon mit vierzehn ein Paar gewesen, hatten mit zwanzig geheiratet, und drei Jahre später wurde Alina geboren. Vor vier Jahren hatte ein Geisterfahrer auf der A 8 zwischen Irschenberg und Bad Aibling Claudias Leben ausgelöscht. Da war Sabine schon lange mit Gerry zusammen.

»Wie geht's dir?« Sabine schenkte Nick Kaffee ein.

»Geht so. Ich schulde Gerry eine Menge Geld.«

Sabine holte die Kondensmilch aus dem Kühlschrank. »Ja, hat er gesagt. Hast du jetzt das Geld?«

»Wo ist Alina?«, überging Nick die Frage.

»Alina?«

»Du weißt, was Gerry gemacht hat?«

Sabine schüttelte den Kopf.

»Er hat Alina entführt.«

»Was?«

»Er hat sie gestern aus meinem Haus entführt. Sag nicht, du weißt nichts davon?«

Sabine machte eine verlegene Geste, die nicht erkennen ließ, ob sie gar nichts davon wusste oder nicht zumindest irgendetwas geahnt hatte.

»Wo ist sie?«

»Weiß ich nicht. Hast du das Geld nicht?«

Nick schwieg.

»Was ...« Sabine stockte, als würde sie heftig überlegen, ob sie die Antwort auf die Frage überhaupt wissen wollte. »Was passiert, wenn du nicht zahlst?«

Nick schwieg.

Sabine fragte nicht weiter.

»Wo ist sie?«

Sabine rührte in ihrem Kaffee. Sie zuckte mit den Schultern.

»Komm, du hast doch irgendwas mitbekommen.«

»Was hast du vor?«

»Es ist besser, du weißt das nicht. Und ich war auch nie hier, okay?«

Viele Gedanken, und wohl alle davon sehr düster, schienen sich in Sabines Kopf zu überschlagen.

»Ich glaube, sie ist in der Hütte.«

»Welche Hütte?«

»Unterm Schinder. Warte.«

Nick sah ihr nach, wie sie durchs Wohnzimmer ging, dann in einen angrenzenden Raum. Nick konnte ein Kopiergerät durch die halb offene Tür erkennen. Es war vermutlich Gerrys Büro.

Als sie zurückkam, hatte Sabine ein DIN-A4-Blatt in der Hand.

»Das ist die Wegbeschreibung. Ist eigentlich für Freunde von Gerry. Die Hütte liegt auf der österreichischen Seite. Du fährst über den Achenpass und dann links Richtung Steinberg. Ist hier alles genau beschrieben.«

Nick nahm das Blatt entgegen. »Ich verbrenn's, wenn ich da bin. Wer ist noch auf der Hütte?«

»Jochen. Und noch ein anderer Typ, den ich nicht kenne. Also pass auf.«

Nick sah Sabine lange an. Sie sah unglücklich aus. Der Mann, mit dem sie ihr Leben teilte, hatte etwas Furchtbares getan, und sie hatte diesen Mann gerade verraten, in der Hoffnung, dass es nicht noch schlimmer würde.

»Danke für den Kaffee«, sagte Nick.

29

Janette machte einen genervten Eindruck, als sie am Vormittag in Wallners Büro schaute.

»Warum so schlecht gelaunt?«, fragte ihr Vorgesetzter.

»Ich bin nicht schlecht gelaunt.« Janette trat vor Wallners Schreibtisch und zog sich einen Besucherstuhl her.

»In Stimmungen anderer Leute bin ich eine Koryphäe. Und deswegen glaube mir: Du *bist* wegen irgendwas sauer.«

»Auch wenn ich es selber nicht weiß?«

»Gerade dann! Dann bist du so sauer, dass dein Urteilsvermögen getrübt ist. Und da wird's bedenklich.«

»Na gut. Ich bin sauer. Ich kann nämlich dieses verdammte Urteil nicht finden, in dem irgendein Jochen wegen Mordes oder Beihilfe verurteilt wurde. Ich hab den doofen Anwalt vom Köster noch mal angerufen und fragen lassen, wo der Mord denn stattgefunden hat. Köster meint, das sei in den Bergen gewesen. Hier in der Nähe. Jedenfalls nicht weit weg von Gerald Skribas Haus. Hier im Landkreis war in den Neunzigern aber kein Mordfall, der passt. Außerdem müsstest du ja davon wissen.«

»Das Gedächtnis lässt bei mir auch langsam nach. Aber ja – das müsste ich eigentlich wissen. Was ist mit Tölz, Garmisch, Rosenheim? Da gibt's auch Berge, und die sind nicht weit weg.«

»Habe ich alles abgeklappert. Ich hab sogar Tischler angerufen und gefragt, ob er einen älteren Kollegen hat, der sich vielleicht erinnert. Wenn, dann muss das ja beim Landgericht München II verhandelt worden sein.«

»Und?«

»*Nada.*«

Wallner trommelte mit den Fingern auf die Schreibtischplatte. »Wer weiß, was sich Köster da zusammengereimt hat. Laien haben oft eine merkwürdige Vorstellung, worum es bei einem Prozess geht. Vielleicht war es tatsächlich nur ein Amtsgerichtsverfahren. Fahrlässige Tötung etwa.«

»Hab ich alles abgecheckt. Da gibt's nichts.«

Wallner nickte und sah dabei aus dem Fenster. Es war ein föhniger Tag. Die Sonne stand tief am Himmel, nur von einigen Zirruswolken verschleiert. Die Berge waren zum Greifen nah.

»Was, wenn die Sache nicht hier, sondern auf der anderen Seite der Grenze stattgefunden hat?«

»Dann wär das Ganze in Tirol verhandelt worden!« Janette sprang auf. »Ich kümmer mich drum.«

»Warte!«

Janette drehte in der Tür um.

»Ich kenne einen Inspektor aus Schwaz. Ist seit ein paar Jahren pensioniert. Wenn damals was war, dann weiß der das.«

»Kannst du mir die Nummer geben?«

»Ich wollte ihn eh mal wieder anrufen. Ich geb dir Bescheid, was rausgekommen ist.«

Gottfried Fischer war dieses Jahr siebzig geworden und hatte über Jahrzehnte die Ermittlungsarbeit in Schwaz geprägt. Der Tiroler Bezirk grenzte im Norden an die bayerischen Landkreise Miesbach, Bad Tölz-Wolfratshausen und Garmisch. Die Grenze nach Südtirol bildeten die Zillertaler Gletscher.

»Wie geht's in der Rente? Bist im Stress?«, begann Wallner das Gespräch.

»Hör auf! Ich hab kaum noch Zeit«, sagte Fischer mit kehligem Tiroler K. »Entweder Enkelkinder oder Sport, oder meine Frau hat irgendwas organisiert. Das isch halt so mit den Pensionären.«

»Spielst jetzt Golf?«

»Nein, ich hab das Kitesurfen entdeckt. Der Achensee is a super Revier.«

»Mit siebzig?«

»Hilft ja nix. Muss mich bewegen. Dafür hab ich das Klettern aufgegeben. Was kann ich für dich tun?«

»Wir sind auf der Suche nach einem Mord.«

Kurzes erstauntes Schweigen am anderen Ende.

»Müsst's ihr eure Morde suchen? Bei uns kommen die von selber.«

»Bei uns leider nicht. Es geht um ein Fall aus den Neunzigerjahren. Das Einzige, was wir wissen, ist: Der Täter heißt mit Vornamen Jochen, und es gab einen Toten. Was wir nicht wissen: Wo sich das Ganze abgespielt hat. Es muss irgendwo in der Nähe vom Tegernsee gewesen sein. Aber bei uns findet sich nichts. Jetzt haben wir gedacht: Vielleicht war's auf eurer Seite.«

»Neunziger?«

»Ja, eher zweite Hälfte der Neunziger.«

»Das isch lange her. Und wenn's in der Nähe vom Tegernsee war, dann kommt ja eigentlich nur die Achenseeregion infrage.«

»Wahrscheinlich. Klingelt da nichts?«

»Doch. Da war irgendwas. Der Angeklagte war a Deutscher. Der hat eine Hütte gehabt an einem Berg namens Schinder. Kennst wahrscheinlich.«

»Ja. War die Hütte auf der Tiroler Seite?«

»Richtig. Es gibt den bayerischen und den österreichischen Schinder. Und dazwischen verläuft die Grenze. Zu der Zeit ist aber nicht mehr kontrolliert worden. Weil ich weiß, dass ich mal nach München gefahren bin zum Recherchieren, und da hatte ich den Ausweis vergessen. Erst hab ich mir Sorgen gemacht. Und dann an der Grenze ist mir's wieder eing'fallen. Wann ist Schengen in Kraft getreten?«

»Eigentlich 1996«, sagte Wallner. »Ein Jahr später ist Österreich dazugekommen. Und ab Januar 1998 sind die Grenzkontrollen zu euch weggefallen.«

»So was merkst du dir?«

»1998 war meine erste Frau schwanger und da ... egal. Ist nicht so wichtig.« Wallner verscheuchte die Erinnerung an sein erstes Kind, das nur wenige Wochen gelebt hatte. »Also 1998. Das kann hinkommen. Weißt du noch, um was es ging?«

»Die Kollegen in Schwaz sollen euch a Kopie von dem Urteil schicken. Und ihr könnt's euch natürlich auch die Ermittlungsakten anschauen.«

»Die ruf ich gleich nachher an. Aber kannst du vorab schon mal was dazu sagen? Oder ist es gerade unpassend?«

»Kein Problem. Ich hab noch a halbe Stunde. Was willsch wissen?«

»Was ist damals passiert, wegen was ist der Angeklagte verurteilt worden? Gab es noch andere Beteiligte? Wer war das Opfer?«

»Also alles.«

Wallner gab einen zustimmenden Grunzlaut von sich.

»Dann wart kurz. Ich hab mir die Urteile zu den wichtigen Fällen meiner Karriere auf den Laptop geladen. Ich ruf dich gleich wieder an.«

Kurz darauf meldete sich Fischer wieder.

»Jetzt, wo ich's wieder vor mir hab, kommt auch die Erinnerung«, begann er seinen Bericht. »Es war auf alle Fälle a bissl seltsam. Hintergrund ist folgender: Der Angeklagte, der hat Jochen Branek geheißen, also dieser Herr Branek hatte jemand anderem Geld geliehen, einem Nick Nandlstadt. Aber Herr Nandlstadt war anscheinend a schlechter Schuldner. Jedenfalls hat er nit zahlt. Der Kreditvertrag war wahrscheinlich eh ungültig wegen Wucherzinsen, aber in den Kreisen hat man seine Streitigkeiten nit am Gericht geregelt.«

»Nick Nandlstadt war nicht zufällig Autohändler?«, fragte Wallner.

»Doch. Also, er hat keinen Laden gehabt. Der hat Autos gekauft und wieder verkauft. Über Zeitungsanzeigen. Scheint da a richtige Szene gegeben zu haben. Du kennsch dich da anscheinend aus?«

»Auskennen ist zu viel gesagt. Ich kenne Leute aus der Szene.«

»Na, jedenfalls hat Herr Nandlstadt seine Schulden nit zurückgezahlt. Und daraufhin hat dieser Branek die Tochter vom Nandlstadt entführt. Ein vierzehnjähriges Mädel. Bildhübsch. Alina hat sie geheißen. Der hat also das Mädel entführt, um den Nandlstadt zu zwingen, dass er zahlt. Und für die Entführung hat er noch einen anderen Mann angeheuert. Den Namen weiß ich nimmer. War eh a Spitzname. Ich find die Stelle im Urteil grad nit. Ist aber auch egal. Der wirkliche Name konnte nie ermittelt werden.«

»Wie das?«

»Komm ich noch dazu. Wo war ich?«

»Das Mädchen wurde entführt.«

»Richtig. Die haben das Mädel entführt und auf eine Hütte gebracht, die dem Branek gehört hat. Und diese Hütte ist direkt unterm Schinder. A ehemalige Alm. Jetzt hat der Vater aber das Geld nit auftreiben können, und was hat er gemacht: Er hat sich a Waffe besorgt und versucht, das Mädel mit Gewalt zu befreien, und dabei isch es dann zu am blutigen Showdown gekommen.«

»In den Bergen?«

»Ja. In der Nähe von der Schinderhütt'n …«

30

Gerrys Hütte lag auf einer ehemaligen Alm, ziemlich abseits der Touristenpfade auf der österreichischen Seite des Mangfallgebirges. Es war Gerrys Hütte, aber sie gehörte nicht Gerry. Im Grundbuch war Jochen eingetragen. Falls mal was gewesen wäre, hätte Gerry mit dieser Hütte nichts zu tun gehabt. Hinter der Hütte ragte der Schinder auf. Die Hütte diente als Rückzugsort, wenn Gerry eine Zeit lang von niemandem gestört werden wollte, als Ort für Besprechungen, wenn man ganz bestimmt nicht abgehört werden wollte, und als Versteck für Dinge, die nicht gefunden werden sollten. Waffen. Drogen. Oder ein entführtes Mädchen. Bis letztes Jahr musste man noch zu Fuß über die Berge gehen, wenn man heikle Fracht mitführte. Jetzt waren die Grenzkontrollen weggefallen, und es ging mit dem Wagen, egal, was man dabeihatte.

Nick fuhr einen Forstweg entlang, bis er an eine Schranke kam. Gerry hatte einen Schlüssel dafür. Nick nicht. Er wendete den Wagen, sodass er bei seiner Rückkehr sofort und ohne Rangieren wegfahren konnte. Den Rest des Weges musste Nick zu Fuß zurücklegen.

Schon bald lag der Frühjahrsschnee nicht mehr nur am Wegesrand, sondern auch auf der Fahrbahn. Hier hätte ihm sein 5er BMW ohnehin nichts genützt. Nach wenigen Minuten überquerte Nick ein Kuhgatter, danach lichtete sich der Wald. Vorsichtig ging Nick weiter bis zur nächsten Kurve. Dort stand eine kleine Kapelle. Von dort konnte er den weiteren Verlauf des von Sulzschnee bedeckten Forstweges sehen. Er führte in zwei ausladenden Kurven den Berg hinauf. Auf der nächsten Anhöhe, hinter der der Weg außer Sicht geriet, war eine Hütte. Nick trat einen Schritt hinter die Kapelle, als er den geduckten Holzbau sah. Das musste Gerrys Hütte sein. Der Himmel war grau, das Licht diffus, aber hell. Nick ging bis zur nächsten großen Fichte, die ihm Sichtschutz bot, und versuchte zu erkennen, ob sich an der Hütte etwas tat. Soweit er das sehen konnte, war alles ruhig.

Nick machte sich auf den Weg, um weiter im Wald aufzusteigen, der links den Berg hinaufführte. Er trug Jeans und Sneakers, und der Schnee war tief und nass. Schuhe und Hose sogen sich mit Schneewasser voll. Nach einigen Minuten war Nick auf Höhe der Hütte angelangt. Ein Geländewagen mit Schneeketten stand davor. Sonst war nichts zu sehen. Ob jemand hinter einem der dunklen Fenster stand, war schwer zu sagen. Wenn er den Wald verließ, hatte er keine Deckung mehr. Jeder in der Hütte konnte ihn kommen sehen. Nick beobachtete die Hütte noch eine Weile. Aber es kam niemand heraus. Einmal sah er hinter einem Fenster Jochens Albinokopf. Nach einer Viertelstunde entschied Nick, dass es Zeit sei. Er entsicherte die Pistole, steckte sie in den Gürtel und hoffte, dass sich kein Schuss löste. Aber es ging nicht anders. Er hatte zu wenig Erfahrung mit Waffen, um sie erst dann zu entsichern, wenn er schießen musste.

Aufrecht und wie jemand, der einen angekündigten Besuch abstatten wollte, ging Nick auf die Hütte zu, mit geradem Rücken und Bauchatmung, um sich zu beruhigen. Er war hellwach und konzentriert, was der Captagon zu verdanken war, die er vor einer halben Stunde genommen hatte.

Als Nick noch zehn Meter entfernt war, ging die Hüttentür auf. Zuerst wurde ein Gewehrlauf sichtbar, dann Jochen, der, das Gewehr in der Armbeuge, auf Nick zielte.

»Was willst du hier?«

»Gerry hat mir gesagt, wo Alina ist. Er sagt, ich kann sie kurz sehen. Ich will nur wissen, ob es ihr gut geht.«

Nick hatte sich vorher davon überzeugt, dass es hier oben kein Handynetz gab. Zwar hatte er Gerry heute auf dem Handy angerufen. Aber da waren sie wahrscheinlich noch nicht in der Hütte gewesen.

»Hat er g'sagt, du kannst sie sehen? Echt?«

»Ja. Wir sind schließlich alte Freunde.«

»Der Gerry hat keine Freunde, wo net zahlen.«

»Er hat mir gesagt, wo die Alina ist. Ich hab von der Hütte vorher noch nie gehört. Also lass mich bitte mit meiner Tochter reden.«

Jochen machte eine einladende Bewegung mit dem Gewehrlauf, und Nick ging vor ihm ins Haus.

In der Wohnstube brannte ein offener Kamin. Es war wohlig warm, und Nick stellte sich seitlich neben den Kamin, um die nassen Hosen ein wenig zu trocknen. Jochen schloss die Tür hinter sich, sah Nick einige Augenblicke an und machte den Eindruck, als wollte er etwas sagen. Irgendetwas Verächtliches, seinem Blick nach. Aber am Ende sagte er nichts, ging zum Esstisch, der dem Kamin gegenüberstand, und nahm ein Handy, das dort lag.

»Gibt's hier Handyempfang?«, fragte Nick erschrocken.

»Kommt aufs Netz drauf an. Mit E-Netz geht's meistens. Sonst ist hier Funkloch.«

»Wen rufst du an?«

Jochen sah ihn verständnislos an. »Den Gerry natürlich. Ich muss checken, ob er dich herg'schickt hat.«

Jochen wandte sich dem Display des Handys zu, und zwei Falten wuchsen ihm zwischen den Augen.

»Des is a echter Scheiß hier heroben.« Jochen hielt das Handy von sich weg, drehte sich und wanderte auf der Suche nach zwei Netzbalken im Raum umher.

»Lass gut sein. Du musst ihn nicht anrufen«, sagte Nick.

»Hör auf, mich zu nerven.« Jochen fischte weiterhin nach einer Netzverbindung.

»Ich sagte: Lass es!«

Jochen drehte sich, von der Schärfe in Nicks Ton irritiert, um und sah, dass Nick eine Pistole auf ihn richtete.

»Spinnst du? Tu des Teil weg!«

»Du legst jetzt erst mal das Handy weg.«

Jochen zögerte, schien aber nicht gewillt, sich Nicks Anweisungen zu beugen.

»Soll ich's dir aus der Hand schießen? Ich warn dich, ich bin kein guter Schütze.«

Jochen nickte bedächtig und legte das Handy auf den Tisch zurück. Dort lag mittlerweile auch das Gewehr.

»Bring mich zu ihr!« Nick spürte, wie die Aufregung von ihm abließ und sein gesamter Körper trotz nasser Hosenbeine von einer vollkommenen Ruhe und Konzentration erfüllt wurde. Er war im Tunnel und würde bis ans Ende gehen.

Alina war mit einem Kabelbinder ans Bett gefesselt und hatte eine blickdichte Binde über den Augen. Sie weinte, als Nick ihr die Binde abnahm. Er konnte nicht sagen, ob aus Freude, weil er da war, oder weil sie ihr etwas angetan hatten.

»Schatz – wir gehen jetzt. Ist alles gut«, sagte er. Alina nickte und wischte sich mit dem Pulloverärmel den Rotz von der Nase.

Auf dem Nachttisch lagen ein Taschenmesser und die Kabelbinder.

»Schneid ihr den Kabelbinder auf!« Nick deutete mit der Pistole auf das Messer und trat einen Schritt zurück, um außer Reichweite zu sein, wenn Jochen es in der Hand hatte. Jochen streckte seine Hand danach aus. »Und he!«, sagte Nick. Jochen hielt inne. »Wenn mir an deinen Bewegungen irgendwas komisch vorkommt, schieß ich. Ohne Vorwarnung. Ich geh kein Risiko ein. So weit verstanden?«

263

Jochen nickte, nahm sehr langsam das Messer und schnitt den Kabelbinder, der Alinas Handgelenke zusammenhielt, auf.

»Gut. Setz dich da auf den Boden.« Nick deutete mit dem Pistolenlauf auf ein Heizrohr neben dem Bett, das in etwa einem Meter Höhe in der Wand verschwand. Jochen ließ sich daneben nieder. »Alina? Du weißt ja jetzt, wie ein Kabelbinder funktioniert. Fessel Jochen die Hände, und zwar so, dass er an dem Rohr hängt.«

Alina ging mit einem der Kabelbinder zu Jochen.

»Halt dich links von ihm, damit du ihn nicht verdeckst. Wegen der Schussbahn.«

Alina nickte und wartete, dass Jochen ihr die Hände hinhielt. Doch Jochen ließ seine Hände unten.

»Was ist?«, sagte Nick.

»Ich hab keine Lust auf den Scheiß. Das ist …«

Ein Schuss krachte mit ohrenbetäubender Lautstärke durch den kleinen Raum. Die Sockelleiste splitterte fünf Zentimeter neben Jochens Arm.

»Spinnst du? Du hast mir fast in den Arm geschossen!«

»Halt ihr die Hände hin! Der nächste Schuss geht in die Eier.«

Jochen tat, wie ihm geheißen, und Alina machte sich ans Werk.

»Wo sind die Wagenschlüssel?«, fragte Nick, während Alina sich mit dem Kabelbinder abmühte.

»In der Schublade vom Esstisch.«

Nach einigem Herumprobieren waren Jochens Handgelenke fest mit dem Rohr verbunden.

»Was ist mit dem anderen?«, sagte Alina, während sie das Zimmer verließen.

»Da war sonst niemand. Wahrscheinlich ist der wieder weggefahren.«

In diesem Moment betraten die beiden das Wohnzimmer.

Als Nick den Tisch sah, schoss ihm der Schock glühend heiß in die Eingeweide: Das Gewehr war weg!

Er bedeutete Alina, zurückzubleiben. Doch es war bereits zu spät.

»Nick! Wir laufen uns in letzter Zeit aber oft übern Weg.«

Huser stand in einer Zimmerecke, Skistiefel mit Schneeresten an den Füßen. Offenbar hatte er eine Skitour unternommen und war gerade zurückgekehrt. Er richtete das Gewehr auf die beiden Gäste. »Leg die Knarre weg. Kannst ja eh nicht damit umgehen.«

Nick überlegte, was er tun sollte. Sich auf eine Schießerei mit dem Huser einlassen? Riskieren, dass er Alina erschoss? Es war mehr ein Reflex, etwas, das ihn von innen unter Umgehung des Gehirns steuerte. So, wie der Hampelmann seine Glieder bewegt, wenn jemand an der Schnur zieht, so bewegte sich Nicks Finger, ohne dass er sagen konnte, wer daran gezogen hatte. Ein Schuss löste sich, das Gewehr wurde Huser aus der Hand gerissen und fiel auf den Boden, Huser selbst wich vor Schreck einen Schritt zurück, stolperte über seine eigenen Skistiefel, die ihm wie Betonklötze an den Beinen hingen, und schlug am Boden auf. Nick packte Alina am Arm und zerrte sie nach draußen. Als die Eingangstür hinter ihnen zufiel, sagte Nick: »Renn zum Wald!«, und lief ein paar Sekunden neben ihr her, dann drehte er sich um. In diesem Moment wurde das Fenster geöffnet, Nick meinte den Gewehrlauf zu sehen, den Huser jetzt wohl auf die Flüchtenden richten würde. Nick schoss zweimal mit der Pistole, einmal ins Holz, einmal ins Fenster, dessen Glas zerbarst. Danach war niemand mehr am Fenster zu sehen. Huser war vermutlich in Deckung gegangen.

Sie rannten durch den Wald nach unten. Trotzdem kamen sie nur langsam voran, denn der Schnee reichte Alina bis zum Knie, zweimal stürzte sie, und Nick musste sie wieder aufrichten. Aber sie rannten und rannten. Am Rand der Erschöpfung, aber sie rannten weiter. »Da ist der Wagen«, sagte Nick und deutete nach vorn. In etwa hundert Metern Entfernung sahen sie seinen BMW. Gleichzeitig hörte er von oben, wie ein Wagen angelassen wurde. Huser und Jochen nahmen die Verfolgung auf. »Wir haben nur noch hundert Meter, und sie müssen erst die Schranke aufmachen. Wir schaffen das!« Er nahm Alina am Arm und zog sie weiter. Sie stakste mit ihren dünnen Mädchenbeinen wie in Trance durch den sulzig-zähen Schneemorast, atmete keuchend mit offenem Mund, die Lippen blau. Aber sie kämpfte. Er stützte sie. Sie stolperte nach vorn, fiel, er hielt sie am Arm und zog sie immer weiter. Sie erreichten den BMW, als der Geländewagen um die Kurve bog. In dem Moment, als er vor der Schranke zum Stehen kam und Huser heraussprang, ließ Nick den BMW an. Ein Gewehrschuss traf den Außenspiegel. Nick gab Gas.

Der BMW war fürs Gelände nicht geeignet, mehrfach setzte er auf dem Forstweg auf, und Nick fürchtete, dass beim nächsten Mal etwas Wichtiges vom Wagenboden weggerissen würde. Er musste vorsichtiger fahren. Wenn er gerade nicht schaltete, hielt er Alinas Hand. Sie blickte mit aufgerissenen Augen nach vorn und schien kaum zu atmen. Ihre Lippen waren aufeinandergepresst, die Knie zitterten.

Auf einer lang gezogenen Geraden sah Nick die Staubfahne des Geländewagens im Innenspiegel. Der brauchte auf die Straßenverhältnisse keine Rücksicht zu nehmen und kam näher. Wenn Nick bis zur Teerstraße am Talgrund durchhielt, war sein BMW wieder im Vorteil.

Huser hatte, nachdem Nick und Alina außer Reichweite waren, Jochen vom Kabelbinder befreit, die Skistiefel abgestreift und Sneakers angezogen. Sie mussten nichts überstürzen. Es war Huser klar, dass Nick seinen Wagen an der Schranke geparkt hatte. Durch den nassen Schnee würden er und Alina zu Fuß einige Minuten brauchen. Bis dahin würden sie mit dem Wagen auch dort sein. Als sie an der Schranke anlangten, war Huser dann doch überrascht, in welchem Tempo die beiden vorangekommen waren. Bis sie die Schranke geöffnet hatten, war wertvolle Zeit verstrichen. Doch bald kam der Wagen vor ihnen wieder in Sicht. Es war eine Limousine, und die konnte Nick nicht im gleichen Tempo wie sie über die nach dem Winter löchrige Piste jagen, ohne den Wagen zu schrotten. Nach einer langen Geraden, die mit mäßigem Gefälle bergab führte, verschwand der BMW hinter einer Biegung, danach ging es erneut eine längere Strecke geradeaus.

»Schieß ihm in die Reifen!«, schrie Jochen Huser an, der sich mit dem Gewehr aus dem Fenster lehnte.

»Wie denn, bei dem Gewackel?«

Huser legte an und versuchte, das Gewehr ruhig zu halten. Doch in dem Moment, in dem sich der Schuss löste, fuhren sie in ein Schlagloch. Huser spürte den Rückstoß und sah die Heckscheibe des BMW splittern, der einen Moment später schräg über den Straßenrand hinausfuhr und in der Tiefe verschwand. Jochen stoppte den Geländewagen an der Absturzstelle. Sie stiegen aus und gingen zur Hangkante. Zwanzig Meter unter ihnen lag der BMW auf dem Dach, daneben die Forststraße, die hier nach einer Serpentine wieder in die Gegenrichtung führte. Von den Insassen war nichts zu sehen. Huser ging zum Wagen zurück, Jochen blieb noch stehen und lauschte.

»Wart mal!«

Huser ging zu Jochen zurück.

»Hörst du das?«

Der sonore Klang eines Sportwagenmotors kam näher. Sie warteten einige Augenblicke. Dann tauchte unten an der Straße ein Ferrari Testarossa auf und hielt neben der Unfallstelle.

Jochen und Huser traten einige Schritte zurück, um von denen da unten, wer immer es war, nicht gesehen zu werden.

»Und jetzt?« Jochen schien mit der Situation deutlich überfordert.

»Schnall dich an«, sagte Huser und ging zum Wagen zurück.

Als Uschi auf dem Weg nach oben aus dem Wald in freies Wiesengelände kam, sah sie einen Wagen auf dem Dach liegen. Sie hatte nach ihrem Treffen mit Gerry im Café Wagner Nick angerufen, um zu erfahren, was er vorhatte. Er war zum Zeitpunkt des Anrufs bereits auf dem Weg zu Gerrys Hütte gewesen.

Uschi stockte der Atem beim Anblick des Unfallwagens vor ihr – es war Nicks BMW. Sie stieg aus und ging aufs Auto zu. Ihre Knie zitterten, und das Herz schlug ihr bis zum Hals. Neben der Beifahrertür, die beim Überschlag halb aufgegangen war, kniete Uschi nieder. Alina hing leblos im Sicherheitsgurt. Uschi hielt zwei Finger gegen die Halsschlagader. Das Mädchen lebte. In diesem Moment röhrte ein Motor auf. Ein Geländewagen mit zwei Männern fuhr querfeldein den Hang hinunter Richtung Teerstraße.

Uschi widmete ihre Aufmerksamkeit wieder Alina. Sie kroch in den Wagen und schaffte es, den Gurtverschluss zu lösen. Dann zog sie das Mädchen heraus, das jetzt die Augen öffnete.

»Was ist mit Papa?«, fragte Alina und wollte auf die andere Seite des Wagens. Doch sie knickte ein und hatte offenbar noch Probleme mit der Orientierung.

»Ich schau nach«, sagte Uschi und lehnte Alina, die wieder auf dem Boden saß, gegen die Wagentür.

Auf der Fahrerseite hing Nick ebenso im Gurt wie Alina. Uschi sprach ihn an. Aber er rührte sich nicht. »He, Nick!

Kannst du mich hören?« Sie tätschelte seine Wange und
drehte das Gesicht zu sich. Erst jetzt bemerkte sie das große
Austrittsloch der Kugel in seiner Stirn und das Blut und
die weißliche Masse, die an der Windschutzscheibe klebten.

31

Der Angeklagte ist damals wegen erpresserischer Entführung verurteilt worden«, beendete Bezirksinspektor a. D. Fischer seinen Bericht. »Dass er Mittäter bei dem Mord war, konnte man nicht nachweisen. Er hat behauptet, sein unbekannter Helfer hätt eigenmächtig gehandelt.«

»Und der wollte ja angeblich nur in die Reifen schießen«, bestärkte Wallner das Argument.

»Na ja – selbst wenn er die Reifen trifft, kann das immer noch tödlich ausgehen. Das war a steile Bergstraß. Aber angeblich wollte der Branek überhaupt nit, dass geschossen wird. Ob sich das so abgespielt hat, weiß natürlich keiner. Man hat es dem Branek halt nit beweisen können, dass es anders war. Es gab ja keinen Zeugen. Jedenfalls nicht dafür, wer geschossen hat.«

»Für den Rest war vermutlich das Mädchen die wichtigste Zeugin?«

»Freilich. Die ist im Wagen gesessen. Und die ist ja auch entführt worden. Aber wer geschossen hat, das hat die auch nit g'wusst.«

»Was war mit dem Haupttäter? Wie hieß der? Huser?«

»Ja, Huser. Wie gesagt, das war a Spitzname. Angeblich hat der Branek den Mann in einer Kneipe kennengelernt und für den Job angeheuert. Natürlich hat er sich keinen Ausweis zeigen lassen. Nach der Tat ist der Bursche dann verschwunden, und keiner hat ihn gekannt. Allerdings haben wir auch in Kreisen ermittelt, wo man eh nit gern mit der Polizei redet.«

»Habt ihr ein Phantombild machen lassen?«

»Ja eh. Aber die Kleine hatte den Mann nur kurz gesehen.

Vielleicht eine Minute im Haus von ihrem Vater, als sie entführt wurde. Und danach hat sie die ganze Zeit a Augenbinde aufg'habt. Und das Bild, das wir nach Angaben vom Branek gemacht haben, hat nichts ergeben.«

»Fragt sich, ob er überhaupt eine realistische Beschreibung abgegeben hat. War ja sicher nicht in seinem Interesse, dass Herr Huser gefunden wurde.«

»So ist es.«

»Wie lange hat dieser Branek bekommen?«

»Schon einiges. Ich glaub, zwölf Jahre. Davon hat er vermutlich acht abgesessen. Der müsste also so was um 2006 wieder rausgekommen sein.«

»Aber das hast du nicht mehr weiterverfolgt?«

»Nein. Die G'schicht war abgeschlossen.«

»Was war mit dem Mädchen?«

»Interessante Frage …« Fischer nahm sich einen Augenblick, um nachzudenken. »Die war aus München und hat danach wahrscheinlich wieder in Deutschland gelebt.«

»Bei der Mutter, nehme ich an.«

»Nein, eben nicht. Wenn ich das richtig in Erinnerung hab, war die Mutter damals schon tot. Die ist Anfang der Neunziger gestorben. Aber das könnt ihr ja rausfinden. Lass dir das Urteil mailen. Da sind alle Daten drin. Also Stand 1998.«

»Okay, danke. Wie hieß das Mädel noch mal?«

»Alina Nandlstadt. Nandl ohne E. Viel Glück, und gib mir Bescheid, wenn was rausgekommen ist.«

Wallner beauftragte Janette, herauszufinden, wo sich Alina Nandlstadt und Jochen Branek heute aufhielten. Bei Branek ging Wallner nicht davon aus, dass er sehr gesprächig sein würde. Und was er sich von Alina Nandlstadt, der Frau, die als Teenager von Branek entführt worden war, erhoffte, wusste Wallner selbst nicht. Er stocherte im Nebel, ja. Aber da war irgendein Zusammenhang mit dem Mord an Gerald Skriba und seiner Frau. Selbst wenn Wallner davon ausging, dass Carmen Skriba ihren Mann selbst umgebracht hatte, so war immer noch nicht klar, weshalb. Jennifer Wächtersbach schien das wahre Motiv zu kennen, wollte es Wallner aber nicht sagen. Warum? Es konnte helfen, ihre Unschuld zu beweisen. Wallner machte es schwer zu schaffen, dass er den Knoten nicht zu entwirren vermochte. Seine Gedanken drehten sich im Kreis wie Rilkes Panther im Käfig.

Am späten Vormittag schaute Kreuthner bei Wallner vorbei.

»Was gibt's? Brauchst Hilfe?«, fragte Kreuthner, denn Wallner hatte ihm eine Nachricht geschickt.

»Kann man so ausdrücken. Setz dich.«

Kreuthner nahm auf einem Besucherstuhl Platz und verschränkte die Hände hinterm Kopf.

»Ich würde gern noch mal wegen diesem Papiertaschentuch mit dir reden. Das Taschentuch, das Lisa nach der Schießerei auf dem Hof von deinem Vater gefunden hat.«

»War anscheinend meins. Hab ich gehört.«

»Richtig.« Wallner machte eine Pause und sah Kreuthner lange an.

»Und?«, sagte der.

»Ich werd einfach nicht schlau daraus. Niemand putzt sich die Nase, wenn geschossen wird.«

»Vielleicht ist es mir ja einfach ausm Hosensack gefallen.«

»Du hast dir also nicht während des Schusswechsels die Nase geputzt?«

»Ich weiß es nimmer. Ich hab an Fensterladen aufs Hirn 'kriegt. Was davor passiert is, is praktisch gelöscht.«

»An andere Dinge, die vor dem Fensterladen passiert sind, kannst du dich aber erinnern.«

»Wahrscheinlich, weil die wichtig waren. A Papiertaschentuch is net wichtig. So was merkt sich mein Kopf net, okay?«

Wallner sah Kreuthner weiterhin skeptisch an.

»Was soll denn sonst passiert sein? Ich mein – worauf willst denn hinaus mit deiner ständigen Fragerei?«

»Das weiß ich selber noch nicht. Aber ich bin mir sicher, dass an der Sache irgendwas faul ist.«

Kreuthner bemühte sich um eine bedauernde Miene. »Sorry, aber da kann ich dir net helfen.«

»Na gut. Sollte sich dein Blackout etwas aufhellen, sag Bescheid.«

Kreuthner nickte und wollte gehen. In der Tür stieß er fast mit Janette zusammen. Er ließ sie in Wallners Büro und ging mit einem gemurmelten Gruß hinaus.

»Es gibt Neuigkeiten in Sachen Jochen Branek.«

Kreuthner erschien wieder in der Tür.

»Hast du rausgefunden, wo er sich aufhält?«, fragte Wallner.

»Ja. Auf dem Neuen Friedhof in Offenbach.«

Wallner zog die Augenbrauen nach oben.

»Er wurde letztes Jahr erschossen. Von wem, weiß man nicht. Der Fall ist noch offen. Da Branek im Rotlichtmilieu unterwegs war und in Offenbach eine Kneipe betrieb, kommen einige Leute infrage. Die Kollegen konnten aber keine wirklich heiße Spur finden. Sie meinten, die Sache sei ziemlich mysteriös.«

»Erschossen?«

»Ja. Eines Nachts vor seiner Kneipe. Der Täter muss ihn da abgepasst haben. Zeugen gibt's nicht.«

Wallner knipste nachdenklich an einem Kugelschreiber herum.

»Köster hatte doch gesagt, dass Jochen Branek für Gerald Skriba den Kopf hingehalten hat.«

»Köster ist wer noch mal?«, fragte Janette.

»Scarface. Der Mann, der das Kokain kaufen wollte«, klärte Wallner sie auf. »Allerdings wissen wir nicht, ob dieser Fall in Tirol tatsächlich der ist, den Köster gemeint hat, und ob Gerald Skriba was damit zu tun hatte.«

»Davon gehen wir nur aus, weil der Täter mit Vornamen Jochen heißt?« Janette sah bei der Frage auch Kreuthner an.

»Ja.« Wallner nickte. »Und weil's von Zeit und Ort her passt.«

»Herr Köster müsste es doch wissen, ob das unser Mann ist.«

»Nur redet der nicht mehr mit uns«, sagte Wallner.

Kreuthner verschränkte die Hände hinter dem Rücken und lehnte sich gegen einen Aktenschrank. »Ihr wollt's wissen, ob der Branek was mit dem Skriba zu tun g'habt hat?«

»Hast du eine Idee?«

Kreuthner nickte. »Aber sicher doch.«

32

Max Pirkel sah schlecht aus. Die Ringe um die Augen waren größer geworden, die Haut eine Spur wächserner.

»Ah, der Herr Sohn schaut mal wieder vorbei«, sagte er, als Kreuthner das Zimmer betrat.

»Wie geht's?«

»Ganz gut. Abgesehen davon, dass ich am Abkratzen bin. Hast Neuigkeiten für mich?«

»Erst mal an schönen Gruß vom Scarface. Aber da hast scheint's was falsch verstanden.«

Pirkel blickte Kreuthner an, als habe er nicht den Hauch einer Ahnung, was der meinen könnte.

»Der Scarface sagt, du hättst ihm das Geld gestohlen. Von schenken hätt er nie was g'sagt. Und das wär auch gar net seine Art. Was ich ihm – nebenbei bemerkt – voll und ganz glaub. Der verschenkt kein Geld.«

»Aber ich hab's doch genau gehört. Er hat g'sagt: Du brauchst es nötiger. Behalt das Geld!« Pirkel ging mit geschürzten Lippen in sich. »Na ja, vielleicht hat er auch g'sagt, er schlagt mir'n Schädel ein, wenn ich die Kohle net pünktlich abliefer. Eins von beiden.« Er fasste sich mit Schmerzensmiene an den Kopf. »Der verdammte Tumor. Der druckt aufs Gedächtnis. Ich bring in letzter Zeit ständig Sachen durcheinander.«

»So wird's wohl gewesen sein.«

»Er hat dir hoffentlich keinen Ärger gemacht?«

»Nein, nein. Er wollt mir a paar Finger abschneiden. Aber ich hab's hingekriegt. Jetzt sitzt er im Knast.«

»Wie hast'n des ang'stellt?« In Pirkels Stimme schwang in der Tat Anerkennung mit.

»Erzähl ich dir a andermal.«

»Bei meiner Beerdigung?«

»So viel Zeit is schon noch. Ich bräucht jetzt erst mal noch andere Infos von dir.«

»Lass hören.«

»Kennst du einen Jochen Branek?«

Pirkel blickte Kreuthner mit halb geschlossenen Augen an, in seinem Mienenspiel lag der Ansatz eines Lächelns. »Kann sein.«

»Was hat der mit dem Skriba zu tun gehabt? Oder, genauer gesagt, was hat der Skriba mit dem Mord an einem Autohändler im Jahr 1998 zu tun gehabt?«

Kreuthner verstummte, denn Pirkel gebot ihm mit erhobener Hand zu schweigen.

»Des wird mir langsam a bissl einseitig. Was is denn mit meinen Infos? Wolltst du net was ermitteln?«

»Hab ich. In der Gmunder Post haben damals zwei Frauen gearbeitet. Die eine nur bis 1978. Die andere hat erst 78 angefangen. Die kommen also beide nicht infrage.«

»Bringt uns des irgendwie weiter?«

»Vielleicht. Wenn es keine in der Post war, dann war es vielleicht doch jemand von der Papierfabrik. Vielleicht hat da jeden Morgen dieselbe Frau die Post geholt. Oder sie hat in der Poststelle gearbeitet. Aber da bräuchte ich Kontakte. Jemanden, der vor vierzig Jahren in der Fabrik gearbeitet hat und weiß, wer damals für die Post zuständig war.«

»Da könnt ich dir schon wen sagen.«

»Ich höre.«

Pirkel zog eine Augenbraue hoch, was ihn irgendwie listig aussehen ließ. »Der Wallner!«

»Mein Wallner? Der von der Kripo?«

»Sein Großvater natürlich, du Hirn. Der Manfred. Der war doch hinter jedem Rock her. Wenn da irgenda Weiberts war, dann weiß der des noch.«

Kreuthner dachte kurz nach, ob das eine gute Idee war, und befand sie schließlich für gar nicht so abwegig.

»Okay, ich red mit ihm. Was is jetzt mit dem Branek?«

»O nein!« Pirkel ließ den Zeigefinger wackeln wie einen Scheibenwischer. »Sag mir, wer die Maria ist, und ich sag dir, was der Branek mit dem Skriba zu tun g'habt hat.«

»Das kannst mir doch jetzt schon sagen. Was soll denn des?«

»Hör auf zum Quatschen und mach dich an die Arbeit. So viel Zeit hab ich nimmer.«

Es war schon gegen sieben, als Kreuthner Manfred am Telefon erreichte. Wallner war noch nicht aus dem Büro zurück und hatte gesagt, es werde spät werden und dass er auf dem Weg nach Hause essen gehen würde, Manfred müsse also nicht für ihn mitkochen. Manfred saß allein in der Küche und löffelte Grießnockerlsuppe, eine Speise, die für seine inzwischen nicht mehr ganz fest sitzenden Zähne noch gut zu verarbeiten war.

»Der Leo! Da schau her. Willst an Clemens sprechen?«

»Na, ich möcht mit dir reden.«

»Wie komm ich zu der Ehre?«

»Ich brauch jemanden in am gewissen Alter, der – ich sag amal: ein Auge für Frauen hat.«

Manfred kicherte. »Da bist net an der falschen Adresse. Wie kann ich behilflich sein?«

»Du hast doch in den Siebzigern in der Papierfabrik gearbeitet?«

»Seit die Fuchz'gerjahr. Aber in die Siebz'ger auch. Was hat des mit Frauen zum tun?«

»Ende der Siebz'ger – hat's da eine Frau in der Poststelle gegeben?«

»Poststelle in dem Sinn hamma keine g'habt. Des war net so viel Post. Die Post hat die Chefsekretärin g'macht.«

»Aha ... und was war des für eine?«

»Die war net uneben. A bissl steif, wennst verstehst, was ich mein.«

»Glaubst, die hätt am Gefangenen Briefe g'schrieben?«

»Ins G'fängnis?«

»Genau.«

»Vielleicht am Verwandten.«

»Nein, nein! Liebesbriefe.«

»Könnt schon sein. Stille Wasser! Sag ich nur. Aber ... nein, ich glaub's net, weil ...«

Manfred zögerte ein wenig.

»Weil was?«

»Die war in ihren Chef verliebt. Ganz a ungute G'schicht. Weil der hat des überhaupts net g'spannt, dass die was von ihm will. Die hat sich quasi verzehrt nach eahm.«

»Und deswegen ...?«

»Da war kein Platz für an anderen Mann.«

»Hat's sonst noch wen gegeben, der wo mit der Post zu tun g'habt hat? Hat die Chefsekretärin die Post selber von der Post g'holt?«

»Wieso von der Post g'holt? Mir ham damals schon Briefträger g'habt.«

»Aber auch a Postfach. Und das muss ja jemand ausg'leert ham.«

»A so ...!« Beredtes Schweigen am wallnerschen Ende der Leitung.

»Was heißt a so? Is dir was eing'fallen?«

»Eing'fallen?«

»Ja. Es hat so geklungen, wie wenn dir bei dem, was ich grad g'sagt hab ... was eing'fallen warat.«

»Was hast denn g'sagt?«

Kreuthner stöhnte.

»Ja, ich bin nimmer der Jüngste«, maulte Manfred. »Bin froh, wenn ich mir meinen Namen merken kann.«

»Schon gut. Mir ham von dem Postfach von der Papierfabrik geredet. Und ob die Chefsekretärin ...«

»Ja, genau!«, fiel Manfred Kreuthner ins Wort. »Sag's halt gleich. Also, das glaub ich nicht, dass die Chefsekretärin ... wie hat s' denn noch g'heißen? Wart, ich komm gleich drauf. Irgendwas mit Müller oder Meier ...«

»Des is doch wurscht, wenn die net infrage kommt. Was glaubst du nicht wegen der Chefsekretärin?«

»Na ja, die is morgens mit dem Werksbus von Hausham gekommen, weil die hat keinen Führerschein g'habt. Und das Postamt is zwei Kilometer weg von der Fabrik. Die hat die Post bestimmt net g'holt.«

»Wer dann?«

»Da war noch a anderes Mädel in der Verwaltung. Ich glaub, die hat die Post jeden Morgen mit'bracht.«

»Wer war die Frau?«

Ein langes Schweigen setzte ein. Kreuthner ließ Manfred nachdenken, denn er konnte verstehen, dass jemand in dem Alter etwas länger brauchte. Nach einer halben Minute überkamen ihn jedoch Zweifel.

»Manfred? Bist du noch dran?«

»Ja, zefix! Ich denk nach.«

»Es wär gut, wennst du beim Nachdenken Geräusche machen könntst. Net dass du schon im Bett bist, und ich wart die halbe Nacht.«

»Ich geh doch net ins Bett, wenn ich telefonier!«

»Das letzte Mal hast den Hörer hing'legt und bist Fernsehen gegangen.«

»Ich wollt nur was zum Schreiben holen. Und wie ich ins Wohnzimmer komm, is da eine Tiersendung im Fernsehen g'laufen. Ich hab einfach kurz vergessen, dass du noch dran bist.«

»E-ben!«

»Die Sendung war aber sehr interessant. Da is es um die

Tierwelt von Madagaskar gegangen. Hast du g'wusst, dass der Fossa...«

»Nein. Und mich tät auch mehr interessieren, wer die Frau war. Die mit der Post. Ende der Siebzigerjahre.«

»Ich weiß, welche Frau. Aber mir fällt einfach net ein, wie die g'heißen hat, und wie sie ausg'schaut hat, weiß ich auch nimmer. Aber heut wird sie eh ganz anders ausschauen.«

»Davon gehen mir mal aus. Brauchst Zeit zum Nachdenken?«

»Des is vierzig Jahre her. Wie soll ich des heut noch wissen?«

»Des is schon noch irgendwo in deinem Schädel. Du musst es bloß finden.«

»Und wo fang ich's Suchen an?«

»Mei ...« Das wusste Kreuthner auch nicht. Dass alte Leute vieles vergaßen, war ihm klar. Aber wie man verschüttete Erinnerung wieder ausgrub, war ihm weniger klar. »Vielleicht brauchen mir professionelle Hilfe«, sagte er schließlich.

»Pro-fes-sio-nelle Hilfe!« Manfred klang irritiert bis amüsiert. »Wieso is'n des so wichtig?«

»Es ist jemand, wo meinem Vater wichtig is. Und der hat nimmer lang zu leben.«

»Hab schon g'hört. Mein Beileid.«

»Noch lebt er. Aber pass auf: Mir fahren zur Stefanie. Die hat bestimmt irgendeinen Zauber, dass du dein Gedächtnis wiederfindst.«

Stefanie Lauberhalm verdiente nicht nur als Hexe ihren Lebensunterhalt, sondern war auch die Adoptivmutter von Wallners Halbschwester Olivia, die wiederum Manfreds Enkelin war.

»Jetzt noch?« Manfred schaute auf die Küchenuhr. Sie zeigte Viertel nach sieben.

»Logisch. Oder hast an wichtigeren Termin?«

Manfred überlegte kurz. »Musst mich aber abholen.«

Stefanie Lauberhalm lebte mit ihrem Mann Ansgar und ihrer Adoptivtochter Olivia in einem ehemaligen Bauernhof, auf dessen Land sich alte, mit spirituellen Kräften behaftete Erdställe befanden. Ansgar war Ingenieur und hatte für Stefanies Hexenkünste wenig Verständnis, wenngleich sie mit ihrer Magie so manches Mal Dinge bewirkte, die Ansgar stochastisch beim besten Willen nicht auf Zufall reduzieren konnte. Die beiden hatten ein Agreement, wonach Ansgar Stefanies Zauberei nicht kommentierte und Stefanie nicht darauf bestand, Olivia von ihrer Sicht der Dinge zu überzeugen. Olivia, inzwischen dreizehn Jahre alt, hatte sich bereits entschieden: für die naturwissenschaftliche Sicht ihres Vaters. An Zauberei glaubte sie also nicht, wohl aber daran, dass man damit Geld verdienen konnte – eine zynische Einstellung, die ihre Mutter tief missbilligte und es ihrer Tochter deswegen verbot, jeder Form der Hexerei nachzugehen. Trotzdem hatte sich Olivia ihre Haare, nach dem Beispiel der Hexen-Mutter, rot gefärbt.

»Was kann ich für euch tun?« Stefanie trug Jeans und T-Shirt und auch sonst keinerlei Insignien ihrer Hexenschaft.

»Is die Olivia da?«, fragte Manfred. Seine Enkelin besuchte ihn öfter nach der Schule in Miesbach. In Olivias Zuhause trafen sie sich eher selten, denn es war abgelegen hier draußen und Manfred auf fremde Hilfe angewiesen, wenn er herkommen wollte.

»Ja, aber ...«, sie senkte die Stimme und schielte in Richtung Wohnzimmertür, »... die hat gerade Besuch von Luis. Aus ihrer Klasse. Sie lernen zusammen.« Stefanies Gesicht signalisierte eine Mischung aus Amüsement und freudiger Gerührtheit über die Tatsache, dass ihre Tochter begann, sich für Jungs zu interessieren.

»Dann stören mir sie am besten nicht«, sagte Manfred, ebenfalls voll des Verständnisses.

»Mir ham überlegt«, übernahm jetzt Kreuthner die Gesprächsführung, »ob du uns net helfen könntst. Weil der Manfred hat a bissl Probleme mit dem Gedächtnis. Er is ja nimmer der Jüngste, net?«

»Was heißt: Is nimmer der Jüngste? Des is vierz'g Jahr her! Des hat doch nix mit'm Alter zu tun.«

»Jetzt nimm's halt net gleich persönlich. Mit neunzig kann man schon mal an Namen vergessen.«

»Ich bin noch net neunzig!«

Kreuthner wandte sich mit schelmischem Ausdruck an Stefanie. »Das immerhin weiß er noch!«

»Dann sag du mir doch, wie …«, Manfred stockte und suchte erbost und hektisch nach einem passenden Konter, »… wie … wie des Mädel geheißen hat, wo bei deinem ersten Vollrausch dabei war.«

»Mein erster Vollrausch? Glaubst, da kann ich mich an irgendwas erinnern?«

»Ah, ja! Aber über mich lästern.«

»Ich kann mich net erinnern, weil ich betrunken war!«

»Geh, Schmarrn. An des Mädel wirst dich doch noch erinnern.« Manfred wandte sich mit verschwörerischer Miene an Stefanie. »Am Gmunder Volksfest is er auf alle viere vor ihr umeinand' krochen und hat ihr an Heiratsantrag g'macht.« Manfred verfiel in ein boshaftes Kichern.

»Ich nehme nicht an, dass die Dame eingewilligt hat?«, fragte Stefanie in Richtung Kreuthner.

Der breitete die Arme in Ahnungslosigkeit aus.

»Na, hat s' net«, sprang Manfred ein. »Dafür hat er ihr vor die Füß g'reihert. Es war wirklich schlimm. Und das in dem Alter.«

»Wie alt war er denn?«

»Zwölf.« Manfred nickte mit Erschütterung im Gesicht.

»Ja – des is alles lang her.« Kreuthner wischte das Thema mit einer Handbewegung weg. »Jetzt mal zurück zu dir.«

»Wie hat sie denn geheißen?«, insistierte Manfred.

»Herrgott! Ich weiß es nicht!«

»Da schau her! Aber ich soll mich an jedes Weiberts erinnern, wo ich jemals in meinem Leben g'sehen hab.«

»Schluss jetzt!« Stefanies Ton ließ wenig Zweifel, dass sie die beiden Streithähne vor die Tür setzen würde, wenn das so weiterginge. »Was soll ich tun für euch?«

»Mir brauchen an Erinnerungszauber. Dass sich der Manfred an eine Frau erinnert, wo er mal gekannt hat. Is vierzig Jahr her.«

»Hast du was mit der gehabt?«, fragte Stefanie.

»Na, hab ich net. Sonst tät ich mich ja erinnern.« Manfred blickte in Richtung Kreuthner, ob von der Seite eine dumme Bemerkung oder nur auch freches Mienenspiel kam.

»Ja logisch tätst dich erinnern, wenn da was g'laufen wär«, versuchte Kreuthner die Wogen zu glätten. »Es war jemand bei der Arbeit. In der Papierfabrik. Hast da irgendeinen Zauber?«

»Natürlich. Eine Sitzung im Erdstall.«

»Erdstall? Des is doch was unter der Erde?« Manfred klang besorgt.

»Na ja, du musst nicht unbedingt reingehen. Das ist tatsächlich ein bisschen mühsam für … für Senioren. Es reicht, wenn du auf dem Erdstall sitzt. Ein Erdstall ist ein spirituelles Kraftzentrum. Wenn du bereit dazu bist, kannst du die Kraft aufnehmen und in etwas Positives umwandeln – etwa, dich an etwas erinnern, das du vergessen hat.«

»Na dann – auf geht's!«

Kreuthner war bereit, nach draußen zu gehen, aber Stefanie gab die Tür noch nicht frei.

»Es könnte eine längere Sitzung werden. Und ihr solltet wissen, dass das nicht billig ist.«

»Ach so?« Kreuthner sah erstaunt zu Manfred, dann wieder zu Stefanie. »Na ja, ich hab denkt, dass … also, weil's ja für an Verwandten is …«

»Nein, nein!«, unterbrach ihn Manfred. »Des is für dich. Mir is des völlig wurscht, wie des Mädel g'heißen hat. Du willst es wissen.«

Kreuthner ging kurz in sich. »Wie viel?«

»Siebzig die Stunde. Und ich weiß nicht, wie lange wir brauchen.«

Manfred sah Stefanie mit offenem Mund an. »Ich hock mich doch net stundenlang nachts in die Kälte!«

»Dann wird's eh schwierig. Ein bisschen Zeit braucht man schon.«

Kreuthner schwante, dass die Sache kompliziert und teuer würde. »Gibt's keine andere Lösung? So was wie … an Zaubertrank?« Er wandte sich einem kleinen Regal zu, in dem diverse Fläschchen standen und kleine Phiolen mit bunten Flüssigkeiten darin. Er nahm eine braune Phiole, an der mit einem roten Bändchen ein Schild aus Pappe befestigt war. »Hier: Bewusstseinserweiterung. Genau, was mir brauchen.«

Stefanie nahm ihm die Phiole weg und stellte sie wieder zurück.

»Das ist ein Extrakt aus verschiedenen Pilzen. Kein Mensch kann vorhersagen, was passiert, wenn der Manfred das nimmt. Ein halber Tropfen reicht, und du siehst Dinge, von denen du bislang noch nicht einmal geträumt hast.«

»Dinge aus der Vergangenheit?«

»Auch. Aber das gebe ich nicht aus der Hand. Ich habe es selber noch nicht ausprobiert. Und außerdem ist es strafbar.«

»Ouh, ouh! Dann … dann lassen wir mal besser die Finger davon!« Kreuthner lachte und blickte zu Manfred. Der wirkte genervt und etwas ungeduldig. »Vielleicht hast ja was anderes, wo einfach … wie soll ich sagen … sein Hirn a bissl in Schwung bringt. Ich zahl's auch.«

284

»Ich geb euch ein Pulver auf Ginkgo-Basis.« Stefanie ging ans andere Ende des Zimmers zu einem schwarzen Schrank mit rotem Drudenfuß auf der Tür. Nach einigem Suchen brachte sie ein Tontöpfchen mit Korkverschluss zurück, das sie Kreuthner in die Hand drückte.

»Was schulde ich dir?«

»Nicht der Rede wert. Sag mir Bescheid, wenn's geholfen hat. Einen Teelöffel in heißem Wasser auflösen und nach Einnahme eine halbe Stunde warten.«

»Super. Ich melde mich!«

Kreuthner packte Manfred am Arm und verabschiedete sich gut gelaunt.

Der Dampf stieg Manfred aus der Tasse ins Gesicht, als Wallner die Küche betrat. Er hatte noch seine Daunenjacke an und nahm die angelaufene Brille ab.

»Ja, hallo! Seltener Besuch!«

Der Gruß galt Kreuthner, der mit Manfred am Tisch saß. Vor ihm stand das Töpfchen mit dem Ginkgopulver.

»Servus. Mir recherchieren grad was für meinen Vater.«

»Wegen dieser Frau, die ihm die Briefe geschrieben hat?«

»Wenn ich's rauskrieg, erzählt er mir was übern Branek.«

»Sehr gut. Soll ich dabei sein oder stör ich eher?«

»Mir ham's bis jetzt ganz gut ohne dich g'schafft«, sagte Manfred und sog den aromatischen Dampf ein.

»Kein Problem. Muss eh morgen früh raus. Schönen Abend noch!«

Als Wallner die Küche verlassen hatte und man seine ächzenden Schritte auf der Treppe nach oben hören konnte, probierte Manfred vorsichtig einen Schluck aus der Tasse.

»Jetzt kann man's trinken. Is kalt genug. Bin g'spannt, ob's was hilft.«

»Des – des hilft gar nix.«

Manfred zeigte sich erstaunt über Kreuthners sehr bestimmte Ansage.

»Wozu hamma's dann mitg'nommen?«

»Um die Hex abzulenken.« Kreuthner stellte eine kleine braune Phiole auf den Tisch. »Wir probieren's mal damit.«

»Des Schwammerlwasser?« Manfred starrte die Phiole mit ängstlichem Respekt an.

»Ja logisch. Des is vierzig Jahr her. Da musst schon Gas geben.« Er ließ einen verächtlichen Zischlaut hören. »Ginkgo!«

Manfred zog mit wackeliger Greisenhand das Glasfläschchen zu sich und hielt es gegen das Licht. »Wer weiß, was da drin is. Ich mein, ich hab eh nimmer lang zu leben. Aber gleich heut Abend muss es ja auch net vorbei sein.«

»Des san Schwammerl. Was soll da passieren?«

»An Schwammerln kannst sterben. Und sie hat's ja noch net ausprobiert.«

»Da passiert nix. Die Stefanie is doch net blöd. Komm – ich trink auch was davon. Dass du siehst, dass es harmlos is.«

»Wennst du was machst, is es eigentlich immer saugefährlich.«

»Musst net alles glauben, was die Leut über mich erzählen.«

Kreuthner nahm den kleinen Pfropfen aus dem Phiolenhals und hielt das Gefäß über den Ginkgotee.

»Vorsicht!«, mahnte Manfred. »A halber Tropfen.«

»Das weiß die Stefanie doch gar net. Sagst ja selber, dass sie's net probiert hat.« Kreuthner stülpte die Phiole um, und ein ordentlicher Spritzer schoss in die Teetasse. Danach war das Fläschchen nur noch halb voll. Anschließend rührte er mit einem Löffel gründlich um und schob das Getränk zu Manfred.

Der schob es zu Kreuthner zurück. »Du zuerst.«

286

Kreuthner setzte die Tasse an und trank sie zur Hälfte aus. Dann schob er sie wieder zu Manfred und lehnte sich entspannt nach hinten.

»Und?«, fragte Manfred, nachdem er einige Sekunden hatte verstreichen lassen.

»Fühl mich sauwohl. Alles super.«

Manfred zögerte immer noch, als Kreuthner mit einem Mal einen hoch konzentrierten Gesichtsausdruck bekam.

»Hey! Ich seh auf einmal alles so klar. Unglaublich!«

»Und? Kannst dich an was erinnern, wo du nimmer g'wusst hast?«

Kreuthner nickte nachdenklich. »Ja. Absolut. Der Onkel Simon hat mir mal erzählt, wo er an Schatz versteckt hat. Und ich Depp hab's vergessen. Jetzt weiß ich's wieder!«

»Aha – und wo hat er'n versteckt?«

Kreuthner lächelte Manfred an. »Netter Versuch.« Er deutete auf die Tasse. »Also – hopp! Runter damit.«

Manfred ergriff – immer noch skeptisch – die Tasse und führte sie mit zitternden Händen zum Mund.

»Schmeckt gar net schlecht.« Er setzte die leere Tasse auf dem Tisch ab, und sie warteten beide darauf, dass sich etwas ereignete.

33

Die Pilze in der Pfanne brutzeln und zischeln, und manchmal schmatzt es, und einer der violetten Mini-Boviste, oder was immer das ist, springt von einer Seite der Pfanne auf die andere, um dort mit seinen Kameraden weiterzubrutzeln. Kreuthner kommt es vor, als seien sie sich über etwas in die Haare geraten und zankten zischelnd wie böse Zwerglein. Aber vielleicht machen sie sich auch lustig über ihn. Und das ärgert Kreuthner. Dürfen sich Pilze über Menschen lustig machen? Der Aufruhr in der Pfanne hält an, obwohl sie doch gar nicht mehr auf dem Feuer steht, sondern auf dem Tisch. Kreuthner bemerkt die Gabel in seiner Hand, eine mit drei Zinken, und die sind lang und bösartig spitz. Damit wird er dem lila Britzel-Schmatzel jetzt ein Ende bereiten. Doch pfitsch und hoppala! Wieder flutscht so ein Bovistlein quer über die Pfanne. Hat wohl gerochen, dass die Gabel im Anmarsch ist. Kreuthner nimmt die Forke wie einen Füller und zielt auf einen der fleischigen Purpurhüte. Doch wie er den aufspießen will – pfitsch! Weg! Kreuthner nimmt sich ein anderes Ziel, doch hier das Gleiche: pfitsch, pfitsch, pfitsch! Die veralbern ihn. Plötzlich ist in der Pfanne ein lustiges Gehüpfe und Geschnalze, wie in einem Froschteich.

»Komm, Kleiner! Iss brav deine Schwammerl!«, hört Kreuthner eine weibliche Stimme sagen. Leichter Hall im Ton, aber auch ein bisschen Spott, sonst: angenehmer Alt, leicht rauchig, dezent verrucht. Wo kommt die her? Kreuthner nimmt den Kopf hoch und stülpt den Blechdeckel, den er mit einem Mal – wieso eigentlich – in der Hand hat, über die Pfanne, worauf das Gehüpfe aber nicht nachlässt, nur der Klang wird anders: jetzt aggressives Popcorn-Ploppen gegen den Metalldeckel.

Die verrucht klingende Frau hat rote Haare wie die Hexe Stefanie und ein grünes Kleid. Kreuthner sieht sie nur von hinten, ist aber sicher, dass ihr Gesicht schön ist – das Gesicht von Lisa vielleicht? Rums – schon ist sie draußen, raus aus der Tür, raus aus dem Zimmer mit den dunkelroten Wänden. Von der Decke, sieht Kreuthner jetzt, hängen Pentagramme, deren Kanten sind Lichterketten mit allerlei Effekten. Es blinkt, und Leuchtwürmer laufen die Ketten entlang, wechseln ihre Farben von Bernstein zu Kobaltblau und weiter zu Fanta-Orange, und Kreuthner wird ganz wirr im Kopf. Die verdammten Pilze, denkt er und geht der Frau hinterher.

Der Gang ist schwarz und folglich finster, nur an der Decke schlängelt sich hier und da ein kleiner Leuchtwurm entlang. Muss wohl aus einem der Drudenfüße entwischt sein, vermutet Kreuthner. Ganz am Ende der schwarzen Röhre glimmt es schwach. Von da weht auch ein lauer Wind, der trägt den Duft von Patschuli und Kienspan und warmem Bett. Kreuthners Atem geht schneller, und er hofft, dass ihm die Rothaarige nicht böse ist wegen der Pilze, aber das wird er ihr schon erklären, dass das nur ein Spaß war, und er hat ja nicht wissen können, dass die gleich so frech werden, die Bovistzwerge. Und wie er das denkt mit den Pilzen und der Frau, da saugt ihn das Ende des Ganges förmlich ein, hebt ihn von den Füßen und lässt ihn eine Handbreit über dem Boden schweben, und hui-wupps geht das ab wie in der Rohrpost durch den dunklen Tunnel, immer dem Glimmen entgegen. Und wie der Tunnel Kreuthner ausspuckt, kann er endlich sehen, wo das Glimmen herkommt: Holzscheite knistern in einem offenen Kamin. Und vor dem Kamin liegt die rothaarige Frau. Jetzt sieht Kreuthner ihr Gesicht. Es ist eine laszive Mischung aus Stefanie und Lisa. O ja, die ist tatsächlich eine Bombe von einer Frau und liegt unter einem Bärenfell, und wie er das so einschätzt, hat sie darunter nichts an. »Komm unters Fell, du kleines Schwammerl«, sagt ihre rauchige Stimme, und wie sie den Mund offen hat, kann man die sexy kleine Lücke zwischen den Schneidezähnen sehen, und Kreuthner denkt: Da muss ein Haken sein, denn das ist dann doch zu schön, um wahr zu sein. Ja, ja, ganz sicher muss da ein Haken sein. Trotzdem schlüpft er unter die Decke, denn für den Fall, dass da doch kein Haken ist, würde er sich ewig in den Arsch beißen, wenn er's jetzt nicht macht.

Ihr Körper ist warm und weich, und außer nackter Haut ist da nichts unter dem Fell. Sie schlingt den Arm um Kreuthner und streichelt ihm über die Wange, dreht seinen Kopf zu sich, sodass sie sich Nase an Nase in die Augen sehen. Die Frau lächelt, ihre Lippen geben die blendend weißen Zähne frei. Und immer mehr davon geben die Lippen frei, denn sie werden – da staunt Kreuthner aber – dünner und dünner, und innerhalb weniger Augenblicke sind die Lippen ganz verschwunden, während der Rest der Gesichtshaut sich immer enger an den Schädel schmiegt. Jedes Unterhautfett, so kommt es Kreuthner vor, schwindet aus dem Gesicht der Frau. Auch ihre grünen Augen werden immer kleiner in den Höhlen, bis sie sich mit einem *Pling!* ins Nichts verabschieden und zwei dunkle Löcher in einem Totenschädel zurücklassen. Auch die Hand auf Kreuthners Wange fühlt sich nicht mehr weich an, sondern hart und knochig. Kreuthner nimmt den Arm und hebt die Hand von seinem Gesicht. Und was muss er sehen? Ach du Schande! Mehr Knochen als Haut. Das also ist der Haken, geht es Kreuthner durch den Kopf, und wie ungerecht und gemein diese Träume immer sind. Die schöne Rothaarige hätte sich doch lumpige fünf Minuten Zeit lassen können, bevor sie zum Skelett wird. Klar, das wäre dann noch enttäuschender gewesen, wenn er diese Hammerfünfminuten mit der Frau vorher gehabt hätte. Nur – die hätte er dann, wenigstens gehabt. Aber so gar nichts zu bekommen für die Nummer mit der Gammeljule ... Verärgert wachte Kreuthner auf.

Zumindest dachte er das. Doch als er die Augen öffnete, war das Skelett keineswegs verschwunden. Es lag immer noch neben ihm. Der knochige Arm ruhte nachgerade liebevoll auf Kreuthners Brust. Etwas freilich war anders als im Traum. Der Schädel hatte noch Augenlider. Und die gingen mit einem Mal auf. Ein eisiges Zucken durchfuhr Kreuthner. Auch der Totenschädel schien sich erschreckt zu haben, denn er hauchte ein gruselig-jenseitiges »Hohhhh!«. Dann starrte er seinen Knochenarm an und nahm ihn rasch von Kreuthners Brust, die unter einer Bettdecke steckte. »'tschuldigung«, kam es verlegen aus dem Knochenkopf, und Kreuthners Wahrnehmung wurde langsam klarer, denn der Totenkopf kam ihm bekannt vor.

»Servus, Mani«, sagte er zu seinem Bettgenossen, denn das war Manfred Wallner, der Großvater von Kommissar Clemens Wallner, fast neunzig – aber noch keineswegs tot.

Manfred sah sich mit großen Augen und misstrauischem Blick um und sagte: »Jetzt is passiert!«

»Was is passiert?«

»Jetzt hat mich der Alzheimer. Ich wach auf und weiß nimmer, wie ich hergekommen bin.«

Er sah Kreuthner fragend an. Aber der war selbst ratlos. »Na ja – es is dein Zimmer.« Kreuthner richtete sich im Bett auf.

»Des seh ich selber. Aber was war gestern Abend?«

Kreuthner wischte sich mit dem Handballen die schlaftrunkenen Augen aus.

»Mir waren bei der Stefanie, und dann waren mir hier und ham an Tee getrunken.« Er nickte nachdenklich. »An Schwammerltee.«

»Schwammerltee?«

»Dieser Pilzextrakt in dem Flascherl.« Kreuthner schüttelte sich. »Ich hab vielleicht ein Zeug geträumt.«

»Und ich erst!« Manfred kicherte. »Des kann ich gar net erzählen, was ich geträumt hab. Mein lieber Schieber!« Er kicherte erneut, wie über einen besonders unanständigen Witz.

»Hat aber nix mit der Stefanie zu tun g'habt, oder?«

Manfred zuckte ein wenig zusammen und blickte Kreuthner ertappt an.

»Stefanie? Wie kommst jetzt auf die?«

»Nur so. Weil … mir ham des Zeug ja von ihr. Deswegen.«

»Verstehe …«

Kreuthner verließ das Bett, um sich zu orientieren.

»Du, Leo …« Manfreds Blick war eine Mischung aus Entsetzen und dem Ahnen einer grausamen Wahrheit.

»Was is?«

»Du hast da … nix an.«

In der Tat. Am T-Shirt-Saum endete Kreuthners bekleidete Zone. Er nahm seine Unterhose, die auf dem Boden lag, und zog sie an. »Sorry.«

»Schon gut.« Manfred lachte atemlos. »Hoff' ma mal, dass nix passiert is.«

»Was soll denn passiert sein?«

»Ich mein ja nur. Mir wachen im selben Bett auf und wissen nimmer, was los war letzte Nacht.«

Kreuthner zog die Augenbrauen Richtung Stirn.

»Net dass du mich in deinem Suri für a resches Madl ang'schaut hast.«

»Du, Manfred …«, Kreuthner zog seine Hose an, »nimm's net persönlich, aber den Rausch, wo ich dich mit am reschen Madl verwechsel, den gibt's net.«

Kreuthner sah zu, wie sich die Kopfschmerztablette im Wasserglas auflöste. Er hatte nach Manfreds Anleitung Kaffee gekocht. Jetzt saßen sie in der Küche und versuchten gerade, ihre Gedanken zusammenzubekommen, als Wallner den Raum betrat.

»Guten Morgen, die Herren!« Wallners Begrüßung klang leicht irritiert, und das lag an Kreuthners Anwesenheit. »Was führt dich so früh zu uns?« Er stutzte. »Oder hast du hier …?«

»Ich hab hier übernachtet«, sagte Kreuthner.

»Habt ihr gestern Abend noch gezecht?«

»Nur Tee getrunken und …« Kreuthner brach ab und sah Manfred an. »Jetzt fällt's mir wieder ein. Hat's was geholfen?«

»Geholfen? Wobei genau?«

»Ob dir wieder eing'fallen is, wer die Frau war. In der Papierfabrik.«

»Ach … die Frau!« Manfred starrte nach draußen, wo bunte Ahornblätter am Fenster vorbeifielen. »Doch! Jetzt, wo'sd es sagst. Die Frau!« Manfred kniff die Augen zusammen und konzentrierte sich. »Ich hab die wieder vor mir.«

»Echt jetzt?« Kreuthner erwachte aus seiner Morgenlethargie.

»Ja, des war so a mittelgroße, braune Haare, blaue Augen. Ich seh sie genau vor mir.« Er nickte, eine warme Erinnerung schien sich einzustellen. »Braune, halblange Haare. Ich hab heut von ihr geträumt.«

»Ha!« Kreuthner schoss von seinem Sessel hoch. »Dann hat des Zeug geholfen!«

»Welches Zeug?«, mischte sich jetzt Wallner ins Gespräch.

»Nix. So a … Tee. Von der Stefanie.«

»Alles klar.« Wallner hielt Zauberei für Humbug, und mit der Erwähnung von Stefanie war die Sache für ihn erledigt.

»Also wie jetzt?« Kreuthner war hinter Manfred getreten und legte eine Hand auf dessen Schulter. »Braune, halblange Haare und weiter …?«

»Blaue Augen. Und a ganz a liabs G'sicht.«

»Das war's?«

»Was noch?« Manfred kraulte sich das Kinn. »Sommersprossen hat s' g'habt. Oder? Ja doch, ich mein, sie hätt Sommersprossen g'habt.«

»Du, Manfred, nix für ungut, aber die Beschreibung is a bissl … allgemein. Geht's net genauer?«

»Mei – die hat halt *allgemein* ausg'schaut. Kann net jeder an Zinken im G'sicht ham oder a Hasenscharte.«

»Und der Name?«

»Name! Du bist lustig. Nach vierz'g Jahr will er an Namen.«

»Geh das Alphabet durch. Da fällt einem oft der Name wieder ein.«

»Sollen wir ein Phantombild anfertigen?«, schlug Wallner vor.

»Hey! Super Idee! A Phantombild!«

»Das war ein Scherz«, dämpfte Wallner Kreuthners aufkeimende Euphorie. »Wir werden für diesen Unfug keine Steuergelder ausgeben.«

»Unfug? Ich recherchier gerade wegen dem Branek.«

»Was hat das mit meinem Großvater und der braunhaarigen Frau zu tun?«

»Mein Vater sagt mir was übern Branek, wenn ich ihm den Namen der Frau beschaff.«

»Ach, die Geschichte wieder.« Wallner wandte sich zur Tür. »Wir sehen uns im Büro.«

Als er draußen war, rückte Kreuthner seinen Stuhl dicht an Manfred und sagte leise: »Wir fahren jetzt zur Polizeiinspektion. Die ham da a Computerprogramm, da kann man Gesichter zusammenbasteln. Verstehst?«

»Und keine Phantombilder!« Wallner hatte seinen Kopf noch einmal zur Küchentür hereingesteckt. »Ich sag der Janette Bescheid. Also versuch's erst gar nicht.«

Kreuthner trank sein Glas mit dem Kopfschmerzwasser

aus. Dann saßen sie eine Weile schweigend beieinander. Manfred versuchte, das Frauengesicht aus den 1970er-Jahren festzuhalten, und wartete, dass ein Name dazu auftauchte. Kreuthner sah Manfred beim Nachdenken zu.

»Ich hab's!«, verkündete Manfred nach einer Weile.

»Den Namen?«

»Wie mir ihn rauskriegen.«

Sie gingen zurück in Manfreds Zimmer, wo Kreuthner einen weißen Karton vom Kleiderschrank holen musste. Darin befanden sich die Jahreshefte der Papierfabrik. Die Sammlung umfasste alle Jahrgänge von 1958 bis 1995. Manfred suchte selbst, denn er wollte nicht, dass Kreuthner etwas durcheinanderbrachte. Das dauerte zwar seine Zeit, denn bei jedem Band, den Manfred in die Hand nahm, überkamen ihn blumige Erinnerungen, die er mit Kreuthner teilte. Aber schließlich war der Band 1978 an der Reihe, und nach einigem Blättern und entzückten Kommentaren in der Art von »Mei, schau dir die Haar an! Des gibt's ja net. Und die Krawatten! Na, na, na!«, gelangte er zu einer Seite, auf der ein Gruppenfoto der damaligen Personalabteilung abgedruckt war.

»Die da.« Manfred tappte mit einem Finger auf eine dunkelhaarige Frau um die dreißig mit Bluse und Midirock. »Die, mein ich, wär's gewesen.«

Kreuthner betrachtete das Foto und sagte nichts.

»Des is die, wo ich g'meint hab. Die war damals in der Personalabteilung. Ob die jetzt die Post g'holt hat, des weiß ich net. Da ham mir nix mit zu tun g'habt.«

Kreuthner starrte auf das Foto und sagte nichts.

»Ob des die is, wo dein Vater meint, des weiß ich natürlich net.«

»O doch«, sagte Kreuthner, schien aber irgendwie konsterniert zu sein. »Die meint mein Vater. Da bin ich absolut sicher.«

34

Max Pirkel sagte: »Oh«, als Kreuthner ihm das Foto auf seinem Handydisplay zeigte. »Oh« und: »Des is a Witz, oder?«

»Nein. Kein Witz. Ergibt ja auch irgendwo Sinn.«

Pirkel versank in Schweigen, bettete seinen Kopf aufs Kissen und starrte an die Decke. Aus dem Fernseher schrie eine Horde Paviane. Kreuthner nahm die Fernbedienung vom Nachttisch des Bettnachbarn und schaltete den Fernseher aus, worauf der gemaßregelte Zimmergenosse zu einer Beschwerde ansetzte, die er aber bleiben ließ, als er Kreuthners Gesicht sah.

»So viel Scheiß hab ich gebaut in meinem Leben. Aber das da …«, Pirkel nahm das Handy auf seiner Bettdecke, ohne hinzusehen, zwischen zwei Finger, »… des is der größte.«

»Hast es ja net wissen können.«

»Aber spüren.«

Pirkel verstummte, schluckte, und das Kinn begann ihm zu zittern.

»Hast du sie je wiedergesehen nach deiner Zeit im Knast?«

Pirkel schüttelte den Kopf und wischte sich eine Träne aus dem Auge.

Vater und Sohn schwiegen eine Weile.

Der Bettnachbar meldete sich mit der Fernbedienung in der Hand.

»Ich würde gern wieder laut machen.«

»Nein, Zefix«, fauchte ihn Kreuthner an. »Nimm an Kopfhörer.«

»Die kosten extra.«

296

»Fünf Minuten, Herrschaftzeiten! Lass die Kist'n einfach fünf Minuten aus, okay?«

Der Bettnachbar vertiefte sich in eine Programmzeitschrift.

»Ich hätt's wissen müssen«, sagte Pirkel, nachdem wieder Ruhe eingekehrt war. »Aber ich hab's damals nicht sehen wollen. O Gott – ich hätt's wissen müssen!« Er nahm Kreuthners Arm mit beiden Händen. »Deine Mutter war die Frau meines Lebens. Meine Seelenverwandte. Der Mensch, den du nur einmal triffst. Und ich hab sie weggestoßen. Kann man noch mehr Scheiß bauen in einem Leben?«

»Schlimmer geht immer«, sagte Kreuthner, machte sich von Pirkels Griff frei und setzte sich auf einen Besucherstuhl. »Sieh's mal so: Ihr zwei habt a schöne Zeit g'habt.«

»Meinst du des eine Mal im Bett?«

»Nein. Wie du im G'fängnis warst. Hast dich wahrscheinlich die ganze Woche auf den Brief von ihr gefreut, oder?«

Pirkel nickte mit Wehmut im Blick.

»Und sie hat sich auf deinen Brief g'freut. Ihr habt's a Beziehung g'habt mit nur die schönen Seiten. Wie lang …?«

»Fünfunddreißig Monate und zwei Tage.« Ein Lächeln machte Pirkels Gesicht zehn Jahre jünger.

»Kein Streit, kein G'schiss. Ihr habt's euch nur nette Sachen g'schrieben. Drei Jahre lang. Wer sonst hat denn so a Beziehung? Ich kenn niemand.«

Pirkel schüttelte langsam den Kopf, als sei er mit einem Mal fassungslos über das Glück, das er erleben durfte. Doch dann wurde sein Ausdruck nachdenklich, und er sah zu Kreuthner hoch.

»Wie alt warst du damals, neunundsiebzig?«

»Sieben.«

»Hast du mitbekommen, wie sie die Briefe geschrieben hat? Hat sie darüber geredet?«

»Nein. Ich war damals bei den Großeltern. Meine Mutter

hat ja arbeiten müssen. Ich bin erst mit zehn wieder zu ihr gekommen, wie mein Opa den Schlaganfall hatte. Da haben sie sich nicht mehr um mich kümmern können.«

»Dann hast du gar net g'wusst, dass sie in der Papierfabrik gearbeitet hat?«

»Das hat wahrscheinlich mal irgendwer erzählt. Aber ich hab's nimmer aufm Schirm g'habt.«

Pirkel nickte und hing eine Weile seinen Gedanken nach.

»Wie is sie eigentlich gestorben?«, fragte er schließlich.

»Zu früh. Mit sechzig.« Kreuthner überlegte, ob er den wahren Grund nennen sollte, und tat es dann. »Gehirntumor.«

Pirkel zuckte ein wenig zusammen, offenbar berührt von dieser überraschenden Parallele.

»Am End hat sie nix mehr mit'kriegt vor lauter Morphium. Irgendwann is sie einfach nimmer aufg'wacht. Ich hab sie damals gefragt, ob sie was bereut hat in ihrem Leben. Hat sie aber net. Ich hab mein Leben gelebt, hat sie g'sagt. Und ich hab's ihr geglaubt.«

Pirkel nahm einen Brief aus der Schachtel, die auf seinem Nachttisch stand, und betrachtete ihn.

»Was is mit meinen Briefen an sie?«

Kreuthner zuckte mit den Schultern. »Ich hab noch a paar Kisten mit Zeug von ihr. Da san s', schätz ich, drin. Ich hab nie reing'schaut.«

»Kannst mir die bringen?«

Kreuthner zögerte kurz.

»Willst sie wirklich haben?«

»Ja. Wieso?«

»Mei – wenn ich selber Zeug les, wo ich früher mal g'schrieben hab … Vielleicht is es netter, wennst einfach nur ihre Briefe hast.«

»Hm …« Etwas schien Pirkel zu beschäftigen.

»Was?«

»Des is halt des, was von mir bleibt. Die Briefe. Wahrscheinlich hast recht, und ich hab an furchtbaren Mist g'schrieben. Und mit Rechtschreibfehlern und so. Aber mehr gibt's halt net von mir.«

»So g'sehen ...«

»Hebst du die Briefe auf?«

Kreuthner sah Pirkel erstaunt an. »Wenn ich die bis jetzt net wegg'schmissen hab, mach ich's auch nimmer.«

»Ganz der Vater – ich schmeiß auch nix weg.« Er legte den Brief nachgerade zärtlich wieder in die Schachtel zurück. »Manchmal is es ja zu was gut, wenn man des ganze G'lump aufhebt.«

»Bestimmt«, sagte Kreuthner. »Was war jetzt mit dem Branek?«

Kreuthner erwischte Wallner, als er gerade die Teeküche mit einer Tasse Kaffee in der Hand verlassen wollte.

»Können mir kurz reden?«, sagte Kreuthner.

Wallner bot Kreuthner einen Platz auf einem Besucherstuhl an und setzte sich selbst auf die Schreibtischkante.

»Also – ich war bei meinem Vater ...«, setzte Kreuthner an. »Und der kennt tatsächlich diesen Jochen Branek. Der hat in den Neunzigerjahren als Türsteher gearbeitet. Unter anderem in am Club, wo der Skriba damals beteiligt war. So ham die sich kennengelernt. Viel im Hirn hat er scheint's net g'habt, sagt mein Vater. Aber zum Leut z'sammschlagen hat's gereicht.«

»Wie unser Freund Vokuhila?«

»Genau so a Typ! Jedenfalls hat der dann immer öfter für den Skriba gearbeitet. Für den Gerry, so ham s' ihn genannt in der Branche.«

»Als was?«

»In der Hauptsache als Schuldeneintreiber. Außerdem als Strohmann. Zum Beispiel für die Hütte am Schinder. Die hat dem Branek zwar g'hört – also er is im Grundbuch gestanden. Aber bezahlt hat die Hütte der Skriba. Anscheinend hat er da Drogen, Waffen und alles Mögliche versteckt. Ab und zu auch Leut, wo polizeilich gesucht waren.«

»Oder Entführungsopfer …«

»Jetzt kommen wir zu der G'schicht. Nick Nandlstadt – des war a Autohändler. So a inoffizieller ohne Gewerbeschein.«

»Hat unser Freund Köster schon erzählt. Und der hatte Schulden beim Branek – oder bei Skriba?«

»Beim Skriba natürlich. Der Branek war ja nur der Handlanger.«

»Im Prozess hat er aber gesagt, der Nandlstadt hätte ihm, also dem Branek, Geld geschuldet.«

»Das war anscheinend der Deal. Der Branek hat seinen Boss Skriba aus der Sache komplett rausgehalten und is für ihn ins Gefängnis gegangen.«

»Fragt sich, warum? Nur aus Loyalität?«

Kreuthner nahm sich drei Plätzchen von dem Teller, der immer und zu jeder Jahreszeit auf Wallners Schreibtisch stand und für Besprechungen gedacht war. Wallner selbst nahm nur selten einen der Kekse.

»So wie ich des seh, hat's da verschiedene Gründe 'geben. Erstens: Das war offiziell die Hütte vom Branek, und er hat das Mädel ja auch entführt. Wenn er jetzt sagt, er hätt's nur im Auftrag vom Skriba gemacht, und der streitet alles ab – wer weiß, wie des aus'gangen wär. Der Branek war mehrfach vorbestraft, der Skriba hat a weiße Weste g'habt. Schwierig.«

»Außerdem hätte man ihn so oder so verurteilt«, sagte Wallner. »Entführt hat Branek das Mädel ja. Skriba war allenfalls Anstifter. Vielleicht hätte sich Branek zwei Jahre gespart, wenn er kooperiert hätte.«

»Eben. So viel hätt sich net geändert. Der Hauptgrund war aber, meint jedenfalls mein Vater, dass ihm der Skriba nach dem Knast quasi a Rente bezahlt und die Kneip'n finanziert hat. Vielleicht finden mir da was in den Kontoauszügen.«

Wallner griff zum Telefon, Kreuthner erneut in die Keksvorräte.

»Hallo, Janette«, sagte Wallner in den Hörer, »wir haben doch sicher noch die Kontoauszüge von Gerald Skriba, oder sind die nach dem Prozess an seine Frau zurückgegeben worden?«

»Die wurden vermutlich zurückgegeben. Das waren zum Teil ja auch Geschäftsunterlagen von ihr«, sagte Janette, »Aber die sind mit Sicherheit eingescannt worden. Was brauchst du denn?«

»Ich will wissen, ob Skriba in den Jahren vor seinem Tod Geld an Jochen Branek überwiesen hat. Der Leo sagt, Branek ist damals, 1998, für Skriba ins Gefängnis gegangen.«

»Und du meinst, das hat was mit den Morden zu tun?«

»Könnte ein Racheakt gewesen sein. Jemand hat herausgefunden, dass Skriba und Branek diesen Autohändler auf dem Gewissen haben, und hat sie umgebracht. Und dann noch Skribas Frau.«

»Ich denke, Skriba wurde von seiner Frau umgebracht? Oder von Jennifer Wächtersbach. Oder gibt's noch eine dritte Option?«

»Dass Carmen Skriba ihren Mann erschossen hat, wissen wir nur von Jennifer Wächtersbach. Die Info ist also nicht hundertpro zuverlässig. Und es gibt noch diesen unbekannten Dritten. Der Mann, der sich laut Branek Huser nannte und angeblich den Autohändler erschossen hat.«

»Wenn es den gibt.«

»Ich hab inzwischen das Urteil von den Tiroler Kollegen bekommen. Es gibt eine Zeugenaussage, wonach in dem Auto, das von der Unfallstelle am Schinder weggefahren ist, zwei Leute saßen. Und auch das entführte Mädchen hat ausgesagt, dass es zwei Männer waren, also Branek und ein weiterer Mann. Spricht also alles dafür, dass es diesen Unbekannten namens Huser tatsächlich gibt. Damit ist immer noch unklar, wer wen warum umgebracht hat. Vielleicht hat Huser ja Skriba und Branek ermordet, weil sie ihm gefährlich wurden. Oder ihn erpresst haben. Aber warum dann Carmen Skriba? Und warum erst zwei Jahre nach ihrem Mann? Das hätte er ja in einem Aufwasch machen können.«

»Wart mal kurz. Ich seh gerade, dass ich was vom Einwohnermeldeamt in Freising bekommen habe. Ich hab denen eine Anfrage geschickt wegen Carmen Skriba.«

»Wurde die in Freising geboren?«

»Ja.« Dann folgte ein Augenblick der Stille. »Clemens«, meldete sich Janette zurück, »ich komm mal rüber …«

35

D as kann doch nicht wahr sein!«
Wallner reichte den Ausdruck an Kreuthner weiter. Der
warf einen Blick darauf, zuckte mit den Augenbrauen, lachte kurz auf und gab das Papier an Janette zurück.

»Was heißt des jetzt?«

»Dass Carmen Skriba 1984 als Alina Carmen Nandlstadt
geboren wurde.« Janette legte den Ausdruck vorsichtig vor
sich auf den Tisch, als sei es ein altes Pergament. »Das Mädchen, das von Jochen Branek im Auftrag von Gerald Skriba
1998 entführt wurde. Ihr Vater ist Nick Nandlstadt.«

Schweigen. Jeder überdachte still und für sich die Impli-
kationen dieser neuen Erkenntnis.

»Das heißt«, brach Kreuthner das Schweigen, »die Frau
war mit dem Mörder von ihrem Vater verheiratet?«

»Sieht so aus«, sagte Janette.

»Jedenfalls mit dem Mann, in dessen Auftrag der Mörder
gehandelt hat«, präzisierte Wallner.

»Ja aber ...«, Kreuthner sah etwas hilflos in die Runde,
»... ich mein – hat die des g'wusst?«

»Keine Ahnung.« Wallner lehnte sich in seinem Schreib-
tischstuhl ganz nach hinten und sah zur Zimmerdecke. »Eigentlich schwer vorstellbar.«

»Hat die den net erkannt? Des gibt's doch net. Auch
wenn's zwanzig Jahr her is, erkenn ich doch den Typen, der
mich entführt hat.«

»Wenn ich ihn gesehen habe.« Wallner blätterte in dem
Ausdruck des Gerichtsurteils von 1998, der vor ihm auf dem
Tisch lag. »In den Urteilsgründen ist von einem Auftragge-
ber nicht die Rede. Oder dass noch ein Dritter an der Entfüh-

rung beteiligt war. Gut möglich, dass sich Skriba damals im Hintergrund gehalten hat. Dann hat Carmen Skriba – also Alina – nur Branek und den unbekannten dritten Mann, diesen Huser, zu Gesicht bekommen.«

»Das heißt, sie wusste gar nicht, wen sie geheiratet hat?« Janette betrachtete den Ausdruck, als enthielte er einen Hinweis, den sie noch nicht entdeckt hatte.

»Scheint mir am meisten Sinn zu ergeben. Was wäre die Alternative?«

»Sie wusste, wer Skriba war, und hat ihn geheiratet, um … um sich an ihm zu rächen? Ihn zu töten?«

»Wenn sie ihn erschießen will, musste sie ihn ja nicht heiraten. Das wäre ein bisschen viel Aufwand, oder?«

»Da ist was dran. Vielleicht wusste sie es, aber es war ihr egal.« Janette ließ den anderen keine Zeit zu antworten. »Nein, das ist Unfug. Das kann ihr nicht egal gewesen sein. Außerdem fällt mir gerade ein, was ihr Bruder gesagt hat. Du erinnerst dich?«.

»Dass sie im August vor zwei Jahren etwas Schockierendes über ihren Mann herausgefunden hat.«

»Was wird das wohl gewesen sein?«

»Tja …« Wallner stellte die Lehne wieder hoch und sah die anderen an. »Wie könnte sie herausbekommen haben, dass ihr eigener Mann für den Tod ihres Vaters verantwortlich war?«

»Er hat es ihr gesagt«, schlug Janette vor.

»Möglich. Er wusste ja vermutlich auch nicht, wen er vor sich hatte. Eines Abends, zu viel Alkohol, er gibt mit einer alten Geschichte an …« Wallner blickte wieder kurz zur Decke. »Ich weiß nicht. Das passt irgendwie nicht. Jahrzehntelang hat er den Deckel drauf und geriert sich als harmloser Geschäftsmann.«

»Aber denkbar wär's. Wie du selber sagst: wenn Alkohol im Spiel ist.«

Wallner nickte, war aber nicht recht überzeugt von seinem eigenen Szenario. »Wir machen Folgendes: Ich rede noch mal mit dem Bruder. Und du …«, das ging an Janette, »schaust, was du sonst noch an Hinweisen finden kannst. Telefonate, Kontounterlagen. Gibt's ein Tagebuch? Vielleicht auch digitale Aufzeichnungen?«

»Okay, mach ich.«

»Und bitte die Kontounterlagen von Gerald Skriba checken. Ob der Geld an Branek überwiesen hat.«

Janette notierte es sich.

»Was is eigentlich mit dem Branek?«, griff Kreuthner das Thema auf. »Ich mein, weil der Skriba und der Branek haben ja scheint's noch Kontakt gehabt. Da wird Carmen Skriba den doch mal getroffen haben.«

»Muss nicht sein«, sagte Janette. »Gerald Skriba wollte ja mit seiner Vergangenheit Schluss machen. Vielleicht hat er dem Branek einfach nur Geld überwiesen.«

Kreuthner machte eine vage zustimmende Geste.

»Also, auf geht's«, schloss Wallner die Versammlung.

»Und was mach ich?«, fragte Kreuthner.

»Du könntest …« Wallner hielt inne. »Du machst natürlich gar nichts, weil du in der Sache befangen bist und nicht tätig werden darfst. Ich kann dir allerdings nicht verbieten, dich mit deinem Vater zu unterhalten. Sollte er dabei irgendeinen Verdacht äußern – ich meine, eine Vermutung, wer Carmen Skriba erschossen hat …«

»Das hätt er mir wahrscheinlich schon gesagt.«

»Bis jetzt hat er ja nicht gewusst, wer Carmen Skriba war. Vielleicht bringt ihn das auf eine Idee, wenn er's erfährt.«

»Darf ich's ihm sagen?«

»Ist kein Amtsgeheimnis.«

Kreuthner überlegte kurz, und der Vorschlag schien ihm zu gefallen. »Ich schau mal. Habe die Ehre!« Beschwingt machte er sich auf den Weg nach draußen.

Kurz vor der Mittagspause rief Stefanie Lauberhalm Wallner an. Sie klang aufgebracht.

»Ich hab schon mit dem Leo telefoniert. Aber das bringt nichts. Der streitet alles ab. Und der Manfred geht nicht ans Telefon …«

»Manchmal lässt er's irgendwo im Haus liegen und hört es nicht. Worum geht's denn?«

»Gestern waren Manfred und der Leo bei mir. Dein Großvater konnte sich nicht mehr an den Namen einer Frau erinnern, die er vor vielen Jahren mal gekannt hatte. Und sie haben gefragt, ob ich da was tun kann. Ich hab eine Erdstallsitzung angeboten. Aber das wollten sie nicht und sind wieder gefahren. Heute Morgen seh ich, dass eine Phiole mit einem Pilzextrakt fehlt. Der Leo hatte sie gestern Abend in der Hand und wollte sie unbedingt mitnehmen. Ich hab gesagt, er bekommt sie nicht.«

»Zauberpilze?«

»So was in der Richtung. Kahlköpfe, Düngerpilze und ein paar andere. Alles selber gesammelt, alles legal.«

»Und was hat das Zeug für eine Wirkung?«

»Darum geht es ja: Ich hab's noch nicht getestet. Die beiden haben keine Ahnung, wie sie es dosieren müssen. Weiß ich ja selber nicht. Wenn die das Zeug nehmen, können sie sich vergiften. Du musst da unbedingt was tun.«

»Der Leo sagt, er hat es nicht mitgenommen?«

»Tu ich ihm unrecht, wenn ich ihm nicht glaube?«

»Ich glaube ihm nicht mal, wenn er mir die Uhrzeit sagt. Mach dir keine Sorgen. Ich kümmer mich drum.«

Wallner brachte mittags warmen Leberkäse und Kartoffelsalat mit. Manfred kochte gern, aber nicht mehr jeden Tag, denn es dauerte immer länger, bis er Zwiebeln und Gemüse geschnitten und Schnitzel paniert hatte. Manchmal konnte er das eingekaufte Fleisch nicht mehr finden, weil er es ins

Bad oder auf die Hutablage in der Garderobe gelegt hatte. Dann gab es Schnitzel erst am Tag darauf. Altwerden war eine mühsame Sache.

»Ihr hattet gestern einen lustigen Abend?«, fragte Wallner beiläufig, während er Kartoffelsalat auf ein aufgespießtes Stück Leberkäse häufte.

»Wie kommst du da drauf?«

»Na, wenn der Leo nicht mehr Auto fährt, dann muss er schon richtig einen im Tee haben.«

»Ja, ja. Hat ganz schön angezogen, der Bursch.« Manfred lachte heiser.

»Oder war noch was anders im Spiel?«

»Mir ham nix g'raucht. Ehrenwort!«

»Gibt ja noch andere berauschende Substanzen außer Marihuana.«

Manfred stocherte nervös in seinem Kartoffelsalat herum und sagte schließlich: »Schwammerl?«

»Zum Beispiel.«

»War net meine Idee.«

»Das weiß ich.« Wallner ließ sein Besteck sinken und legte eine Hand auf Manfreds Arm. »Der Leo ist ein Kindskopf und meistens harmlos. Aber so was ist echt gefährlich.« Er suchte Blickkontakt. »Ich will dich noch ein paar Jahre dahaben. Ich wüsst ja gar nicht, wie ich ohne dich zurechtkommen soll.«

Manfred lächelte und legte seinerseits eine Hand auf Wallners Arm. Dann atmete er tief ein und seufzte: »Wirst es irgendwann lernen müssen.«

Wallner schwieg.

»Ich nehm nix mehr von dem Zeugs. Versprochen.« Manfred zögerte einen Moment. »Außer Weißbier.«

Am Nachmittag traf Wallner in der Eingangshalle der Polizeiinspektion auf Kreuthner. Der sagte: »Ich hab mit meinem Vater gesprochen. Können wir reden?«

»Das trifft sich. Ich hab dir auch einiges zu sagen.« Wallner dirigierte Kreuthner in sein Büro und machte entgegen sonstiger Gepflogenheit die Tür zu.

»Bist du eigentlich noch ganz dicht?«

Kreuthner war gerade dabei, sich auf einen Besucherstuhl zu setzen, als Wallner bereits anfing, ihn zusammenzustauchen.

»Du vergiftest meinen Großvater mit halluzinogenen Pilzen?«

»A harmloses Räuscherl. Es geht ihm gut.«

»Es hätte ihn aber auch umbringen können! Du hast doch gar keine Ahnung gehabt, was in dem Gebräu drin war. Die Stefanie weiß, was drin war – hat aber auch keine Ahnung, wie das Zeug wirkt. Wenn du das noch einmal machst …«

»Ich mach's nie wieder. Jetzt beruhig dich mal.«

»Ich kann mich aber nicht beruhigen. Mein Großvater hat mit neunzig Jahren plötzlich ein Drogenproblem. Und du hilfst ihm dabei, sich zuzudröhnen.«

»Noch is er net neunzig.«

»Wenn er so weitermacht, wird er's auch nicht mehr.«

»Jetzt übertreibst a bissl.«

Wallner wollte etwas dagegen sagen, aber Kreuthner würgte den Beitrag mit einer Geste ab.

»Is gut, is gut. Ich besorg deinem Opa keine Drogen mehr, keine Pilze, kein Gras, keinen Alkohol. Okay?«

»Und wenn er auf die Idee kommt, Crack oder Koks oder sonst was auszuprobieren, wirst du mir sofort Bescheid sagen. Ist das klar?«

Kreuthner nickte und machte erneut eine beschwichtigende Handbewegung.

»Du warst bei deinem Vater?«

»Ja.« Kreuthner schien einen Moment in sich zu gehen, als überlege er genau seine Worte. Aber es diente vor allem gesteigerter Dramatik. »Der ist sich sicher, wer die Skriba umgebracht hat.« Auch hier machte Kreuthner eine Pause.

»Komm, rück's raus!«

»Die Skriba hat den Gerald Skriba, ihren Mann, erschossen, glaubt mein Vater. Jedenfalls, wenn die tatsächlich rausgefunden hat, dass der Gerald ihren Vater hat umbringen lassen.«

»So weit waren wir schon.«

»Die Skriba hätte dann auch den Branek erschossen.«

»Dem wird gerade nachgegangen.«

»Das heißt, die hat rausbekommen, wer ihren Vater aufm G'wissen hat. Und dann hat sie sich g'sagt: Jetzt räum ich auf mit dem Saustall.«

»Fehlt noch einer.«

»Richtig. Der unbekannte Dritte. Der Huser. Und da sagt mein Vater: Der hat des spitzgekriegt, dass die Skriba ihm ans Leder will, und hat sie kaltgemacht, bevor sie ihn – verstehst?« Kreuthner verschränkte die Arme vor der Brust. »Und jetzt bist du dran!«

»Na ja …« Wallner spazierte im Büro umher. »Unter den diversen Szenarien, die ich so im Kopf hatte, war auch das dabei. Deswegen stellen sich mir sofort zwei Fragen: Wie hat der Herr Huser herausbekommen, dass Carmen Skriba hinter ihm her ist? Und: Wer ist der Mann?«

»Frage eins: Wenn erst der Gerald Skriba umgebracht wird, dann der Branek und der Unbekannte rausfindet, wer Carmen Skriba ist – dann kann er sich das zusammenreimen, dass er der Nächste is.«

»Bleiben immer noch ein paar Fragen. Aber okay. Die wären halb so spannend, wenn ich wüsste, wer der Bursche ist. Dein Vater hat keine Idee?«

»Den hat keiner gekannt. Der war auch net von München. Der Skriba hat den damals in einer Kneipe kennengelernt. Ich glaub, in der Harmonika.«

»Der war also von außerhalb? Von … Norddeutschland oder woher?«

Kreuthner zuckte mit den Schultern. »Mein Vater meint, er wär aus Düsseldorf gewesen. Oder irgendwer hätt des mal g'sagt. Kann stimmen oder auch nicht.«

Es klopfte. Dann steckte Janette den Kopf ins Zimmer.

»Seit wann machst du die Tür zu?«

»Wir hatten was Vertrauliches zu besprechen«, sagte Wallner.

»Muss net jeder wissen, dass sein Großvater Drogen nimmt.«

Janette sah Wallner konsterniert ab. »Der ist doch neunzig?«

»Das war ein Scherz«, sagte Wallner.

Janette sah zu Kreuthner. Der schüttelte stumm den Kopf.

»Du wolltest mir was mitteilen?«

»Ja. Ich hab ein paar Sachen herausgefunden.«

»Muss ich jetzt gehen?«, fragte Kreuthner.

Wallner forderte ihn mit einer Handbewegung auf, sich an den Besprechungstisch zu setzen, wo Wallner und Janette ebenfalls Platz nahmen.

»Das sind Kontoauszüge aus den Jahren 2011 bis 2017. Das Konto gehörte Gerald Skriba. Es war eines seiner privaten. Kann also sein, dass seine Frau da keinen Einblick hatte.« Sie legte die Ausdrucke auf den Tisch, sodass die anderen sie einsehen konnten. »Jeden Monat wurden dreitausend Euro an ein Konto in Offenbach überwiesen. Inhaber: Jochen Branek.«

»Dreitausend? Jeden Monat?« Kreuthner staunte. »Seit wann?«

»Keine Ahnung. Vermutlich, seit sie Branek entlassen haben. Über zehn Jahre, schätze ich.«

»Macht …«, Kreuthner rechnete, »… fast vierhunderttausend. Des is ja der Wahnsinn.«

»Dafür war Skriba ein freier Mann. Branek hätte ihn wegen Anstiftung zum Mord hinhängen können.«

»Jedenfalls hat sich Skriba das, was immer es war, ganz schön was kosten lassen«, sagte Janette. »Es könnte übrigens sein, dass die Kontoauszüge Carmen Skriba darauf gebracht haben, nach Jochen Branek zu suchen. Ich meine, nachdem sie gesehen hat, dass ihr Mann ihm quasi eine Schweigerente bezahlt.«

»Ja, vielleicht hat das bei ihr den Entschluss ausgelöst, sich auch an den übrigen Beteiligten zu rächen.« Wallner sah neugierig auf die anderen Unterlagen, die Janette mitgebracht hatte. »Und was ist das?«

»Bewegungsprofile.« Janette schob die Papiere in die Tischmitte. Sie enthielten Grafiken, die auf den ersten Blick reichlich wirr anmuteten. »Ich hab die Jungs vom LKA angeschmachtet, mir die zu besorgen. Sie sind von Carmen Skribas Smartphone. Es ist ja dasselbe wie vor zwei Jahren. Vor allem das hier ist interessant: die Bewegungen im August 2017.« Sie zog eines der Papiere heraus. Die vielen Punkte, die dort auf einer Landkarte des südlichen Oberbayern abgebildet waren, konzentrierten sich auf den Raum um Rottach-Egern und führten in weniger dichten Clustern zu anderen Orten in Oberbayern, in der Hauptsache zu Orten, an denen sich Fitnessstudios von Carmen Skriba befanden. »Hier in Rottach sind logischerweise die meisten Punkte, weil sie sich da am meisten aufhielt. Dann sehen wir hier Fahrten nach Sauerlach, Penzberg und so weiter. Da sind ihre Studios. Also nichts Außergewöhnliches. Aber bei dem hier wird's spannend...« Janette deutete auf die wenigen Punkte, die nach Süden ausbrachen. »Sie ist über den Achenpass gefahren und dann Richtung Osten abgebogen. Der Endpunkt hier ist – ihr dürft raten ...«

»Die Hütte am Schinder?«, gab Wallner einen Tipp ab.

»Jap. Und das Interessante ist ... Moment.« Sie suchte einen weiteren Ausdruck. »Hier: Das ist das Bewegungsprofil von Gerald Skribas Handy. Er ist exakt zur selben Zeit zu der Hütte gefahren. Also sind sie zusammen hin.«

Kreuthner schüttelte unwillkürlich den Kopf und lachte kurz auf.

»Was?« Janette sah ihn irritiert an.

»Ich stell mir grad vor, wie die zu der Hütt'n kommt und mit einem Mal spannt, wen s' da geheiratet hat. Wahrscheinlich hat er vorher g'sagt: Du, Schatzl, was ich dir schon lang hab zeigen wollen: Ich hab da a Hütt'n in Tirol.«

Wallner betrachtete die Bewegungsprofile. »Der Ausflug hat vermutlich alles ins Rollen gebracht. Aber wer verdammt noch mal ist der unbekannte Dritte?«

»Das hat Carmen Skriba wahrscheinlich selber nicht gewusst.« Janette sammelte die Ausdrucke wieder ein.

»Am Anfang vielleicht nicht. Aber dann hat sie bestimmt Nachforschungen angestellt. Eventuell …« Er stockte.

»Eventuell was?«

»Ich überlege, ob Jennifer Wächtersbach nicht irgendwas weiß, das uns weiterhelfen kann.« Wallner griff zum Handy, suchte in seinen Kontakten nach Aichach, wählte die Nummer und ließ sich mit der Anstaltsleitung verbinden. »Grüß Gott, hier Wallner. Tut mir leid, dass ich Sie schon wieder behellige. Aber ich müsste noch einmal mit Jennifer Wächtersbach reden. Geht's ihr wieder besser?« Janette und Kreuthner registrierten, dass sich Wallners Gesichtszüge mit einem Mal veränderten, eine Falte bildete sich zwischen seinen Augen. »Wie ist das passiert? … Aha … Ich wäre Ihnen dankbar, wenn Sie uns auf dem Laufenden halten … Auf Wiederhören.«

Janette und Kreuthner sahen Wallner fragend an.

»Jennifer Wächtersbach ist vor einer halben Stunde aus der Krankenstation ausgebrochen. Bis jetzt fehlt jede Spur von ihr.«

36

Ella arbeitete erst seit drei Tagen auf der Krankenstation. Sie war Anfang zwanzig und von heiterem Wesen. Ihre blonden Haare hatte sie kunstvoll zu einem Seitenzopf geflochten. Er war Ellas Markenzeichen.

»Zeigst du mir, wie man den Zopf macht?«, fragte Jennifer an diesem Nachmittag.

»Wenn meine Schicht vorbei ist, komme ich, und dann machen wir dir einen.« Ella nahm Jennifers Haar, das lang, blond und seit Tagen nicht gewaschen war, zwischen die Finger und strich es glatt. »Müsste gehen«, sagte sie.

Als Ella wiederkam, hatte sie noch den grünen Kittel an und Shampoo dabei sowie eine Bürste. Das Shampoo wurde nicht benötigt. Jennifer hatte sich die Haare am Waschbecken gewaschen.

»Setz dich mit dem Rücken zu mir.«

Jennifer tat, wie ihr geheißen, und saß im Schneidersitz auf ihrem Krankenbett, den Hintern an der Bettkannte.

»Kriegst du Besuch?«, fragte Ella, während sie Jennifers Haar bürstete.

»Warum?«

»Wegen der Vase.«

Die gläserne Blumenvase, die Wallner ein schlechtes Gewissen gemacht hatte, stand immer noch auf dem Nachttisch.

»Manchmal kommt der Kommissar, der mich eingebuchtet hat, und dann reden wir. Ich hab mir gedacht: Wenn er mal Blumen mitbringt, hab ich die schöne Vase und muss nicht eins von den Plastikteilen nehmen.«

»Wär der erste Bulle, der Blumen bringt«, nuschelte Manu

im Nebenbett. Manuela Jaschke, wie sie mit vollem Namen hieß, hatte sich zwei gebrochene Beine beim Sprung vom Gefängnisdach eingefangen. Wie sie da raufgekommen war und ob man das Ganze als Flucht- oder Suizidversuch werten sollte, war noch ungeklärt.

»Hat ja auch noch keine gebracht.« Jennifer nahm nachdenklich die Vase in die Hand. »Aber wenn er's mal macht, dann bin ich vorbereitet.«

»Irgendwann bringt er Blumen.« Ella streichelte kurz Jennifers Schulter, legte die Bürste weg und teilte die Haare in drei gleiche Strähnen. »Wie willst du es?«

»Wie bei dir.«

»Okay. Dann halt jetzt mal still.« Ella begann damit, die Haarsträhnen zu verflechten.

»Würd mir auch stehen«, sagte Manu. »Bringt aber nichts.«

»Wenn du willst, mach ich dir auch einen Zopf. Warum bringt das nichts?«

Manu verzog ihre Lippen zu einem mühsamen, aber breiten Lächeln, das den dramatischen Zustand ihres Gebisses offenbarte. Die Lücken waren eindeutig in der Überzahl.

»Lass einfach den Mund zu«, sagte Jennifer. »Ist eh besser.«

Manu streckte Jennifer den Mittelfinger ihrer rechten Hand entgegen. Das A von HATE war darauf tätowiert.

»Fertig«, sagte Ella und legte Jennifer den neuen Zopf nach vorn über die linke Schulter.

»Super! Danke.« Sie strich über die geflochtenen Haare. »Unterm Bett ist ein Spiegel. Kannst du mir den geben?«

»Unterm Bett?«

»Ja.«

»Echt? Da ist ein Spiegel?« Ella bückte sich, um nachzusehen. »Nee, da ist nichts. Nur deine Schlappen.«

Das war der letzte Satz, den Ella in den nächsten vierundzwanzig Stunden sagen würde. Denn Jennifer schlug ihr die

Glasvase mit solcher Wucht auf den Hinterkopf, dass Ella zu Boden sackte und reglos liegen blieb.

»Wow!«, sagte Manu, und es vereinten sich Schreck und Anerkennung in dem kurzen Wort. »Meine Fresse – die ist tot!«

»Halt keine Volksreden und dreh dich weg.«

Manu konnte sich nicht auf die Seite drehen, denn ihre beiden Beine steckten in Gips. Aber sie wandte den Kopf auf die andere Seite. »Hab nichts gesehen. War da was?«

Jennifer entstieg ihrem Bett und machte sich daran, Ella des Kittels und ihrer Oberbekleidung zu entledigen, die sie selbst anzog. Dann hievte sie Ellas schlaffen, aber grazilen Körper unter Anwendung des Rautegriffs in das Kranken-bett und zog sorgsam die Decke drüber. Schließlich ging sie um Manus Bett herum und baute sich vor ihr auf.

»Und?«

»Ja, spinnst du!« Manu riss die Augen auf. »Ich hab ge-dacht, die ist von den Toten auferstanden. Boah! Geil!« Sie streckte eine Hand nach dem Kittel aus. »Nimmst du mich mit?« Sie blickte auf ihre Gipsbeine. »War'n Spaß.«

»Man sieht sich.« Jennifer strich Manu kurz über die Wange.

»Bestimmt«, sagte Manu.

Jennifer ging zur Tür und öffnete sie mit Ellas Magnetkarte.

Der Mann an der Schleuse spielte mit seinem Handy und blickte kurz auf. Er sah eine Frau im grünen Kittel und mit dem markanten Zopf der neuen Schwester, drückte den Buzzer und daddelte weiter.

Die Station war um diese Zeit schwach besetzt. Ein Pfle-ger schob einen Wagen mit Bettpfannen in den dafür vorge-sehenen Raum, sah Jennifer von Weitem, rief ihr »Schönen Feierabend!« zu und verschwand.

Das Stationszimmer war leer. Jennifer sah den Gang hi-nunter, der in neonheller Reglosigkeit vor ihr lag, checkte kurz die andere Richtung, dann ging sie hinein. Die Spinde im Umkleidebereich hatten normale Schlösser. An Ellas Karte hing ein Schlüssel mit Nummer. Im zugehörigen Spind fand Jennifer einen Mantel und eine Damenhandtasche. Sie zog den Mantel an und hängte sich die Handtasche über die Schulter. Beim Hinausgehen nahm sie ein paar Wegwerfskalpelle aus einem Gerätewagen.

Der Parkplatz vor dem Krankenstationsgebäude war gut beleuchtet und fast leer. In der Nähe des Eingangs parkte der weiße Lieferwagen eines Sanitärbetriebs, dessen Lichter in diesem Moment aufblinkten, dazu hallte ein Plopp durch die Nacht. Ein Mann mit Arbeitskluft und einer Werkzeugtasche ging auf den Wagen zu.

»Entschuldigen Sie …«

Der Mann drehte sich um, die Hand noch an der geöffneten Wagentür. Jennifer lächelte ihn an.

»Fahren Sie nach München?«

»Ja.« Der Klempner war um die vierzig und hatte unter seiner Baseballkappe schulterlange Haare und einen Fünftagebart. Er sah Jennifer von oben nach unten an. »Soll ich Sie mitnehmen?«

»Das wäre super.«

André sagte, außer dass er André hieß, nicht viel. Stattdessen dünstete er Schweißgeruch aus. Als sie auf der Autobahn waren, fragte er: »Was machst'n in München?«

Jennifer zuckte mit den Schultern. »Was Geschäftliches.«

»Geschäftlich!« André nickte, als habe Jennifer gerade etwas Unanständiges gesagt. »Was denn für Geschäfte?«

»Nichts Besonderes. Ist langweilig.«

»Schon okay. Ich frag ja nur so. Musst es mir nicht sagen.«

Sie fuhren eine Weile auf der belebten Autobahn. Es war um die Jahreszeit schon dunkel, und Regen setzte ein. Nach einer Weile sah André zu Jennifer und lächelte ein schiefes Lächeln. Es sollte vermutlich die Frage zum Ausdruck bringen, ob Jennifer wohl Lust hätte, ihn näher kennenzulernen. Jennifer zog eins der Wegwerfskalpelle aus dem Mantel, befreite es von seiner Verpackung und hielt es einsatzbereit in der Hand. André nickte kurz und widmete sich wieder dem Verkehrsgeschehen auf der Autobahn.

Jennifer ließ sich am Nymphenburger Schloss absetzen. Nieselregen hatte eingesetzt. Es ging auf sieben Uhr zu, und sie wusste nicht, ob Herr Behncke noch in seiner Kanzlei war. Aber eine andere Möglichkeit hatte sie nicht. Nach einem knappen Kilometer kam sie zu der Seitenstraße der Südlichen Auffahrtsallee, in der die Kanzlei lag. Sie blieb an der Ecke stehen und sah Autos vor dem zweigeschossigen Kanzleigebäude. Es war das einzige Haus, vor dem mehrere Wagen parkten. Und das einzige, in dem Licht an war. Die anderen Gebäude beherbergten ebenfalls Büros, weshalb die Gegend abends etwas ausgestorben wirkte. Jennifer ging ein paar Schritte zurück, bis ihr die Wand des Eckhauses Deckung verschaffte, und wartete. Sie war nie hier gewesen, denn seit sich Rechtsanwalt Behncke ihrer angenommen hatte, hatte sie ununterbrochen in Haft gesessen. Sie hatte sich immer vorgestellt, dass ihr Anwalt in einem großen Altbau residierte, einem Haus mit Stil, erhaben, alt und unnahbar, das Erdgeschoss mit mächtigen Steinquadern gebaut, darüber Säulen und Stuck um die Fenster. Die Wirklichkeit enttäuschte sie. Eine Straße mit niedrigen Häusern aus der Nachkriegszeit, die Wohnhäuser darunter ein bisschen größere vielleicht als woanders und definitv teuer, denn das hier war Nymphenburg. Aber – nein, Grandezza war das nicht. Das war keine große Kanzlei, und ihr Anwalt gehörte sicher nicht zu den Spitzenverteidigern. Was logisch war. Sonst würde er Leute verteidigen, die ihn bezahlen konnten.

Nach einer Weile kam Bewegung in die Szenerie vor dem Anwaltsbüro. Menschen traten aus dem Haus und strebten den Autos zu. Sie fuhren in Richtung Innenstadt weg, so-dass sie nicht an Jennifer vorbeikamen. Jetzt verließ noch eine einzelne Person das Gebäude und schloss die Tür zu. Es war Behncke. Jennifer erkannte seinen federnden Gang und die schlaksige Figur. Er bestieg seinen Wagen und fuhr ebenfalls los – in ihre Richtung. Jennifer stellte sich in den Hauseingang und wartete. Behncke bog in östlicher Richtung in die Auffahrtsallee ein und bemerkte Jennifer nicht. Aus dieser Richtung, schloss sie, würde er wohl morgen früh kommen, wenn er ins Büro fuhr.

Vor dem Kanzleigebäude stand kein Wagen mehr. Aber etwas weiter weg auf der anderen Straßenseite. Und in diesem Wagen saßen zwei Menschen. Offenbar hatte man Ella inzwischen gefunden und vermutete, dass Jennifer Kontakt zu ihrem Verteidiger aufnehmen würde. Dass die Polizei das denken würde, hatte Jennifer erwartet. Aber nicht, dass sie so schnell waren. Sie achtete darauf, beim Weggehen nicht von den Beamten im Auto gesehen zu werden.

Auf dem Weg zurück zum Schloss kam sie an einem teuer aussehenden italienischen Lokal vorbei und fragte, ob es in der Gegend ein Hotel gebe. Das vom Kellner empfohlene lag etwa einen Kilometer südlich beim Hirschgarten, hatte verspielte Türmchen mit gemütlichen Zimmern und kostete 75 Euro die Nacht. Jennifer bezahlte bar. In Ellas Portemonnaie waren 145 Euro 25.

Um halb sieben ließ sie sich wecken, duschte, zog ihre ungewaschenen Kleider an und frühstückte mehrere Portionen Rührei mit Speck und Bratwürstchen sowie zwei Nutellabrötchen. Um Viertel nach acht rief sie vom Zimmertelefon aus die Kanzlei an, gab vor, eine neue Mandantin zu sein, und fragte, ob sie Rechtsanwalt Behncke sprechen könne. Die Dame am Telefon sagte ihr, er werde in etwa einer halben Stunde da sein.

Vom Hotel bis zur der Stelle an der südlichen Auffahrtsallee, an der sie Posten beziehen wollte, brauchte Jennifer zwanzig Minuten zu Fuß. Sie umging die Seitenstraße, in der die Kanzlei lag und in der die Polizisten geparkt hatten, großräumig und fragte sich, ob die Polizei schon wusste, dass sie Ellas Mantel anhatte. So ein Schlag auf den Hinterkopf konnte zu lang anhaltender Bewusstlosigkeit führen – wenn Ella ihn überlebt hatte, was Jennifer hoffte, denn sie hatte nichts persönlich gegen das Mädchen. Vielleicht hatten sie Ellas Kolleginnen gefragt, was sie an dem Tag trug. Wenn Ellas Handtasche fehlte und weder Winterjacke noch Mantel im Spind waren, würde die Polizei schließen, dass Jennifer die Sachen geklaut hatte. Dumm waren sie ja nicht. Aber eine genaue Beschreibung des Mantels konnte vermutlich nur Ella selbst abgeben. Während diese Gedanken Jennifer umtrieben, stand sie an einen Baum der Auffahrtsallee gelehnt und beobachtete den morgendlichen Berufsverkehr. Es war keine viel befahrene Straße, aber um diese Tageszeit kamen doch einige Büroarbeiter in das Stadtviertel. In der Ferne tauchte jetzt ein BMW auf, dunkel wie fast alle BMW, und es saß nur der Fahrer im Wagen. Auch das nicht ungewöhnlich. Als er nicht mehr weit entfernt war, konnte sie das Kennzeichen lesen, sie hatte es sich gestern Nacht eingeprägt. Es war Behncke. Jennifer trat auf die Straße und stellte sich dem Wagen in den Weg. Der Fahrer musste so heftig bremsen, dass sich das ABS einschaltete.

»Sind Sie wahnsinnig ...?« Behncke stockte, als er erkannte, wer vor seinem Wagen stand. »Was, um Himmels willen, soll das werden? Glauben Sie, die kriegen Sie nicht?«

»Ich würde gern einsteigen.«

Behncke wollte offenbar Bedenken gegen diesen Plan vorbringen, aber Jennifer hatte bereits die hintere Tür auf der Beifahrerseite geöffnet und stieg ein.

»Fahren Sie irgendwohin, wo uns die Bullen nicht sehen.«

»Welche Bullen meinen Sie?«

»Die vor Ihrem Büro.«

»Stehen die immer noch da?«

In diesem Moment fuhr Behncke an der Seitenstraße vorbei, und der Anwalt konnte sich selbst überzeugen.

Er fuhr noch einen Kilometer weiter und parkte in einer kleinen Seitenstraße in Schlossnähe.

»Sie dürfen der Polizei nicht verraten, wo ich bin, stimmt's?«

»Ja, das unterliegt dem Anwaltsgeheimnis. Aber ich bin nicht verpflichtet, Sie bei Ihrer Flucht aktiv zu unterstützen. In dem Fall würde ich mich strafbar machen.«

»Ich will ja gar nicht fliehen.«

»Sondern?«

Jennifer betrachtete den Anwalt von der Rückbank aus. Es war keine angenehme Position für Behncke, er musste den Kopf verdrehen, wenn er sie anschauen wollte.

»Ich will beweisen, dass ich unschuldig bin. Sie sind mein Anwalt, Sie müssen mir helfen.«

»Wie sähe diese Hilfe aus?«

»Sie müssten mich wohin bringen.«

Behncke schüttelte den Kopf. »Dann verliere ich meine Zulassung. Sorry, aber das werde ich nicht tun.«

»Jetzt stellen Sie sich nicht so an. Erfährt ja keiner was davon.«

»Nein. Keine Chance. Wo wollen Sie überhaupt hin?«

»Das sehen Sie dann.«

»Noch mal: Wir fahren nirgendwohin. Ich ...« Etwas schien in Behnckes Kopf Gestalt anzunehmen. »Passen Sie auf: Ich kann fahren. Ohne Sie. Und dann dort, wo immer das ist ... was tun? Mit jemandem reden?«

»Etwas finden. Wir fahren zusammen. Sie schaffen es allein nicht.«

»Wie gesagt: Wir werden ... egal. Was wollen Sie denn finden?«

»Ein Video.«

»Und was ist da drauf?«

»Carmen Skriba. Und der Beweis, dass sie ihren Mann umgebracht hat. Sie erzählt da, wie sie es gemacht hat und warum. Und da sind wohl Dinge dabei, die bis jetzt noch niemand gewusst hat. Wenn ein Richter das sieht, muss er mich freilassen.«

»Haben Sie das Video gesehen?«

Jennifer schüttelte den Kopf. »Carmen hat es mir beschrieben.«

»Und sie hat gesagt, wo Sie es finden?«

»Nein. Aber ich bin mir inzwischen sicher, wo ich suchen muss.«

Behncke starrte durch die Windschutzscheibe und trommelte mit den Fingern auf das Lenkrad. Schließlich drehte er sich wieder nach hinten. »Carmen Skriba hat ihren Mann umgebracht?«

»Ja.«

»Und warum?«

»Ist 'ne lange Geschichte und ewig her. Ich erzähl's Ihnen auf der Fahrt.«

Behncke lachte. »Sie sind echt 'ne Nervensäge.«

»Und Sie kriegen bestimmt viel Geld, wenn die mich freisprechen.«

»Schön wär's.« Behncke sah sich um und checkte, ob es in Sichtweite Polizei gab. Ein etwas sinnloses Unterfangen, denn die Straße war kurz und die Sicht entsprechend begrenzt. Hinter der nächsten Ecke konnte schon ein Streifenwagen stehen.

»Ich muss in die Kanzlei. Ich hab heute einige Termine. Wo haben Sie übernachtet?«

»In einem Hotel. Ist nicht weit.«

»Okay, da nehmen Sie wieder ein Zimmer und warten auf mich. Ich überleg mir inzwischen was.«

»Ich hab nicht mehr genug Geld für ein Zimmer.«

Behncke zog sein Portemonnaie aus der Hose und gab Jennifer zweihundert Euro.

»Ich brauch warme Klamotten und feste Schuhe. Bergschuhe.«

»Bergschuhe?«

»Ja. Und Sie auch.«

Behncke schien kurz zu überlegen, fragte aber nicht weiter nach.

»Schuhgröße?«

»Neununddreißig.«

»Dieses Video ist irgendwo in den Bergen?«

Jennifer nickte und stieg aus dem Wagen.

»Ich muss verrückt sein.« Behncke schüttelte den Kopf. »Ich muss völlig verrückt sein.«

37

Staatsanwalt Jobst Tischler war im Justizpalast und rief in einer Verhandlungspause an. Die Kripo Miesbach hatte ihm die neuesten Ermittlungsergebnisse gemailt, und er wollte zudem von Wallner wissen, was da mit Jennifer Wächtersbach los sei.

»Warum fragen Sie mich? Ich hab ihr nicht zur Flucht verholfen.«

»Und Sie können mir auch nichts über Frau Wächtersbachs Beweggründe sagen?«

»Die kennt vermutlich nur sie selbst.«

»Nun ja – Sie haben in letzter Zeit mehrfach mit ihr gesprochen. Davor war sie zwei Jahre ohne besondere Vorkommnisse im Gefängnis.«

»Es gab öfter Ärger mit ihr.«

»Mag sein. Aber sie hat vorher nie versucht zu fliehen. Erst nachdem sie mit Ihnen gesprochen hat. Wenn Sie das Ganze mal aus meiner Warte betrachten – würde es Ihnen nicht seltsam vorkommen?«

»Wahrscheinlich«, sagte Wallner. »Aber ich würde mich fragen: Wo ist der kausale Zusammenhang? Sie sind – das darf ich ja so sagen – der Auffassung, dass ich öffentliche Ressourcen vergeude, indem ich einen abgeschlossenen Fall neu aufrolle, nämlich den Fall Wächtersbach. Nun könnte ich ja bei Frau Wächtersbach die Hoffnung geweckt haben, dass im Lauf meiner Ermittlungen ihre Unschuld bewiesen wird.«

»Haben Sie?«

»Nicht aktiv. Aber wer weiß. Die Frau ist klug genug, eigene Schlüsse zu ziehen. Sollte sie also tatsächlich Hoffnung auf ihre baldige Freilassung haben – wieso flieht sie dann, statt abzuwarten?«

»Da gebe ich Ihnen recht. Trotzdem habe ich das komische Gefühl, dass es irgendeinen Zusammenhang zwischen Ihren Besuchen in Aichach und der Flucht gestern Abend gibt. Die im Übrigen belegt, wie gefährlich die Frau ist. Die Angestellte, die sie verletzt hat, liegt mit Gehirnerschütterung im Krankenhaus.«

»Dass Jennifer Wächtersbach gewaltbereit ist, habe ich nie bezweifelt. Die Frage ist nur: Hat *sie* Gerald Skriba erschossen, oder war es Carmen Skriba? Und wenn Sie einen Grund für Wächtersbachs Flucht suchen: Sie hat geglaubt, dass Carmen Skriba irgendwann ein Geständnis ablegt und sie aus dem Gefängnis holt. Diese Hoffnung hat sich mit Carmen Skribas Ermordung zerschlagen.«

»Langsam wird die Faktenlage etwas kompliziert. Was ist denn Ihrer Meinung nach passiert – vom Mord an Gerald Skriba bis zum Mord an Carmen Skriba?«

»Nach meinen bisherigen Informationen könnte sich etwa Folgendes abgespielt haben: Carmen Skriba findet eines Tages heraus, dass ihr eigener Mann für den Tod ihres Vaters verantwortlich ist, und will Rache. Erst stiftet sie Jennifer Wächtersbach an, den Job zu erledigen. Als das nicht klappt, erschießt sie ihren Mann selbst. Nachdem sie das überraschend gut hinbekommen hat, beschließt sie, die anderen am Mord ihres Vaters Beteiligten ebenfalls umzubringen. Jochen Branek – das war einer ihrer Entführer – kannte sie ja vom Prozess. Sie musste nur herausfinden, wo er inzwischen wohnte. Offenbar ist ihr das gelungen. Jedenfalls wurde Branek vor einem Jahr nachts vor seiner Kneipe in Offenbach erschossen. Mit dem anderen Entführer war das schon schwieriger. Den kannte niemand, nur seinen Spitznamen Huser. Nehmen wir mal an, sie war kurz davor, ihn zu finden. Der Mann hat mitbekommen, dass Carmen Skriba ihm auf den Fersen war, und hat sie erschossen, bevor sie ihn umbringen konnte.«

»Schön. Und haben Sie eine Vermutung, wer der unbekannte Herr Huser ist?«

»Nein. Gar keine. Aber vielleicht weiß es Jennifer Wächtersbach. Kann sein, dass ihr Carmen Skriba was gesagt hat.«

»Warum hat sie es Ihnen dann nicht gesagt?«

»Weil ich glaube, dass sie ihr eigenes Süppchen kocht. Sie hat mir ja eine lange Geschichte erzählt. Vieles davon halte ich für wahr, anderes war gelogen. Und ich bin mir sicher, sie weiß noch mehr, als sie mir erzählt hat.«

»Dann finden Sie die Frau. Vielleicht nimmt sie Kontakt mit ihrem Anwalt auf.«

»Da waren die Kollegen schon. Der Mann unterliegt zwar dem Anwaltsgeheimnis und kann Wächtersbach nicht verraten, wenn sie bei ihm auftaucht. Aber er steht unter Beobachtung.«

»Was ist mit anderen Inhaftierten? Gefangene reden gern. Da kriegt man meistens was raus.«

»Wächtersbach scheint mit einer Frau befreundet zu sein, die auch mit ihr im Krankenzimmer war. Aber die Frau redet nicht mit der Polizei. Jedenfalls nicht mit den Kollegen vor Ort.«

»Sie meinen, mit Ihnen würde sie reden?«

»Wir haben einen Termin.« Wallner sah auf die Wanduhr seines Büros. »Deswegen muss ich jetzt Schluss machen. Ich möchte nicht zu spät kommen.«

»Halten Sie mich auf dem Laufenden.«

»Mal sehen«, sagte Wallner.

Jennifer Wächtersbachs Bett war leer, als habe man es für ihre baldige Rückkehr auf die Krankenstation freigehalten. Wallner war zusammen mit Mike gekommen und hatte Blumen und eine der Plastikvasen aus dem Stationszimmer mitgebracht. Die Glasvase, mit der Jennifer Wächtersbach Ella niedergeschlagen hatte, war als Tatwerkzeug von der Polizei beschlagnahmt worden. Außerdem hatte der Vorfall die Anstaltsleitung dazu veranlasst, sämtliche Glasvasen aus dem Verkehr zu ziehen. Es waren schöne Blumen, die Wallner mitgebracht hatte. Welche aus dem Blumenladen, kein Strauß von der Tankstelle.

»Sie sind mir ja einer«, sagte Manu. »Wird das ein Antrag?«

»Das ist mein Kollege Mike Hanke«, überging Wallner die Anzüglichkeit.

»Muss der mit dabei sein?«

Mike sah Wallner konsterniert an.

»Eigentlich ja«, sagte Wallner und ging ins Bad, um Wasser in die Vase zu füllen.

»Ich kann aber auch draußen warten. Kein Problem.« Mike zwinkerte Manu zu und sagte leise, sodass Wallner es im Bad nicht hören konnte: »Halten Sie sich ran. Er ist noch zu haben.«

Als Mike den Raum verließ, kam Wallner gerade mit der Vase zurück. Mike flüsterte ihm zu: »Du hast ja mega Chancen bei den Mädels hier.«

Wallner machte ein angestrengtes Gesicht, das besagte: Ich weiß auch nicht, was hier los ist.

Mike klopfte ihm grinsend auf die Schulter: »Ich bin draußen, wenn du mich brauchst.«

Wallner stellte die Blumen in die Vase und versuchte, Manu möglichst unverbindlich anzulächeln.

»Sie wollen mich bestechen«, sagte Manu. »Damit ich Ihnen was über Jenny erzähle.«

»Das ist nicht ganz falsch.« Wallner nahm einen Stuhl und setzte sich neben das Bett. »Aber Sie dürfen die Blumen auch behalten, wenn Sie mir nichts sagen.«

Manu lächelte den Kommissar mit halb geschlossenen

326

Augen an und ließ die Augenbrauen nach oben wandern. »Sie haben's ja faustdick hinter den Ohren. So ein alter Charmeur!«

»Sie machen es mir aber auch leicht mit dem Charmieren.«

Manu kicherte eine Weile vor sich hin, als habe sie sich lange nicht mehr so amüsiert. Wallner ließ sie kichern. Schließlich fing sich Manu wieder und gab einen Grunzlaut von sich.

»Na, dann mal los, Herr Kommissar. Aber erst mal 'ne Frage von mir: Warum soll ich mit Ihnen reden, wo Sie doch wissen, dass ich nicht mit Bullen rede?«

»Na ja, als Erstes wären da, wie gesagt, die Blumen, nicht wahr. Ich finde, wenn man höflich fragt, hat man auch eine Antwort verdient.«

»Was haben die gekostet?«

»Es ist die Geste, die zählt.«

»Jetzt quatschen Sie aber dummes Zeug. Es ist die Kohle, die zählt.«

»Sechsundzwanzig Euro.«

Manu überlegte.

»Echt?« Sie strich über die orangefarbenen Blüten. »So viel hat noch nie einer für mich ausgegeben. Für Blumen, mein ich. Sonst schon.« Sie hob den Zeigefinger. »Ich war nicht ganz billig in meinen guten Zeiten.«

»Das will ich gern glauben.«

»Und was ist zweitens?«

»Zweitens? Nun, ich hatte den Eindruck, Ihnen liegt was an Jennifer Wächtersbach. Sind Sie befreundet?«

»Ist man im Knast befreundet? Kann sein. Nehmen wir an, mir liegt was an ihr. Und dann?«

»Ich möchte verhindern, dass Frau Wächtersbach da draußen irgendeinen Unsinn macht.«

»Sie wollen, dass sie wieder in den Knast geht.«

»Das wird erst mal nicht zu vermeiden sein. Aber sie hat ohnehin keine Chance unterzutauchen.«

»Wieso denken Sie das?«

»Sie hat nicht viele Freunde. Wenn ich das richtig sehe, gar keine. Um da draußen ohne Geld und Papiere zu überleben, braucht sie Hilfe. Aber Frau Wächtersbachs einzige Freundin außerhalb dieser Mauern war Carmen Skriba. Und die ist tot.«

Manu schwieg und dachte nach.

»Ich glaube übrigens nicht, dass sich Ihre Freundin ins Ausland absetzen will.«

»Sondern?«

»Ich weiß es nicht genau. Entweder sucht sie nach einem Beweis für ihre Unschuld oder sie will den Tod von Carmen Skriba rächen. Oder beides. Bis jetzt hat sie noch nicht viel angestellt außer Körperverletzung.«

»Und Gefängnisausbruch.«

»Der ist als solcher nicht strafbar.«

»Ehrlich?« Manu zog sich am Galgen des Krankenbettes hoch. »Ich darf einfach abhauen?«

»Nein. Dürfen Sie nicht. Deswegen sind hier überall Gitter. Aber wenn Sie es trotzdem tun, begehen Sie keine Straftat. Es sei denn, Sie verletzen jemanden oder machen Sachen kaputt. Strafbar macht sich nur, wer Ihnen beim Ausbruch hilft oder Sie dazu anstiftet. Aus naheliegenden Gründen gehen Gefängnisverwaltungen mit dieser Information nicht hausieren.«

»Ist aber 'n guter Hinweis. Ich hab noch drei Jahre. Vielleicht kürz ich die ein bisschen ab.«

»Für eine vorzeitige Entlassung empfehlen sich Ausbrecher natürlich nicht. Deswegen würde ich mir das gründlich überlegen.« Wallner deutete auf ihre eingegipsten Beine. »Ist im Augenblick ja eh kein Thema, oder?«

»Heute mach ich's nicht.« Manu gab Wallner einen Klaps

328

mit dem Handrücken und lachte heiser unter Entblößung ihrer Zahnlücken.

»Wie kam's denn dazu?«, wollte Wallner wissen.

Manu beruhigte sich wieder und ließ sich in die Kissen sinken. »Wie kam's dazu? Blödheit!« Manu grunzte kurz vor sich hin. »Reine Blödheit. Wir waren öfter auf dem Dach.«

»Wir?«

»Jenny und ich. Wir haben rausgekriegt, dass die Tür zum Dach nicht abgeschlossen ist, und sind ab und zu da rauf und haben geraucht und was getrunken.«

»Selbstgebrautes?« Es war bekannt, dass in fast allen Gefängnissen von den Häftlingen heimlich Alkohol hergestellt wurde. Man brauchte nur Wasser, Dosenfrüchte, Zucker und – wegen der Hefe – etwas Brot dazu.

»Chablis war's keiner.« Manu kicherte wieder kurz. »Egal, jedenfalls war's zu viel. Ich bin auf dem Rückweg über meine eigenen Beine gestolpert und vom Dach gerauscht. Fluchtversuch war das natürlich nicht. Von dem Dach kommste ja nur in den Innenhof. Wo soll denn da die Flucht sein?«

»Tut mir wirklich leid. Ich hoffe, Sie werden bald wieder gesund.«

»Ich lass mir Zeit. So schlecht ist das hier nicht. Abgesehen davon, dass man nicht rauchen kann. Was genau wollen Sie wissen?« Sie drehte sich zu Wallner und senkte verschwörerisch die Stimme. »Nicht, dass ich mich von Ihnen bestechen lass. Aber anhören kann ich mir ja mal Ihr wertes Anliegen. Also schießen Sie los!«

»Haben Sie eine Idee, was Jennifer Wächtersbach vorhat? Hat sie Ihnen was über sich erzählt? Also Dinge, die mit dem Mord zu tun haben, weswegen man sie verurteilt hat?«

»Hat sie.« Manu nickte und zwinkerte Wallner zu.

Wallner wartete.

»Sie hat mal einen alten Bekannten von mir getroffen.

Lustig, wie das Leben manchmal so spielt. Und Sie werden es nicht erraten, wo sie den getroffen hat.«

Manu blickte Wallner mit freudiger Verschmitztheit an.

»Nein. Ich fürchte, ich werde es nicht erraten.«

»Ich geb Ihnen einen Tipp. Es ist noch gar nicht so lange her.«

»Weniger als zwei Jahre?«

Manu nickte.

»Dann kann sie ihn nur im Gefängnis getroffen haben.«

»Jetzt wird's heiß.«

»Es ist ein Mann?«

Manu nickte.

»Männer gibt es hier nicht so viele.«

»Ein paar schon. Sie zum Beispiel.«

»Aber … ich bin nicht Ihr Bekannter, oder? Müsste dann schon sehr lange her sein. Und ich erinnere mich ganz gut an Gesichter.«

»Ist tatsächlich schon lange her. Also, dass ich den Kerl gesehen habe. Aber nein – Sie sind es nicht.«

»Gut – wer ist es?«

»Sie müssen raten.«

Wallner bedachte Manu mit einem etwas angefressenen Blick.

»Ach, kommen Sie! Gönnen Sie mir den Spaß.«

Wallner seufzte und versuchte zu lächeln.

»Wenn's nicht der Gefängnisgärtner war, dann muss es … ein Besucher gewesen sein.«

»Sehr heiß!«

»Aber Frau Wächtersbach hat keine Besuche bekommen. Außer von Carmen Skriba …«

Wallner zögerte, und die Miene von Manu zeugte von der hohen Erwartung, dass Wallner jetzt wirklich kurz davor war, das Rätsel zu lösen.

»Der Anwalt!«

330

»He, Sie Fuchs!« Manu knuffte Wallner mit der Faust und lachte, dass ihr die Zahnlücken förmlich aus dem Gesicht sprangen.

»Sie kennen Jörg Behncke?«

Manu nickte fest und strahlte.

»Hat er Sie mal vertreten?«

»Nee. Aber einen Freund von mir. Is ewig her. Ich sag mal, so zwanzig Jahre. Mein Freund hat mit Gebrauchtwagen gedealt und ständig Prozesse am Laufen gehabt. Leute wollten ihr Geld zurück, haben die Kreditraten nicht bezahlt. Einmal wollten sie ihn wegen Hehlerei einbuchten, weil der Wagen geklaut war. Und, und, und. Ja, und dafür hat er den Behncke gehabt.«

»War das hier in München?«

»Nee. Düsseldorf.«

Düsseldorf – da läutete ein Glöcklein in einem hinteren Winkel von Wallners Gedächtnis. Hatte Kreuthner nicht vor Kurzem Düsseldorf erwähnt? Aber in welchem Zusammenhang?

»Der Behncke hat damals für die ganzen Autohändler in Düsseldorf gearbeitet«, ergänzte Manu ihre Auskunft. »Und das fand Jenny aus irgendeinem Grund wahnsinnig interessant.«

Düsseldorf – Autohändler – der dritte Mann! Kreuthners Vater hatte gesagt, der unbekannte Dritte sei jemand aus Düsseldorf gewesen. Und der Unbekannte war jemand, der in Autohändlerkreisen verkehrte. Wenn Behncke intime Kenntnisse der Düsseldorfer Autohändlerszene von vor fünfundzwanzig Jahren hatte, dann kannte er möglicherweise den mysteriösen Dritten, der sich Huser nannte.

»Wie kommt es, dass Sie den Anwalt Ihrer Freundin gesehen haben? Der hat sie doch nicht im allgemeinen Besucherraum getroffen, oder?«

»Natürlich nicht. Ich kann von meinem Fenster aus den

Parkplatz sehen. Eines Tages guck ich runter, und da steigt der aus seinem dicken BMW. Und ich denk mir: Scheiße, was macht der denn hier? Und da ist mir eingefallen, dass die Jenny an dem Tag Besuch von ihrem Anwalt kriegt. Und ich frag: Wie heißt denn dein Verteidiger? Und sie sagt: Behncke mit ck. Und ich sag: Ey, den kenn ich von früher! Is der jetzt in München oder was? Na ja, dann hab ich ihr erzählt, wie das damals war mit dem Behncke in Düsseldorf.«

»Wann war das? Ich meine, wann haben Sie Frau Wächtersbach von Herrn Behncke erzählt?«

Manu überlegt kurz. »Muss so vor drei Wochen gewesen sein.«

»Hat sie danach noch Besuch von Frau Skriba bekommen?«

Manu zuckte mit den Schultern.

38

Wallner telefonierte mit Janette, während Mike den Wagen über die A 8 in Richtung München steuerte.

»Ja, der Besuch bei Frau Jaschke war nicht uninteressant«, sagte Wallner in die Freisprechanlage.

»Ich wurde gebeten, das Zimmer zu verlassen, und hab mir schon gedacht, dass da interessante Sachen passieren«, mischte sich Mike ein.

»Sehr lustig. Jedenfalls haben Frau Jaschke und Frau Wächtersbach einen gemeinsamen Bekannten ...«

»Sie haben dich aber nicht gefragt, ob du ihnen den Trauzeugen machst?« Janettes Frage war offensichtlich an Mike gerichtet.

»Bis jetzt nicht. Aber ich richte mich drauf ein. Wieso? Haben sie dich auch gefragt?«

»Ja. Aber da wollte er noch die Wächtersbach ehelichen.«

»Es freut mich immer, wenn in der Abteilung gute Stimmung herrscht«, sagte Wallner gepresst. »Aber könnten wir jetzt ein bisschen arbeiten?«

»Er wirkt irgendwie angefasst«, kam es aus dem Lautsprecher.

»Wir sollten es nicht übertreiben. Am Ende sind echte Gefühle im Spiel, und das Geflachse könnte ihn verletzen.«

»Habt ihr's jetzt?« Wallner starrte auf den Lärmschutzwall neben der Autobahn.

»Du wolltest was über Frau Jaschke und ihren Bekannten erzählen.«

»Danke. Also, Folgendes: Frau Jaschke kennt Jörg Behncke.«

»Den Anwalt der Wächtersbach?«

»Genau den. Und zwar von früher. Der war in seinen Anfangsjahren anscheinend viel für Leute aus der Düsseldorfer Autohändlerszene tätig.«

»Düsseldorf? Was war da noch?«

»Der Vater vom Leo behauptet, der unbekannte Entführer sei aus Düsseldorf gewesen.«

»Wow …!«

»Was wir jetzt denken, hat sich Frau Wächtersbach vermutlich auch gedacht, wenn sie in die Vorgeschichte von Carmen Skriba eingeweiht war. Und davon gehe ich aus. Nämlich: Behncke kannte die Leute in der Autohändlerszene in Düsseldorf. Also kannte er vielleicht auch den unbekannten Entführer. Das würde ihre Telefonate mit Behncke kurz vor ihrem Tod erklären.«

»Wusste Carmen Skriba, dass der Mann aus Düsseldorf war?«

»Das könnte gut sein. Wenn es Pirkel weiß, wissen es bestimmt auch andere Leute. Sie hat sich wahrscheinlich umgehört.«

»Okay. Was ist jetzt mein Job?«, wollte Janette wissen.

»Könntest du zwei Dinge nachsehen? Erstens: Wann die Telefonate von Carmen Skriba mit Behncke waren. Und zweitens: Wann genau haben Carmen Skriba und Jörg Behncke Jennifer Wächtersbach in den letzten zwei Monaten im Gefängnis besucht?«

»Ich ruf dich gleich an«, sagte Janette und legte auf.

Fünf Minuten später war sie wieder in der Leitung.

»Der letzte Besuch von Carmen Skriba in Aichach war am 28. Oktober 2019. Am 29. Oktober hat sie Behncke das erste Mal angerufen. Das letzte Telefonat zwischen den beiden war einen Tag vor Carmen Skribas Ermordung, also am 11. November. Was schließen wir jetzt daraus?«

»Ich würde sagen: Wächtersbach hat Carmen Skriba erzählt, dass Behncke früher in Düsseldorf war und die dortige Autohändlerszene kennt. Daraufhin hat Carmen Skriba Behncke angerufen, um herauszufinden, ob der ihr etwas über den unbekannten Entführer alias Huser sagen kann. Und dann? Vielleicht hat Behncke den Unbekannten gewarnt. Oder er hat Nachforschungen angestellt und dadurch den Unbekannten aufgescheucht. Und der hat daraufhin Carmen Skriba umgebracht, bevor sie ihm gefährlich werden konnte.«

»Klingt gut«, sagte Mike. »Schade, dass wir dafür nicht den geringsten Beweis haben.«

»Kommt vielleicht noch«, sagte Wallner, bedankte sich fürs Erste bei Janette und rief in der Kanzlei Behncke an. Dort sagte man ihm, Herr Behncke sei nicht im Haus und man wisse auch nicht, ob er heute noch mal vorbeischauen würde. Wallner versuchte es auf Behnckes Handy. Es war ausgeschaltet. Nach kurzer Internetrecherche fand Wallner Behnckes Privatadresse im Münchner Westen.

Jörg Behncke stand vor der offenen Heckklappe seines BMW SUV, als die Kommissare vor seinem Haus anhielten.

»Hallo, Herr Behncke«, sagte Wallner, während der Anwalt, angetan mit einer Bergsteigerhose aus Funktionsmaterial und einem Daunenanorak, einen Rucksack auf die Ladefläche stellte. »Wir hatten angerufen. Aber Ihr Handy ist aus. Sehr ungewöhnlich für einen Strafverteidiger.«

»Ich brauch auch mal meine Ruhe. Meine Mandanten können mir auf die Box sprechen.«

»Wo geht's denn hin?«, fragte Mike.

»Ein bisschen ausspannen. In die Berge.«

»Gute Idee. Wohin genau?«

Behncke ging auf Mike zu und blieb kurz vor ihm stehen. »Was verschafft mir die Ehre?«

»Wir müssen Ihnen ein paar Fragen stellen.«

»Müssen Sie das?«

»Ihre Mandantin Jennifer Wächtersbach hat sich gestern Abend unerlaubt aus ihrer Haftanstalt entfernt ...«

Behncke unterbrach Mike mit einer Handbewegung. »Hören Sie: Selbst wenn ich wüsste, wo sie sich aufhält, dürfte ich es Ihnen nicht sagen. Das wissen Sie selber, und das habe ich bereits mit Ihren Kollegen besprochen. Ich würde jetzt gern fahren.«

»Wir fragen Sie nicht nach Frau Wächtersbach.«

»Sondern?«

»Es geht um Carmen Skriba und was sie von Ihnen wollte.«

»Auch darüber haben wir schon gesprochen. Ich will nicht unhöflich werden. Aber es wird langsam etwas redundant.«

»Sie wollen uns nicht sagen, weswegen Sie Carmen Skriba angerufen hat«, übernahm Wallner die Gesprächsführung. »Ist in Ordnung. Ihr Anwaltsgeheimnis. Wahren Sie es. Ich sag Ihnen mal, was wir inzwischen vermuten: Frau Skriba war auf der Suche nach jemandem aus der Düsseldorfer Autohändlerszene. Jemandem, der ihren Vater ermordet hat. Vor etwa drei Wochen erfuhr sie von Ihrer Mandantin Wächtersbach, dass Sie um die Jahrtausendwende in Düsseldorf für Leute aus der dortigen Autohändlerszene tätig waren, und wollte von Ihnen wissen, ob Sie den gesuchten Mann kennen. Oder ihr helfen können, ihn zu finden.«

Wallner machte eine Pause und wartete auf Behnckes Reaktion. Dessen Gesicht sagte Wallner, dass er richtiglag. Behncke überlegte lange. Schließlich sagte er: »Haben Sie Ihren Monolog beendet? Ich würde wirklich gern fahren.«

»Dann stelle ich Ihnen eine letzte Frage. Ich bin sicher, Sie können sie ohne Verletzung Ihrer Verschwiegenheitspflicht beantworten: Gab es damals in Düsseldorf jemanden, der unter dem Spitznamen Huser bekannt war?«

Behncke schwieg und blickte in den Himmel, der gerade

aufklarte. Er presste die Lippen zusammen, sah Wallner kurz an, dann wieder in die Luft. »Ich kann Ihnen die Frage erst beantworten, wenn ich alle Konsequenzen einer solchen Antwort kenne. Diese juristischen Dinge sind, wie Sie wissen, oft kompliziert. Das erfordert sorgfältige Überlegung.«

»Lassen Sie sich nicht zu viel Zeit. Und seien Sie vorsichtig.«

»Wegen Frau Wächtersbach?«

Wallner sah aus dem Augenwinkel, dass Mike zu Behnckes Wagen gegangen war und die offene Ladefläche interessiert betrachtete. »Nein. Wegen des Unbekannten aus Düsseldorf. Sie haben ihn mit Ihren Nachforschungen eventuell aufgescheucht und so in Panik versetzt, dass er Frau Skriba umgebracht hat.«

»Warum sollte er mich umbringen? Ich weiß nichts über den Mann.«

»Das weiß er aber vielleicht nicht. Wie auch immer: Sollte sich Frau Wächtersbach bei Ihnen melden ...«

»... werde ich mit Sicherheit nicht bei Ihnen anrufen. Aber ich werde meiner Mandantin raten, sich der Polizei zu stellen. Wie sieht es inzwischen mit den Chancen für eine Wiederaufnahme des Verfahrens aus?«

»Gar nicht so schlecht – vorausgesetzt, es taucht noch ein Beweis für die Behauptungen von Frau Wächtersbach auf. Sie wissen ja, wie das bei Wiederaufnahmeverfahren ist.«

»Neue Beweise, neue Beweise. Was für Beweise könnten das sein?«

»Das wird sie Ihnen selbst sagen.« Wallner drehte sich zu Mike um, der immer noch an Behnckes Wagen stand, dann wandte er sich wieder dem Anwalt zu. »Ich wünsche einen schönen Aufenthalt in den Bergen. Falls Sie am Tegernsee sind, schauen Sie mal bei uns vorbei.«

Behncke nickte und ging zu seinem Wagen.

»Schönes Fahrzeug«, sagte Mike. »Allrad?«

»Ja. Allrad.« Behncke machte die Heckklappe zu. »Habe die Ehre.«

Wallner und Mike warteten im Wagen an der nächsten Ecke. Behnckes BMW kam eine Minute später vorbei.

»Soll ich ihm hinterherfahren?«, fragte Mike.

»Das ist Quatsch mit einem einzigen Wagen, den er auch noch kennt.« Mike wusste das natürlich. Die Sache war allerdings nicht so wichtig und auch nicht so vielversprechend, dass Wallner ein ganzes Observationsteam genehmigt bekommen hätte. »Was glaubst du? Wo wird er hinfahren?«

»Keine Ahnung«, sagte Mike, und der Anflug von einem gerissenen Grinsen legte sich über sein Gesicht.

»Was ist los?«

Mike klopfte seine Jacke ab. »O verdammt! Ich hab mein Handy verloren.«

»Wie? Jetzt gerade?«

»Ja. Als wir mit dem Behncke zusammengestanden sind. Es … es muss mir aus der Jacke gefallen sein.«

»Dann fahr zurück, und wir suchen es.«

»Ich bin manchmal so ungeschickt.« Das Grinsen kehrte zurück in Mikes Mienenspiel, und er griff zu seinem Tablet auf der Rückbank. »Wir müssen nicht zurückfahren. Ich schau mal auf meiner SuchApp, wo es ist.«

Wallner dämmerte ein übler Verdacht. »Was läuft hier gerade?«

»Kleinen Moment.« Mike war eifrig mit seiner App zugange. Es erschien eine Landkarte auf dem Bildschirm, darauf ein roter Punkt. »Da haben wir es!« Er zeigte Wallner den Bildschirm.

»Eigenartig. Der Punkt bewegt sich. Wie kommt das denn?« Wallners Frage klang so, als würde er die Antwort durchaus kennen.

»Hmm – was könnte der Grund sein?« Mikes Grinsen wurde jetzt sehr ausgeprägt. »Am Ende ist mir das Handy in Behnckes Wagen gefallen.«

»Du spinnst ja wohl«, sagte Wallner. »Und was sollen wir jetzt damit machen?« Er deutete auf den Laptop.

»Es ist mir ja wohl nicht verboten, mein Handy zu suchen.«

»Es ist dir aber sehr wohl verboten, an Behnckes Wagen einen Peilsender anzubringen.«

»Es ist mir versehentlich aus der Jacke gefallen. Als ich mich reingebeugt habe, um den tollen Innenraum des Wagens zu bewundern. Glaubst du einem alten Freund nicht mehr?«

»Nein.« Wallner wirkte äußerst angefressen. Dann nahm er Mike den Laptop aus der Hand. »Aber wir können trotzdem mal schauen, wo dein Handy gerade hinfährt.«

Der rote Punkt bewegte sich langsam durch München in Richtung Süden. Nach zehn Minuten bog Behncke in eine Seitenstraße ab, der Punkt kam zum Stehen. Weder Wallner noch Mike konnten mit der Giesinger Straße, in der Behnckes Wagen jetzt stand, irgendetwas verbinden.

»Da ist die U-Bahnstation Mangfallplatz«, sagte Mike. »Gerade mal hundert Meter entfernt. Vielleicht ist Frau Wächtersbach da hingefahren, und er pickt sie jetzt auf.«

»Und dann fahren sie wohin?«

»Hier!« Mike tippte auf den Bildschirm. »McGraw-Graben, Giesinger Autobahn. Die fahren nach Süden in die Berge. Ist im Übrigen auch unser Weg nach Miesbach.«

Tatsächlich setzte sich der rote Punkt in Richtung McGraw-Graben in Bewegung.

Mike ließ den Wagen an und fuhr los.

Jennifer Wächtersbach hatte eine Sonnenbrille auf, als sie in Behnckes Wagen stieg.

»Haben Sie die Sachen dabei?«, fragte sie.

»Sind hinten drin.«

Wächtersbach kletterte auf die geräumige Ladefläche, die durch Umklappen der Rückbank entstanden war.

»Passt farblich alles zusammen.«

Wächtersbach zog einen Anorak, eine wasserdichte Gore-tex-Hose, Bergschuhe und einen Laptop aus dem Rucksack, den Behncke mitgebracht hatte.

»Ich habe meine Sekretärin zum Einkaufen geschickt. Die Schuhe sind Secondhand. Wär sonst nicht zu bezahlen. Aber dafür sind sie schon eingelaufen.«

Wächtersbach zog sich auf der Ladefläche um. »Wie ist das Passwort?«

»Vom Laptop? Hat keins. Ich hab's rausgenommen. Ist dann einfacher.«

»Okay …«

»Wo geht's denn jetzt hin?«, wollte Behncke wissen.

»Immer geradeaus auf die Autobahn, bei Holzkirchen runter und dann zum Tegernsee.«

»Schöne Gegend.«

Während Wächtersbach die Bergsteigerkluft anlegte, versiegte das Gespräch. Schließlich kletterte sie wieder auf den Beifahrersitz.

»Passt es?«

»'n Ticken zu groß. Ist aber okay. Die Schuhe sind super.«

»Schön.« Behncke betrachtete die junge Frau und nickte. »Schick. Sagen Sie mir jetzt was über das Video, das wir suchen?«

»Sie hat es gleich nach dem Mord gemacht.«

»Wie – noch am Tatort? Mit blutiger Leiche im Hintergrund?«

»Weiß ich nicht. Aber es wird jedenfalls klar, dass sie es war und nicht ich.«

»Sagt sie auch, warum sie es gemacht hat?«

340

»Vielleicht. Sie wissen es ja inzwischen, oder?« Wächtersbach sah Behncke fragend an.

»Nein. Ich weiß nur, dass sie jemanden namens Huser gesucht hat, der um die Jahrtausendwende angeblich in Düsseldorf war. Und was mit der Autohändlerszene zu tun hatte.«

»Sie hat Ihnen nicht gesagt, warum sie den Mann sucht?«

Behncke schüttelte den Kopf. »Keine Ahnung. Sie hatte anscheinend was gegen den Burschen. Hat der ihr was getan?«

»Er hat sie vor Jahren entführt und ihren Vater umgebracht.«

Behncke brauchte einen Moment, bevor er ein überraschtes »Oh« ausstieß.

»Aber wieso hat sie ihren eigenen Mann umgebracht?«

»Der hatte den Typ aus Düsseldorf beauftragt.«

»Moment ... der Mann von Carmen Skriba hatte jemanden beauftragt, seine Frau zu entführen? Was ist das denn für eine bizarre Geschichte? Ich dachte, das gibt's nur im Film.«

»Da war sie ja noch nicht seine Frau. Aber schräg ist die Nummer auf alle Fälle. Stellen Sie sich vor, Sie heiraten den Mörder Ihres Vaters und wissen es nicht. Und dann irgendwann – zack! Kommen Sie mit einem Mal drauf.«

»Warum um Himmels willen haben Sie das nicht vor zwei Jahren gesagt?«

»Hätte mir das irgendwer geglaubt?«

»Wenn Carmen Skriba es bestätigt hätte. Wollte sie aber nicht, oder wie?«

»Wir haben ausgemacht, dass ich im Knast bleibe, bis sie die Sache zu Ende gebracht hat.«

»Das heißt?«

»Bis alle drei, die ihren Vater auf den Gewissen haben, unter der Erde sind.«

Behncke sah Wächtersbach mit Erstaunen im Gesicht an. »Drei?«

»Außer Gerald Skriba und dem Mann aus Düsseldorf gab es noch einen. Der wurde vor einem Jahr vor seiner Kneipe erschossen – wenn Sie verstehen, was ich meine.«

»Ich fürchte, ich verstehe, was Sie meinen.« Er sah zu Wächtersbach hinüber. Sie war dabei, die etwas zu langen Ärmel des Anoraks hochzukrempeln. »Also gut. Sagen Sie mir jetzt, wo wir hinfahren?«

»Zum Achenpass.«

»Aha …?«

Aber Wächtersbach verfiel in Schweigen und betrachtete die Herbstlandschaft neben der Autobahn, die gerade vom Licht der tief stehenden Sonne übergossen wurde.

Wallner hatte den roten Punkt auf dem Bildschirm im Blick.

»Er fährt in Holzkirchen ab.«

»Sag ich doch.« Mike erhöhte das Tempo. »Was machen wir?«

»Wir bleiben dran und schauen, was passiert.«

»Wenn's in die Berge geht, sind wir nicht sehr gut ausgerüstet.«

»Können wir ihn verlieren? Wegen Funkloch oder so?«

Mike schüttelte den Kopf. »Nein. Das geht über GPS, und Satelliten gibt's überall.«

»Dann haben wir Zeit, unsere Bergstiefel zu holen.«

Das Tal, durch das sie fuhren, lag im Schatten, weiter oben beschien die Abendsonne die braunen Bergwiesen.

»Wir fahren nach Österreich?«, fragte Behncke.

»Jap.« Jennifer Wächtersbach blickte auf ihr Handy. Auf dem Display war die Satellitenkarte der Gegend südlich des Tegernsees zu sehen, ein blauer Punkt bewegte sich entlang der Bundesstraße 307 nach Westen. Sie passierten eine Ortschaft mit dem Namen Glashütte. »Noch sechs Kilometer, dann links abbiegen.«

»Jetzt können Sie es mir ja sagen. Fahren wir zu einer Alm oder so etwas?«

»So was in der Art.«

Nachdem sie links abgebogen waren, dirigierte Wächtersbach Behncke über gewundene Forststraßen. Der Weg zog sich, und es ging langsam, aber stetig nach oben. Nach einer Viertelstunde standen sie vor einer Schranke mit Schloss. Behncke machte den Motor aus.

»Und jetzt?«

Wächtersbach öffnete die Wagentür. »Gehen wir zu Fuß weiter.«

Wallner hatte im Büro Bescheid gegeben, dass er und Mike – inzwischen mit Bergstiefeln und Outdoor-Kleidung ausgerüstet – sich auf einen Trip in die Berge begeben würden. Wallner sagte, er habe einen Verdacht, wo Behncke hinfahre. Das war gelogen. Aber er wollte gegenüber Janette nicht zugeben, dass sie den Anwalt mit unlauteren technischen Hilfsmitteln observierten. Einerseits hatte Wallner immer die Befürchtung, dass Telefonate – und sei es nur versehentlich – aufgezeichnet wurden. Zum anderen wollte er Janette nicht mit dem Wissen über illegale Machenschaften belasten. Es reichte, wenn Mike und er davon wussten.

Als sie das Ortsschild von Rottach-Egern passierten, war der Punkt auf dem Display zum Stillstand gekommen.

»Was will er da mitten in der Wildnis?« Mike tappte mit dem Finger auf das Tabletdisplay.

Wallner führte eine Google-Maps-Messung durch.

»Drei Kilometer bis zum Schindergipfel.« Wallner zog das Satellitenbild auf. »Er ist mitten auf dem Forstweg stehen geblieben. Vielleicht ist da eine Schranke. Kann man bei der Auflösung nicht erkennen.«

»Kam in dem Innsbrucker Urteil nicht auch eine Schranke vor?«

»Der Vater von Carmen Skriba hat an einer Schranke geparkt, weil er keinen Schlüssel hatte.« Wallner verschob das Bild auf dem Display. »Der Weg, auf dem Behncke parkt, führt zu einer Hütte.«

»Die Hütte von Gerald Skriba?«

Wallner griff zum Handy und rief Janette an.

»Wir hatten uns doch dieses Bewegungsprofil von Carmen Skribas Handy angesehen. Kannst du damit die genauen Koordinaten der Schinderhütte ermitteln? … Okay.«

Wallner drückte das Gespräch weg. Mike sah ihn fragend an.

»Natürlich kann sie.«

Fünf Minuten später, sie hatten Rottach-Egern gerade verlassen, schickte Janette eine Mail. Sie enthielt zwei Zahlen. Die eine begann mit 47, dann ein Punkt und sechs Dezimalen, die andere fing mit 11 an und hatte ebenfalls sechs Dezimalen nach dem Punkt. Es waren die Koordinaten der Hütte, die Carmen Skriba im August 2017 aufgesucht hatte.

»Ja. Das ist die Hütte«, sagte Wallner. Er hatte die Zahlen mit den Koordinaten verglichen, die Google Maps für die Hütte angab, auf deren Zufahrtsweg sich Behncke Wagen befand.

Mike, unwillkürlich vom Jagdfieber gepackt, gab noch etwas mehr Gas.

Die Hütte lag im letzten Tageslicht auf der Südseite des Berges. Der November war ungewöhnlich warm gewesen dieses Jahr, und erst weiter oben lag Schnee. Jennifer prägte sich die Gegend ein, während sie sich der ehemaligen Alm näherten, und versuchte, sich in Carmen Skribas Situation vor zwanzig Jahren zu versetzen. Etwa hundert Meter hinter der Hütte endete die Almwiese. Jennifer lief bis zu der Stelle. Es war eine Abrisskante im Gelände, hinter der eine Felswand abfiel.

»Passen Sie bitte auf«, sagte Behncke und hielt respektvoll Abstand.

Jennifer blickte in den Abgrund. »Sieht beeindruckend aus. Sollten Sie sich ansehen.«

»Ich glaub's Ihnen auch so.«

»Höhenangst?«

»Hören Sie: Es wird bald dunkel. Und dann würde ich gern wieder beim Wagen sein. Können wir also …?«

»Ja, natürlich.«

Sie setzten sich in Richtung der Hütte in Bewegung.

Die Tür war abgeschlossen. Behncke befingerte daraufhin allerlei Ritzen, Hohlräume und über Kopfhöhe gelegene Vorsprünge.

»Sie glauben, da ist irgendwo ein Schlüssel versteckt?«

»So ist das doch bei Hütten, oder?«

»Keine Ahnung. War noch nie auf einer.«

Jennifer Wächtersbach drückte gegen die Hüttentür, die alt war, aus Längs- und zwei Querbrettern zusammengenagelt und nicht sonderlich stabil schien. Sie trat einen Schritt zurück.

»Nicht mit Gewalt!«, sagte Behncke. »Wir machen uns zwar so oder so strafbar. Aber wenn wir mit Schlüssel reingehen, merkt vielleicht keiner, dass wir eingebrochen sind.«

Wächtersbach streckte ihre Hand mit der Handfläche nach oben in Richtung Behncke. »Dann her mit dem Schlüssel.«

»Ich suche noch«, sagte Behncke. Im gleichen Augenblick trat Jennifer Wächtersbach die Tür ein. Das alte Schloss wollte nicht sofort aufgeben und hing noch halsstarrig an einer Niete. Ein zweiter Tritt war vonnöten, damit sie reingehen konnten.

Es roch nach altem Holz und Staub. Spinnweben hingen in jeder Ecke und kündeten den Besuchern davon, dass sie

345

zu den sehr wenigen gehörten, die hier in den letzten Jahren vorbeigekommen waren. Licht kam nur durch die Tür, denn die Fensterläden waren geschlossen. Behncke ging noch mal nach draußen und öffnete sie.

»Wonach suchen wir?«, fragte er, als er die Hütte wieder betrat. »Einen USB-Stick?«

»So was. Oder ein altes Handy. Computer, iPad. Irgendwas, wo man ein Video drauf speichern kann.«

Sie sahen sich um in dem Raum, der Stube und Küche in einem war. Ein grüner Kachelofen war das markanteste Detail. Es gab eine Sitzecke mit Tisch. Der Tisch hatte eine Schublade, die Bänke einen Stauraum unter der aufklappbaren Sitzfläche. Es gab Regale, einen Bauernschrank, kleine Wandschränke und die üblichen anderen Schränke, die in Küchen zu finden waren. An der Wand neben dem Kachelofen hingen ein anscheinend leerer Rucksack und ein Bergsteigerseil. Jennifer Wächtersbach öffnete die rückwärtige Tür. Sie führte in einen kleinen Gang.

»Hier sind noch zwei Zimmer und ein Bad.« Sie ging zwei Schritte in Richtung Behncke und scannte ein letztes Mal die Küchenstube. »Sie suchen hier, ich in den beiden Zimmern. Einwände?«

Behncke hatte keine.

Einige Zeit später langten Mike und Wallner ebenfalls an der Schranke an. Mike machte den Motor aus.

»Sollten wir nicht die Tiroler Kollegen verständigen?«

»Wir wissen ja gar nicht, was Behncke da treibt. Vielleicht sieht er sich die Hütte von außen an oder macht irgendetwas anderes, das völlig legal ist.«

»Vielleicht ist aber auch deine kleine Freundin bei ihm. Und die ist zur Fahndung ausgeschrieben.«

»Die können wir auch selbst festnehmen.« Das war nach den internationalen Vereinbarungen mit Österreich möglich. Wallner klopfte seine Daunenjacke ab. »Hast du zufällig deine Waffe dabei?«

Mike checkte sein Brustholster.

»Alles bereit.«

Wallner öffnete die Beifahrertür, ließ sich die kalte Bergluft um die Nase wehen und zog den Reißverschluss der Daunenjacke nach oben. »Dann mal los!«

Jennifer hatte Behncke die Wohnstube überlassen, weil dort, dessen war sie sicher, nichts zu finden war. Eine Bodenklappe unter einem Bett war der einzige Hinweis, den sie von Carmen Skriba bekommen hatte. Wo genau, hatte Carmen ihr zukommen lassen wollen, nachdem sie ins Ausland geflohen sein würde. Jennifer fand es ein wenig achtlos, dass Carmen keine Vorsorge für den Fall ihres Todes getroffen hatte. Ein Autounfall hätte sie an jedem beliebigen Tag ins Grab befördern können. Vielleicht lag die mangelnde Sorgfalt aber auch einfach daran, dass es dieses Video gar nicht gab und Carmen nie vorhatte, Jennifer aus dem Gefängnis zu holen. Sie hatte diese Möglichkeit, die durchaus im Hinterkopf als Schattenriss existierte, nie wirklich in Betracht gezogen. Der Gedanke, dass die einzige Freundin, die Jennifer je hatte, sie ausnutzte und betrog, sollte gar nicht erst Form annehmen.

In einer Ecke des Zimmers, in dem Jennifer stand, lief ein weiß gestrichenes Metallrohr vom Boden nach oben. In einem Meter Höhe bog es in einem gerundet rechten Winkel ab und verschwand in der Wand. Sie vermutete, dass Carmen damals an dieses Rohr gefesselt worden war. Neben dem Rohr stand ein Bett. Nachdem die Polizei das Video weder in Carmens Haus noch in ihrem Computer oder Handy gefunden hatte, war für Jennifer klar, dass das Geheimfach, von dem Carmen erzählt hatte, nicht in ihrem Haus in Rottach, sondern hier in der Hütte sein musste. Hätte irgendjemand das Geständnisvideo entdeckt, wäre Carmen wegen Mordes ins Gefängnis gegangen. Sie hatte es also möglichst sicher verstecken müssen – nicht auf einem Speichermedium, das mit dem Internet verbunden war, und auch nicht bei sich zu Hause.

Jennifer legte den Rucksack ab, warf sich auf den Bauch und rutschte unter das Bett. Es war dunkel hier unten und von einem Geheimfach nichts zu sehen. Jennifer machte die Taschenlampe ihres Handys an und leuchtete den klaustrophobischen Ort ab. Kein verdächtiger Spalt im Holz, keine Fuge in der Mauer – nichts Geheimes wollte sich offenbaren. Als sie wieder zurückrutschte, blieb sie mit der Jacke bodenseitig an etwas hängen, das sich bei näherer Untersuchung als Spalt im Holzboden herausstellte. Es war die Klappe, die Jennifer suchte. Sie hatte draufgelegen. Nachdem sie sie mit einem Taschenmesser geöffnet hatte, stellte sie fest, dass der Raum darunter nur etwa die Größe einer Keksdose hatte. Darin fand sich eine weiße Plastiktüte, darin ein Säckchen aus Baumwollstoff, darin wiederum ein USB-Stick.

Jennifer klappte den Laptop aus dem Rucksack auf und steckte den Stick in die dafür vorgesehene Buchse. Es war nur eine Datei darauf, ein Video. Jennifer klickte es an.

Der Film war im Handyformat. Er begann mit einer Aufnahme der Küche im Haus Skriba. Eine weibliche Stimme sprach aus dem Off:

»Heute ist der 20. Oktober 2017. Vor zehn Minuten habe ich meinen Mann erschossen.«

Die Kamera wanderte über die Hängeschränke aus dunklem Holz, am Fenster vorbei, die davor geparkten Wagen waren nur verschmiert im Bild, dann schwenkte sie nach unten, erste Blutspritzer auf den hellen Bodenfliesen tauchten auf, schließlich der Körper von Gerald Skriba, der aussah, als hätte ihn ein fachkundiger Ersthelfer in die stabile Seitenlage gebracht. Nur der Kopf war eigenartig verdreht, und das graue Sweatshirt hatte drei Löcher, die von unterschiedlich großen schwarzroten Flecken umgeben waren.

»Warum habe ich es getan?«, meldete sich die Off-Stimme von Carmen Skriba zurück. »Sagen wir: Ich hatte Gründe. Gute Gründe.« Das Bild switchte in den Selfie-Modus. Carmen Skribas Gesicht füllte jetzt das Display aus. Sie machte einen atemlosen, derangierten Eindruck. Eine Haarsträhne hing ihr an der Seite herunter, sie schwitzte, und Make-up war ihr ums Auge verlaufen. »Ich nehme dieses Video für den Fall auf, dass jemand anderes von der Polizei verdächtigt wird, Gerald Skriba erschossen zu haben. Wer immer es ist – er hat es nicht getan. Ich habe es getan. Mit dieser Waffe.« Eine Pistole mit Schalldämpfer erschien im Bild. »Ich werde die Pistole in einem Schließfach der Kantonalbank Graubünden verwahren. Die Nummer des Schließfachs gebe ich am Ende des Videos bekannt. Durch ein ballistisches Gutachten können Sie sicher feststellen, dass mein Mann mit dieser Pistole erschossen wurde.« Sie legte die Waffe weg, sodass sie nicht mehr im Bild war. Es klackte hart beim Ablegen, vermutlich auf einer der steinernen Arbeitsplatten der Küche. Carmen Skriba stellte das Handy so ab, dass ihr Gesicht im Bild blieb. Sie schluckte, atmete tief durch und wischte sich den Schweiß von der Lippe. Ein kurzer Blick auf den Toten am Boden, dann sah sie wieder in die Handykamera. »Nun zu den Gründen, warum ich meinen Ehemann Gerald Skriba erschossen habe. Dieser Mann da …«, sie deutete nach unten in Richtung Leiche, »… hat meinen Vater umgebracht. Oder hat ihn umbringen lassen. Was keinen Unterschied macht.«

»Sind Sie fündig geworden?«, kam es von hinten. Jörg Behncke stand in der Tür.

»Ja. Es war in einem Fach unter dem Bett.« Jennifer hielt das Video an.

Behncke nickte. »Kann ich es mal sehen?«

Jennifer spielte ihm das Video bis zu der Stelle vor, an der Carmen Skriba dazu ansetzte, ihre Geschichte zu erzählen.

»Was meinen Sie? Die müssen mich doch freilassen, oder?«

Behncke zögerte einen Augenblick, als wolle er sich nicht festlegen, sagte dann aber: »Doch, das sollte reichen. Aber schauen wir uns mal den Rest an.«

»Sie kennen die Geschichte doch.«

Behncke zog die Augenbrauen hoch.

»Wieso sollte ich? Frau Skriba hat sie mir nicht erzählt. Das hatte ich Ihnen doch vorhin gesagt.«

»Vielleicht … erinnern Sie sich ja selber noch dran.«

Behncke stutzte, dann lachte er leise. »Was wollen Sie denn damit sagen?«

»Waren Sie schon mal hier?« Jennifer ließ kurz ihren Blick durch den Raum schweifen.

»Ich hab keine Ahnung, was Sie sich da gerade einbilden.« Behncke wich einen Schritt zurück, weil Jennifer auf ihn zukam. »Aber ich höre mir die Geschichte von Frau Skriba gern an. Geben Sie mir einfach den USB-Stick. Ich brauche ihn ohnehin, wenn ich die Wiederaufnahme des Verfahrens beantragen soll.«

»Ich weiß nicht, ob der Stick bei Ihnen in guten Händen ist«, sagte Jennifer Wächtersbach und ging noch einen Schritt auf Behncke zu.

Der trat weiter zurück und stand jetzt fast an der Wand. »Ich denke, er ist bei mir sogar am allerbesten aufgehoben.« Behnckes Blick veränderte sich. Er wurde kälter und wachsamer. »Sie sollten mir mehr vertrauen. Ich bin schließlich Ihr Anwalt.«

Behncke machte Anstalten, seine rechte Hand hinter den Rücken zu nehmen. In diesem Moment sprang Jennifer Wächtersbach ansatzlos auf ihn zu, drückte ihn gegen die Mauer und hielt eine Hand an seinen Hals.

»Vorsicht! Nicht bewegen! Das in meiner Hand ist ein Skalpell, und es liegt genau auf Ihrer Halsschlagader. Das Ding ist höllenscharf. Ein Schnitt, und Sie verbluten. Ich hab da Erfahrung, wie Sie wissen.«

»Was wollen Sie?« Schweiß war Behncke ins Gesicht geschossen, sein Atem ging mit einem Mal schwer.

»Als Erstes das Ding in Ihrer Hose. Ich meine das, was hinten drinsteckt. Langsam mit zwei Fingern rausziehen und mir in die Hand geben.«

»Bleiben Sie ruhig. Sie kriegen die Pistole. Und nehmen Sie das Skalpell von meinem Hals.«

»Wenn ich die Waffe habe.«

Behncke ließ seine rechte Hand vorsichtig nach hinten wandern und zog eine Pistole aus dem rückwärtigen Hosenbund. Jennifer Wächtersbach drückte das Skalpell gerade so fest gegen Behnckes Hals, dass es die Haut nicht einschnitt. Es war eine Gratwanderung. Beide sahen sich in die Augen, als Behncke ihr die Waffe reichte.

»Jetzt nehmen Sie endlich das Ding von meinem Hals.«

»Mach ich«, sagte Jennifer Wächtersbach, ließ das Skalpell kurz locker und zog es dann in einem langen Strich über die Wange des Anwalts.

»Au, verflucht!« Behncke hielt sich das Gesicht. Blut floss zwischen seinen Fingern hervor.

Die gewonnene Zeit nutzte Jennifer Wächtersbach, um die Pistole zu entsichern. Dann nahm sie eins der Kopfkissen, die auf dem Bett lagen, schüttelte es aus dem Bezug und gab ihn an Behncke weiter, damit er ihn sich an die Backe halten konnte.

»Und jetzt? Knallen Sie mich ab, um Ihrer Freundin einen letzten Wunsch zu erfüllen? Dann nützt Ihnen der USB-Stick auch nichts mehr. Dann verbringen Sie die nächsten zwanzig Jahre im Gefängnis. Ist es das wert?«

»Shit, nein! Zwei Jahre sind echt genug. Ich hab auch gar

nicht vor, Sie umzubringen – vorausgesetzt, Sie tun, was ich sage.«

»Und das wäre?«

Jennifer Wächtersbach nahm den Laptop vom Boden und ging zu FaceTime. Dabei hatte sie Behncke permanent im Blick und die Pistole auf ihn gerichtet.

»Wir machen ein Video. So in der Art wie das von Carmen. Und in dem Video erzählen Sie, wie Sie damals Carmen entführt und ihren Vater umgebracht haben. Und wie Sie jetzt Carmen erschossen haben.«

»Sie sind wahnsinnig? Ich war das nicht.«

»Seh ich anders. Und ich hab die Pistole.«

»Damit wollen Sie zur Polizei gehen? Mit einem erpressten Geständnis?«

»Lassen wir's drauf ankommen.«

»Hören Sie …« Behncke betrachtete den vollgebluteten Kissenbezug und presste ihn wieder auf seine Wange. »Ich verstehe, dass Sie den Tod Ihrer Freundin rächen wollen. Aber nur weil ich vor zwanzig Jahren in Düsseldorf gelebt habe, bin ich nicht der Mörder von Frau Skribas Vater. Das ist absurd. Ich bin Anwalt, kein Autohändler.«

»Sie wollen es also nicht zugeben?«

»Es gibt nichts zuzugeben. Ich …«

Ein Schuss unterbrach Behnckes Verteidigungsrede.

39

Wallner und Mike waren auf dem Weg nach oben zur Hütte, als ein Schuss durch die abendliche Bergwelt hallte. Die Männer lauschten dem Echo.

»Wir sollten vielleicht doch die Kollegen verständigen!«, sagte Mike, und sie beschleunigten ihre Schritte.

Der Schuss war in die Dielen vor Behnckes Füße gegangen. Ein wenig Staub war aufgewirbelt worden, und das Projektil hatte ein kleines Loch ins Holz gestanzt. Inzwischen hatten Wächtersbach und Behncke die Hütte verlassen und bewegten sich auf den Abgrund zu, der hundert Meter dahinter lag. Behncke ging voraus, das Seil in der Hand, das zuvor neben dem Rucksack in der Hütte gehangen hatte, hinter ihm Wächtersbach, in der einen Hand die Pistole, in der anderen den Laptop. Einige Meter vor dem Abgrund blieb Behncke stehen.

»Gehen Sie weiter«, sagte Wächtersbach.

»Da geht es steil runter. Wollen Sie mich umbringen?«

»Nicht, wenn ich nicht muss.« Wächtersbach legte den Laptop auf den Boden. »Kommen Sie, noch ein paar Schritte.« Sie zielte mit der Pistole auf Behnckes Füße.

Behncke wich in Trippelschritten zurück, sah nach hinten und erkannte, dass er nur noch einen Meter vom Abgrund entfernt war. »Weiter geh ich nicht.«

»Binden Sie sich das Seil um die Brust. Mit einem zugfesten Knoten, wenn Sie das hinkriegen.«

Behncke behielt ein Ende in der Hand, den Rest warf er auf den Boden. Dann legte er sich das Seil um die Brust und verschnürte es mit einem wenig fachmännisch wirkenden, aber vielfach verschlungenen Knoten. »Was soll der Scheiß? Soll ich da runterklettern?«

»Werden Sie gleich sehen. Werfen Sie mir den Rest des Seils her.«

Behncke nahm das auf dem Boden liegende Knäuel und warf es in Richtung Wächtersbach. Die hob es auf und wand das Seil anderthalbmal um einen Baum von der Dicke eines Laternenmastes, der etwa zehn Meter von Behncke entfernt stand. Dann nahm sie den Laptop wieder hoch, bewegte sich in Richtung Behncke, bis sie wenige Schritte vor ihm stand, und wickelte das Seil einmal um ihren Bauch.

»Runter da.« Wächtersbach deutete mit der Pistole auf den Abgrund.

»Ich geh da nicht runter. Das können Sie nicht von mir verlangen.«

»Haben Sie Vertrauen. Ich hab Sie ja am Seil.«

»Sie sind komplett wahnsinnig …«

Wächtersbach feuerte einen Schuss vor Behnckes Füße. Der versuchte auszuweichen, was gänzlich sinnlos war, denn die Kugel war ja schon eingeschlagen. Doch strauchelte Behncke dabei über seine eigenen Füße, verlor das Gleichgewicht und fiel über die Abgrundkante. Tief stürzte er nicht, denn das Seil spannte sich sogleich, und da es um den Baum gewickelt war, konnte Wächtersbach Behnckes Fall mit relativ geringem Kraftaufwand bremsen. Jetzt ragte er noch knapp bis zu den Schultern über die Kante, seine Hände umklammerten das straff gespannte Seil, seine Augen waren in Panik aufgerissen, und er hyperventilierte.

»Ruhig atmen«, wies ihn Wächtersbach an. »Und machen Sie genau, was ich Ihnen sage. Punkt eins: Ihr Leben hängt jetzt davon ab, dass ich dieses Seil nicht loslasse. Also ärgern Sie mich nicht.«

»Holen Sie mich wieder hoch. Bitte! Sie machen sich unglücklich. Wozu?«

»Der Richter hat in mein letztes Urteil reingeschrieben, dass ich so jemand bin, der nicht viel nachdenkt, wenn er was macht. Also, über die Folgen und so. Da hat er recht. Das ist so. Wenn ich sauer bin, dann entscheide ich nur noch aus dem Bauch. Punkt zwei …« Sie öffnete den Laptop und rief das Video-Programm auf. Dann stellte sie den Computer auf den Boden, drehte den Bildschirm in Richtung Behncke, der etwa zwei Meter entfernt war, und checkte, ob der Anwalt auch im Bild war. Schließlich drückte sie den Aufnahme-Icon. »Punkt zwei: unser Video, Herr Behncke. Also, wie war das? Haben Sie damals Carmen Skribas Vater umgebracht?«

»Nein, Herrgott!«

»Falsche Antwort!« Jennifer ließ ein paar Zentimeter Seil durchrutschen. Behncke schrie gellend.

»Ja, ja! Ich hab ihn erschossen. Aber ziehen Sie mich um Himmels willen wieder hoch!«

»Gleich. Erst erzählen Sie uns, was damals genau passiert ist. Und bitte in die Kamera schauen.«

Behncke blickte kurz nach unten, wandte aber seinen Blick sofort mit Grausen ab. »Okay. Ich mach's. Aber halten Sie das verdammte Seil fest!«

Jennifer Wächtersbach nickte auffordernd. Behncke atmete noch einmal durch, soweit ihm das mit dem sich zuziehenden Seil um die Brust möglich war. Er schien kurz zu überlegen, ob er wirklich reden sollte. Aber in Anbetracht der prekären Lage, in der er sich befand, hatte sich die Zahl seiner Optionen sehr verringert.

»Es … es fing damit an, dass ich Gerald Skriba 1998 in München kennenlernte …«

Wallner und Mike eilten im Laufschritt den Berg hoch, nachdem sie den zweiten Schuss gehört hatten. Als sie die Hütte erreichten, waren sie am Ende ihrer Kräfte. Die Tür war aufgebrochen, und Mike betrat mit der Pistole im Anschlag die Wohnstube, die gleichzeitig Küche war, sah sich um, sicherte, aber niemand war zu sehen.

»Herr Behncke?«

Die Kommissare lauschten in die Stille, niemand gab Antwort. Wallner öffnete die rückwärtige Tür, die auf den Gang und die beiden anderen Zimmer führte. Die Tür zu dem Zimmer, in dem das Geheimfach war, stand offen. Auf dem Boden lag ein Rucksack.

»Behnckes Rucksack?« Mike war neben Wallner getreten.

»Keine Ahnung. Falls ja, wo ist dann ...« Wallner verstummte im Satz, denn er sah zum Fenster. Es ging zur Rückseite der Hütte hinaus, die sie beim Herkommen nicht gesehen hatten. Mike folgte seinem Blick. Etwa hundert Meter entfernt stand jemand, der anscheinend an einem Seil zog. Das Seil führte zu einem Baum und von da in Richtung eines Abgrunds. Den Haaren und der Figur nach handelte es sich um Jennifer Wächtersbach. Sie trat jetzt ein wenig zur Seite, und man konnte erkennen, dass am Rande des Abgrunds etwas auf dem Boden war, das sich beim zweiten Hinsehen als Laptop erwies. Daneben bewegte sich etwas – oder genauer gesagt: jemand.

»Was machen Sie da?«, rief Wallner, als er sich Jennifer Wächtersbach näherte.

»Ich rette Herrn Behncke das Leben. Wenn ich das Seil loslasse, ist er nämlich tot. Es ist deshalb besser, wenn ich nicht stolpere oder mich gegen jemanden wehren muss, der versucht, mir das Seil wegzunehmen.«

»Ich denke, wir sollten Herrn Behncke da raufziehen.«

Behncke blickte den Kommissar mit flehenden Augen an und schien kurz davor zu heulen.

»Das können wir gern machen. Aber vorher möchte Ihnen Herr Behncke noch etwas sagen.« In diesem Moment rutschte das Seil einige Zentimeter durch. Behncke schrie auf. »Uups!« Wächtersbach stemmte sich gegen den Zug des Seils und brachte es zum Stillstand. »Gehen Sie zu ihm hin.« Sie deutete mit dem Kopf zu Behncke. »So verstehen Sie ihn besser.« Dann richtete sie den Blick auf Behncke. »Schießen Sie los.«

Behncke sah zu Wallner hoch, der Kopf ragte gerade noch halb über die Kante, das Gesicht war schweißnass, obwohl die Temperatur knapp über dem Gefrierpunkt lag.

»Frau Wächtersbach ...«, versuchte es Wallner noch einmal.

»Hören Sie ihm einfach zu. Ich glaube, er will es schnell hinter sich bringen. Dauert nicht lange.«

Sie warf dem Anwalt einen aufmunternden Blick zu.

Behncke schluckte und fing hastig an zu sprechen. »Ich habe Carmen Skriba erschossen. Ich war es. Ich gestehe es hiermit.«

»Und warum haben Sie es gemacht?«, fragte Wächtersbach im Ton einer geduldigen Kindergärtnerin.

»Sie hat mich erkannt. Ich war ... ich hab sie damals entführt, achtundneunzig, zusammen mit Jochen Branek. Ich war der andere Mann, den man hinterher nicht gefunden hat. Carmen Skriba hatte schon ihren Mann und Branek umgebracht. Und da hab ich sie getötet, bevor sie mich umbringen konnte.«

»Okay!« Wallner gab Wächtersbach ein Handzeichen, dass sie ruhig bleiben sollte, was nicht vonnöten war, denn Wächtersbach war ruhig, gewissermaßen die Ruhe selbst. »Herr Behncke hat hiermit gestanden, Carmen Skriba erschossen zu haben. Haben Sie das mit dieser Aktion bezweckt?«

»Ja. Er hat noch einiges mehr gestanden. Das haben wir aufgenommen.« Sie deutete mit dem Kopf auf den Laptop.

»Bestens. Alles dokumentiert?«

Wächtersbach nickte.

»Gut, dann können wir Herrn Behncke jetzt hochziehen?«

»Von mir aus. Aber passen Sie auf. Der Kerl hat zwei Menschen ermordet und nicht viel zu verlieren.«

»Halten Sie einfach weiter das Seil.« Wallner ging zu Behncke und reichte ihm die Hand, während Mike mit einer Hand am Seil zog und gleichzeitig die Pistole einsatzbereit hielt. Nach einigem Ächzen und Fluchen hatte Behncke wieder festen Boden unter den Füßen. Wallner ging zu Wächtersbach. Sie hielt ihm die Pistole hin.

»Die hab ich ihm abgenommen. Da sind bestimmt noch Fingerabdrücke oder DNA von ihm drauf.«

Wallner entnahm der Innentasche seiner Daunenjacke ein Paar Latexhandschuhe der Spurensicherung und zog sie an. Dann ergriff er die Pistole und steckte sie in eine Plastiktüte für Beweismittel, die er ebenfalls immer mitführte.

»Das ist Ihre Waffe?« Die Frage ging an Behncke.

»Verhaften Sie die Frau. Sie haben gesehen, wozu sie fähig ist.«

»Natürlich verhaften wir Frau Wächtersbach. Aber die Frage lautete, ob die Waffe Ihnen gehört?«

»Befragen Sie mich als jemanden, der einer Straftat verdächtig ist?«

»Ist die Waffe auf Ihren Namen registriert?«

»Nehmen Sie es mir nicht übel. Aber wenn ich all meinen Mandanten in so einer Situation rate, den Mund zu halten, wäre es ja absurd, wenn ich jetzt mit Ihnen reden würde.«

»Wie Sie meinen. Ich muss Sie allerdings vorläufig festnehmen.«

»Was? Mich?«

»Nun ja, Sie haben gerade einen Mord gestanden. Und illegaler Waffenbesitz ... ich meine, wir müssen das zumindest klären.«

»Die Frau hat mich erpresst, einen Mord zu gestehen, den

358

ich nicht begangen habe. Deswegen wollen Sie mich verhaften?«

»Die Umstände, unter denen Sie das Geständnis abgelegt haben, werden natürlich Berücksichtigung finden. Aber zunächst müssen wir in Ruhe prüfen, was wir haben.« Wallner blickte auf den Laptop.

Während Mike Jennifer Wächtersbach eine Einweghandfessel aus Plastik anlegte, hörte man, wie sich Fahrzeuge auf dem Forstweg der Hütte näherten. Blaulicht zuckte durch die einsetzende Nacht.

40

Es ging bereits auf zwanzig Uhr zu. Wallner hatte seinen Großvater angerufen und gesagt, es würde später werden. Jetzt saß er zusammen mit Mike in einem Vernehmungsraum. Auf der anderen Seite des Tisches: Jörg Behncke. Auf dem Tisch: der Laptop, der Behnckes Geständnisse aufgezeichnet hatte. Die Kommissare hatten sie sich mittlerweile drei Mal angesehen.

»Wollen Sie uns noch was zu der Pistole sagen?« Wallner wartete kurz. »Bevor Ihre Fingerabdrücke darauf gefunden werden?«

»Ich werde dazu keine Aussage machen. Aber bevor Sie falsche Schlüsse ziehen, bitte ich Folgendes zu bedenken: Wenn Sie mit einer Frau unterwegs wären, die bereits zwei Menschen auf dem Gewissen hat – würden Sie nicht auch eine Waffe mitnehmen?«

»Tja, da sprechen Sie bereits den nächsten Punkt an.«

»Der wäre?«

»Dass Sie mit Frau Wächtersbach unterwegs waren.«

»Ich meine, strafrechtlich gesehen?«

»Versuchte Strafvereitelung. Gefangenenbefreiung.«

»Hundertzwanzig StGB kommt schon deswegen nicht infrage, weil ich Frau Wächtersbach nicht beim Entweichen aus dem Strafvollzug geholfen habe. Das hat sie allein hinbekommen. Außerdem war der Zweck ihres Entweichens nicht, sich der Strafvollstreckung zu entziehen, sondern Beweise für ihre Unschuld zu finden. Ihr dabei zu helfen, ist meine ureigenste Aufgabe als Strafverteidiger.«

»Schauen wir mal, was Herr Tischler zu diesen Rechtsansichten sagt. Schwerwiegender ist natürlich das, was Sie hier gesagt haben.« Wallner deutete auf den Laptop. »Eine erpresste Aussage, ohne Zweifel, dennoch ...«

»Ja, eine erpresste Aussage. Ich hoffe, dass dieser Laptop noch heute im Müll landet. Wie können Sie es wagen, daraus irgendetwas gegen mich abzuleiten?«

»Ich kann nicht ignorieren, dass Sie die Entführung von Carmen Skriba ziemlich genau beschrieben haben. Was Sie in dem Video erzählen, stimmt vollständig mit dem überein, was wir über die Sache wissen.«

»Vielleicht liegt das daran, dass wir dieselben Quellen haben?«

Wallner sah Behncke fragend an.

»Ich habe mir das österreichische Urteil gegen Jochen Branek besorgt. Da steht ja alles detailliert drin.«

»Warum haben Sie sich das Urteil besorgt?«

»Weil mir Frau Skriba von ihrem Schicksal erzählt hat. Ich sollte – das ist das Einzige, was an meiner Videoaussage stimmt – jemanden finden, der um die Jahrtausendwende mutmaßlich in der Düsseldorfer Autohändlerszene tätig war. Selbstverständlich habe ich mir auch das Urteil durchgelesen. Schon allein, weil die Erinnerung von Carmen Skriba, damals Alina Carmen Nandlstadt, vor zwanzig Jahren noch frischer gewesen sein dürfte als heute.«

»Und Sie sind nicht der Mann, dessen Spitzname Huser war?«

»Nein, natürlich nicht. Ich habe gesagt, was Frau Wächtersbach hören wollte. Sie haben doch gesehen, was da los war.«

»Natürlich.«

Wallner klang nicht so, als sei er restlos von Behnckes Ausführungen überzeugt.

»Sie können natürlich Ihren Apparat in Bewegung setzen und alles noch mal selbst überprüfen. Das wäre allerdings eine bedauerliche Verschwendung von Steuergeldern.«

»Weil …?«

»Weil die Taten dieses unbekannten Mannes über zwanzig Jahre her und damit verjährt sind.«

»Nicht der Mord an Nick Nandlstadt.«

Behncke schüttelte den Kopf und lachte in wahrer oder gespielter Fassungslosigkeit. Wallner war nicht sicher.

»Jochen Branek war damals angeklagt und hat behauptet, dieser Herr Huser hätte geschossen. Was glauben Sie, wird Herr Huser sagen, wenn Sie ihn wegen Mordes vor Gericht stellen?«

»Möglicherweise wird er behaupten, dass Branek gelogen und Nandlstadt doch selber getötet hat. Und ihm, Huser, hätte er damals alles in die Schuhe geschoben, um seinen Kopf aus der Schlinge zu ziehen.«

Behnckes beidhändige Geste besagte in etwa: Na, da haben Sie es doch!

»Muss die Staatsanwaltschaft entscheiden«, sagte Wallner und blickte kurz zu dem Laptop, dessen Bildschirm mittlerweile aber dunkel war. »Kommen wir zu meinem eigentlichen Fall. Dem Mord an Carmen Skriba.«

»Ja, auch den habe ich zugegeben. Das Geständnis widerrufe ich hiermit – falls das überhaupt nötig ist. Haben Sie noch andere Beweise für meine Täterschaft außer ein paar unkonkreten Sätzen, die zu stammeln ich gezwungen wurde, um mein Leben zu retten?«

»Dann machen wir es doch kurz, und Sie sagen mir einfach, wo Sie Dienstag, den zwölften November zwischen siebzehn und zwanzig Uhr waren? Wir überprüfen es, und damit ist die Sache vom Tisch.«

»Herr Wallner: Sie verdächtigen mich eines Mordes und erwarten ernsthaft, dass ich – ich als Strafverteidiger – mich zur Sache äußere?«

»Die Hoffnung stirbt zuletzt.«

»Gut.« Behncke stand auf. »Dann werde ich dieses Gespräch, für das ich mich freundlicherweise zur Verfügung gestellt habe, hiermit beenden. Ich meinerseits hatte gehofft, eventuell bestehende Unklarheiten aufklären zu können. Aber da Sie offenbar nicht gewillt sind zu akzeptieren, was auf der Hand liegt – viel Spaß beim Ermitteln.«

Wallner blickte zu Mike. Aber der hatte auch keine Argumente gegen Behnckes Verabschiedung.

Bevor Wallner sich in den Feierabend entließ, sah er noch bei Jennifer Wächtersbach vorbei. Sie würde erst am nächsten Tag nach Aichach überstellt werden und die Nacht in der Miesbacher Arrestzelle verbringen.

»Haben Sie sich das Video von Carmen Skriba angesehen?« Wächtersbach saß mit gefalteten Händen auf ihrer Pritsche, wirkte aber energiegeladen und hoffnungsvoll.

»Ja. Ich habe es schon an den Staatsanwalt weitergeleitet. Das Ganze muss natürlich noch auf Echtheit geprüft werden. Aber ich denke, es sieht nicht schlecht aus.«

»Wie lange dauert so ein Wiederaufnahmeverfahren?«

»Das kann sich schon mal ein Jahr und länger ziehen. Wenn allerdings die Staatsanwaltschaft zu dem Ergebnis kommt, dass Sie den Mord an Gerald Skriba wahrscheinlich nicht begangen haben, können Sie schon vorher freikommen. Für das Wiederaufnahmeverfahren werden Sie wohl einen anderen Anwalt brauchen. Ich fürchte, das Vertrauensverhältnis zu Herrn Behncke ist zerrüttet.«

»Ist wohl so. Aber er kann mich eh nicht verteidigen, wenn er im Knast sitzt, oder?«

»Noch sitzt er nicht.«

»Aber …« Ein Ausdruck des Entsetzens zog über Wächtersbachs Gesicht. »Sie haben ihn doch verhaftet!«

»Schon. Aber was wir haben, reicht gerade mal für unerlaubten Waffenbesitz und vielleicht versuchte Strafvereitelung.«

»Und was ist mit Carmens Entführung und dem Mord an ihrem Vater und dem Mord an ihr?«

»Selbst wenn wir Hinweise finden, dass Behncke damals beteiligt war – und die haben wir im Moment nicht –, würde er alles auf Jochen Branek schieben. Wer geschossen hat, weiß ja niemand außer Branek und Behncke. Und von den beiden ist nur noch Behncke am Leben. Aber wie gesagt, wir können nicht mal nachweisen, dass er überhaupt der zweite Entführer war. Das erpresste Geständnis ist jedenfalls kein Beweis, wie Sie sich denken können.«

»Aber er hat doch alles genau beschrieben! Das kann er doch nur, wenn er dabei war.«

Wallner schüttelte den Kopf. »Er hat das Urteil gegen Branek gelesen. Und es gibt keine Information in dem Video, die er nicht aus dem Urteil haben könnte.«

»Er hat das Urteil gelesen?«

»Ja, um Carmen Skribas Angaben zu checken. Er sollte ja den zweiten Entführer finden.«

»Aber sie hat ihm nicht gesagt, *warum* sie den Mann sucht.«

Wallner stutzte. »Woher wollen Sie das wissen?«

»Weil ich Behncke gefragt habe. Er hat gesagt, Carmen hätte ihm nichts von der Entführung und dem Mord an ihrem Vater erzählt.«

»Dann hat er Sie angelogen.«

»Klar. Weil er die ganze Zeit lügt. Das ist doch offensichtlich: Behncke war damals einer der Entführer, und er hat jetzt Carmen erschossen.«

»Wie kommen Sie eigentlich darauf, dass Behncke der zweite Entführer war?«

»Mir sind Sachen wieder eingefallen. Von damals, bei meinem Prozess. Sachen, die ich irgendwie komisch fand, aber die ich mir nicht erklären konnte.«

»Und jetzt haben sie Sinn ergeben?«

Wächtersbach nickte.

»Zum Beispiel?«

»Dass Behncke Carmen Skriba in der Verhandlung ständig angestarrt hat. Und wenn sie zu ihm gesehen hat, hat er weggeguckt. Ich hab gedacht, er ist verknallt in Carmen. Aber das war's nicht.«

»Kommt mir ein bisschen dünn vor, um Ihren Verdacht zu begründen.«

»War ja auch nicht das Einzige.«

»Was noch?«

»Er hat mich damals gefragt, wie Carmen und Gerald zusammengekommen sind und wie die Ehe war und vor allem, ob Carmen mir irgendwas aus ihrer Vergangenheit erzählt hat. Ich hab gefragt, was er meint. Und Behncke hat gesagt: Irgendwas, weswegen Carmen einen Grund hätte, ihren Mann umzubringen.«

»Sie wussten damals, dass Gerald Skriba Carmens Vater hat umbringen lassen? Sie haben mir was anderes erzählt.«

»Ja natürlich wusste ich es. Das wollte ich Behncke aber nicht sagen.«

»Um Carmen Skriba zu schützen.«

Wächtersbach schwieg.

»Sie muss Ihnen sehr viel bedeutet haben. Ich meine – für jemanden ins Gefängnis zu gehen, das ist schon was.«

Wächtersbach zuckte mit den Schultern. »Sie war der einzige Mensch in meinem Leben, der mir eine Chance gegeben hat, ohne was dafür zu wollen. Ist schon okay.«

Wächtersbach wurde still und presste die Lippen aufeinander. Eine Träne rann ihr die Wange hinunter, sie wischte sie mit einem Finger schnell weg, und Wallner schob ihr ein Papiertaschentuch über den Tisch. Sie schnäuzte sich, setzte sich gerade auf ihren Stuhl und sagte, als sei das gerade ein peinlicher Ausrutscher gewesen: »Jedenfalls war mir klar, dass Behncke sie umgebracht hat. Der hat mich damals mehrfach gefragt, ob Carmen nicht doch irgendwas über ihre Vergangenheit gesagt hat. Wieso kam der da drauf? Im Nachhinein ist mir klar geworden: Der wusste, was passiert ist. Und er konnte es nur wissen, weil er dabei war.«

»Warum haben Sie mir das nicht gesagt? Ich wäre dem doch nachgegangen.«

»Ich war mir nicht sicher, ob Sie es Behncke beweisen können. Das ist ja alles ewig her. Und da hab ich mir gedacht, ich mach's lieber auf meine Weise.«

»Mit dem erpressten Geständnis?«

»Ja. Wenn er Sachen sagt, die nur der Täter wissen kann, ist es egal, ob es erpresst war.«

Wallner schwieg dazu.

»Ist doch so, oder?«

»Wir werden sehen«, sagte Wallner und sah Wächtersbach in die Augen, als hoffte er, darin eine Antwort auf etwas zu finden, das ihn umtrieb.

»Was?«

»Na ja …«, Wallner legte die Fingerspitzen aneinander, »… ich hatte offen gesagt befürchtet, dass Sie ausgebrochen sind, um Carmen Skribas Mörder umzubringen.«

Wächtersbach überlegte kurz, dann sagte sie: »Kann sein, dass mir so was mal durch den Kopf gegangen ist. Aber dann hab ich mir gedacht, das wäre doch zu blöd, wenn ich wegen dem Drecksack auch noch im Knast sitze. Sie sehen, ich mache Fortschritte und denk nach, bevor ich Scheiß baue.«

»Ja, das ist … erfreulich.«

41

Einige Tage später saß Staatsanwalt Tischler bei Wallner im Büro, um die Lage zu besprechen. Jeder der beiden hatte inzwischen seine Hausaufgaben gemacht, und es war einige Bewegung in die Dinge geraten.

»Dieses Video aus der Hütte«, begann Tischler und bediente sich ausgiebig am Keksteller, »scheint echt zu sein. Wie unsere IT-Leute sagen, wurde es tatsächlich am 20. Oktober 2017 aufgenommen. Die Waffe konnten wir in dem Schweizer Schließfach sicherstellen. Heute kam auch das ballistische Gutachten. Es ist die Pistole, mit der vor einem Jahr auch Jochen Branek erschossen wurde. Spricht also einiges dafür, dass Carmen Skriba beide Morde begangen hat. Dennoch heißt das nicht zwingend, dass sie auch ihren Mann erschossen hat. Vielleicht hat Carmen Skriba das Video, nachdem Wächtersbach den Job erledigt hatte, aufgenommen, um ihre Freundin und Komplizin zu decken und später mal aus dem Gefängnis holen zu können.«

»Kann man nicht völlig ausschließen. Allerdings stimmt der Inhalt des Videos mit dem überein, was Wächtersbach in den letzten Tagen erzählt hat. Und hätte das Video im Prozess gegen sie vorgelegen ...«

»... wäre Wächtersbach mit ziemlicher Sicherheit nicht verurteilt worden.« Tischler stippte einen sandfarbenen Keks in seinen Kaffee. »Es hat aber nicht vorgelegen. Aber gut, Ihr Bauch hatte – entgegen der Beweislage – recht. Zufrieden?«

»Ach, wissen Sie: Recht gehabt zu haben, hat noch niemandem irgendwas gebracht. Keiner mag Leute, die recht gehabt haben, und keiner gibt einem was dafür.« Jetzt nahm sich auch Wallner ein Plätzchen, und seine Augen verströmten ein eigenartiges Leuchten. »Und dennoch … Es ist eines der erhebendsten Gefühle, die ich kenne.« Er schob sich den kompletten Keks in den Mund und zerkaute ihn mit Inbrunst, gewissermaßen das Sahnehäubchen auf der ohnehin schon süßen Genugtuung, in der er schwamm.

»Nachdem wir jetzt einen Fall gelöst haben, um den es gar nicht ging …«, beendete Tischler den goldenen Augenblick, »… wie sieht es denn mit unserem Mord an Carmen Skriba aus?«

»Nun ja, die Aufnahmen mit den erpressten Geständnissen werden in der Asservatenkammer verschwinden und nie in einem Prozess auftauchen.«

»Mit Sicherheit nicht.« Tischler schüttelte voller Abscheu den Kopf.

»Zumindest haben wir jetzt einen Verdächtigen. Der sich allerdings – das muss ich zugeben – als sehr harte Nuss erweist. Fangen wir mit dem Alibi an. Eigentlich wollte er gar nichts dazu sagen, hat sich dann aber immerhin dahin gehend eingelassen, er habe sich mit einem Mandanten außerhalb der Kanzlei getroffen. Wer dieser Mandant ist und wo das Ganze stattgefunden hat, darüber schweigt sich Behncke aus. Er würde uns ja gern mehr verraten. Aber seine anwaltliche Verschwiegenheitspflicht und so weiter.«

»Kann man wenig machen. Was ist mit Behnckes Handydaten? Ist der Gerichtsbeschluss da? Ich war heute noch nicht im Büro.«

»Behncke hat Rechtsmittel eingelegt. Wegen Anwaltsgeheimnis. Keine Ahnung, wie das ausgeht. Aber wenn er der Mörder ist, dann hat er das Handy bestimmt nicht dabeigehabt. Dafür ist er zu clever.«

»Es wäre allerdings auch ein Anhaltspunkt, wenn sein Handy genau um diese Zeit aus war. Beweist aber leider nichts. Was ist mit dem Wagen?«

»Behncke wird ihn kaum selbst gestohlen haben. Er kennt ja genug Leute, die so was gegen Geld erledigen. Und er kennt auch Leute, die aus dem Wagen einen Schrottwürfel machen, wenn er nicht mehr gebraucht wird. Da mache ich mir wenig Hoffnungen. Was Behnckes Vita anbelangt: Er stammt aus einem kleinen Dorf in Niedersachsen und hat nach dem Abitur von 1993 bis 1998 in Berlin Jura studiert. Dann ist er aus Berlin verschwunden und hat sein Referendariat in Düsseldorf absolviert. Von den wenigen Kommilitonen aus der Berliner Zeit, die wir auftreiben konnten, wusste fast keiner, wo er hingegangen war. Einer meinte gehört zu haben, dass er zwischen Erstem Staatsexamen und Referendariat kurze Zeit in München war. Angeblich hat er in Berlin als Student mit Gebrauchtwagen gedealt und war mit Leuten aus der Halbwelt bekannt. Von denen konnten wir aber niemanden ausfindig machen. Wahrscheinlich würde eh keiner mit der Polizei reden. Viele Freunde scheint Behncke nicht zu haben. In NRW hat er dann auch das Zweite Examen gemacht und ab 2001 als Anwalt gearbeitet.«

»Was ist mit diesem Spitznamen? Huser?«

»Konnte sich niemand erinnern. Vielleicht hat man ihn in der Berliner Halbwelt so genannt. Vielleicht hat er sich den Namen selber gegeben. Keine Ahnung.«

»In München kann sich auch keiner an ihn erinnern?«

»Wenn, dann war er nur sehr kurz in München. Hat für Skriba die Entführung durchgezogen und ist danach sofort abgetaucht. Die Bardame aus der Harmonika erinnert sich an einen jungen Mann, der kurz in München war und das Lokal zweimal mit Skriba besucht hat. Oder Skriba hat ihn da kennengelernt. So genau wusste sie das nicht mehr. Wir haben ihr ein Foto von Behncke gezeigt. Eins, wo er so Mitte zwanzig ist. Ja, vielleicht war er das, vielleicht auch nicht. Ist alles so lange her. Irgendwas Handfestes haben wir einfach nicht. Der Mann ist wie ein Gespenst. Was ihn allerdings auch wieder interessant macht. Sauber ist er nicht.«

»Natürlich nicht. Er ist Anwalt.« Tischler blätterte in der Ermittlungsakte, die vor ihm auf den Tisch lag. »Wie hätte Behncke wissen können, dass Pirkels Haus verwaist war?«

»Er hat etliche Kriminelle aus der Münchner Szene vertreten. Unter anderem auch mal Burkhard Köster. Irgendwer wird ihm von Pirkel erzählt haben. Vielleicht auch, dass Carmen Skriba mit Pirkel Streit hatte. Behncke hat sich mit Sicherheit über sie erkundigt.«

Tischler nickte stumm, überlegte, ob er noch ein Plätzchen essen sollte, betrachtete dann das Bäuchlein, das sich unter seiner Anzugweste blähte, und ließ es sein.

»Eigenartig. Da lebt Behncke viele Jahre in München und Gerald Skriba am Tegernsee. Und beide haben eine gemeinsame Leiche im Keller. Muss doch wie auf einem Pulverfass sein.«

»Die beste Voraussetzung für eine stabile Freundschaft. Oft haben sich die beiden Männer anscheinend nicht gesehen. Wir haben noch mal in dem Material von vor zwei Jahren nach Hinweisen gesucht. Telefonate, Mails, Geldverkehr oder Ähnliches. War aber nichts zu finden.«

»Dann wird Skriba ermordet, und Behncke übernimmt die Verteidigung der Angeklagten.« Tischler blickte etwas affektiert zu Wallner. »Warum macht er das? Zufall?«

»Zufall war's nicht. Er hat angeboten, die Pflichtverteidigung zu übernehmen. Hätte er eigentlich nicht nötig gehabt. Aber es hätte ja sein können, dass wir im Lauf der Ermittlungen auf schmutzige Wäsche aus dem Jahr 1998 stoßen. Irgendwelche neuen Hinweise, die Gerald Skriba und damit vielleicht auch Behncke selbst mit der Entführung Alinas und dem Tod von Nick Nandlstadt in Verbindung bringen. Als Verteidiger hatte er Akteneinsicht und wäre gewarnt gewesen, wenn was aufgetaucht wäre.«

370

»Falls er der ist, für den wir ihn halten.« Tischler klappte seine Akte zu. »Was wir im Augenblick haben, reicht hinten und vorn nicht für eine Anklage. Bringen Sie mir Beweise.«

Zwei Stunden später stand Wallner mit Mike im Gang vor seinem Büro, jeder eine Kaffeetasse in der Hand, den Blick aus dem Fenster gerichtet, als liefe da draußen der alles entscheidende Beweis herum. Die Stimmung war nicht gut.

»In den letzten vier Wochen hat jedenfalls niemand in Innsbruck eine Kopie des Urteils gegen Branek angefordert«, sagte Wallner.

»Also hat Behncke gelogen.«

»Vielleicht hat er das Urteil woandersher. Wir werden ihn fragen. Aber ich bin mir sicher, er hat sich inzwischen was überlegt. Im Zweifel eine Sache, die er uns als Anwalt nicht sagen darf.«

»Wir müssen etwas finden, das ihn direkt mit den Morden in Verbindung bringt«, sagte Mike. »Zeugen, DNA.«

»Weder in Rottach noch in Festenbach gab's Zeugen. Nur Videoaufnahmen von dem Wagen, auf denen man den Fahrer nicht erkennt. Und der Wagen ist inzwischen wahrscheinlich in irgendeinem Hochofen eingeschmolzen. Was die DNA-Spuren anbelangt – die konnten wir alle zuordnen. Da war niemand dabei, der als Täter infrage kommt. Und eben auch keine unbekannte DNA. Der Täter – so viel lässt sich zumindest feststellen – ist äußerst sorgfältig vorgegangen.«

In Wallners Blickfeld tauchte, wie er das sagte, unten am Parkplatz der Polizeiinspektion ein Streifenwagen auf. Dem Wagen entstieg: Kreuthner. Auch Mike schien Kreuthner zu bemerken, und das löste offenbar auch die gleichen Gedankengänge bei ihm aus.

»Eine verdächtige DNA-Spur haben wir ...« Mike verfolgte Kreuthners Weg zum Eingang des Gebäudes.

»Du hast recht«, sagte Wallner.

371

Fünf Minuten später saßen Wallner, Mike und Kreuthner zusammen in Wallners Büro. Sie hatten Kreuthner über die missliche Beweislage im Mordfall Carmen Skriba aufgeklärt. Das hatte Kreuthner bislang aber nicht dazu veranlasst, etwas zur Aufklärung beizutragen.

»Kannte dein Vater den Behncke eigentlich?«, fragte Mike.

»Net persönlich. Aber der Behncke hat Leut vertreten, die wo mein Vater gekannt hat.«

»Die auch wussten, dass dein Vater im Krankenhaus ist?«

»Denk schon.«

»Wie geht es ihm?«

Kreuthner zuckte mit den Schultern. »Wie's ausschaut, kommt er durch.«

Mike und Wallner waren sichtlich überrascht. »Das heißt, er … er wird wieder gesund?«

Kreuthner nickte. »Der Tumor bildet sich zurück. Passiert in einem von tausend Fällen. Bei ihm is es halt so.«

»He, super! Sag ihm schöne Grüße, auch wenn er uns nicht mag.«

»Vielleicht richt ich's ihm aus. Mal sehen. Aber zurück zum Behncke und dem Skriba: Was glauben mir, ist da jetzt wirklich passiert zwischen denen?«

»Wächtersbach erzählt Carmen Skriba, dass Behncke vielleicht den zweiten Entführer kennt, weil er um die Jahrtausendwende für die Autohändlerszene in Düsseldorf gearbeitet hat. Carmen Skriba kontaktiert Behncke. Der ist natürlich alarmiert.«

»Aber die checkt net, dass des damals der Entführer war?«

»Nein. Das hätte sie ja schon vor zwei Jahren in dem Prozess merken können. Wahrscheinlich haben sie es beide nicht gewusst. Zwanzig Jahre ist eine lange Zeit. Aber spätestens als Carmen Skriba ihre Geschichte erzählt, geht Behncke ein Licht auf, und er fragt sich, ob Skriba nicht eines Tages dahinterkommt, dass er sie damals entführt hat. Außerdem wird ihm in dem Moment klar, dass sie schon Gerald Skriba und Branek erschossen hat. Da hat er sich gedacht: ich oder sie.«

»Leider ist Behncke ziemlich schlau und professionell in diesen Dingen«, mischte sich jetzt wieder Mike mit ins Gespräch ein. »Das heißt: Er hat keine Spuren hinterlassen. Und da kommst du ins Spiel.«

»Ich?« Kreuthner ließ die Hand mit dem Keks sinken, die sich gerade auf dem Weg zu seinem Mund befand.

»Ja. Du.« Wallner lehnte sich zu Kreuthner über den Tisch. »Du bist nämlich der Einzige, der direkten Kontakt mit dem Mörder von Carmen Skriba gehabt hat. Neulich Dienstagnacht.«

»Ja, ja. Aber gesehen hab ich ihn ja nicht. Also, das Gesicht. Ich könnt net sagen, ob des der Behncke war.«

»Das nicht. Aber da ist noch diese Geschichte mit dem Taschentuch.«

Kreuthner sah zwischen den beiden Kommissaren hin und her.

»Was ist damit?«

»Irgendwas ist faul damit«, sagte Mike. »Sag du uns, was.«

»Du meinst – ich hätt euch angelogen? So was in der Art?«

»Weiß nicht. Vielleicht so was in der Art.«

»Des is a ziemlich schwere Anschuldigung. Kann man erfahren, wie ihr dazu kommt's?«

»Lass es mich so ausdrücken ...« Wallner richtete einen Filzschreiber parallel zu seinem Schreibblock aus. »Wir kennen uns einfach schon zu lange.«

Kreuthner verschränkte die Arme und sagte nichts mehr. Allerdings konnte Wallner erkennen, dass es nicht nur trotziges Schweigen war, sondern hinter Kreuthners Stirn fieberhaft nach Lösungen gesucht wurde.

»Wir behaupten ja nicht, dass du uns angelogen hast«, versuchte Wallner einen neuen Ansatz. »Es ist nur so, dass du in der Nacht einen heftigen Schlag auf den Kopf bekommen hast.«

»Ja, ja. Der Fensterladen war net ohne.« Kreuthner fasste sich an den Hinterkopf, wo ein Schorf noch immer von dem Einschlag zeugte.

»Da kann natürlich einiges durcheinandergeraten – in der Erinnerung, meine ich.«

»Das hab ich mir auch schon gedacht«, sagte Kreuthner, dessen Haltung sich mit einem Mal veränderte. Wallner hatte den Eindruck, dass er gerade auf die Lösung für ihr gemeinsames Problem gekommen war. »Ich hab gestern nämlich … was in meiner Jacke gefunden.«

»Ach ja? Was denn?«

Kreuthner griff in die Innentasche seiner Uniformjacke und zog einen Beutel der Spurensicherung heraus. Darin befand sich ein offenkundig benutztes Papiertaschentuch. Wallner war sichtlich irritiert.

»Was bitte ist das?«

»A Schnupftüchl. Tempo sagt man. Mit dings drin – Rotz halt.«

»Wär jetzt auch mein Tipp gewesen. Aber hattest du das nicht schon in der Tatnacht gefunden?«

»Erstens: Die Lisa hat's g'funden, net ich. Zweitens: Das, was die Lisa g'funden hat, is jetzt bei den Asservaten. Des hier schaut so ähnlich aus. Is aber in meiner Jack'n g'wesen.«

»Und wie lange schon?«

»Seit letzte Woch, Dienstagabend.«

Wallner schwieg, aus Angst, Dinge zu erfragen, die er nicht wissen wollte. Stattdessen suchte er nach unverfänglichen Worten, fand aber keine.

»Ich weiß jetzt wieder, wie des passiert is«, sagte Kreuthner.

»Du meinst, du hattest es vergessen, aber jetzt kommt die Erinnerung wieder?«

»Genau. Des mit dem Fensterladen, net? Wumms, und Festplatte gelöscht. Aber eben net ganz, sondern – na ja, jetzt weiß ich's halt wieder.«

Wallner sah zu Mike. Dessen Mimik sagte: Lass ihn erzählen. Kreuthner kriegt das hin.

»Also bitte. Was ist passiert?«

»Des war so …« Kreuthner ging kurz in sich, als nehme er letzte Korrekturen an seiner Geschichte vor. »Stellt's euch vor: Ich mitten in der Schießerei. Da hab ich mir natürlich net die Nas'n g'schnäuzt. Hast ja recht. Des macht ma net, wenn g'schossen wird. Irgendwann krieg ich dann den verfluchten Laden auf die Nuss und Blackout. Und wie ich wieder aufwach, is die Lisa da und sagt, sie hätt a Papiertaschentuch g'funden. Und jetzt kommt's: Ich hab des Tüchl dann in den Wagen gebracht, und wie ich im Wagen bin, muss ich mich selber schnäuzen. Und dann hab ich mir denkt, was tun, dass du den Tatort net kontaminierst mit der Rotzfahne. Also hab ich a Spusitüt'n herg'nommen und hab mein Taschentuch da nei. Und dann hab ich plötzlich zwei Plastiktüten mit Taschentuch g'habt und … und dann hab ich die anscheinend verwechselt. Ich hab tatsächlich des falsche in die Jack'n g'steckt.«

»Weil …?«

»Weil ich halt a bissl matschig war im Schädel. Wegen dem Fensterladen.«

»Und deswegen hast du auch vergessen, dass das andere Tuch noch in der Jacke war, als das Ergebnis mit dem DNA-Test kam«, half Mike weiter. »Denn da hätte es dir ja auffallen müssen, dass du es verwechselt hast.«

»So war's. Totale Amnestie.« Kreuthner stutzte, das Wort hörte sich nicht richtig an. »Sagt man des?«

»So ähnlich«, sage Mike. »Und das ist jetzt kein Scheiß?

Das da …«, er deutete auf die Plastiktüte mit dem Taschentuch, »… ist das Papiertaschentuch, das die Lisa an dem Abend gefunden hat?«

Kreuthner nickte sehr bestimmt.

»Und jetzt erzähl mal, warum du die beiden Tüten wirklich ausgetauscht hast.«

Kreuthner sah Mike empört an und setzte zu einem Protest an. Doch dann überlegte er es sich anders und verfiel in ein Grinsen. »Ihr wollt's es wirklich wissen?«

»Mir reicht, was ich weiß«, sagte Wallner. »Das ist das Taschentuch, das die Lisa gefunden hat? Und jetzt bitte wirklich ohne Scheiß.«

»Ohne Scheiß.«

Kreuthner wirkte so ehrlich, wie er nur wirken konnte. Und Wallner glaubte ihm zu siebzig Prozent.

»Gut«, sagte Mike. »Schicken wir's zum DNA-Test.«

Auf dem Weg zum Parkplatz hörte sich Mike, nachdem er Stillschweigen gelobt hatte, an, was Kreuthner dazu bewogen hatte, das Papiertaschentuch auszutauschen.

»Du hast gedacht, der Typ ist der Sennleitner?« Mike war fassungslos, sprach aber dennoch fast tonlos leise und blickte sich um, ob jemand mithören konnte. »Aber der hätte doch nicht scharf geschossen!«

»Des hat mich ja auch g'wundert. Andererseits … nix gegen an Sennleitner, netter Kerl. Aber ich mein – du kennst ihn.«

Mike wiegte den Kopf. Sennleitner war bekanntermaßen nicht die hellste Kerze auf der Torte.

»Und der ganze Scheiß nur, um bei ihr …«, Mike sah nach vorn in Richtung des etwa fünfzig Meter entfernten Streifenwagens, wo Lisa auf Kreuthner wartete, »… Eindruck zu schinden?«

Kreuthner sagte nichts dazu.

»Hat's denn was gebracht?«, flüsterte Mike, denn sie waren fast bei Lisa angekommen.

»Mei ...«, sagte Kreuthner und begrüßte Lisa.

»Servus, Lisa«, sagte auch Mike, und ein dezentes Grinsen, dessen Grund für Lisa wohl schwer auszumachen war, legte sich über sein Gesicht.

»Servus, Mike«, sagte Lisa und wandte sich dann Kreuthner zu, indem sie ihm eine Hand auf den Oberarm legte. »Du, Leo – Frage: Hättest du am Wochenende Zeit?«

»Öh ...« Kreuthner sah zu Mike. Der schien beeindruckt.

»Ich muss wieder zurück«, sagte Mike und ließ die beiden allein.

Als er die Eingangsschleuse passiert hatte, wartete im Inneren Wallner auf ihn.

»Und? Hat er dir was Interessantes erzählt?«

»Allerdings. Aber du möchtest es ja nicht wissen.«

»Nein, ist besser so.«

Mike wollte wieder die Treppe hoch in sein Büro, aber Wallner hielt ihn auf.

»Vielleicht könntest du ja ganz grob andeuten, worum es ging. Also nur so ... das Thema.«

»Willst du es jetzt wissen oder nicht?«

»Wenn er schlimm gegen Vorschriften verstoßen hat, will ich's nicht wissen, okay? Ich bin nun mal eine Paragrafenseele. Mir bereitet so was Bauchschmerzen.«

Mike sagte nichts und lächelte.

»Er hat gegen Vorschriften verstoßen, oder?«

»Wie gesagt – du willst es nicht wissen. Und zum Thema kann ich – ganz grob – sagen: Lisa.«

»O Gott!« Wallner schüttelte den Kopf.

»Scheint aber geholfen zu haben – Sie haben gerade ein Date fürs Wochenende ausgemacht.«

In diesem Moment betrat Kreuthner die Polizeiinspektion

und stapfte Richtung Umkleideraum. Er machte keineswegs den euphorischen Eindruck, den Mike und Wallner erwartet hätten.

»He, was ist?«, sprach ihn Mike an. »Ich dachte, du fährst jetzt Streife?«

»Hab meine Sonnenbrille vergessen.«

Kreuthner wollte weitergehen, aber Mike stoppte ihn. »Und? Was macht ihr am Wochenende?« Er deutete nach draußen zum Parkplatz.

»Sie hat g'fragt, ob ich ihre Katze füttern kann. Sie fährt mit ihrem Verlobten nach Südtirol.«

»Oh …«, sagte Mike. »Ich meine, das macht man natürlich gern für eine nette Kollegin. Ich hoffe, du magst Katzen. Nicht dass du allergisch bist oder so …«

Kreuthner murmelte im Abgang etwas, das sich ein bisschen wie »Fick dich ins Knie« anhörte.

42

Staatsanwalt Tischler erwies sich in der Sache gegen Jennifer Wächtersbach als erstaunlich milde und signalisierte, selbst eine Wiederaufnahme des Verfahrens zu beantragen sowie einem Vollstreckungsaufschub zuzustimmen, womit Wächtersbach schon vor der Entscheidung im Wiederaufnahmeverfahren auf freien Fuß kommen konnte. Die Haltung des Staatsanwalts gründete, so vermutete Wallner, freilich nicht auf einem bislang unentdeckten Hang zur Weichherzigkeit. Vielmehr war Tischler klar, dass ein neuer Prozess in Anbetracht des auf der Hütte aufgetauchten Videos mit an Sicherheit grenzender Wahrscheinlichkeit mit Wächtersbachs Freispruch enden würde. Statt sich querzustellen und eine unwürdige Niederlage zu kassieren, nahm er das Heft des Handelns lieber selbst in die Hand und konnte erwarten, in den Medien für menschliche Größe belobigt zu werden.

Gegen Rechtsanwalt Jörg Behncke erwirkte Tischler einen richterlichen Beschluss, der ihn zwang, eine Speichelprobe mit seiner DNA abzuliefern. Schon am nächsten Tag klingelte in seiner Kanzlei das Telefon, und Wallner bat die Dame am anderen Ende der Leitung, ihn zu Behncke durchzustellen. Der war gerade dabei, online einige Überweisungen in außereuropäische Länder vorzunehmen, nahm das Gespräch aber dennoch an.

»Herr Behncke, wie geht's?«

»Ich bin ziemlich beschäftigt. Was kann ich für Sie tun?«

»Sie werden es nicht glauben, aber das Ergebnis der DNA-Analyse ist da.«

»Oh …«, sagte Behncke, und Wallner ließ es ein wenig nachhallen.

»Ich hab denen ziemlich Druck gemacht. Damit Sie nicht so lange im Unklaren sind.«

»Wie nett von Ihnen. Ich hoffe, Sie hören jetzt mit Ihren Nachstellungen auf.«

»Nachstellungen ist ein hartes Wort. Aber sagen wir so: Wir werden uns auch in nächster Zeit noch öfter sehen. Der Test ist tatsächlich positiv ausgefallen.«

»Wie bitte? Das kann nicht sein. Sie machen Witze.«

»Da steht es schwarz auf weiß auf meinem Bildschirm. Ich war selbst … nein, Unsinn, ich war nicht überrascht.«

»Keine Ahnung, was da schiefgelaufen ist. Aber das muss in jedem Fall noch einmal getestet werden.«

»Selbstverständlich. Aber bis dahin müssen wir Sie in Gewahrsam nehmen. Das ist jetzt kein Misstrauen gegen Sie persönlich. Aber Sie wissen, wie das ist: Bei Mord liegt eigentlich immer Fluchtgefahr vor. Im Übrigen haben wir jetzt auch das Tatfahrzeug gefunden.«

»Tatfahrzeug? Was für ein Tatfahrzeug?«

»Den Mercedes, mit dem Carmen Skribas Leiche transportiert wurde. War ziemlich aufwendig, und wir mussten Dutzende Schrottplätze checken. Aber einer meiner Kollegen verfügt über gute Beziehungen zum Schrotthandel. Tja, der Mann, der den Wagen eigentlich in einen Würfel verwandeln sollte, hat es irgendwie nicht übers Herz gebracht und wollte ihn verkaufen.« Tatsächlich stand der Wagen auf dem Schrottplatz von Johann Lintinger, Vater von Harry Lintinger, dem Wirt der Mangfallmühle. Um einem Verfahren wegen Hehlerei zu entgehen, hatte Lintinger der Polizei umfassende Kooperation zugesagt.

Am anderen Ende nahm Wallner eisige Stille wahr.

»Wir sprechen uns, Herr Behncke. Und tun Sie nichts Unüberlegtes.«

380

Behncke sah aus dem Fenster. Vor dem Kanzleigebäude standen mehrere Fahrzeuge, und Beamte in Uniform und Zivil näherten sich dem Eingang. Behncke legte auf, ließ sich in seinen Schreibtischsessel sinken und starrte auf die Tür zu seinem Vorzimmer, hinter der es jetzt laut wurde.

Als Wallner an diesem Abend nach Hause kam, war etwas anders. Ein Sportwagen, den er nicht kannte, stand am Straßenrand, und beim Hereinkommen ins Haus meinte er, Stimmen zu hören. Als er im Flur seine Daunenjacke an die Garderobe hängte, kam ihm Manfred aus der Küche entgegen, im Gesicht einen Ausdruck von irgendwie diebischer Vorfreude, aufgeräumt und gut gelaunt wie schon lange nicht mehr.

»Wie geht's dir?«, fragte Manfred – und das machte er sonst nie. Aber Manfred kam normalerweise auch nicht aus der Küche, wenn Wallner heimkehrte.

»Mir geht's gut«, sagte Wallner und musterte seinen Großvater nach verdächtigen Anzeichen. »Dir auch? Keine Pilze, kein Marihuana? Sonstige Drogen?«

»Schau ich aus, wie wenn ich Drogen nehm?«

»Nein. Aber man wird ja immer wieder überrascht.«

»Überraschung hab ich schon eine.«

»Was denn?« Wallner rechnete mit dem Schlimmsten.

»Komm rein!« Manfred winkte ihn in die Küche.

In der Küche saß jemand am Tisch. Wallner brauchte einen Moment, um zu erkennen, wer es war. Ein bekanntes Gesicht in ungewohnter Umgebung.

»Hallo, Herr Wallner«, sagte Jennifer Wächtersbach und strahlte ihn an. »Hätten Sie nicht gedacht, dass ich Sie so bald besuche, was?«

»Äh … offen gesagt, nein. Aber ich freu mich sehr.«

»Ich bleib auch nicht lang.« Sie stand auf und ging auf Wallner zu. »Ich wollte mich nur bedanken. War echt nett von Ihnen, mich da rauszuholen.«

»Nichts zu danken. Im Gegenteil – ich muss mich entschuldigen, dass Sie zwei Jahre unschuldig im Gefängnis waren.«

»Kein Problem. War ja auch ein bisschen meine Schuld. Was macht mein Anwalt?«

»Herr Behncke? Auf den werden Sie wohl verzichten müssen. Er wurde heute verhaftet.«

Jennifer Wächtersbach reagierte freudig erstaunt. »Ich wusste, dass Sie das hinkriegen.« Wächtersbachs Lächeln war breit und voll von warmer Sympathie.

»Tja ...« Sie standen einen Moment stumm voreinander. Manfred beobachtete gespannt, was sich da entwickeln würde.

»Tja ...«, sagte jetzt auch Wallner, und sie standen einen weiteren Moment stumm da. »Wollen Sie ... zum Abendessen ...?«

»Nein, nein. Ich will Sie nicht stalken. Wollte mich nur bedanken. Vielleicht machen wir in nächster Zeit ja mal was Nettes zusammen.«

»Ja, vielleicht. Schauen wir mal.«

»Ich bin jetzt übrigens 'ne gute Partie.«

»A ja?«

»Da schau her!« Manfred bedachte seinen Enkel mit einem Jetzt-gib-dir-mal-ein-bisschen-Mühe-Blick.

»Carmen hat mir alles vermacht. Auch das Haus in Rottach. Und ihr Auto. Und alles. Ich bin reich.«

»Freut mich für Sie.«

»Ja, ist total super. Wenn Carmen noch leben würde, wär's schöner. Aber ... na ja ...« Wieder ein Moment der Stille. »Dann werd ich mal wieder. Ich melde mich.«

Wallner nickte lächelnd und hoffte einerseits, dass das nicht passieren würde. Andererseits sagte irgendetwas in ihm, dass es ganz schön wäre, die junge Frau wiederzusehen.

Jennifer Wächtersbach war in einem Sportwagen gekommen, den der Testamentsvollstrecker ihr schon mal aus dem Nachlass zur Verfügung gestellt hatte. Manfred und Wallner sahen dem Wagen nach, wie er in der Nacht verschwand.

»Hast kein Interesse?«, sagte Manfred.

»Die ist Mitte zwanzig.«

»Ich frag ja nur, dass ich Bescheid weiß. Weil bis jetzt hab ich mich zurückgehalten. Ich find, bei der Dame hast du des Prä. Aber wennst sie eh net willst – gut zu wissen.«

»Aha …?« Wallner blickte seinen Großvater fragend an.

»Des is eindeutig der Typ Frau, wo auf reifere Männer steht. Is doch offensichtlich.« Er patschte Wallner auf den Oberarm. »Und jetzt gemma rein und trinken a Weißbier oder zwei.«

ENDE

Danksagung

Ich danke allen, die mich beim Schreiben dieses Buches unterstützt haben. Meiner Frau Damaris für ihre Geduld und ihre verlässlich ehrliche Meinung zu meinen Geschichten, Thomas Letocha für seine dramaturgischen Anregungen, Hermann M. Ascherl, dass er mich an seinem universalen Technikwissen teilhaben ließ, Nicole Selzam, die mich mit ihrer Expertise als Richterin unterstützt hat, und meiner Agentin Barbara Schwerfel für jahrelange beste Betreuung und Freundschaft. Großer Dank gilt auch allen Mitarbeitern des Knaur Verlags, die sich in den verschiedensten Funktionen darum kümmern, dass meine Bücher gut werden und viele Leser erreichen, im Besonderen meiner Lektorin Andrea Hartmann, die einmal mehr mit sicherem Gespür Figuren und Handlungsstränge des Romans stimmiger und Formulierungen geschmeidiger gemacht hat.